UT

metro

Jon Ewo

Rache

UT *metro* wird
herausgegeben von
Thomas Wörtche

Zu diesem Buch

Alex Hoel, ehemaliger Geldeintreiber und Erpresser, ist aus dem Business ausgestiegen; zusammen mit Irina und ihrem kleinen Sohn will er ein ruhiges Leben führen. Im Zentrum von Oslo eröffnet er eine Bar namens ›Exil‹ für all die verlorenen Seelen der Großstadt, die Biker, Dealer und Huren. Krumme Geschäfte duldet er nicht. Doch dann erhält er Besuch von seinem alten Kumpel Tonni, der Schulden gemacht hat. Hoel soll ihm aus der Patsche helfen. Unversehens wird er in eine große Abrechnung zwischen Biker-Gangs verwickelt und trifft auf seinen Erzfeind Braza, der inzwischen ein Bordell führt. Keiner wusste vom anderen, dass er noch am Leben ist. Jetzt will Braza Rache um jeden Preis.

»Hier wird sichtbar, wovor die westlichen Gesellschaften so gern die Augen verschließen, die Potenz des organisierten Verbrechens, das agiert, als habe nicht der Staat, sondern die Mafia das Gewaltmonopol.«
Stuttgarter Zeitung

Der Autor

Jon Ewo wurde 1957 in Oslo geboren. Nach einem abgebrochenen Studium und einer Buchhändlerlehre begann er, Jugendbücher zu schreiben und wurde damit international bekannt. Ewo ist aber auch ein begeisterter Krimileser, daraus entstand die »Torpedo-Trilogie« um den Torpedo, also Geldeintreiber, Alex Hoel.

Im Unionsverlag ist außerdem lieferbar: »Torpedo«

Mehr über Buch und Autor im Anhang
oder auf *www.unionsverlag.ch*

Jon Ewo
Rache

Ein krimineller Roman

Aus dem Norwegischen von
Christel Hildebrandt

Die Originalausgabe erschien 1997
unter dem Titel *Hevn* bei Pantagruel, Oslo.

Deutsche Erstausgabe

Die Übersetzung dieses Buches wurde unterstützt
durch »Norwegian Literature Abroad (NORLA)«.

Im Internet
Aktuelle Informationen
Dokumente, Materialien
www. unionsverlag.ch

Unionsverlag Taschenbuch 233

Rieterstrasse 18, CH-8027 Zürich
Telefon 0041-1-281 14 00, Fax 0041-1-281 14 40
mail@unionsverlag.ch

Umschlaggestaltung: Heinz Unternährer, Zürich
Umschlagfoto: Tony Stone/Mark Douet
Druck und Bindung: Clausen & Bosse, Leck
ISBN 3-293-20233-0

Die äußeren Zahlen geben die aktuelle Auflage
und deren Erscheinungsjahr an:
1 2 3 4 5 - 05 04 03 02

Stockholm, August 1998

1

Rechtsanwalt Carl von Sunna af Rosén saß im Oberlandesgericht und wartete auf die Gerechtigkeit.

Die Verhandlung gegen einen der sonderbarsten Mandanten, den er je gehabt hatte, war abgeschlossen. In wenigen Minuten würden sie alle in den Gerichtssaal zurückkehren, und der Richter würde den Angeklagten auffordern, sich von seinem Platz zu erheben.

Der Angeklagte – der dem jungen Max von Sydow ähnelte – saß vor ihm auf einem Holzstuhl im Warteraum und schien seiner eigenen Verhandlung gegenüber gleichgültig. Während der polizeilichen Ermittlungen und auch im Gerichtssaal hatte der Angeklagte nur vor sich hin gestarrt. Von Anfang an war dieser junge Mann, Martin Ager, stumm geblieben, trotz der Anklage, die gegen ihn erhoben worden war. Einige Journalisten würden später schreiben, dass er diese Mauer der Apathie hätte durchbrechen müssen, um so die tragischen Geschehnisse zu verhindern, die noch folgen sollten. Martin Agers Gesicht hatte etwas Würdiges an sich und verriet keinerlei Gefühlsregung dem kommenden Urteilsspruch gegenüber. Er schien aus einer anderen Zeit zu kommen.

Hier im Warteraum saß Martin Ager vor Carl von Sunna af Rosén genau so da, wie er die ganze Zeit auf der Anklagebank gesessen hatte. Sein weißes Hemd war bis oben zugeknöpft, die blaue Hose frisch gewaschen und gebügelt. Ager war groß, stets glatt rasiert, und Rosén musste immer wieder seinen großen Adamsapfel anschauen, der sich über dem Hemdkragen auf und ab bewegte, wenn er schluckte. Im Gegensatz zu den anderen Mitgliedern der Bikerclubs trug er sein dünnes Haar nicht in einem aggressiven Bürstenhaarschnitt, sondern glatt gekämmt. Obwohl er erst fünfundzwanzig Jahre alt war, bewegte er sich langsam, seine Hände lagen fast immer ruhig im Schoß, seine Schritte waren verhalten.

Jetzt saß er mit gesenktem Kopf da und schaute auf seine Hände. Die Hände hatten etwas Weiches an sich. Sie waren zwar nicht schön, aber sie wirkten irgendwie weiblich. Die Nägel waren mandelförmig geschnitten und poliert, sodass sie wie Elfenbein glänzten, und das Nagelbett war offensichtlich sorgfältig gepflegt. Rosén war überzeugt davon, dass der Mann ihm gegenüber sich auch auf eine altmodische Art und Weise ausgedrückt hätte, wenn er geredet hätte.

Die Zuschauerreihen waren bis auf den letzten Platz besetzt. Vor dem Gerichtssaal und auch unter den Journalisten und den Zuschauern herrschte eine Stimmung, die Rosén an einen Südstaatenmob vor einem Lynchversuch erinnerte, wie er ihn während seines Studiums erlebt hatte. Und je lauter die kollektive Forderung nach der strengsten Bestrafung für kriminelle Motorradgangs gestellt wurde, umso mehr schien sich sein Mandant in sich selbst zurückzuziehen.

Am schlimmsten war es jedes Mal gewesen, wenn die Presse sie auf den Fluren des Oberlandesgerichts überrumpelt hatte. Rosén stand immer wieder das gleiche Bild vor Augen: Martin Ager umringt von Journalisten, bedrängt von ihren Mikrofonen und Kameras. Ager blieb stehen wie ein schwerfälliger Ochse, verlegen und sprachlos. Er starrte die Journalisten um ihn herum nur an, mit einem Zug von Verletztheit im Blick, als wäre ihm klar, dass etwas Schmerzhaftes vor sich ging. Bestenfalls holten die Journalisten ein »Hä?« aus ihm heraus. Und es gab immer jemand, der es schaffte, »Idiot!« zu rufen, bevor es Rosén gelang, seinen Mandanten aus dem Kreis herauszuholen.

Durch Nicken oder allenfalls eine Handbewegung, manchmal auch nur dadurch, dass er die schweren Augenlider hob, gab Martin Ager zu erkennen, dass er verstand, was Rosén sagte. Aber er hielt immer und unerschütterlich den Mund.

Was sollte man nur mit so jemandem anfangen? Zwar kam Martin Ager aus dem Bikermilieu und musste schon allein deshalb für eine gefährliche Person gehalten werden. In diesem Fall jedoch hatte man beschlossen, die Zahl der anwesenden Bereitschaftspolizisten zu reduzieren. Ager verhielt sich so teilnahmslos, dass man eher fürchtete, er könne sich selbst etwas antun, als dass er versuchen würde, zu fliehen. Seine Passivität hatte sogar Carl von Sunna af Rosén zweimal dazu gebracht, die Beherrschung zu verlieren.

Er hatte so laut geschrien, dass das Wachpersonal die Luke der Zelle geöffnet und gefragt hatte, ob denn alles in Ordnung sei. Rosén hatte sich wieder beruhigt, sich seinem Mandanten zugewandt und diesem erklärt, dass er ein Urteil von achtzehn bis zwanzig Jahren für Mord riskiere, wenn er sich nicht äußere. Oder aber er würde für unzurechnungsfähig erklärt und in der Klinik von Säter in Süd-Dalarna verschwinden. Wollte er denn auf dem gleichen Flur wie der Massenmörder Quick sitzen? Wollte er für etwas verurteilt werden, das er selbst nicht begangen hatte?

Ager hatte währenddessen unbeweglich dagesessen, seine gepflegten Hände im Schoß, und ihn mit blauen, betrübten Augen angestarrt. Nichts deutete darauf hin, dass sein Mandant den Ernst dieser Worte begriff.

Am liebsten hätte Rosén den Mann gepackt und kräftig geschüttelt – ihn am Kragen hochgezogen und durch den Raum geschleudert. Als Rosén die Worte »für etwas verurteilt werden, das er selbst nicht begangen hatte« benutzte, hatte Ager für einen kurzen Moment seinen Blick erwidert und dabei gelächelt, so wie ein alter Mann ein Kind anlächelt, das nichts vom Ernst des Lebens weiß. Es lag so viel Trauer in diesem Lächeln, dass es den Rechtsanwalt Rosén verlegen machte. Hinterher hatte er versucht zu bitten und zu argumentieren. Aber sein Mandant starrte schon wieder auf den Boden.

Das zweite Mal, als Rosén die Beherrschung verlor, war er aus der Zelle marschiert, fest entschlossen, den Fall niederzulegen. In der folgenden Nacht schlief er schlecht. Mehrmals wachte er abrupt aus einem Albtraum auf, in dem sein Mandant zum Tode verurteilt wurde.

Aus dem Fenster des Gerichtsgebäudes konnte Rosén im trüben Augustlicht die Häuser auf Riddarholmen sehen. Sie schienen sich in dem eiskalten Regen zusammenzukrümmen, der schräg von Riddarfjärden hereingeweht kam und die Sicht auf Mälaren verhinderte. Der Wind vom Meer her peitschte den Regen gegen die Fensterscheiben, an denen das Wasser in kleinen Bächen herunterlief. Falls sich Touristen bis unten an den Kai verirrt hatten, würden sie statt eines der schönsten Panoramen der Hauptstadt nur graue Schattierungen sehen. Rosén schwitzte trotz des kühlen Augustwetters. Der Hausmeister des Gerichtsgebäudes, ein schwerfälliger Mann aus Gotland, hatte offenbar die Heizung voll aufgedreht.

Carl von Sunna af Rosén wendete den Blick von den regennassen Fensterscheiben ab. Er war Rechtsanwalt geworden, weil er an die Gerechtigkeit glaubte. Und er war der Meinung, dass in diesem Fall großes Unrecht geschah.

Der Staatsanwalt, die Medien und der gesamte Rechtsapparat waren besessen von dem Gedanken, diesen Mann zu verurteilen. Die Reporter der Nachrichtenredaktionen aller skandinavischen Fernsehsender berichteten täglich über die neuste Entwicklung im Gerichtsverfahren gegen diesen Biker, der von allen verachtet wurde. Rosén verfluchte die Tatsache, dass Ager momentan bekannter war als Quick, die Estonia oder Jonas Gardell.

Rosén selbst war der Meinung, dass es ausreichend Gründe gab, an den widersprüchlichen Zeugenaussagen zu zweifeln. Aber je weiter sich die Verhandlung zu Ungunsten von Ager entwickelte, umso mehr zeigten sich die Geschworenen als eine geschlossene Gruppe, die nur eines wollte: Rache. Selbst die Gerichtsstenografin, eine normalerweise reizende Frau Mitte fünfzig, verbarg ihre Verachtung für Ager von Tag zu Tag weniger.

Ager wurde beschuldigt, einen Mann getötet und einen zweiten schwer verletzt zu haben. Er war zwar groß und muskulös wie ein Ochse, aber er war bei der Sache allein gegen fünf gewesen. Kein Mensch mit einem Funken Verstand würde auf fünf Biker losgehen. Rosén versuchte die Sache so darzustellen, dass die fünf mit seinem Mandanten und dem Verstorbenen Streit angefangen hatten. In seiner Version der Geschichte waren die fünf Zeugen die eigentlichen Schurken. Aber Schweden dürstete nach Rache, und der Ruf nach Lynchjustiz hatte sich offenbar auch auf Norwegen und Dänemark ausgebreitet.

Rosén war der Meinung, dass die Gesellschaft sehr wohl Rechenschaft für ein begangenes Verbrechen fordern durfte. Aber die Hysterie um die Bikerbanden in Skandinavien ließ keine sachliche Diskussion mehr zu und nahm nicht einmal mehr Rücksicht auf die elementarsten demokratischen Rechte. Denn auch wenn die Biker sich als Außenseiter sahen, so hatten sie doch das Recht auf die gleiche Behandlung wie ein Klempner oder ein Bankdirektor. Zumindest bis sie schuldig gesprochen waren. Und für Rosén war dieser Mann unschuldig. Wenn er ihn nur dazu überreden könnte, etwas zu sagen, dann wäre sicher die Wahrheit schon längst an den Tag gekommen.

Aber das war ihm nicht gelungen. Jetzt war es eine halbe Stunde her, dass sie den Gerichtssaal verlassen hatten. Er fuhr sich mit der Hand über die Stirn und schaute zu den Heizkörpern unter den Fenstern.

Rosén beugte sich zu seinem Mandanten vor. Wenn schon die Gesellschaft diesem Mann keine Gerechtigkeit zukommen lassen wollte, so musste er, Carl von Sunna af Rosén, ein Mann von Ehre, das tun.

»Sie wissen, Ager«, sagte er und räusperte sich, »es gibt einige Geschichten darüber, wie Gefangene aus genau diesem Warteraum geflohen sind. Da gab es beispielsweise einmal einen Angeklagten, der hat sich das Jackett seines Anwalts geschnappt, ist zum Fenster gegangen, hat es aufgebrochen und ist rausgesprungen.«

Rosén musterte Agers Gesicht. Der Mann saß mit gesenktem Blick da und zeigte mit keiner Regung, ob er ihn verstanden hatte.

Der Rechtsanwalt stand auf, zog sich seine teure Boss-Anzugjacke aus und hängte sie über die Stuhllehne.

»Ager, Sie müssen wissen, dass dieser Mann, der es geschafft hat, zu fliehen ...« Er zog seine Brieftasche aus der Innentasche der Jacke heraus und zählte offen die Geldscheine. »Er war verzweifelt. Er ist aus dem Fenster hinunter auf die Straße gesprungen. Der Sprung kann wehtun, aber er ist nicht gefährlich.«

Rosén setzte sich wieder, krempelte sich die Hemdsärmel hoch und sah seinem Mandanten direkt in die Augen. Er schob seine Brieftasche wieder in die Innentasche und erzählte weiter, wie der verzweifelte Gefangene abgewartet habe, bis sein Anwalt ihm den Rücken zukehrte. In dem Moment habe er ihn niedergeschlagen.

Rosén bemerkte, dass Agers Blick auf der Innentasche des Jacketts ruhte, in der der Rand der Brieftasche zu sehen war. Es war keinerlei Gefühl in Agers Blick auszumachen. Der Mann schaute abwechselnd auf die Brieftasche und seine Hände.

Rosén stand auf und drehte sich zum Fenster um. Er betrachtete ruhig das, was er durch das Laub von der Fassade des Gamla Auktionsverket auf der anderen Seite des gepflasterten Platzes sehen konnte. Als er seinen Kopf ein winziges bisschen zur Seite drehte, konnte er im Augenwinkel sehen, wie Ager aufstand. Carl von Sunna af Rosén fühlte einen Sog wie von einem hochfahrenden Aufzug.

Agers Kopf, immer noch vorgebeugt, schien nach oben hin aus seinem Blickfeld zu verschwinden, dann kam die Kurve des vorstehenden Adamsapfels über dem weißen, zugeknöpften Hemd ins Blickfeld. Rosén drehte ihm den Rücken zu, nahm seine Brille vorsichtig ab und schob sie in die Brusttasche seines Hemds. Er kniff die Augen fest zusammen und blieb still stehen.

Er hörte Agers Schritte durch den Raum. Der Mann blieb direkt hinter ihm stehen, so nahe, dass Rosén den Geruch seiner Haut wahrnahm – säuerlich und mit einem seltsamen würzigen Unterton, etwas, das an Dschungel erinnerte.

Als Rosén das Dach auf den Kopf fiel, hörte er die Stimme des Mannes. »Danke«, sagte er, und Rosén stellte fest, noch bevor er in Ohnmacht fiel, dass die Stimme seines Mandanten genau den würdevollen, ruhigen Ton traf, den er sich vorgestellt hatte.

2

Es gab zwei Dinge in diesem Leben, an die der Rächer glaubte.

Das eine war, dass man allein verantwortlich war für sein Schicksal. Das andere, dass die Welt ein einsamer Ort war, an dem man nur selten jemanden fand, auf den man sich verlassen konnte.

Nachdem sie ihn festgenommen hatten, hatte er resigniert. Er wusste, dass er ein Außenseiter war, genauso wenig angepasst wie Frankensteins Monster. Deshalb ließ er alles mit sich geschehen.

Das war auch der Grund, warum er dem Mann, den sie ihm als Pflichtverteidiger zugeteilt hatten, kaum zugehört hatte. Er verstand schon, was der Kerl sagte, aber er wusste, dass es sowieso keine Bedeutung hatte. In der Zelle, in der sie ihn untergebracht hatten, hatte der Rächer das Zeitgefühl verloren. Die Stunden wurden sinnlos, ein Tag hätte ebenso gut eine Woche sein können, oder eine Woche ein Tag. Er aß, er schlief, er wurde in den Gerichtssaal gebracht und wieder zurück in seine Zelle. Er sah keinen Sinn darin, seine Gedanken zu ordnen oder etwas zu planen.

Nur als dieser gut gekleidete, höfliche und so ganz und gar andere Schlips-und-Kragen-Mann seine Fassung verlor, hatte er aufgemerkt. Der Anwalt schien sich tatsächlich für seinen Fall zu interessieren. Ansonsten war die Welt voller Leute, die die anderen mit Füßen traten. Das wusste der Rächer nur zu gut.

Deshalb war er kurz aufgewacht, als es das zweite Mal passierte; als dieser Rechtsanwalt aus der Zelle gerast war, wütend, und gleich darauf zurückgekommen war und sich entschuldigt hatte. Es war das erste Mal, dass ihn jemand um Entschuldigung gebeten hatte.

Heute Morgen war er mit einer gewissen Unruhe in seiner Zelle aufgewacht. Er hatte das Gefühl, als würden sich seine Muskeln die ganze Zeit von allein dehnen und strecken. Dennoch hatte er wie üblich regungslos dagesessen und dem Regen gelauscht, der gegen die Scheiben trommelte. Und als dann dieser Mann, dessen Namen er sich ums Verrecken nicht merken konnte, angefangen hatte, von dem Gefangenen zu reden, der geflohen war, war ihm klar geworden, dass es sich hier um einen der wenigen Menschen handelte, auf den er sich verlassen konnte. Er wachte ganz auf. Als hätte er mehrere Monate lang im Koma gelegen. Er tat, was der Anwalt sagte.

Er ballte seine Finger zur Faust und schlug den Mann so hart auf den Hinterkopf, dass er wusste, er würde in Ohnmacht fallen.

Er dachte sogar noch daran, sich zu bedanken.

Danach zog sich der Rächer das Jackett an und fühlte nach der Brieftasche in der linken Innentasche. Er ging zum Fenster und versuchte es hochzuschieben. Es hatte sich verkantet. Er schob es ganz nach unten und zog dann kräftig nach oben. Er bekam es halb auf. Aber das genügte nicht, um sich durchzuzwängen. Er schob es noch einmal zu. Und jetzt musste er es schaffen. Er holte dreimal tief Luft und konzentrierte sich. Dann packte er zu und drückte das Fenster mit all seiner Kraft hoch, die er sich in den Jahren im Club antrainiert hatte. Es glitt mit einem quietschenden Geräusch den Rahmen hinauf. Die Scheibe zersprang und streute einen Regen von Glassplittern über das Jackett. Er hörte, wie hinter ihm die Tür zum Warteraum geöffnet wurde. Er drehte sich nicht um, hörte nur einen Mann rufen: »Verdammter Idiot …«

Er stieg auf den Sims und sah auf den Platz hinunter. Die nassen Pflastersteine glänzten. Am Straßenrand war eine Reihe von PKWs geparkt. Vorsichtig ließ er sich hinunter, aber seine Füße fanden keinen Halt. Ein Glassplitter schnitt sich in seinen Daumen.

Er stellte sich vor, wie er auf dem Rücken liegen bleiben würde, hilflos oder tot nach dem Fall, in den Himmel starrend, den er all die Monate hindurch in seiner Zelle nicht gesehen hatte. Es hat sich schon mal einer getraut, dachte der Rächer und überlegte, was der andere Gefangene wohl genau hier gedacht hatte. Falls es überhaupt diesen anderen Gefangenen gegeben hatte. Aber immer noch besser da unten zu sterben, als im Gefängnis zu verrotten.

Er ließ los. Sonnen und Sterne trafen sein Rückgrat, als die Sohlen die Pflastersteine berührten. Er taumelte nach hinten und fiel mit dem Rücken gegen den Kotflügel eines roten Volvo 740. Dadurch wurde der Autoalarm ausgelöst, im gleichen Moment, in dem eine Polizeiuniform im Fenster über ihm erschien.

Er lief mit tauben Füßen den Hang hinunter, rutschte zweimal auf den Steinen aus. Er lief in verhaltenem Tempo, ohne zu hetzen. Seine Fußgelenke schmerzten. Die Brieftasche hing schwer in der linken Innentasche.

Der Rächer lief den schmalen Fußweg und die Treppen, die ihn zum Norra Riddarholmshamn brachten, hinunter. Dort blieb er stehen und überlegte, welche Möglichkeiten sich ihm boten. Er konnte der Fußgängerbrücke über die Centralbron zur City und nach Norrmalm folgen. Oder er konnte die Arkivgatan bis zur Riddarholmsbron nehmen oder nach links abbiegen und den Kai entlanglaufen. Instinktiv wusste er, dass keine davon eine gute Lösung war. Die Polizei würde ihm schnell den Weg abschneiden können. Es musste eine andere Möglichkeit geben.

Einen Moment lang überlegte er ins Wasser zu springen, aber das war noch nie sein Element gewesen. Im gleichen Augenblick sah er den blauen Zug der Stockholmer Verkehrsbetriebe, der tutete. Hinter sich, vermischt mit dem Lärm vom Autoalarm, hörte er Stimmen und einen bellenden Hund.

Vor ihm, über die Brücke, kreuzte der Zug, und die Lokomotive fuhr in den kurzen Tunnel unter der Riddarholmsbron ein.

Ohne zu zögern sprang er über den Zaun, der ihn von den Eisenbahnschienen trennte. In der Ferne sah er das Ende des letzten Wagons in der Kurve verschwinden. Er lief hinterher, unter die Brücke. Die losen Schottersteine und ölglatten Schienen waren kein guter Untergrund, aber er stolperte und kämpfte sich mit einer Zielstrebigkeit voran, wie sie nur ein Tier nach einer langen Gefangenschaft haben kann. Von links hörte er das Brausen des Straßenverkehrs und wünschte, er könnte in einem warmen Wagen sitzen, auf dem Weg zur Arbeit, mit einer Frau zu Hause und jeden Abend warmem Essen auf dem Tisch. Ein Mensch zu sein, der ganz normale Dinge tat. Das musste ein Gefühl sein, als lebte man in einem warmen, schützenden Kokon.

Er stolperte fluchend weiter, nahm kaum die Graffiti an der Wand wahr, lief und lief und spürte den Metallgeschmack im Mund. Gerade als er die T-Bahnstation Gamla Stan erreichte, hörte er hinter sich Schritte auf dem Schotter.

Er warf einen Blick über die Schulter und sah eine junge Polizistin, die hinter ihm herlief. Sie verlor ihre Mütze und er registrierte, wie ihr blondes Haar sich zu einer wilden Mähne entfaltete. »Bitte«, rief sie. Ihre Stimme klang überraschend freundlich. »Bitte, bleiben Sie stehen …« Der Regen zeichnete zwei schwarze Mascara-Streifen ihre Wangen hinunter. Sie starrte ihn mit einer Mischung aus Mitleid und Entschlossenheit an und lief mit zähen, festen Schritten.

Vor sich konnte der Rächer den schwarzen Tunneleingang sehen, in dem die Gleise Richtung Södermalm verschwanden. Die Öffnung war ein schwarzes Raubtiermaul, in das er direkt hineinlief.

Der Tunnel erinnerte ihn vage an seine Gefängniszelle, ohne dass ihm klar war, worin genau die Verbindung bestand. Es war feucht von tropfendem Grundwasser, und es gab kein anderes Licht als das Tageslicht vom Eingang her. Die Eisenbahngleise zeigten ihm den Weg, den er laufen musste, auch wenn er sich wie ein Blinder vorwärts tasten musste. Plötzlich meinte der Rächer, ein sich bewegendes Muster von Lichtern zu sehen, was er jedoch im nächsten Moment als optische Täuschung abtat, da sich seine Augen noch nicht an die Dunkelheit gewöhnt hatten.

Hinter sich hörte er immer noch die Schritte der Polizistin. Ein Stück weit im Dunkeln wurde er langsamer, fühlte, ob die Brieftasche immer noch an Ort und Stelle war. Er streckte seine rechte Hand aus, sodass er die Kurve, die der Tunnel machte, mit den Fingerspitzen ertasten konnte. Dennoch fiel er nur dreißig, vierzig Meter weiter böse hin. Sein Fuß verklemmte sich zwischen zwei Schwellen. Einen Moment lang glaubte er, er hätte ihn verstaucht. Er blieb im Halbdunkel auf dem feuchten Schotter sitzen und rieb sich den Knöchel mit beiden Händen. Da er keinen Laut von sich gab, entdeckte die Polizistin ihn erst, als es zu spät war.

Er spürte, wie ihr Knie gegen seine Schulter stieß. Das war nicht schlimm. Der Knöchel tat so weh, dass er kaum etwas anderes spürte.

Die Frau stürzte auf den Schotter vor ihm. Aber sie musste hart im Nehmen sein, denn sie kam gleich wieder auf die Beine und gab nur ein leises Wimmern von sich. Sie drehte sich um und wollte auf ihn losgehen. Im Sitzen trat er mit aller Kraft nach oben. Der Schuhabsatz traf ihr Zwerchfell, und sie fiel hintüber. Einen Moment später hörte er das rieselnde Geräusch der Kiesel, die einander etwas zuflüstern. Die Frau musste mit dem Hinterkopf auf den Schotter gefallen sein, denn diesmal stöhnte sie laut auf.

Der Rächer strengte seine Augen an. In dem schwachen Licht, das von der Tunnelöffnung hereinsickerte, meinte er ihr Gesicht zu sehen und ihre Hand, die sie an den Kopf hob.

In dem Moment war das Tuten eines Zuges zu hören. Er kam auf die Beine, probierte vorsichtig die Belastbarkeit des schmerzenden Fußes aus und machte ein paar Schritte zur Öffnung hin. Als das Tageslicht durch das blendende gelbe Licht eines Zugs ersetzt wurde, presste er sich so fest an die Wand, dass sich die Steine in seinen Rücken bohrten. Der Zug war nur noch wenige Sekunden entfernt. Er sah zur Polizistin hin. Sie saß jetzt auf dem Bahngleis. Unbeweglich wie eine Christusfigur.

Im Rächer stiegen plötzlich deutliche Bilder auf aus seiner Kindheit in einem katholischen Kinderheim. Da war die Glasmalerei in der Domkirche, die ein aquariumartiges, gelbes Licht im Raum verbreitete. Der dornengekrönte Erlöser, der unbeweglich am Kreuz hing, mit geschlossenen Augen und tiefen Falten um den Mund

und auf der Stirn. Der Pater – in schwarze, steife Stoffe gekleidet – hatte ihn gelehrt, sein Gebet zu verrichten und demjenigen, der ihm auf die Wange schlug, nicht nur zu vergeben, sondern ihm auch die andere Wange hinzuhalten. So lauteten die Regeln im Kinderheim, aus dem er als Fünfzehnjähriger davongelaufen war. Da war auch das Gesicht von Folke, dem stärksten Jungen im Schlafsaal, der den hilflosen Kindern nach eigenem Gutdünken Strafe und Prügel verabreichte. Folkes Gesicht war rot vor Wut, wenn er seinen Lakaien befahl, einem Jungen die Hände auf den Rücken zu binden, eine Wäscheklammer an seiner Zunge zu befestigen und dann den Kopf des Jungen in einem Kissen zu scheuern. Die Erregung verzerrte Folkes Gesicht zu einer Maske, wenn er einen Keks in die Mitte einer Waschschüssel legte und den Jungs befahl, sich im Kreis darum herumzustellen, ihren Pimmel herauszuholen und zu wichsen. Wer als Letzter spritzte, musste den aufgeweichten Keks essen. So lautete Folkes Gesetz. Bis der Rächer sich weigerte und das Gesetz brach. Er hatte Folke den nassen Keks ins Gesicht gerieben. Danach war er vogelfrei gewesen. Genau wie jetzt.

Der Rächer unterdrückte den Reflex, der Polizistin seine Hand hinzustrecken. Sie saß in dem gelben Licht des Zugscheinwerfers, starrte vor sich hin und bewegte sich immer noch nicht. Er hätte ihr etwas zurufen können, um sie aufzuwecken, aber er tat es nicht. Ihre Augen waren weit aufgerissen, und die linke Hand hielt den Kopf. Der Zug kam immer näher, die Bremsen schrien auf.

Auch der Rächer schrie. Einen kurzen Moment lang wollte er wirklich vorspringen und sie vor dem donnernden, quietschenden Stahlkoloss wegstoßen. Dieser Augenblick sollte ihn anschließend immer wieder verfolgen:

Das Licht schien die Frau auf dem Bahngleis direkt vor dem Zusammenstoß ganz und gar zu umschließen. Der Rächer spürte, wie er selbst im Licht verschwand, es war wie eine kosmische Erscheinung und erinnerte ihn an das Licht, von dem der Pater ihm vor langer Zeit einmal erzählt hatte.

Dann traf ihn der Schrei der Frau, der Luftdruck der Maschine, das Donnern des Zugmotors und die kreischenden Räder auf den Schienen. Danach verschwand die Frau unter den Rädern. Der Rächer spürte warmes Blut im Gesicht. Aus reinem Reflex befeuchtete er seine trockenen Lippen und konstatierte den Geschmack. Die Wagons rauschten vorbei, während der Motor bremste.

Er lief den Zug entlang und kam an der Lokomotive vorbei, ohne zurückzublicken lief er aus dem Lichtkegel heraus, während seine Finger der Wand entlang streiften und ihn auf dem richtigen Kurs hielten. Wieder stolperte er, aber da er jetzt langsamer lief, hielt sein Knöchel das aus.

An der Tunnelwand ertastete er die Leiter eines Notausstiegs. Wenig später stand er draußen im Tageslicht. Er blieb einen Moment lang stehen.

Der Himmel über ihm war blendend weiß, und er musste sich eine Hand vor die Augen halten. Hier war nur eine Andeutung von Regen in der Luft, der Wind brachte einen Duft nach Gras mit sich.

Er lief einen Abhang hinauf und stellte fest, dass er sich im Fatburspark befand. Im Laufen schnappte er sich eine Hand voll feuchtes Gras und wischte sich damit Gesicht und Hände ab. Er betrachtete seine Fingernägel. Sie waren weder abgebrochen noch abgesplittert. Das Gras war voller roter Flecken, als er es wieder wegwarf.

Bei diesem Wetter waren nur zwei Hundebesitzer draußen, die zwei zottige, nervöse Chihuahuas ausführten und ihn kaum bemerkten. Der Rächer klopfte sich den schlimmsten Staub von dem Anwaltsjackett und ging ruhig die Treppen zum Medborgarplatz hinauf.

Wenn er ein Idiot gewesen wäre, hätte er natürlich irgendwo anhalten können, sich eine Tasse Kaffee genehmigen und über die Situation nachdenken können. Er hätte in seine alte Wohnung fahren und dort saubere Kleidung und Schuhe holen können und wäre garantiert im Laufe der nächsten Stunden verhaftet worden.

Aber in dem Leben, das er kannte, bedeutete Überleben alles. Und hier galt es, jederzeit den anderen einen Schritt voraus zu sein. Er hatte bereits einen Plan.

Er brauchte einen Mann, eine Waffe und eine Wohnung, die niemand mit seiner Person in Verbindung brachte. Wenn er alles richtig machte, hätte er hinterher freie Hand, das zu tun, was er wollte. Und was wollte er? Das einzige Ziel verfolgen, das ihm noch blieb. Das Ziel, das der Lichtkegel des Zugs ihm deutlich vor Augen geführt hatte.

Es war ein sonderbarer Zufall, dass er im gleichen Moment an der Domkirche vorbei ging. Das war noch ein Zeichen mit kosmischer Bedeutung, und er konnte ihm nicht widerstehen. Er schob die schwere Holztür mit den schwarzen Eisenbeschlägen auf. Direkt dahinter wurde er misstrauisch von einer Nonne mittleren Alters beäugt, deren Nickelbrille auf die Nasenspitze gerutscht war. Schon immer hatte ihn an dieser Kirche die Disharmonie zwischen dem Alten und dem Modernen gestört: Man trat zuerst in das alte Kirchengewölbe, dann ging man vier Stufen hinauf und kam in den neuen Teil aus den Siebzigerjahren.

Früher einmal hatte der Rächer klar und unerschütterlich an Gott geglaubt. Voller Ehrerbietung dem Heiligen gegenüber, mit bedingungslosem Vertrauen und Gehorsam dem Herrn gegenüber hatte der Rächer seinem Beichtvater von Folkes Strafaktionen nachts im Schlafsaal erzählt. Das war in der modrigen, abgestandenen Luft der kleinen Kapelle im Keller gewesen. Nach der Sündenvergebung hatte der Rächer sich wie immer erleichtert gefühlt. Er hatte nicht mehr daran gedacht, bis er am nächsten Tag zum Rektor gerufen wurde. Das Büro des Rektors sollte mit seinen schweren, tiefen Holzstühlen, der dunklen, abgenutzten Eichenholzvertäfelung und dem Schreibtisch von der Größe einer Tischtennisplatte Solidität und Vertrauen ausstrahlen. Der Staub lag fingerdick, nicht nur auf den Möbelstücken, sondern auch auf dem Boden, sodass man deutlich sehen konnte, wohin der Mann nie seinen Fuß setzte.

Der Rektor, Herr Frey, blätterte lange in einem Protokoll, bevor er schließlich zur Sache kam. Herrn Frey sei zu Ohren gekommen, dass der Rächer die anderen Schüler drangsaliere und bestrafe und dass er »unaussprechlichen Nachtsport« veranstaltet habe, für den Herr Frey keinen Vergleich habe. Außerdem habe der Rächer den armen Folke Bergström auf das Widerlichste gedemütigt. Aus den Details konnte der Rächer schließen, dass nicht nur Folke gepetzt hatte – und ihm damit zuvorgekommen war. Auch sein Beichtvater hatte dem Rektor ein paar Worte ins Ohr geflüstert.

Es fiel ihm wie Schuppen von den Augen. Alles, was er bisher geglaubt hatte, war nur Narretei und Lüge. Die Beichte war gar kein Geheimnis zwischen ihm und dem Pater. Er wusste jetzt, dass die Strafe des Herrn nicht gerecht war und dass man dem Lügner mehr glaubte als dem, der die Wahrheit sagte. Während Herrn Freys verkniffener, wütender Blick wie ein Pfeil auf ihn gerichtet war, beschloss der Rächer, nie wieder in seinem Leben etwas zu glauben.

Als der Rächer jetzt in der stillen Kirche stand und die kleinen, flackernden Kerzen auf ihren Dornen betrachtete, daneben eine Kasse für das Geld, kam ihm der Gedanke, dass er eigentlich auf den Altar spucken sollte, auf den Boden, auf die geschnitzten Heiligenbilder an der Wand. Stattdessen knöpfte er die Anzugjacke des Anwalts zu und ging zurück zum Ausgang, vorbei an der zusammengekauerten Nonne. Sie betete andächtig mit gefalteten Händen.

»Ich bin der Herr«, flüsterte der Rächer. »Mein ist die Rache.«

Er musste weiter.

Er hatte einen Plan, den er verfolgen musste. Aber zuerst musste er einen Mann finden, der geopfert werden konnte, genau wie die Frau im Tunnel. Er hätte sie retten können.

Er drückte die schwere Kirchentür auf, sodass sie draußen gegen die Wand schlug, und ging hinaus ins Licht.

3

Martti Viita saß an seinem üblichen Zweiertisch am Fenster in ›Snövits Keller‹ am Ringvägen.

Er hatte die Ellbogen auf den Tisch gestützt und kaute auf einer Zigarette, die schon zum dritten Mal ausgegangen war. Er hatte den Filter abgerissen und musste immer wieder Tabakkrümel in den Aschenbecher spucken.

Heute war sein Magen schlimmer als sonst. Dadurch bekam sein Gesicht einen besonders säuerlichen Ausdruck. Aber das passte eigentlich gut zu der abgetragenen Terylen-Hose mit ausgebeulten Knien und ausgefransten Säumen. Ganz zu schweigen von seiner Jacke, die von den Schweden mit einem ironischen Grinsen als »finnische Tangojacke« bezeichnet wurde.

Martti warf einen Blick auf das Plakat mit einem fast weinenden Schneewittchen, das Brot buk. Er versuchte sich vorzustellen, wie es wohl wäre, eine Lady wie sie zu bumsen, aber das brachte ihm seine Lust auch nicht zurück. Schon seit einigen Jahren war seine Potenz ein wankelmütiger und unzuverlässiger Gefährte, aber vor ein paar Monaten hatte sie sich endgültig verabschiedet.

Das war an dem Abend passiert, als Ulla Lena ihn zum allerletzten Mal rausgeworfen hatte. »Ich habe diese beschissenen Finnlandschweden so absolut satt! Geh zurück nach Åland und bums da die Fische!«, hatte sie ihm durch den Türspalt zugeschrien.

Martti hatte Ulla Lena immer als einen festen Punkt in seinem Leben angesehen, ungefähr so wie seine Mutter. Sie fand sich damit ab, dass er ein unstetes Leben führte. Wie auf einer unendlichen Achterbahn wechselten seine Launen und sein Einkommen. Aber eines Tages kam Ulla Lena auf den Gedanken, dass sie allein besser zurechtkommen würde. Sie weigerte sich, weiterhin als Einzige die Bude zu putzen und die Rechnungen zu bezahlen. Sie hatte es satt, den ganzen Tag im Supermarkt an der Kasse zu sitzen, um anschließend zu einem mürrischen, besoffenen Kerl nach Hause zu kommen. An dem Tag hatte Martti seine Sachen in einem braunen Pappkarton und einer bis zum Bersten gefüllten grünen Plastiktüte vor der Wohnungstür gefunden. Er hatte versucht, die Tür aufzuschließen, aber das Aas hatte das Schloss ausgewechselt. Er war zu besoffen, um die Tür einschlagen zu können. Deshalb hatte er so lange darangehämmert, bis sie sie so weit öffnete, wie es die Sicherheitskette zuließ. Und dann wurde ihm mitgeteilt, was für ein unverbesserlicher Taugenichts er war. Er hatte gebettelt, war sogar auf die Knie runtergegangen. Aber als Antwort hatte Ulla Lena nur ihr strähniges blondes Haar nach hinten geworfen, ihn mit kalten Augen durchbohrt und dann die Tür wieder zugeknallt.

Seitdem schaukelte sein Schwanz wie eine trübselige Nacktschnecke zwischen seinen Beinen. Was ihn daran erinnerte, dass er aufs Klo musste. Er gab dem Kneipenbesitzer, dem finnischsprachigen Eino, einen Wink, noch eine Flasche zu bringen.

Martti setzte sich schwerfällig auf die blaue Kloschüssel und starrte auf ein Bild mit drei Sorbetkugeln, das mit Klebestreifen an der Innenseite der Tür befestigt war. Seine Mutter hatte ihm beigebracht, dass Männer sich beim Pinkeln hinsetzen sollten. Männer könnten einfach nicht kontrollieren, wohin ihr Strahl ging, hatte sie behauptet. Und seitdem hatte Martti sich immer brav hingesetzt. Selbst im Pissoir hatte er ein schlechtes Gewissen, wenn er im Stehen pinkelte.

Es lief ziemlich lange und Martti fühlte sich danach unglaublich erleichtert. Wenn die Frauen nur wüssten, wie gut es tat, Wasser zu lassen, nachdem man mehrere Stunden gesoffen und immer angehalten hatte. Während du deinen Arsch um die immer weiter anschwellende Harnblase schaukelst und fühlst, dass du noch eins verträgst, bevor du raus musst, dachte er. Er wusch sich sorgfältig die Hände, vermied es dabei aber, sich im Spiegel anzusehen. Auch wenn er immer noch groß und kräftig war, konnte selbst er sehen, dass sich sein Gesicht in den letzten Jahren verändert hatte. Und der Rausschmiss bei Ulla Lena hatte sein Aussehen nicht gerade verbessert. Jetzt schlief er auf dem Sofa bei Mika, einem älteren Finnlandschweden, der am Wochenende immer zu seiner Geliebten, einer Witwe in Norrköping, fuhr. Aber auch diese Gastfreundschaft würde irgendwann ein Ende haben. Martti fehlte einfach an allen Ecken und Enden Geld. Jeden Morgen drohte Mika ihm, bevor er zur Arbeit ging. Aber wer würde schon einen Maurer einstellen, der nie pünktlich erschien und sich nicht unterordnen konnte? Einen Mann, der vollkommen aus der Bahn geraten war und nicht mal mehr die Sportseiten in der Zeitung las.

Eino hatte eine beschlagene Flasche auf den Tisch gestellt und die Aschenbecher geleert. Martti überlegte, wie lange er für sein Geld hier noch sitzen konnte. In dem Moment legte sich eine Hand auf seine Schulter und Martti hatte das Gefühl, das müsse der leibhaftige Teufel sein, der seine Seele holen wollte. Unwillkürlich bekreuzigte er sich und schaute hoch, ins Gesicht eines alten Bekannten.

»Hallo Martti«, sagte der Mann und ließ sich nieder, ohne um Erlaubnis zu fragen. »Wie gehts?«

Martti wusste, dass kein Mensch in ganz Skandinavien sich auch nur einen Funken dafür interessierte, wie es Martti Viita ging, einem arbeitslosen, versoffenen Maurer. Er murmelte, dass der Besuch ja nun wirklich eine Überraschung sei.

Der Typ trug ein idiotisches Jackett, das überhaupt nicht zu ihm passte. Es kostete mehr, als der Typ wohl jemals besessen hatte, und es war an den Ärmeln so kurz, dass es ihm vielleicht im Konfirmationsalter gepasst hatte. Jetzt zog er eine kostbare Brieftasche hervor, die schon von weitem nach Diebesgut stank. Er bestellte ein Export Guld und hob die Augenbrauen, um Martti zu fragen, was er denn haben wolle.

»Noch eins«, sagte Martti schnell und leerte die Flasche. Es war schließlich nicht sein Problem, wenn der Klamotten und Kohle geklaut hatte. Aber wenn ein Kumpel, den Martti seit über einem Jahr nicht mehr gesehen hatte, die dicken Scheine hinblätterte, dann war Martti nicht mehr zu bremsen.

»Mein Gott«, sagte der Mann und drehte die Flasche herum, sodass er das Etikett lesen konnte. »Hooch? Ist das nicht so eins, das die Damen …?«

»Das Einzige, was mein Magen im Augenblick verträgt«, sagte Martti schnell und schaute hinaus auf die Regentropfen, die mit einem wütenden Klatschen auf den Asphalt fielen.

Der Mann sagte nichts mehr. Die Flaschen kamen auf den Tisch und er bezahlte.

»Und, wie läufts so im Bikerclub?«, fragte Martti, um höflich zu sein. Er nickte zum Jackett, um damit anzudeuten, dass der andere offensichtlich Kleider und Freunde gewechselt hatte.

Der Freund wischte die Bemerkung mit einer Hand vom Tisch. »Ich bin gekommen, um über Geld zu reden. Ich habe da eine Sache laufen, bei der könnte was für dich abfallen.«

»Diese Schurken pressen uns mit den Steuern aus bis aufs Blut. Und keiner denkt an den kleinen Mann«, erklärte Martti und nahm einen kräftigen Schluck aus der Flasche.

»Ich habe einen Vorschlag«, fing der Mann wieder an.

»Ich bin für alles offen!«, rief Martti und bereute es sofort. Er durfte nicht so interessiert wirken, dass der Mann glauben konnte, er wäre verzweifelt. Das konnte den Preis drücken und schließlich brauchte Martti jede Krone.

Betont langsam drehte er die Flasche zwischen den Fingern und meinte: »Ja, heute passt es ganz gut. Gestern war reichlich zu tun und morgen wird es auch nicht besser. Aber heute wollte ich es eigentlich ruhiger angehen.« Er sprach langsam und überdeutlich, wie Finnlandschweden von Åland.

»Da kann viel Geld bei rausspringen – wenn alles gut läuft. Wollen wir gehen?«, fragte der Mann und legte fünfzig Kronen Trinkgeld auf den Tisch, bevor er aufstand.

Martti starrte mit großen Augen auf den Schein und überlegte, wie er es wohl schaffen könnte, sich das Geld zu schnappen, ohne dass es jemand merkte.

»Gehen …?«, wiederholte er und stand enttäuscht auf. Er hatte gehofft, dass sein Kumpel vorher noch ein paar Runden ausgeben würde. Aber andererseits erwartete ihn viel Geld, wenn er mitmachte. Martti steuerte auf die Ausgangstür zu und nickte Eino kurz zu, der finnisch finster zurückstarrte.

Als sie die Havregatan erreichten, waren sie vollkommen durchnässt. Martti war überzeugt, dass er noch nie zuvor so ein Wetter erlebt hatte. Nicht einmal auf Åland, das bekannt dafür war, dass der Regen horizontal über die flache Landschaft peitschte.

Sie gingen an der Havrebageri vorbei und betraten das Treppenhaus eines der gelben Wohnblocks. Der Kumpel kannte sich hier offensichtlich aus. Er hebelte einen Sicherungskasten auf und wühlte hinter einem Stapel Sicherungen, bis er einen flachen, verstaubten Schlüssel herauszog. Martti merkte sich das fürs nächste Mal.

Sie schlossen eine Wohnung auf, die offensichtlich seit geraumer Zeit nicht mehr bewohnt gewesen war. Es roch muffig, und als Martti aus reinem Reflex in den Kühlschrank sah, fand er nur eine mit Schimmel überzogene halb offene Dose Leberpastete und etwas, das früher wohl ein Stück Käse gewesen war. Martti schloss die Tür schnell wieder und stellte fest, dass sein Kumpel weiter hinten in der Wohnung verschwunden war. Während er darauf wartete, dass der Typ zurückkommen würde, durchsuchte Martti schnell Schränke und Schubladen.

Er fand einen Flaschenöffner, der vielleicht aus Silber war und stopfte ihn schnell in seine Tasche. Eine Anrichtegabel ging den gleichen Weg. In einem Schrank fand er eine Packung Kekse. Von einem biss er vorsichtig ab. Er war trocken wie Zunder.

Fluchend spuckte er ihn in den Abfluss und überprüfte dann den Gefrierschrank, den er übersehen hatte. Eine Packung mit Würstchen hatte sich zusammen mit drei zusammengeknautschten Plastiktüten mit Eiswürfeln festgefroren.

Martti schloss enttäuscht die Tür und blickte direkt in die Mündung eines Gewehrs. Der Mann, von dem er gedacht hatte, er wäre sein Freund, schob ihn rückwärts in Richtung Badezimmer.

»Tut mir Leid«, sagte der Typ in einem Ton, dass man glauben konnte, er meine es wirklich so. »Das ist nicht persönlich gemeint. Ich brauche nur deinen Körper.«

4

Die Polizei fand die Leiche in der Havregatan erst zwei Tage später.

Sie hatten ganz Stockholm und Umgebung auf der Jagd nach dem entflohenen Gefangenen durchkämmt. In den Medien hatte sich währenddessen ein Sturm der Entrüstung über die verschlafene Polizei erhoben, die es zuließ, dass ein ehrenwertes Mitglied des Anwaltsstandes brutal niedergeschlagen wurde und ein gefährlicher Verbrecher aus der schwedischen Bikerszene einfach entkam. Der *Expressen* spie Gift und Galle über das untaugliche Polizeikorps.

Der Pressesprecher des Gefängnisses in Kronoberg hatte die Hoffnung aufgegeben, mit den Journalisten vernünftig reden zu können und kommunizierte nur noch per Fax mit ihnen. Die Polizei war deshalb sehr erleichtert, als sie zwei Tage nach der Flucht aus einer Telefonzelle auf dem Sergels Torg einen anonymen Tipp bekam.

Sie durchsuchten die Zelle und fanden haufenweise halbe und ganze Fingerabdrücke. Aber keiner davon befand sich im Polizeiregister. Es gab auch keine Zeugen, die jemanden gesehen hatten, der in der letzten Stunde das Telefon benutzt hatte. Aber der Tipp erwies sich als Gold wert. In der Havregatan wurde eine Leiche gefunden, in einer Wohnung im zweiten Stock.

Der Mann lag auf dem Bauch in der Badewanne. Er trug das Jackett des Rechtsanwalts Rosén und hatte dessen Brieftasche bei sich, die nur zweihundert Kronen enthielt. Der Anwalt bestätigte, dass das mit der Summe übereinstimmte, die er an dem Tag bei sich gehabt hatte. Außerdem konnte man problemlos die Kleidung identifizieren, die der Flüchtige an dem Morgen getragen hatte, bis hin zu den Schuhen und der Unterhose. Körperbau, Haarfarbe und Größe waren identisch.

Eine formale Identifikation hingegen war nicht möglich. Eine doppelte Schrotladung hatte dem Mann das Gesicht weggerissen. Zudem fehlten ihm die Fingerabdrücke: Von der einen Hand war nur noch ein Stumpen übrig. Die Erklärung fand die Polizei, als sie die andere Hand betrachtete, die immer noch in die Öffnung eines Küchenmixers gedrückt war. Man konnte darüber hinaus feststellen, dass das Opfer dieser makabren Behandlung noch zu Lebzeiten ausgesetzt worden war.

Während einer eilig zusammengerufenen Nachmittagssitzung verfasste die Polizeiführung zusammen mit ihrem Pressesprecher eine Mitteilung. Darin hieß es unter anderem, dass der Entflohene in einer Wohnung in Södermalm gefunden worden war und dass man davon ausging, dass er Opfer einer internen Abrechnung geworden war. Der Mann war misshandelt und aus nächster Nähe erschossen worden. Der Pressesprecher setzte aus eigener Initiative hinzu, dass das zeige, wie ernst man die Kriminalität in diesen Kreisen nehmen müsse.

Oppositionspolitiker erklärten ein paar Stunden später, dass es jetzt an der Zeit sei, dass die Regierung sich ihrer Verantwortung bewusst werde und endlich das tue, was jeder ordentliche, aufrechte Bürger, dem Gesetz und Ordnung am Herzen lagen, schon lange getan hätte: »Gebt Schwedens schutzloser Bevölkerung mehr Polizisten in den Straßen! Diese Verbrecher kennen doch nur eine Sprache, und zwar die der Macht!« Aber unter sich diskutierten die Menschen lieber die wirklich zentralen Fragen ihres Lebens. Solange die Mitglieder irgendeiner Bikergang sich bloß gegenseitig umbrachten, interessierte das keine Menschenseele.

Oslo, September 1998

Montag

1

Alex Hoel zog die Tür zum Hinterzimmer der Bar bis auf einen kleinen Spalt hinter sich zu, sodass nur noch leises Stimmengewirr und das Klirren von Gläsern hereindrang.

Er öffnete den Barschrank, in dem er die besten Marken des Hauses aufbewahrte. Er entschied sich für einen georgischen Brandy, eine goldene Flüssigkeit, die 1961 zum Jubiläum der vierzigjährigen Zugehörigkeit Georgiens zur Sowjetunion aus den besten Weinen von Tsinandali und Dighomi gebrannt worden war.

Dann holte er eine braune Keramikkanne mit Javakaffee und goss sich die kleine schwarze Tasse voll. Hoel ließ den Brandy im Mund rollen und genoss den weichen Geschmack, der in der Kehle ein glattes, rundes Gefühl hervorrief. Offenbar kann auch aus einer Okkupation etwas Gutes entstehen, dachte er.

Er sah sich in seinem Büro um. Davon hatte er immer geträumt: von einem Büro, das so geräumig war, dass er in ihm hin- und hergehen konnte, ohne an Tisch und Stühle zu stoßen oder über Lampen zu stolpern. Das Zimmer war praktisch und einfach möbliert, die Farben des geknüpften afghanischen Teppichs, des Sofas und der finnischen Marimekko-Vorhänge sorgfältig aufeinander abgestimmt. Er betrachtete den Aalto-Schreibtisch, an dem er abends am liebsten saß.

Aber heute Abend entschied er sich für einen der vier Charles-Eames-Sessel in Stahl und Ochsenleder. Er hatte sie günstiger bekommen, da er gleich vier gekauft hatte. Er knipste die Lampe hinter sich an, die ihren Lichtkegel auf den chinesischen Lacktisch warf.

Per Fernbedienung ließ er Brahms' Quintett in h-Moll für Streicher und Klarinette laufen. Ein tiefer, warmer Ton, der an Herbst erinnerte, durchzog das Werk.

Hoel berührte behutsam mit dem Zeigefinger den Stumpf, wo eigentlich der linke kleine Finger hätte sitzen sollen. Heute noch, mehr als acht Monate, nachdem Braza ihn in Dragoslaws Hauptquartier abgeschnitten hatte, konnte er fühlen, wie er schmerzte. »Phantomschmerzen« hatte der Arzt das genannt und gesagt, dass er möglicherweise den Rest seines Lebens davon geplagt werden würde.

Im Januar dieses Jahres war er noch einer der Geldeintreiber, der Torpedos, in Oslo gewesen. Er war bezahlt worden von Männern, die genug Geld hatten, um noch mehr Geld einzufordern. Hoel war einer der Besten gewesen. Man kam immer am weitesten mit Psychologie. Aber er hatte keine Skrupel, wenn er doch mal zuschlagen musste. Das Geld musste reinkommen, ob es dem Opfer passte oder nicht.

Hoel hatte von den Prozenten der Deals zwischen Klient und einem unbekannten Schuldner gelebt. Woher das Geld kam – Drogen, Pferde, Poker, Huren –, das war unwichtig. Es war reines Business, basierend auf einem Dirty Deal, bei dem sich keiner der Partner an den Vertrag hielt.

Irgendwann hatte Hoel aufgehört. Er hatte eingesehen, dass er einen neuen Kurs einschlagen musste, wenn er das Leben weiterführen wollte, das er liebte. Er musste raus aus der Branche. Er musste sauber werden. Er wollte mit der Frau zusammenleben, die er liebte. Aber bevor das möglich war, musste er die Probleme ausräumen, die ihm im Weg standen. Anschließend musste er ihr etwas bieten können. Er wusste, sie würde ihn zurückweisen, wenn er sein Leben nicht änderte. Sie hatte bereits einen viel zu hohen Preis bezahlt.

Als die Russen Dragoslaw, für den er viele Jobs erledigt hatte, und seine Bande umbrachten, hatte er sich ohne zu zögern unter die Wölfe gemischt und den Aktenkoffer mit Dragoslaws Geld an sich genommen. Nach dem blutigen Drama hatte er mit einem Finger im Minus und einem Koffer voller Geld dagesessen. So fuhr er zu Irina nach Berlin. In den folgenden Tagen hatte sie ihn gepflegt und geliebt. Er hatte ihr nicht erzählt, woher das Geld kam und wie er seinen kleinen Finger verloren hatte. Die Wahrheit hätte ihr nicht gefallen. So gut kannte er sie.

In der Woche, die er bei ihr verbracht hatte, war eine Liebe entstanden, die er nicht mehr missen wollte. Und wenn er morden musste, um sie zu behalten. Und auch als er die Räume hier in der Fred Olsens gate gekauft und renoviert hatte, war er immer wieder nach Berlin gefahren – für zwei Tage, für ein langes Wochenende, für ein paar Tage voller Glück, die er dem täglichen Stress abtrotzte.

Bei diesem Projekt hatte er außerordentliche Hilfe von seinem guten Freund Gekko bekommen, der mit seinem Café Dan Turèll so erfolgreich war. Gekko hatte das Gespür des Fachmanns, wenn es darum ging, wo der Tresen und die Sitzgruppen stehen sollten oder wie die Küche einzurichten war. Was Gekko hinsichtlich der Leitung eines solchen Ortes nicht wusste, brauchte man auch nicht zu wissen. Nur von einem musste Gekko seine Finger lassen: vom Büro. Hier wollte Hoel selbst bestimmen.

Gekko hatte gemeint, dass Hoel schon etwas mehr bieten musste, wenn er eine weitere Kneipe in der Stadt eröffnete. Etwas Besonderes. Auch wenn Gekko selbst niemals in den östlichen Vierteln etwas aufmachen würde. Und schon gar nicht hier unten im Zentrum.

Hoel hatte ihm den Grund nie verraten. Dabei war es eigentlich ganz einfach. Auch wenn er seinen alten Job an den Nagel gehängt hatte, würde er sich nie ganz aus dem Milieu zurückziehen können, aus dem er kam. Wer einmal vom Baum der Erkenntnis gegessen hat, kann nicht wieder in seinen früheren Zustand zurück. Deshalb musste Hoel eine Bar im Zentrum eröffnen, für die Leute, die im Zentrum lebten. Für die Huren, die Zuhälter, die Pusher, die Junkies, die Diebe, die Biker und all die anderen, die ihre Geschäfte hier im goldenen Dreieck zwischen dem Osloer Hauptbahnhof, der Bank und dem Parlament machten. Die an anderen Orten nicht willkommen waren.

Weil er selbst an vielen hundert Tresen und in vielen Löchern gesoffen hatte, wusste er, wie eine Bar aussehen musste, um genau diese Gäste anzulocken. Die Bar sollte ihre Zufluchtsstätte sein, wenn sie sonst nirgends hinkonnten. Wie ein zweites Zuhause, in das man immer wieder zurückkehrt, weil man sich willkommen fühlt. Deshalb musste das Lokal eine gewisse Diskretion ausstrahlen, aber trotzdem so offen sein, dass man immer Blickkontakt mit dem Personal aufnehmen konnte und das Personal selbst die Übersicht behielt. Hoel führte feste Regeln im Lokal ein. In der Anfangszeit der Bar hatte ein Mitglied des Bikerclubs Fuckheads einen Streit mit einem hartgesottenen Typen der Rotten Bastards angefangen. Das hätte leicht eskalieren können.

Mit einer Kombination aus Psychologie und einem gebrochenen Arm hatte Hoel allen klargemacht, wer hier bestimmte. Danach hatte er Erik Brock eingestellt, um seine Regeln durchzusetzen. Hier sollten Feinde an Nachbartischen sitzen können, ohne dass es zur Randale kam. Alles, was die Geschäfte auf der Straße betraf, mussten die Gäste vor der Tür lassen. Hoels Bar war stofffreie Zone. Selbst die Bullen wussten, dass er persönlich dafür sorgte, dass hier nichts zu finden war.

In einer Bar durfte nie Musik dudeln. Musik legte sich entweder wie ein klebriger Muzak-Belag auf die Gedanken, oder sie war so laut, dass man das Wort seines Nachbarn nicht mehr verstand. Das Gleiche galt für die Beleuchtung. Sie sollte nicht hart und grell, aber doch so hell sein, dass man sehen konnte, was man im Glas hatte und mit wem man redete. Und als Letztes war natürlich das kulinarische Angebot für Hoel wichtig.

Bier war ein Must. Aber daneben bot er auch dunkle Branntweine an. Er hatte schon immer eine Vorliebe für den schweren, reifen Geschmack von Brandy und Cognac gehabt. Das war nicht etwas, das man einfach nur runterkippte. Brandy erforderte eine gewisse Trinkkultur. Deshalb führte er eine gute Auswahl vor allem spanischer, aber auch etwas ausgefallener Marken.

Dazu servierte Hoel Tapas. Selbstverständlich konnte er eine Auswahl an Oliven anbieten, griechische grüne, türkische schwarze und spanische, sowie marinierte Knoblauchzehen, mit Fisch und Käse gefüllte Paprika, gebratene Sardinen, tschechischen geräucherten Schinken, in hauchdünne Scheiben geschnitten und auf Knoblauchbrot mit Tomaten und Zwiebeln serviert, spanischen Manchego-Käse, der in kaltgepresstem Olivenöl mit gehackten Chilischoten eingelegt war, und eine Auswahl an Meeresfrüchten, gewürzt, mariniert und eingelegt in Öl, mit Dill, Chili oder provenzalischen Kräutern gewürzt. Hoels Spezialität war Seeteufel und Speck am Spieß, mit gepfefferten gebratenen Champignons und Knoblauchmayonnaise. Es war nicht ganz einfach, Tapas in Oslo einzuführen, aber Hoel hatte es geschafft, die Preise ziemlich niedrig zu halten. Schon nach wenigen Wochen hatten mehrere Bars seine Idee übernommen und versucht, mit ihm zu konkurrieren, aber keine konnte ihn preislich unterbieten.

Außerdem hatte er einen Polen in der Küche, Krzysztof Plank, der ein absoluter Fuchs war. Dieser bärtige Draufgänger sprach kaum Norwegisch und nur ein elendes Deutsch. Er war nach Norwegen gekommen, um hier bei der Erdbeerernte zu helfen. Eines Tages landete er in Hoels Küche, nachdem er durch die Bar gestolpert war. Er hatte zu viel von dem südafrikanischen Brandy getrunken und angefangen, die Tapas von Hoels damaligem Koch zu kritisieren. Der bärtige Teddybär taumelte in die Küche, warf den Koch mit beiden Händen raus und fing an zu schneiden, brutzeln und die Gerichte auf Tellern und in kleinen Schalen anzurichten. Krzysztof liebte das Essen, ganz besonders das aus den Mittelmeerländern. Und er kreierte seine eigenen exzellenten Tapasgerichte. Krzysztof war der König und Hoel ließ ihn in dem Glauben. Auch wenn er sich mit den temperamentvollen, wechselhaften Launen seines Kochs abfinden musste.

Mit einem schiefen Grinsen hatte Hoel die Bar unter dem Namen ›Exil‹ registrieren lassen und den Laden im April eröffnet. In der ersten Woche waren die Geschäfte zäh gelaufen. Aber bald verbreitete sich das Gerücht, und schon im Mai konnte Hoel jeden Tag die Kasse mit einem Überschuss abschließen. Zu dieser Zeit kam Erik Brock ins Bild. Außerdem stellte Hoel den Barkeeper Tom ein, der eine lange Karriere bei ›Scotsman‹, ›Gamle Major‹ und ›Lompa‹ hinter sich hatte. Und ab jetzt verdiente er Geld.

Das war ein leichteres Leben als das, was er hinter sich gelassen hatte. Trotzdem konnte er nicht leugnen, dass er ab und zu die alte Branche vermisste – zumindest den Adrenalinstoß. Zu wissen, dass er das größte und gefährlichste Raubtier der Stadt war.

Gleichzeitig war es nicht ganz problemlos, eine Bar zu führen. Krzysztof war ein Fall für sich – er musste jeden Tag von neuem darum kämpfen, das Beste aus ihm herauszuholen. Kleinigkeiten mussten geregelt werden. Die verstopfte Toilette musste repariert werden. Inventar ging kaputt und musste ersetzt werden. Angestellte wurden krank. Es kam vor, dass es so ruhig war, dass er die Leute nach Hause schickte. Wobei er auf alle Abmachungen und gesetzliches Teufelswerk pfiff.

Aber Hoel brauchte jede Öre. Und er war eisern darauf bedacht, sein Baby zu beschützen. Überhaupt entwickelte er einen Beschützerdrang, der größer und intensiver war, als er es jemals gekannt hatte. Es fehlte nicht viel, und er schrak bei jedem Klingeln des Telefons zusammen. Denn jeder Anruf konnte Probleme bedeuten.

Als hätte das Schicksal seinen Gedankengängen gelauscht, klingelte sein Apparat.

Hoel holte sein Handy hervor, das nicht größer als eine Kreditkarte war. »Ja?«

»Hallo, hier ist Tonni. Tonni Sæle.«

»Tonni«, antwortete Hoel und schlug ein Bein übers andere. »Das ist aber lange her.«

Es blieb still am anderen Ende der Leitung.

Nach einer ganzen Weile sagte Tonni mit leiser Stimme: »Wir haben den Kontakt verloren. Ich weiß.« Wieder eine lange Pause. Dann: »Ich habe mich in die Nesseln gesetzt, Hoel.«

»Schlimm?«

»Ja, ziemlich.«

»Spucks aus.«

»Ich brauche Hilfe. Du weißt, normalerweise komme ich allein klar. Aber jetzt bist du der Einzige, zu dem ich gehen kann. Ich stecke in der Scheiße.«

»Persönlich?«

»Kommt drauf an, wie du es siehst.«

»Um wie viel Cash handelt es sich?«

»Darüber will ich lieber nicht am Telefon reden.«

»Dann komm gleich her.«

Tonni war Fuckheads-Mitglied und seit vielen Jahren ein Freund von Hoel. Seit dem Tag, als er Hoel das Leben gerettet hatte.

Das geschah während einer Prügelei auf dem Parkplatz Ecke Hausmannsgate/Møllergata. Damals lebte Ulf noch. Er und Hoel hatten fünf Riesen von Dragoslaw gekriegt, um ein paar Rotzbengel zu verbläuen, die meistens beim Imbissstand herumhingen. Eine typische Jugendbande, in der die Jungs mit dem Messer ausmachten, wer der Mutigste war. Sie hatten alle die passenden Requisiten: schnelle leichte Räder, ein Käppi auf dem Kopf, unrasiertes Grinsen, Tabakpäckchen, die aus der Tasche ihrer Jeans herauslugten und ein Schlüsselbund am Gürtel. Einige von ihnen hatten Springmesser, während die meisten sich mit Schlagring und Eisenstangen begnügten.

Es war schief gelaufen. Es waren mehr, als Hoel und Ulf gedacht hatten. Ulf hatte ein paar von ihnen weggejagt, aber die waren dann auf Hoel gesprungen, und der Älteste von ihnen zog eine Eisenstange mit einer Kette aus dem Ärmel seiner Lederjacke. Hoel sprang zur Seite, sodass die Kette eine Windschutzscheibe zertrümmerte. Auch dem zweiten Schlag konnte er noch ausweichen. Das

Auto bekam eine Scharte im Lack. Dann war er hingefallen und wusste, jetzt hatte sein letztes Stündchen geschlagen. Aber gerade als die Kette auf dem Weg nach unten war, um ihm das Gesicht zu zerschmettern, war ein Arm aus dem Nirgendwo gekommen. Er hatte den Schlag zur Seite abgelenkt und dem Bengel einen Kinnhaken verpasst. Ulf kam hinzu. Zusammen mit dem bärtigen, großen Mann, der mindestens zehn Ringe im Ohr hatte, hatten sie Hoel wieder in die Senkrechte befördert. Zum ersten Mal in seinem Leben musste Hoel nach oben gucken, als er dem Fremden in die Augen sehen wollte. Tonni war fast zwei Meter groß und kräftig gebaut. Sie hatten sofort einen gemeinsamen Ton gefunden. Der Typ hatte Humor und man konnte mit ihm über alles reden. Er wurde nicht von komplizierten Ehrbegriffen regiert. Dafür durchschaute er sofort Bullshit und Gelaber. Er trug immer Schwarz. Seine Lederjacke hatte er in den sechs Jahren, die seit ihrer ersten Begegnung vergangen waren, nie gewechselt.

Hoel goss sich eine weitere Tasse Kaffee ein. Auf der Brahms-CD war jetzt eine Sonate für Klarinette und Klavier zu hören. Die Musik beruhigte ihn.

Er strich sich über das koksgraue Hemd und den Armani-Schlips und verspürte plötzlich ein starkes Glücksgefühl. Das war die beste aller Daseinsformen. Er führte eine Bar, wie er sie sich immer erträumt hatte. Er fühlte eine Liebe, die erwidert wurde. Und er hatte genug Geld, um sich alles zu kaufen, was er wollte. Na ja, fast alles.

Er rief die Nummer an, die unter der Eins im Speicher des Handys registriert war. Er wusste, Irina war bei der Arbeit. Aber er musste einfach ihre Stimme hören.

Die heisere Stimme auf dem Anrufbeantworter klang wie das reinste Sextelefon. Hoel spürte, wie er hart wurde. Er rieb leicht mit der Hand über die Beule in der Hose und sprach seine Nachricht in fehlerfreiem Deutsch auf den Beantworter. Dass er sich darauf freue, sie wieder zu sehen, auch wenn es bis dahin noch elf Tage seien. Und nachdem er kurz gezögert hatte, fügte er hinzu, dass er sie liebe. Es war ihm beinahe unangenehm, das laut zu sagen. Als würde er sein Schicksal damit herausfordern.

Ihm fiel auf, dass er sich noch nie so wagemutig gefühlt hatte wie an dem Tag, als er es ihr zum ersten Mal gesagt hatte. In jener Nacht in Berlin, am Freitag, dem 9. Januar 1998. Er erinnerte sich, dass sie ein rotes, loses Baumwollkleid getragen und sich die Haare hinter die Ohren gestrichen hatte. Was ihr außergewöhnliches Gesicht noch betonte. Ihre Haut hatte einen olivfarbenen Ton wie bei den Frauen vom Mittelmeer. Der Nasenrücken war lang und die Wangenknochen ausgeprägt. Ihre Augen waren leuchtend blau unter dunklen Wimpern. Sie duftete nach *Jungle* von Kenzo und hatte lackierte Zehennägel. Hoel erinnerte sich sogar noch daran, was im Radio gespielt wurde und wie spät es war. Er erinnerte sich, dass er Anlauf genommen hatte wie zu einem Kopfsprung und sich ins offene Wasser gewagt hatte.

Er erinnerte sich an den Geschmack ihres Mundes, die Rauheit ihrer Zunge. Er erinnerte sich an die breiten, nackten Hüften und die Schultern. Wie bei einer Schwimmerin. Die Brüste, die gerade so groß waren, dass sie in seine Handfläche passten, genau wie er es liebte. Und er erinnerte …

Hoel überfiel ein Schwindel und er flog mit der Klarinette zu Brahms davon, ebenso vollendet wie damals beim Liebesakt mit Irina.

Ein Klopfen an der Tür holte ihn zurück. Er nahm an, dass es Tom oder der andere Barkeeper war.

Tonni stand in der Türöffnung.

Hoel sprang auf und umarmte den Freund, drückte ihn an sich und platzierte ihn dann in einem Sessel, während er die Musik leiser drehte. Dann zog er sein Jackett an.

Ohne zu fragen goss er Tonni großzügig ein Glas von der georgischen Köstlichkeit ein, bot ihm aus seinem Zigarrenetui an und zündete sich selbst eine kubanische Montecristo No. 5 mit Zedernmundstück an.

»Schön, hier zu sein«, erklärte Tonni und holte tief Luft.

»Jetzt kannst du dich erstmal entspannen. Und dann erzählst du mir, wo das Problem liegt. Ich gehe nur erst noch kurz in die Bar.«

2

Sobald er allein war, schloss Tonni die Augen.

Der Küchengeruch und ein lautes, schrilles Frauenlachen drangen zu ihm. Tonni schob alles beiseite.

Mit geschlossenen Augen drehte er sich eine Zigarette. Anschließend verschränkte er seine Arme vor der Brust. Auf den rechten Unterarm hatte er sich vor vielen Jahren im Rotlichtbezirk von Amsterdam eine Figur tätowieren lassen, die einen langen, schwarzen Umhang trug. Eine Kapuze verbarg den größten Teil des Gesichts, dennoch konnte man darunter zwei leere Augenhöhlen erahnen. Der Mann stützte sich auf eine Sense. Auf den linken Unterarm, auf gleicher Höhe wie der Mann in Schwarz, war das Bild einer Braut mit langem Haar tätowiert. Ihre riesigen Brüste waren entblößt und ihr Unterleib mündete in einen Fischschwanz.

Früher war das Leben einfach gewesen. Da hatte er zu seinen Kumpels gehen können, um Hilfe zu holen. Aber das hatte sich geändert.

Angefangen hatte das Ganze, als Tonni Sæle sechs Jahre alt war und in einer Illustrierten das Bild eines Hells Angels sah. Der entblößte, sonnengebräunte Oberkörper war über und über tätowiert. Das Bild war auf einem Highway in Kalifornien gemacht worden. Der Mann hatte sich ein rotes Taschentuch um den Kopf gebunden und saß auf einem riesigen Motorrad, von dem Tonni erst später erfuhr, dass es eine Harley war. Hinter ihm fuhr eine ganze Kavallerie von Motorrädern. Aber es war dieser grinsende Hüne, der einen beringten Mittelfinger in die Kamera streckte, der Tonni dazu brachte, seiner Mutter zu erklären, dass er auch so einer werden wollte.

Die Witwe Sæle hatte nur gelacht. Tonni bewahrte das Bild heimlich auf und legte es ganz hinten in seine Schreibtischschublade.

Später hatte Tonni noch mehr Fotos von Motorrädern gefunden. Einige davon waren so unschuldig, dass er sie in seinem Zimmer an die Wand pinnen konnte. Je älter Tonni wurde, umso klarer stand fest, dass er am liebsten an technischen Geräten herumbastelte. Jedes mechanische Ding, das ihm in die Finger fiel, wurde mit Schraubenzieher und Schraubenschlüssel eingehend untersucht, mit Vorliebe natürlich Motorräder. Wenn die Witwe nicht aufpasste, schraubte er sogar ihre Küchenapparate auseinander.

Jedes Mal, wenn er ein neues Foto von einem Biker fand, fühlte er, dass er einem Geheimnis auf der Spur war, das ihm allein gehörte. Der Stapel mit Bildern in seinem Schrank wuchs. Wenn er sie herausholte und betrachtete, meinte er, die Freiheit sehen zu können. Die Männer sahen aus, als wären sie für den Krieg gerüstet, sie saßen auf wahren Monstermaschinen und personifizierten alles, was Tonnis Mutter und die Familie nicht einlösen konnten. Tonni wuchs im Vorort Oppsal auf, besuchte die Grundschule in Trasop und danach die Schule in Tveita. Seine Freunde waren ganz normal. Niemand in der Nachbarschaft war je mit dem Gesetz in Konflikt gekommen, niemand trank, hurte, wurde festgenommen oder von der Polizei gesucht. Dieses ganze brave Leben gab ihm das Gefühl, eingesperrt zu sein. Als ob alle Zimmer luftleer wären.

Der unbändige Wunsch, das freilassen zu dürfen, was in ihm eingesperrt war, begann sich bald auch äußerlich zu zeigen. Sein Haarschnitt, seine Kleidung und sein Verhalten in der Schule änderten sich. Solange er noch nicht erwachsen war, prügelte ihm die Großmutter diese Flausen mit Birkenreisig aus. Die Erwachsenen, die in der Zeitung von der wachsenden Jugendkriminalität lasen, achteten genauer auf ihn. Für die Lehrer war er ein Unruhestifter, den es zu züchtigen galt, bevor sich der Geist des Aufruhrs in der ganzen Klasse verbreitete. Von der Familie hörte er immer nur, was für ein unfähiger, schlecht erzogener und undankbarer Kerl er war. Er solle lernen, sich besser anzupassen. Sonst würde er bestraft werden.

Tonni fing an, dem Unterricht gleich mehrere Tage hintereinander fernzubleiben. Seine Mutter hatte schon seit langem resigniert. Als sie zum ersten Mal feststellte, dass er betrunken nach Hause kam, wechselte sie alle Schlösser aus. Er war damals sechzehn Jahre alt und glaubte, erwachsen zu sein. Das war mitten im Sommer und wenn er nicht in die Østmarka hinauf ging und dort in einer kleinen Felshöhle schlief, die er beim Solberglivannet gefunden hatte, verzog er sich ins Gestrüpp um die Schule in Trasop und schlief dort, an einen Birkenstamm gelehnt. Tonni schwor sich, von nun an allein zurechtzukommen. Er brauchte niemanden, am allerwenigsten seine Familie.

Tonni machte nur eine Woche, nachdem er unfreiwillig obdachlos geworden war, seinen ersten Bruch. Es war kein professionell ausgeführter Job. Er brach einfach das Schloss eines Kiosks mit einem Kuhfuß auf und machte sich mit der Kasse und einer Plastiktüte voll Schokolade davon. Dann begann er, in den Einkaufszentren von Oppsal und Tveita zu klauen. Meistens etwas zu essen, seltener auch einmal eine Uhr oder Schmuck. Als er das erste Mal geschnappt wurde, verwarnte ihn der Geschäftsleiter des Supermarkts EPA nur. Beim zweiten Mal wurde die Polizei eingeschaltet. Tonni war mit seinen 201 cm und seinem zerfurchten Gesicht eine auffällige Gestalt. Bald kannten ihn alle Ordnungshüter im Distrikt. Man konnte ihn leicht mit jedem frischen, idiotischen Bruch in Verbindung bringen. Außerdem hatte er in den Augen der Polizei die gute Eigenschaft, dass er immer alles zugab, ob er es nun wirklich getan hatte oder nicht.

Als er achtzehn war, verliebte er sich in ein Mädchen aus einem Hochhaus in Oppsal. Kathinka, oder Tinka, wie sie genannt wurde, war erst sechzehn, aber ihre Eltern hatten nichts gegen die

Beziehung. Sie ließen sie ihr eigenes Leben führen und waren zufrieden, solange sie selbst ihr tägliches Quantum Schnaps bekamen. Tonni wohnte bei Tinka in ihrem Zimmer und bumste so frisch von der Leber weg, wie es nur Jugendliche tun. Anfangs kam Tonni etwas aus dem Rhythmus, wenn sein Schwiegervater wütend an die Wand klopfte, weil er nicht genug Ruhe zum Saufen hatte, wie er es ausdrückte. Aber Tinka polterte nur zurück und schrie: »Verdammter alter Wichser!«, und zog Tonni wieder an seinen Platz zwischen ihren Beinen. Sie war in der Taille schmal wie ein Junge, hatte aber Hüften und Brüste, die sich an den richtigen Stellen rundeten. Außerdem war ihre Hand sehr geschickt darin, Tonni zu überreden, Flagge zu hissen.

Im Nachhinein würde Tonni das Jahr mit Tinka als ein Wunder betrachten. Es war unglaublich, dass dabei kein Kind herausgekommen war. Fortan war er überzeugt davon, steril zu sein.

Eines Abends kam Tinkas Bruder, Hallvard, nach Hause, um die Familie zu besuchen. Hallvard war ein Jahr älter als Tonni. Sein Haar hatte er zu einem Zopf geflochten, der ihm auf die Schultern seiner zerfransten Jeansjacke hinunterhing. Er trug an jedem Finger einen Ring und zündete eine Zigarette an der nächsten an. Ihn zu betrachten war für Tonni, als würde er einen Film sehen. Und dieser Film zeigte das wahre Leben, auch dieses Geheimnis hatte Tonni auf den Bildern der Hells Angels erspäht, auf denen sie mit im Wind flatterndem Haar die Autobahn entlang brausten. Hallvard war Mitglied eines der härteren Bikerclubs. Mit ihm konnte Tonni über Maschinen reden, über das freie Leben auf dem Asphalt, über Brüderschaft, über Gesetze und Regeln in dem lederjackengekleideten Stamm von Hallvard. Tinka hatte keine Chance mehr, Tonni ignorierte sie. Hallvard lobte seine Art, mit Frauen umzugehen, auch wenn es sich dabei um seine eigene Schwester handelte.

Um drei Uhr nachts gingen sie nach unten, damit Tonni das »Eisen« angucken konnte. Es war eine Harley XLCH Sportster,

1959er-Modell. Sie war in keinem besonders guten Zustand. Hallvard war eher Fahrer als Mechaniker und nicht in der Lage, das Wunder auseinander zu schrauben, Teile auszuwechseln und zu putzen, putzen, putzen. So war es Tonnis Aufgabe in der folgenden Woche, Hallvards Maschine zu überholen. Danach schlug Hallvard Tonni vor, doch mit ihm ins Clublokal zu kommen, um sich die Biker aus nächster Nähe anzusehen.

Von dem Tag an war alles gelaufen. Plötzlich wusste Tonni, wohin er gehörte und wer seine eigentliche Familie war. Eine eigene Maschine konnte er sich noch nicht leisten, aber in seiner Fantasie saß er bereits auf einer 1000-Kubik mit Kurs auf den Horizont. Er durchlief alle Grade vom »Hangaround« über den »Prospect« bis zum vollwertigen Mitglied. Tinka gehörte nicht zur Szene. Tonni hatte sie fallen lassen, um stattdessen Teil der Gemeinschaft der Brüder zu werden. Fast jede Woche fuhren er und Hallvard zur Trabrennbahn in Bjerke, wo Hallvard einen Stammplatz auf der Tribüne hatte. An den Abenden feierten sie im Clubhaus.

Jedes Mitglied eines Bikerclubs befolgte das Gesetz des Schweigens nach außen. Wenn Mitglieder einer Gang sich mit Mitgliedern einer anderen nicht einigen konnten, war das ein internes Problem, das die bürgerliche Gesellschaft nichts anging. Das klärten die Gangs unter sich.

Es zeigte sich, dass Tonni ein würdiges Mitglied seines Clubs wurde. Als er noch ein »Prospect« war, wurde er eines Tages von einem der Anführer gefragt, ob er nicht für seinen Club einen Job in Kopenhagen erledigen wolle. Tonni hätte alles getan, um ein vollwertiges Mitglied der Brüderschaft zu werden. Eigentlich war es eine ganz simple Drecksarbeit. Tonni bekam einen Revolver in die Tasche geschoben, spazierte durch Strøget, ging nach Nyhavn, fand dort eine Querstraße zur Borgergade, entdeckte zwei 950-Kubiker vor einem Clublokal unten in einem Keller und wartete draußen, bis ein Mann mit einer riesigen Wampe, die über seinen Gürtel quoll, sich die Stufen hinauf bewegte. Tonni schoss dem Mann viermal in die Brust. Er fiel nach hinten und gab keinen einzigen Laut von sich.

Das machte Tonni überhaupt nichts aus. Es war viel wichtiger, einen Job für die Brüder zu erledigen. Außerdem hatten sie ihn vorher genauestens instruiert. Er ließ die Waffe am Tatort zurück, warf die Handschuhe in eine Mülltonne zwei Straßen weiter und spazierte ruhig wieder auf die Fähre, auf der er eine Kabine unter dem Wasserspiegel hatte und zweitausend Mäuse, die er nach Lust und Laune verprassen konnte.

Auf der Fähre versuchte er, zwei Damen aufzureißen, die ihre Kabine am Ende des gleichen Gangs hatten. Berit aus Ammerud war füllig, hatte einen Kuschelbauch und einen gepolsterten Hintern. Ihre Freundin kam aus dem Bøverdal und war ein kleines, mageres Mädchen mit zwei Zöpfen, die in einer Art Kringel auf beiden Seiten des Kopfes hochgesteckt war. Nach einem Abstecher auf die winzige Tanzfläche, auf der zwei Rumänen mit asthmatischem Synthesizer die Gäste mit abgedroschenen Schlagern unterhielten, ging Tonni mit ihnen in ihre Kabine.

Nach Wodka und Grapefruitsaft platzierten sie ihn auf der oberen Koje, legten sich selbst auf die untere und ärgerten ihn, nur mit dünnen Nachthemdchen bekleidet.

»Möchte jemand massiert werden?«, fragte er und nach langem Zögern meinte Berit, dass sie etwas steif in den Schultern war. In dem schwachen Licht, das durch den Spalt unter der Badezimmertür drang, setzte er sich dicht hinter ihren Po und begann, ihr die Schultern zu massieren. Sie schob verstohlen ihre Hand in seinen Schritt und strich ihm über den Schwanz. Aber sie traute sich nicht, weiter zu gehen. Ihre Freundin aus dem Bøverdal fragte die ganze Zeit mit einem deutlichen Zittern in der Stimme, wie es denn liefe, bis Berit meinte, sie solle die Klappe zu halten und Tonni wieder in die obere Koje schickte. Dort schnappte er sich seine Kleider und ging lieber zurück in seine eigene Kabine, trank einen dünnen Whisky und war schon fast eingeschlafen, als das Mädchen aus dem Bøverdal an seine Tür klopfte und fragte, ob er sie nicht auch massieren könne.

In den folgenden Jahren führte er noch zwei solche Jobs aus und gehörte zu denjenigen im Club, die den meisten Respekt genossen. Als in den Neunzigern den skandinavischen Bikerclubs der Besitz eigener Clubräume untersagt wurde, fügten sich nicht alle dieser neuen Verordnung. Aber sie bekamen schnell die Rache der Polizei zu spüren, die endlich gegen die ebenso gehasste wie gefürchtete Bikerszene eine Waffe in der Hand hatte. Einundvierzig Mann von den Rotten Bastards und den Fuckheads wurden ohne viel Federlesen mit hohen Strafen eingebuchtet, weil sie nicht umgehend ihre Festungen geräumt hatten. Alles, von dem man annehmen konnte, dass es den Clubs gehörte, wurde beschlagnahmt. Daraufhin tauchte die Szene unter, aber keiner konnte sie daran hindern, sich in privaten Wohnungen oder in Bars wie dem Exil zu treffen. Aber es war nicht mehr möglich, die verschworene Gemeinschaft aufrechtzuerhalten, wie sie vorher bestanden hatte.

»Im Traumland?« fragte eine Stimme.

Tonni öffnete die Augen. Vor ihm stand Hoel und schloss sorgfältig die Tür hinter sich. Es wurde still.

Hoel stellte ein kleines Tablett auf den Tisch zwischen ihnen. Dann goss er dampfenden Espresso in kleine Keramiktassen. Vor Tonni stellte er eine Schale mit Champignons, eingelegt in Knoblauchöl und mit Koriander, Salz und Pfeffer gewürzt. Er selbst nahm sich den Teller mit Kartoffelsalat mit Anschovis. Tonnis Lederweste knarrte, als er sich vorbeugte und skeptisch mit der Gabel in das kleinste Champignonstück stach. Dann schlürfte er einen guten Schluck heißen Kaffee und platzierte oben drauf einige Tropfen georgischen Brandy.

»Gehts den Zwillingen gut?«, fragte Hoel.

Vor zwei Jahren waren Tonni und das Mädchen aus dem Bøverdal überraschend Eltern geworden. Tonni hatte sich nie vorstellen können, Vater zu werden, und hatte immer geglaubt, gar nicht Vater werden zu können, was er seiner Freundin auch gesagt hatte. Sie war nicht gerade erfreut gewesen, als es trotzdem geklappt hatte. Und die Temperatur war noch einmal deutlich gesunken, als der Arzt ihnen sagte, dass es gleich zweifach gefunkt hatte. Aber eine Abtreibung war für sie nicht infrage gekommen. Tonni war jetzt alle vierzehn Tage Wochenendpapa für die Zwillinge.

»Denen geht es gut.«

»Wer bezahlt die Miete?«

Tonni kratzte sich intensiv am Bart und schluckte Kaffee und Brandy hinunter. »Ich habe in Bjerke Scheiße gebaut.«

»Zu hoch gespielt?«

Bevor Tonni antworten konnte, bemerkte Hoel nachdenklich: »Ich finde, Krzysztof hätte etwas mehr Anschovis beigeben können.«

»Kein Spieler fährt nach Bjerke um zu spielen«, erklärte Tonni.

»Wohl wahr«, bestätigte Hoel. »Komisch, dass die Bahn trotzdem finanziell so gut dasteht.« Hoel hob leicht die Augenbrauen und stellte seine Tasse ab.

Tonni nickte. Plötzlich fiel ihm der Stumpf von Hoels kleinem Finger ins Auge. Während er an einem Champignon kaute, überfiel ihn ein Schauder. Er war einer der wenigen, die alle Details der Geschichte kannte.

»Ich fahr immer nach Bjerke, um Geld für einen Pakistaner zu waschen.«

Die ersten Jahre hatte Tonni noch an den Mythos geglaubt, dass man nur genug über Pferde wissen musste, um vom Wetten leben zu können. An einem Mittwoch, als Hallvard und er auf der Tribüne gesessen und einen gepichelt hatten, hatte Tonni sich warm geredet über seinen Traum, ein professioneller Pferdewetter zu werden. Hallvard hatte ihn zunächst verwundert angeguckt. Dann hatte er auf die Bahn gestarrt, wo die Pferde ihre Runden machten und gefragt, ob Tonni nicht kapiert habe, was hinter dem hier stehe. »Wir sind doch nur hier, um uns zu vergnügen«, erklärte Hallvard. »Nun ja, Meier kann schon mal 25 000 gewinnen und Müller mit einem ansehnlichen Jackpot davonziehen. Aber im Laufe der Zeit legen sie garantiert mehr Geld in die Kasse als sie jemals rausholen. Nein, wer hier Geld verdienen will, der muss sich ganz artig dort hinten hinstellen.« Hallvard nickte zu der Schlange derjenigen hin, die ihre Gewinne abholen wollten. »Die Jungs da, die so diskret wie möglich fragen, ob sie dir nicht den Wettschein für zehn Prozent extra abkaufen können, die machen das Geschäft. Sie bezahlen so um die 110 000 für einen Schein im Wert von 100 000.« Hallvard kippte sich den Rest seines siebten Halben runter. »Und damit hast du für 10 000 Kronen 100 000 gewaschen.«

»Ach so …«, winkte Hoel ab.

»Ab und zu hat man einfach Pech.«

»Das ist in erster Linie deine Schuld«, sagte Hoel und goss noch einen Brandy ein. »Nicht schlecht, wie?«

Tom klopfte an die Tür und Hoel und er sprachen so leise, dass Tonni nichts verstehen konnte.

»Es war nicht mein Geld«, fuhr Tonni danach fort. »Verdammt noch mal, es war nicht meine Kohle, die den Bach runtergegangen ist.«

»Und jetzt steckst du in der Scheiße?«, stellte Hoel fest.

»Ich stecke so verdammt in der Scheiße, dass du es dir gar nicht vorstellen kannst«, erwiderte Tonni.

»Doch, das kann ich«, sagte Hoel und rieb sich über den Stumpf seines kleinen Fingers.

»Eigentlich war das eine ganz einfache Sache. Ich weiß nicht, ob du Jamil Rahman kennst?«

»Er hat doch ein Bordell, oder?«

»Ja, das Cassandra. In der Helgesensgate.«

»So ein dicklicher Typ?«

»Hat fast kein Haar mehr auf dem Schädel. Mit Brille. Backenbart fast bis zum Kinn. Er könnte als pakistanischer Rocker durchgehen, wenn er nicht immer in Jackett und Autofahrerhose rumlaufen würde.«

Hoel nickte und hob eine Gabel mit Anschovis und Kartoffelsalat zum Mund. »Nicht schlecht. Krieg ich einen Champignon von dir? Danke.«

»Rahman hat mit seinen Vietnamesinnen im Cassandra zu viel Geld verdient. Er musste eine ganze Menge weißwaschen.«

»Und da bist du ins Geschäft gekommen?«

»In letzter Zeit ist es verdammt gut gelaufen. Viel gekauft und verkauft. Ich habe sogar meine Provision erhöhen können. Rahman hat zwar fast geheult, aber schließlich hat er klein beigegeben. Aber dann brauchte ich einfach richtig Kohle. Wegen der Kinder.«

»Du hast geklaut«, stellte Hoel nüchtern fest und eine tiefe Falte erschien zwischen seinen Augenbrauen. »Das ist nicht sehr schlau. Das ist es noch nie gewesen.«

»Ach verdammt, es ging um Maja und Betty. Diese Schnepfe hat rumgenervt, dass sie aus Gamlebyen raus wollte. Dort sind einfach zu viele durchgedrehte Leute. Ich habe doch nicht ihr zuliebe zweihundert Riesen auf den Tisch gelegt. Das war für die Kids.«

»Zweihunderttausend. Das ist echtes Geld«, stellte Hoel fest. »Aber wieso ist es den Bach runter, wenn doch alles so prima lief?«

Tonni zuckte mit den Schultern. »Plötzlich lief gar nichts mehr«, antwortete er mit einem Seufzer. »Kein Schwein wollte seinen Schein verkaufen. Es standen lauter misstrauische Bauerntrottel in der Schlange. Die dachten wohl, ich würde sie reinlegen oder niederstechen. Ich wusste von früher, dass man dann aufhören muss. Denn dann ist es das Schicksal, das dir mit seinen Knochenfingern auf die Schulter tippt. Am besten, du lässt ein paar Tage verstreichen, bis es das Interesse an dir verliert. Das Problem war nur, dass die Bezahlung für den letzten Monat, die Rahman kriegen sollte, futsch war. Deshalb habe ich versucht, mir vom alten Harry Geld zu leihen. Er verlangt zwar gigantische Zinsen, aber er hat Kohle. Du kannst dir denken, was passiert ist.«

»Er hat rausgekriegt, dass du pleite bist und kurz davor, mit den Füßen in einem Betonklotz ins Meer gekippt zu werden.«

»Der alte Harry hat sich geweigert, mir was zu leihen. Also musste ich wohl oder übel Rahman anrufen und ihm die Sache erklären. Dass ich so um die 150 000 in den Sand gesetzt hatte. Was ihm gar nicht gefiel.«

»Und jetzt will er sein Geld zurück haben. Ob du bezahlen kannst oder nicht.«

»Das Schlimmste dabei ist, dass er keine Skrupel hat, auf die Kids loszugehen.«

»Dann brauchst du Hilfe.«

Tonni nickte. »Du glaubst gar nicht, wie beschissen ich mich fühle.«

Hoel schenkte sich noch einen Brandy ein. »Das hier ist wirklich was Feines.« Er hielt die Flasche Tonni hin. »Was meinst du, wie weit Rahman gehen wird?«

Tonni zuckte mit den Schultern.

Hoel setzte sich zwei Finger an die Schläfe. »So weit?«

»Vielleicht nicht ganz.«

»Es gibt eine Lösung für dein Problem. Mach mal eine Runde in die Bar. Ich werde inzwischen telefonieren«, erklärte Hoel ruhig. Er hob sein Glas und prostete Tonni zu.

Dieser leerte sein Glas und versuchte gleichzeitig Hoels Gesicht zu deuten. Dann schlurfte er hinaus, um seine Magensäure mit Whisky zu verdünnen.

3

Hoel war hin- und hergerissen. Wenn Irina hier gewesen wäre, hätte sie ihn mit ihrem sonderbaren Blick angesehen. In ihren Augen hätte er wahrscheinlich Enttäuschung und die resignierte

Erkenntnis gesehen, dass er es doch nicht auf der sauberen Seite aushielt. Hoel dachte niedergeschlagen, dass das System ihn vielleicht für den Rest seines Lebens immer wieder zurückholen würde.

Gleichzeitig redete er sich ein, dass er doch nur telefonieren wolle, um sich mit Jamil Rahman zu treffen und zu einer einvernehmlichen Lösung zu kommen. Was machte denn ein Jurist oder Geschäftsmann Tag für Tag anderes? Dealing and Wheeling. Hoel wusste genau, dass das nur eine dürftige Entschuldigung war und beschloss, Irina unter keinen Umständen davon zu erzählen. Es stand zu viel für ihn auf dem Spiel. Er wollte sie nicht verlieren.

Da er es sich zur Gewohnheit gemacht hatte, nie etwas Heißes aufzuschreiben, hatte er sich die Telefonnummer gemerkt, die Tonni ihm gegeben hatte. Jetzt tippte er sie ein, bekam aber nur den Bescheid, dass das betreffende Handy ausgeschaltet war.

Es gab zwei Gründe, warum er Tonni half.

Zum einen war er ein Freund, der seine Hilfe brauchte. Nur schon mit dem Anruf gab Hoel seine guten Vorsätze auf. Er wollte mit seinem alten Leben nichts mehr zu tun haben. Er wollte ganz normal leben und einfach den Laden so gut wie möglich schmeißen. Aber hier ging es um seine Ehre. Er konnte einem Mann, der ihm einmal das Leben gerettet hatte und der ihm all die Jahre hindurch ein wirklicher Freund gewesen war, diese Bitte nicht abschlagen.

Zum Zweiten, und Hoel musste zugeben, dass das sogar der wichtigere Grund war, ging es um Tonnis Kinder. Hoel hatte sie einmal mit ihm zusammen gesehen. Dieser riesige, furchterregende Hüne sang den kleinen blonden Mädchen vor und schaukelte sie auf seinen Knien. Wer es nicht mit eigenen Augen gesehen hatte, hätte es nicht für möglich gehalten.

Wenn er an Maja, Betty oder Irinas Sohn Sönke dachte, spürte Hoel, wie sein Herz schneller und anders schlug als sonst. Niemand durfte Kinder bedrohen. Dann würde Jamil Rahman es mit ihm zu tun kriegen. Wegen Maja und Betty war Hoel bereit, sein Abstinenzgelübde zu brechen.

Nach einer halben Stunde rief er die Nummer noch einmal an. Mit dem gleichen Resultat. Danach rief er seinen guten Freund Gekko an. Er meldete sich nach dem ersten Klingeln.

»Sag mal, sitzt du auf dem Hörer?« fragte Hoel.

»Dinge müssen erledigt werden. Dinge müssen geregelt werden. Alles eilt. Womit kann ich dir dienen, mein Freund?«, erwiderte Gekko und Hoel hörte an dem Stimmengebraus, dass er die Bude voll hatte. Gekko gehörte zu den Menschen, die immer genau wussten, was gerade läuft. Die alle kennen, die man eben kennen muss und die fast alles mit einem Telefongespräch regeln können.

»Ich haben einen Freund, der für ein paar Tage untertauchen muss«, sagte Hoel. »Ein Biker. Leicht wiederzuerkennen, es muss also ein wasserdichter Platz sein, wo er wirklich verschwinden kann.«

»Gib mir zehn Minuten«, sagte Gekko und unterbrach die Verbindung.

Es dauerte nur sieben Minuten und Tonni war an einem passenden Ort einquartiert, wo weder Rahman noch die Dame aus dem Bøverdal nach ihm suchen würden. Hoel schickte Tonni sofort los. Jetzt musste er nur noch beim Handy durchkommen. Alles andere konnte warten. Er war sich sicher, dass sich alles mit ein paar geschickten Telefongesprächen vom Büro aus regeln ließ. So hätte er wenigstens das Gefühl, nicht allzu viele Kompromisse mit sich selbst eingegangen zu sein. Immerhin ein Trost für sein bohrendes Gewissen.

Als wollten die Götter ihm eine lange Nase zeigen, klingelte das Telefon genau in dem Moment. Er wusste sofort, dass sie es war.

»Hei Irina!«, sprach er leise in die Muschel.

»Ich habe an dich gedacht. Und da fühlte ich, dass ich auch in deinen Gedanken war«, erwiderte sie mit ihrer rauchigen Stimme.

»Ich kann nicht leugnen, dass ich auch gerade an dich gedacht habe«, bestätigte Hoel und lächelte schief, während er versuchte, sein schlechtes Gewissen beiseite zu schieben. Er musste an alles denken, was Männer vor ihren Frauen so verborgen hielten. Wenn diese nur von den vielen kleinen Geheimnissen, dem schlechten Gewissen und den Not- und offensichtlichen Lügen wussten. Irina merkte, dass seine Gedanken abschweiften und beendete das Gespräch rasch: »Ich störe dich. Du hast genug zu tun.«

»Hm«, knurrte Hoel. Was man so oder so interpretieren konnte. Dann zwang er sich wieder auf den Boden der Tatsachen. Sie tauschten so viel Zärtlichkeit aus, wie eine europäische Telefonleitung nur vermitteln kann und legten auf.

Hoel stand auf und lief im Zimmer auf und ab. So konnte er besser denken. Er blieb vor dem hohen, schmalen Fenster mit den Metallsprossen stehen, das auf die Tollbugata hinausging. Er hatte das normale Glas durch Panzerglas ersetzen und die Scheibe mit einer dünnen Schicht überziehen lassen, sodass es für den, der draußen davor stand, wie ein Spiegel wirkte, in dem er sich betrachten konnte, während er unbemerkt hinaussehen konnte. Ein Mädchen von der Straße stieg gerade aus einem silbergrauen Mercedes, schlug die Tür hinter sich zu und beugte sich zu dem vermeintlichen Spiegelfenster hin, um zu überprüfen, ob ihre Schminke nach dem letzten Einsatz nicht verschmiert war. Dann ging sie zurück zur Rådhusgata, zum Bankplatz oder wo sie eben ihren Standplatz hatte. Zwei angetrunkene Männer mittleren Alters pfiffen hinter ihr her, während sie die Straße hinunter schwankten. Ein Porsche und ein Lada rollten langsam die Straße hinunter, hielten sich dabei links von den Straßenbahnschienen. Hoel dachte, was wohl passieren würde, wenn die Leute wüssten, dass er hier drinnen saß und versuchte, einen Deal über hundertfünfzig Riesen und die Kniegelenke eines Fuckheads-Mitglieds unter Dach und Fach zu bringen. Diese Unschuld und das Vertrauen in Das-passiert-hier-in-Norwegen-zum-Glück-nie erstaunten ihn immer wieder. Kaum jemand wusste, dass viele Geschäfte in dem modernen Königreich auf einer ganz anderen Ebene abgewickelt wurden.

Ein plötzlicher Lärm aus der Bar ließ ihn jäh stoppen. Mit drei Schritten war er bei der Tür.

4

Erik Brock gefiel das Gesicht des Marokkaners nicht. Deshalb hatte er ihm den Zugang zum Exil verweigert.

Der Kerl hatte den mageren, verrückten Zug um die Augen, den Leute haben, die zu lange hungern mussten. Den meisten Norwegern fehlt dieser Zug, weil sie ein bequemes Leben haben. Als Türsteher lernt man, auf diesen besonderen Ausdruck zu achten. Man findet ihn bei Leuten, die alles tun, um nicht wieder hungern zu müssen. Auf solche Leute kann man sich nicht verlassen, räsonierte Brock. Man konnte nicht erwarten, dass sie Regeln und Gesetze befolgten. Und innerhalb dieser vier Wände gab es Regeln und Gesetze, die nicht gebrochen werden durften. Hungrige Menschen waren schlecht fürs Geschäft.

Deshalb hatte Brock den Marokkaner zunächst mit den üblichen Floskeln abgewiesen. Als das nichts half, hatte er den Mann entschieden mit seiner riesigen Pranke zurückgeschoben. Und als der Kerl immer noch nicht aufgab, sondern in einem Stakkato von Englisch und Norwegisch protestierte, hatte sich Brock zu voller Größe aufgerichtet und war auf den Bürgersteig hinausgetreten. Er wusste, dass das ein imposanter Anblick war.

Erik Brock wirkte genauso breit wie lang. Er konnte seine Arme nicht an den Seiten herunterhängen lassen, da er seine Bizepse und Trizepse übermäßig trainiert hatte. Für Leute, die kein Faible für überdimensionierte eingeölte Muskeln hatten, mochten diese aufgeblähten und ungewöhnlich langen Arme grotesk aussehen. Aber

Karine Alme, seine Frau, die selbst Trainerin im Fitnesszentrum in Økern war, gefielen sie. Auch wenn Brock den Eindruck erweckte, dass der falsche Typ Arme, die eigentlich für jemand anderen bestimmt gewesen waren, an seinen Körper geschraubt worden waren, denn seine Beine wirkten im Vergleich wie Pfeifenreiniger. Aber er war stolz auf seinen Körper. Von Hoel hatte er die Erlaubnis erhalten, seine Trainingsgeräte im Keller des Exil aufzustellen, und nun trainierte Brock gewissenhaft jeden Nachmittag vor Öffnung der Bar zwei Stunden lang. Als er dann auch noch zwei große Spiegel an der Wand anbrachte, wurde es sogar Karine zu viel. »Manchmal möchte ich ja wissen, ob du deinen Körper mehr liebst als mich«, hatte sie spitz bemerkt, ihre rosa Leggins geradegezupft und angefangen, ihre Fingernägel zu scharfen Krallen zu feilen. »Ich auch«, hatte Brock nur erwidert.

Brock hatte Tonni Sæle gerade rausgelassen, der jetzt weitaus besserer Laune war. Er postierte sich mitten in der Tür, mit kurzgeschorenen Haaren und mit einem weißen, zu engen Hemd. Brock kaufte alle Hemden eine Nummer zu klein. Dann konnte er fühlen, wie seine Muskeln die Nähte zu zerreißen drohten. Außerdem konnte so jeder sehen, dass er ein Piercing durch die rechte Brustwarze hatte. Mit strenger, aber gerechter Hand winkte er die Auserwählten hinein, und hielt diejenigen zurück, die entweder auf der schwarzen Liste standen oder die er nicht im Lokal haben wollte. Wer einfach nur ein paar Halbe zu viel hatte, den schickte er auf einen Spaziergang »einmal um den Block«, um sie eine halbe Stunde später noch einmal zu begutachten. Erik Brock beherrschte seinen Job aus dem Effeff. Es gab keinen Trick, den er nicht kannte.

Er hatte gesehen, wie sich der Marokkaner zwischen die Säulen der Osloer Börse zurückgezogen hatte und dort wartete. In unregelmäßigem Abstand glühte ein kleiner Punkt auf. Brock übersah ihn, auch wenn er förmlich spürte, wie der starre Blick des Mannes versuchte, ihm ein Loch in die Stirn zu brennen. Er ließ zwei Jugoslawen hinein, die er kannte, und anschließend eine der alten Huren, die keine Lust mehr hatte, die Revierstredet auf- und abzuwandern auf der Jagd nach einem der seltenen Freier, die Lust auf abgehangenes Fleisch hatten. Sie kniff Brock scherzhaft in den Hintern, als sie an ihm vorbei ging, und er murmelte »Nimm dich in Acht!« Weiter ließ er es nie kommen, wenn es um einen Flirt ging. Erik Brock akzeptierte nur klare Linien.

Der Marokkaner änderte seine Position. Jetzt stand er näher an den Säulen. Plötzlich warf er seine Zigarette fort. Brock bekam das alles mit, während er einen der Taschendiebe hereinließ, der auf dem kurzen Stück zwischen Kirkeristen und Egertorget sein Revier hatte, und anschließend einen müden Dealer zurückwies. »Mensch, was soll der Scheiß, Brock«, nölte der uralte Mann von dreiundzwanzig Jahren. Er stank schon meilenweit gegen den Wind nach Dope, ein Geruch, den alle Türsteher kennen.

Aber das interessierte Brock überhaupt nicht. Er starrte finster über die Schulter des Mannes, während er antwortete: »Holger, du weißt, was ich dir letztes Mal gesagt habe. Kein Deal hier drinnen. So lauten die Regeln, okay? Und trotzdem hast du letztes Mal drauf geschissen und es doch im Klo versucht. Keiner treibt hier irgendwelche Geschäfte auf dem Scheißhaus. Keiner bumst, keiner dealt, keiner setzt sich einen Schuss. Hast du gehört?« Brocks Blick suchte den Marokkaner. Aber diese Ausgeburt der Hölle war verschwunden. Und das machte ihm Sorgen. Ihm wäre es lieber gewesen, wenn er den Kerl über den Platz gehen und dann um die Ecke verschwinden gesehen hätte. Jetzt musste er besonders auf der Hut sein.

»Kapiert. Aber trotzdem … kannst du es nicht ’n bisschen lockerer sehen, Brock? Ich mach auch keinen Scheiß mehr, ehrlich.« Holger starrte ihn hoffnungsvoll mit tellergroßen Augen an.

»Komm morgen wieder«, erklärte Brock großzügig. Normalerweise würde er den Kerl einen ganzen Monat lang auf die schwarze Liste setzen. Missmutig ging Holger die Stufen wieder hinunter und schlurfte die Fred Olsens gate Richtung Jernbanetorget hinunter. Brock beugte sich vor und schaute durch die offene Tür hinaus.

Er spähte die Straße hoch und runter, aber immer noch war kein Marokkaner zu sehen.

Nachdem fünf Minuten vergangen waren und nur das Quietschen einer Straßenbahn, die um den Bahnhof herum fuhr, die Stille durchbrochen hatte, entspannte Brock sich wieder. Er schaute über die Schulter in die Bar, und sein Blick traf sich mit dem eines der Barkeeper, der mit dem anderen fest Angestellten, Tom, der aus Cork in Irland stammte, um die Wette Bier zapfte. Im Augenblick ging es im Exil besonders hoch her.

Brock hätte die Straße nicht aus den Augen lassen sollen. Das war sein erster Fehler. Was ihn rettete, war die Tatsache, dass sein perfektes Gehör das leise Geräusch eines Hosenbeins, das sich am anderen rieb, auffing.

Er drehte sich um und hockte sich unwillkürlich hin, als er sah wie der Marokkaner um das nächststehende Auto kam, ein Samenmesser in der Hand. Die Schneide war lang und breit, und offensichtlich meinte der Mann es ernst. Brock wich einen Meter ins Lokal zurück. Dann machte er einen zweiten Fehler.

Der Chef hatte ihm immer eingetrichtert, dass er die solide Tür zuschlagen und die Idioten draußen stehen lassen sollte, wenn ihm die Lage über den Kopf wuchs. Wenn er rausgucken wollte, konnte er sich mit der kleinen Luke begnügen. Aber Brock wusste, dass er mit einem Mann mit Messer fertig wurde. Das war nicht das erste Mal, dass er so einen Typen entwaffnete.

Der Marokkaner schlich wie eine Katze an der Tür vorbei und Brock wartete auf einen Ausfall. Der kam genau in dem Moment, als Brock ihn erwartet hatte. Er sprang einen Schritt zur Seite, sodass die Hand mit dem Messer ins Leere stach. Dann packte er das Handgelenk und zog ihn nach vorn, um den Schwung auszunützen und ihn zu Fall zu bringen.

In dem Moment wurde ihm klar, dass er den Marokkaner unterschätzt hatte. Er hatte das andere Messer nicht gesehen, das der Angreifer in der linken Hand verbarg. Brock spürte, wie fünf Zoll kalter, rostfreier Stahl sich in seine Seite schnitt. Mit hartem Handkantenschlag schlug Brock auf die linke Hand, die sofort den Griff ums Messer lockerte, das bis zum Schaft in seinem Fleisch steckte.

Der Marokkaner stolperte und fiel nach vorn, genau wie Brock es geplant hatte. Aber er kam gleich wieder auf die Beine und drehte sich Brock zu, der mit einer Hand das Messer in der Wunde umklammerte und aufmerksam jede Bewegung seines Gegners beobachtete. Im Augenblick spürte er noch keinen Schmerz, aber das würde sich bald ändern. Er musste die Sache so schnell wie möglich abschließen. Sein Leben und – was vielleicht noch wichtiger war – seine Ehre als Türsteher standen auf dem Spiel.

Aber Brock brauchte nicht weiterzukämpfen.

Alex Hoel stand plötzlich hinter dem Marokkaner. Er hielt die Hand mit dem Messer in einem Eisengriff, drehte die Waffe aus der Faust und drückte mit dem anderen Arm dem Marokkaner gegen die Gurgel. Zuerst versuchte er sich loszureißen, aber als Alex Hoel ihm ruhig ins Ohr sprach, entspannte er sich und hörte konzentriert zu. Brock trat näher, falls sein Chef Hilfe bräuchte.

»… ist ein Mann von Ehre«, hörte er seinen Chef sagen. »Hier drinnen bestimme ich. Alle anderen müssen sich an meine Regeln halten. Mein Mann hat nur seinen Job gemacht, den ich ihm aufgetragen habe. Da ist nichts Persönliches dahinter. Vielleicht hat er das auf eine Art gesagt, die nicht besonders geschickt war. Aber keiner wollte, dass du dein Gesicht verlierst. Und danach bist du zu weit gegangen und hast einen meiner Leute verletzt. Aber jetzt hast du dir selbst die Wiedergutmachung geschaffen. Willst du jetzt mit mir Frieden schließen? Oder soll ich dir die Hand brechen?«

Der Mann nickte ernst, als müsste er jedes einzelne Wort verdauen, bevor er es gutheißen konnte.

Danach schob der Chef das Messer in die Tasche des Mannes und zog ihn ruhig am Ellbogen zur Tür. »Geh mit Allah!«, sagte er und über dem Gesicht des Marokkaners breitete sich ein Lächeln wie ein Sonnenstrahl aus. Er antwortete etwas auf Arabisch und verschwand.

Brocks Knie gaben nach. Sein Chef konnte ihn gerade noch auffangen, brachte ihn zusammen mit Tom ins Hinterzimmer und platzierte ihn auf einem Sessel.

»Ich mache nur den Bezug blutig«, wehrte sich Brock, fühlte aber, dass seine Stimme nur noch ein Flüstern war.

»Das ist nur ein Sessel«, meinte Hoel und goss ihm großzügig einen Brandy in ein dickbauchiges Glas ein und legte ihm eine Hand auf die Schulter. »Ruf ein Taxi, Tom.«

Dienstag

1

Hoel las und döste die ganze Nacht durch.

Gegen acht Uhr stand er auf und schwamm zwanzig Minuten im Schwimmbecken im Keller, um seine rastlose Energie loszuwerden. Danach presste er sich frischen Orangensaft, kochte eine Tasse Espresso, während er zwei Brötchen in den Backofen schob, damit sie dort goldgelb und knusprig wurden. Er belegte sie mit ein paar Scheiben Brie, dekorierte sie mit Paprika und Radieschen und aß sein Frühstück an dem alten Bauerntisch in der Küche.

Das Haus in Nordberg hatte er geerbt, als seine Eltern im Mai bei einem Autounfall tödlich verunglückt waren. Er hatte sie seit fünfzehn Jahren nicht mehr gesehen und kaum mehr an sie gedacht. Die Familienbande waren schon lange durchtrennt gewesen, seit er sich für eine militärische Karriere etwas ungewöhnlicher Art entschieden hatte. Das passte schlecht zu den Vorstellungen seiner Eltern von einem idyllischen Familienleben.

Als Söldner war Alex Hoel mehrere Male in Afrika gewesen. Plus einen kleineren Auftrag in einer der unsicheren Militärdiktaturen in Südamerika. Dort hatte er gelernt, seinen Körper zu beherrschen, auf seine Instinkte zu hören und sich entweder aus einer verzwickten Situation zu befreien oder auf Teufel komm raus abzuhauen, wenn das nicht ging. Als er schließlich selbst einsah, dass jetzt genug war, begann sein Leben als als »Torpedo«, als Vermittler und Geldeintreiber in Oslo.

Als Hoel die Schlüssel für das Haus bekam, war er mit gemischten Gefühlen zu dem Haus und dem Garten seiner Kindheit gefahren, in dem er mit seinen Sandkastenfreunden von genauso wohlhabenden Eltern Verstecken oder Trapper und Indianer gespielt hatte. In dieser Gegend trugen die Nachbarn ehrenwerte alte Osloer

Namen wie Treschow, Behrens, Gabel und Juel. Im Haus hatte sich nichts verändert seit dem Tag, als er vor fünfzehn Jahren die Tür hinter sich zugeworfen hatte. Er prüfte alles gründlich und notierte sich, was renoviert oder umgebaut werden musste. Neben dem Haus hatte die Erbschaft noch eine hübsche Summe Geld mit sich gebracht. Deshalb konnte er die Pläne fürs Haus problemlos neben dem Exil in Angriff nehmen.

Als Erstes hatte er alles, was den Eltern gehört hatte, verkauft oder weggeworfen. Er hatte zwei Antiquitätenhändler aus der Stadt ein Angebot machen lassen und das bessere genommen. Dabei hatte er die ganze Zeit an Irina und Sönke gedacht. Was ihnen wohl gefallen würde und welches Zimmer Sönke bekommen sollte. Er hatte am Wohnzimmerfenster gestanden und sich vorgestellt, dass das vielleicht schon bald Irinas Aussicht sein würde. Er hatte in den Garten geschaut und dabei vor Augen gehabt, wie Sönke mit seinen Freunden, die Treschow, Behrens, Gabel oder Juel mit Nachnamen hießen, hier Räuber und Gendarm spielen würde. Das Rad der Geschichte hatte sich gedreht und war an seinen Ausgangspunkt zurückgekehrt.

Danach ließ er das Haus von einer Innenarchitektin, einer Bekannten von Gekko, inspizieren. An einem Samstag im Juni hatte sie skizziert und ihm ihre Pläne erklärt, während sie durch die Räume gingen: welche Farben und Stimmungen jeweils passen würden, welche Wände entfernt, versetzt, gestrichen werden sollten und wo Schlafzimmer und Kinderzimmer ihren Platz fänden. Und sie hatte ihm gezeigt, wo die Möbel stehen würden in den Zimmern, die jetzt so leer waren, dass es widerhallte, wenn sie sprachen. Anschließend hatte sie ihn zum Lunch eingeladen, mit der unausgesprochenen Andeutung, diesen zu verlängern, wenn er wollte. Hoel hatte im ›Clodion‹ mit ihr gegessen, aber auf den »Dessert« verzichtet. Sie hob keine Augenbraue, lächelte nur säuerlich und ließ ihn gehen, ohne es noch einmal zu versuchen. Ihm gingen Irina, Sönke und das normale Leben, das sie gemeinsam leben wollten, nicht aus dem Sinn. Das war ein goldener Becher, der in Reichweite wartete und von dem er bereits gekostet hatte.

Das Haus war erst seit zwei Wochen fertig. Der einzige Ort, an den Hoel die Innenarchitektin nicht rangelassen hatte, war der Keller. Als sein Vater das Haus in den Sechzigern gekauft hatte, gab es dort unten ein Schwimmbecken. Aber sein Vater hatte es zuschütten lassen und den schönen Holzboden rundherum abgedeckt. Hoel hatte alles herausreißen lassen, das Schwimmbecken neu ausgraben und in einer Ecke des Raums eine Sauna installieren lassen. Ein paar schöne Decksstühle aus dunkel lackiertem Edelholz, weiß verputzte Wände und ein Gemälde von Therese Nordtvedt an der einen Stirnwand vervollständigten eine Einrichtung, die Hoel selbst für äußerst geschmackvoll hielt. Die Innenarchitektin hatte leicht die Nase gerümpft, als sie das sah, aber nichts gesagt. Der Kunde hatte immer recht. Jedenfalls wenn er so viel Geld hatte wie Hoel.

Sein anderer Lieblingsraum war der Teil des Hauses, den die Architektin als »Bibliothek« bezeichnet hatte. An jeder Wand waren Bücherregale und in einer Ecke stand ein wuchtiger Ohrensessel, den man nach hinten kippen konnte, sodass man fast darin lag. Fernbedienung für den Fernseher, die Musikanlage und das Licht waren in die eine Armlehne integriert. Die Bücher waren in Reichweite. Er hatte zweiunddreißig Fernsehkanäle in einer Bildqualität, die ihn fast das letzte Hemd gekostet hatte.

Er war auf dem Weg in sein Büro im Exil, als das Telefon klingelte. Es war Karine Alme, die ihm die Leviten las. Sie machte sich Sorgen wegen Erik, der bleich wie eine Leiche vom Notarzt nach Hause gekommen war. Hoel hörte ihr zu, antwortete an den richtigen Stellen mit »Ja« oder »Nein« und schlug als Pflaster auf die Wunde ein romantisches verlängertes Wochenende in Paris oder Rom für das Ehepaar vor. Worauf sich der Ton beträchtlich besänftigte und Hoel zu seinen Alltagssorgen übergehen konnte. Er rief

Bønna an, der damit einverstanden war, für vierzehn Tage als Türsteher einzuspringen.

Bønna war allzeit bereit. Bønna war geldgierig. Er hatte nicht die Statur von Brock, aber er hatte Temperament und ein Gesicht, das aufdringliche Leute abschreckte. Seine Augenbrauen waren fast zusammengewachsen und seine Augen lagen tief in den Höhlen. Die mageren, eingefallenen Wangen und hohen Geheimratsecken verliehen ihm ein dämonisches Aussehen. Aber ein Angriff wie der gestern Abend auf Brock war die Ausnahme und nicht die Regel. Außerdem war Hoel fast immer zur Stelle.

Jetzt war Krzysztof, der Koch, schon wieder voll und hatte eine Sackkarre umgeworfen. Das war das dritte Mal in genauso vielen Wochen. Hoel platzierte den Koch am Tisch in der Küche, kochte eine Kanne starken Kaffee und öffnete eine Literflasche Cola. Danach flößte er ihm Kaffee und Cola ein, bis er wieder einen klaren Blick bekam und etwas von seiner großen, hoffnungslosen Liebe zu einer polnischen Jüdin brabbelte. Hoel kannte die ganze Geschichte bereits und stimmte ihm voll und ganz zu. Während er versuchte, seinen Koch nüchtern zu bekommen, rief er immer wieder die Nummer an, die er von Tonni bekommen hatte, ohne Erfolg.

Sie öffneten und die ersten Gäste, drei langhaarige Biker von einem Club in Haugerud, schlurften herein und fanden ihre Stammplätze. Hoel schaute ins Lokal. Es saßen nur Bekannte hier. Bønna kam eine halbe Stunde zu spät, ging sofort zu Hoel ins Büro und entschuldigte sich überschwänglich dafür. Er ließ sich in einen Sessel fallen, sprang gleich wieder auf um eine Tasse Kaffee entgegenzunehmen, die Hoel ihm anbot, setzte sich und sprang wieder auf, wobei er ununterbrochen redete. Er wanderte im Kreis herum und erklärte, dass es Dagny momentan nicht so gut ging. Früher hatte sie zu gleichen Teilen Valium und Southern Comfort genommen, aber inzwischen war es fast nur noch Valium. Bønna hielt es zu Hause kaum noch aus. Er wurde unruhig, wenn er sie nebenan unter ihren Kunden stöhnen hörte, während er selbst

Patiencen legte, Zeitung las und versuchte, sich einen Teufel drum zu scheren, ob es nun Französisch, Spanisch oder Griechisch war, was sie gerade verkaufte. Mehrere Male versuchte Hoel den Wortschwall zu stoppen. Schließlich kapierte Bønna und machte sich auf in die Bar, die Tasse in der Hand. Hoel winkte ihm nach und rief dann wohl zum hundertsten Mal an. Er zuckte zusammen, als endlich das Freizeichen zu hören war.

»Ja«, meldete sich eine kurz angebundene, unfreundliche Stimme.

»Jamil Rahman?«, fragte Hoel, ebenso knapp.

»Nein. Gibts was zu melden?«

»Es geht um Tonni Sæle.« Hoel merkte, dass der andere nachdenken musste. Irgendwie kam Hoel die Stimme bekannt vor, ohne dass er sagen konnte, wer es war.

»Das ist Rahmans Projekt. Dieser Arsch schuldet uns Geld. Willst du für ihn bezahlen?« Die Stimme klang gierig und heiser.

»Nein, aber wir würden gern zu einer gütlichen Regelung kommen«, erklärte Hoel und versuchte wieder, den Mann einzuordnen. Er wusste, dass er ihn schon einmal getroffen hatte. Unerklärlicherweise hatte Hoel das Gefühl, der Mann wäre von den Toten auferstanden, und dass er nicht gut mit ihm auskommen würde.

»Geld. Sonst kann er gleich sein Testament machen.«

»Wir müssen uns treffen«, sagte Hoel. »Oft können Probleme aus der Welt geschafft werden, indem man drüber spricht. Wie wäre es, wenn Rahman morgen um neun Uhr in mein Büro im Exil kommt?«

»Rahman trifft sich morgen um neun mit dir im ›Harlekin‹ im Hegdehaugsveien. Aber erwarte nicht zu viel. Wir wollen unser Geld haben.« Die Verbindung wurde unterbrochen.

Hoel blieb mit dem Handy in der Hand sitzen und starrte es an. »Ich habe das Gefühl, als hätte ich mit einem Gespenst gesprochen«, murmelte er. »Aber ich muss mich geirrt haben.«

2

Der Telefonhörer rutschte Braza aus der Hand.

Er wischte sich die Handflächen am Hosenbein ab und merkte, wie feucht die Innenfläche war. Ihm war schwindlig, die Gedanken wirbelten ihm durch den Kopf und er spürte, wie es in den Knien zuckte. Er zog seine schmalen Lippen zurück, dass sogar die braunen Stockzähne sichtbar wurden.

Braza hatte sich im letzten Dreivierteljahr verändert. Wie durch ein Wunder war er davongekommen, als Dragoslaws Hauptquartier von den Auftragskillern der Russen gestürmt worden war. An dem Abend hatten die Jugoslawen ein reichlich feuchtes Fest veranstaltet. Aber Braza hatte so gut wie nichts getrunken. Die schmerzstillenden Tabletten, die er nehmen musste, erzeugten in Verbindung mit Alkohol Übelkeit. Er hatte mit angestoßen, steif gelächelt und kaum seinen Gaumen mit dem harten Stoff befeuchtet, den Dragoslaw und die anderen in sich reinkippten.

Dragoslaw und Braza hatten in Dragoslaws Büro gesessen und eine letzte Flasche geteilt. Dragoslaw war eingeschlafen und Braza hatte das Gesicht des Mannes betrachtet. Am liebsten hätte er Dragoslaws Blut getrunken, sein Herz mit seinen Eckzähnen in kleine Stücke gerissen und auf die Straße gespuckt, damit Straßenköter ihr Bein darüber heben konnten … Genau in dem Moment wurden Brazas wilde Phantasien von scharrenden Geräuschen unterbrochen. Schritte. Geräusche, die nicht dorthin gehörten.

Er hatte keine Zeit mehr, den Stock mitzunehmen. Braza humpelte in ein Schlafzimmer im Erdgeschoss und versteckte sich in einem der Schränke. Durch die Spalten in der Lamellentür sah er einen Mann mit einer Skimütze über dem Gesicht, der sich mit ausgestrecktem Arm über Andrea beugte. In der Hand hielt er eine Pistole mit aufgesetztem Schalldämpfer. Im gleichen Augenblick, als Andrea aufwachte und sich die Augen rieb, feuerte er den ersten Schuss in ihre linke Brust ab. Dann noch einen Schuss durch ihren

Hals und dann einen in Rastkos Seite. Als diesen der Schuss traf, wollte er sich gerade im Bett umdrehen. Rastko presste eine Hand auf die Wunde, knurrte und versuchte aufzustehen. Der dritte Schuss traf seinen Kopf.

Braza war im Schrank stehen geblieben, bis er glaubte, in Ohnmacht zu fallen. Zweimal waren maskierte Männer ins Zimmer gekommen, um noch einmal die Lage zu checken. Beim dritten Mal holten sie die Toten ab. Es war halb sieben Uhr morgens, als Braza sich auf steifen Beinen aus dem Zimmer schlich. Wände und Boden waren blutbeschmiert, aber Braza sah keine einzige Leiche.

Er bemerkte, dass Dragoslaws Aktenkoffer verschwunden war. Er schlich sich in den Keller um nachzusehen, ob auch Alex Hoel hatte dran glauben müssen, aber auch dort gab es nur eine dunkelrote Pfütze auf dem Boden.

Ein Mann wie Braza fand immer ein neues Rattenloch, in dem er sich verkriechen konnte, wenn die anderen Löcher aufgespürt waren. Er nahm ein Taxi, das ihn in die Josefines gate fuhr, dort nahm er die erste Querstraße rechts und kam zur Grønnegate, wo er eine Wohnung unter einem anderen Namen gemietet hatte. Die Nachrichten waren voll mit Reportagen über die Ereignisse, die die ganze Nation schockiert hatten. Außerdem wurden Verbindungen aufgedeckt zwischen dem, was in Norwegen passiert war und Aktionen in anderen Ländern.

Er zählte sein Geld und telefonierte ein paar Mal ins Ausland. Am siebten Tag flog er nach New York zu einem Spezialisten, der behauptete, er könne die Operation ausführen, die Braza brauchte, um wieder normal gehen zu können. Braza hatte keine andere Wahl. Entweder er ging das Risiko einer solchen Operation ein, oder er konnte sich gleich einen Rollstuhl kaufen.

Nach der Operation schaute er mehrere Wochen lang nicht in den Spiegel. Er wusste, dass sein eigenes Gesicht ihn nur erschrecken würde. Als er sich dann endlich traute, sich anzusehen, erschrak er trotzdem. Die Schmerzen hatten tiefe Falten in sein Gesicht geschnitten. Sein Haar war dünner geworden, die Augen blasser. Er hatte das Gefühl, um Jahre gealtert zu sein. Aber zum ersten Mal seit dem Tag, an dem Hoel und sein Kumpel ihn vor viereinhalb Jahren in einem Treppenhaus niedergestochen hatten, konnte Braza ohne Stock gehen. Einen Monat später war die gebeugte Haltung verschwunden, er ging wieder aufrecht. Aber nichts konnte die tiefen Furchen wieder glätten, die sich um Mund und Nase eingegraben hatten.

Als er Ende März zurück nach Oslo kam, hatte er kein Geld mehr. Doch er besaß unbändigen Ehrgeiz und Energie. Er hatte mit Jamil Rahman gesprochen, dem Besitzer eines Schönheitssalons, der eigentlich ein getarnter Puff war. Die Geschäfte liefen nicht sonderlich gut. Die Mädchen waren zu erschöpft, zu ordinär oder zu alt. Die Räume in der Gamlebyen waren Gegenstand einer enthüllenden Fotoreportage in der Zeitung *Klassekampen* gewesen und lockten deshalb nicht mehr viele Kunden an.

Aber Braza hatte eine Geschäftsidee und ein paar gute Kontakte in Deutschland. Und so wurde das ›Cassandra‹ eröffnet. Um den neuen Zusatz zum Zuhälter-Paragrafen zu umgehen, nach dem es unter Strafe verboten war, an Personen oder Institutionen zu vermieten, die Prostitution betrieben, kauften sie gleich ein ganzes Mietshaus in der Helgesensgate. Braza meinte, diese Gesetzesänderung hätte sowieso nur zur Folge, dass es jetzt gar keine öffentliche Kontrolle mehr über das Geschäft gab. Er konnte jetzt noch mehr Druck auf die Mädchen ausüben, die sich in einem Etablissement verkaufen wollten. Viele der Masseusen waren durch das neue Gesetz auf die Straße getrieben worden und die wenigen Massageinstitute, die noch im Geschäft waren, legten sich fantasievolle Namen und Tarnungen zu.

Im Cassandra bezahlten die Kunden erst einmal dreihundert Kronen Eintrittsgebühr. Drinnen saß eine seriöse diskrete junge Frau am Empfang, der wie die Rezeption einer Privatklinik aussah. Die Kunden bekamen eine Tasse Kaffee und wurden ins »Wartezimmer« geführt. Dort gab es Sitzgruppen mit Rohrmöbeln, die durch Sichtblenden voneinander getrennt waren. Die Wände und die Sesselbezüge waren pastellfarben und der Boden mit Schachbrettfliesen bedeckt. Wieder der gleiche Anschein von Sauberkeit.

Nur wenige der Stammkunden hatten ihr festes Mädchen. Alle anderen bekamen das erste Mädchen, das frei war. Die Kunden konnten zwischen »Ölmassage«, »Japanischer Seppuku« oder »Lavendel-Ultra-Rub-In« plus Whirlpool wählen. Aber zuerst wurde ihnen ein Handtuch und ein Stück Seife in die Hand gedrückt und sie wurden unter die Dusche geschickt. Erst danach begann das eigentliche Geschäft hinter verschlossener Tür.

Was niemand wusste: Viele der Zimmer waren mit Mikrofonen und Kameras ausgestattet. So konnten Braza und Rahman das Geschäft überwachen und gleichzeitig ausgewählte Kunden aufnehmen.

Die Geldverteilung war einfach. Die Eintrittsgebühren gehörten den Besitzern. Fünfundsiebzig Prozent dessen, was die Damen verdienten, landete ebenfalls in Brazas und Rahmans tiefen Taschen. Daraus ergab sich ein nettes Einkommen. Dass Braza und Rahman dadurch zu Zuhältern wurden, verstieß zwar gegen das Gesetz, aber die wenigen norwegischen Mädchen, die es noch im Cassandra gab, protestierten nicht. Keine von ihnen war noch so frisch und gut im Geschäft, dass sie sich gegen ihre Chefs hätte auflehnen können.

Die Spezialität im Cassandra waren die Vietnamesinnen. Das waren grazile Damen, die den Teil der Kundschaft ansprachen, der Lolitas bevorzugte. Braza sorgte dafür, dass die Mädchen nicht zu viel aßen. Je dünner sie waren, desto besser. Stattdessen belohnte er sie mit Pillen. Rohypnol für die, die zur Ruhe kommen mussten und Amphetamine für die, die sich aufputschen mussten. Für die Aufsässigen gab es andere, härtere Methoden: Hausarrest, Prügel und sexuelle Nötigung. Da sie kaum Norwegisch sprachen und sich außerhalb des Cassandra nicht zurechtfanden, waren sie Braza und Rahman ausgeliefert.

Jeden Monat kam ein Taxi, holte einige der vietnamesischen Frauen ab und ersetzte sie durch neue. Dann war das Touristenvisum abgelaufen und sie mussten in ein anderes Bordell in einer anderen Straße in einer anderen Stadt ziehen. Diejenigen vietnamesischen Mädchen, die nicht aus anderen europäischen Städten kamen, stammten aus Ehen mit Norwegern, die ihrer überdrüssig geworden waren. Diese Mädchen wussten nichts von ihren Rechten. Und Braza richtete es so ein, dass er als der rettende Engel erschien

Braza glaubte nicht an Milde, wenn es um Huren ging. Sie waren in erster Linie eine Ware. Und er war der Chef, verantwortlich dafür, dass das Geschäft lief. Er fand sogar, dass er die Frauen recht gut behandelte. Er kaufte ihnen Schminke, sie bekamen Kleider und Unterwäsche für ein kleines Vermögen und genügend Pillen, dass man damit den medizinischen Bedarf in einem kleineren afrikanischen Staat hätte befriedigen können. Dafür erwartete er, dass sie wussten, wo ihr Platz war und taten, was er sagte.

Die Arbeitsteilung in der Firma sagte Braza sehr zu. Er stellte die Dienstpläne auf und war für die Tageskasse verantwortlich, während Rahman ein Auge auf die Räumlichkeiten hatte. In einem Hinterzimmer saßen Vadim und Naim bereit, zwei Pakistani, die innerhalb von Sekunden zur Stelle waren, wenn es Ärger gab. Die beiden hörten nur auf das, was Rahman sagte und übersahen Braza vollkommen, was diesen reichlich ärgerte. Rahman selbst war eher ein stiller Partner in der Firma Cassandra, auch wenn er täglich nachschaute wie der Laden lief. Braza dagegen fühlte sich als Geschäftsführer, deshalb fand er sich mit Vadim und Naim im Hinterzimmer ab.

Braza ging in dem länglichen Büro, das er sich mit Rahman teilte, auf und ab. An den weißen Wänden waren kleine, rotbraune Art-Deco-Wandleuchten befestigt und außer einer Liege aus schwarzem Skai, wie man sie oft in den Sprechzimmern praktischer Ärzte findet, gab es noch zwei Sessel aus Stahl und Leder und einen länglichen niedrigen Holztisch. Auf dem Tisch waren ein Tonbandgerät, Kopfhörer und drei kleine Monitore mit grau gefleckten Bildern, die zwischen verschiedenen Kamerapositionen hin- und herschalteten.

Der einzige Schmuck an den Wänden neben den Lampen war ein Bild, auf dem der vergebende Christus die Sünder umarmt – und eine Reihe von Haken. Am ersten Haken hing eine derbe Pferdepeitsche. Braza glaubte an die Macht der Abschreckung.

Ein paar gelbe Notizzettel von Rahman lagen auf dem Tisch. Braza war in den letzten zwei Tagen kaum hier gewesen. Zeitweise frönte er seiner einzigen Leidenschaft in diesem Leben – dem Glücksspiel. Er spielte regelmäßig Poker in einer der Spielhöllen von Dragoslaws Bruder Stjepan. Stjepan hatte ihn noch nie so recht gemocht. Aber er schätzte es, Profispieler in seinen Räumen zu haben. Das war eine gute Reklame und brachte mehr Leute ins Kasino. Das Kasino hatte keinen Namen und war im Laufe eines Jahres schon mehrmals umgezogen, nachdem es von der Polizei ausgehoben worden war. Aber jedes Mal bekamen große Fische wie Braza einen Anruf mit dem Hinweis auf die neue Adresse. Er verdiente so viel an den schmalen Mösen seiner Vietnamesinnen, dass er es sich leisten konnte, leichtsinnig zu spielen. Nur eine einzige Grenze setzte er sich: Er verlor nie mehr als 50 000 an einem Abend. Wenn das Limit erreicht war, fuhr er nach Hause und ging ins Bett. Oder er kaufte sich als Trostpreis eine von Stjepans Damen. Braza zog die europäischen Frauen den asiatischen vor. Da war etwas an der sonderbaren Sprache dieser Vietnamesinnen, das ihn beunruhigte. Man konnte nie wissen, worüber sie sich miteinander unterhielten. Sie erinnerten ihn an lärmende Kinder, die in ihrer eigenen Welt der Kinderspiele lebten. Stjepans Mädchen dagegen waren in der Regel Mädchen mit harten Augen und unerschrockenen Antworten aus dem Osten Oslos. Mädchen, die sich so ihr Studium finanzierten, zum Familienverdienst etwas beitrugen, weil sie fürs Jüngste noch was brauchten oder die sich schlicht dazu hatten verleiten lassen, zu viel Geld auszugeben. Mit ihnen konnte er nicht machen, was er wollte. Und sie erwarteten einen gewissen Respekt. Normalerweise nahm er sich Eva, ein rundliches Mädchen, das unglaublich gut einen Orgasmus vorspielen konnte. Außerdem hatte sie ein Talent für die Fäkalsprache. Braza gefiel es, wenn sie erklärte, sie wäre seine Hure, und sie mache gern für ihn die Beine breit und er solle sie so richtig hart rannehmen. Hinterher bezahlte er sie immer großzügig.

Braza ließ seinen Blick über die Monitore gleiten. Es war erst halb fünf. Noch lief das Geschäft zäh. Es würde erst gegen fünf, halb sechs so richtig in Gang kommen. Nach einer Weile würde es abebben und dann nach elf wieder anlaufen. In Nummer drei rieb eins der ausländischen Mädchen einen fetten, weißhaarigen Kerl mit Wampe und Fettbrüsten ein, die schon zitterten, sobald sie ihm nur nahe kam. Marianne hatte einen ihrer Festen in der Sechs und die kleine Phung in Nummer zehn saß rittlings auf einem Jüngling, der aussah, als würde er sich zu Tode langweilen.

Als sein Blick das Telefon streifte, dachte er wieder an das Gespräch mit Alex Hoel. Nach der Schlacht im Januar war er davon überzeugt gewesen, dass Hoel tot sei. Entweder war Hoel im Kellerloch krepiert oder von der Bombe zerfetzt worden. Er war gar nicht auf den Gedanken gekommen, die Sache näher zu untersuchen. Als er und Rahman den Laden mit den Mädchen richtig in Schwung brachten, hatte er andere Dinge im Kopf gehabt. Aber Hoel war von den Toten auferstanden und der Gedanke daran schwirrte in seinem Kopf wie eine nervige Fliege herum.

Er nahm sich einen zuckerfreien Kaugummi. Hoel und sein Kumpel waren der Grund dafür gewesen, dass er mehrere Jahre lang am Stock hatte gehen müssen. Als Hoel ihm das Bajonett in den Leib gebohrt hatte, glaubte er zunächst nicht, dass er überleben würde. Es war der Hass auf Hoel, der ihn all die Jahre hindurch aufrechtgehalten hatte.

War Hoel jetzt wieder in seiner alten Branche, der Geldeintreiberei?

Braza wusste, dass Hoel seit langer Zeit versuchte, auszusteigen.

War das Exil nicht eine Bar im Zentrum, ganz in der Nähe vom Hauptbahnhof? Braza spürte das brennende Verlangen, Hoel an seinem schwächsten Punkt zu treffen. Sollte er dafür seine Bar zertrümmern? Ihm die Fresse polieren? Seine Frau umbringen? Wenn Hoel vorhatte, sich in seine Geschäfte einzumischen, dann würde auch Rahman bereit sein, zu drastischen Mitteln zu greifen, davon war Braza überzeugt. Rahman war Geschäftsmann. Aber wie konnte er verdammt noch mal bloß auf die Idee kommen, diesen Biker-Idioten für die Geldwäsche anzuheuern?

Braza räusperte sich, spuckte einen gelben Schleimkloß in Richtung Mülleimer und traf. Plötzlich stellte sich ihm eine Frage. Zwei Möglichkeiten verbanden sich zu einer Millionen-Kronen-Beweisführung.

Hoel hatte das Massaker überlebt. Vielleicht war er auf dem gleichen Weg wie Braza entkommen. Vielleicht hatte auch er in Dragoslaws Büro reingeschaut, bevor er abgehauen war. Und dort hatte Dragoslaws Aktenkoffer mit dem Geld gestanden. Brazas Anteil war in dem Koffer. War es nicht denkbar, dass Hoel sich den Koffer auf dem Weg hinaus geschnappt hatte? Wovon hätte er sonst die Bar finanzieren können?

Soweit Braza die Geldeintreiber in Oslo kannte, verdienten sie schnelles Geld in kurzer Zeit. Aber es rann ihnen genauso schnell wieder durch die Finger. Es war für einen Mann mit Hoels Lebensstil unmöglich, Geld zur Seite zu legen. Und es war auch undenkbar, dass Hoel es beim Spiel gewonnen haben konnte. Und welche Möglichkeiten gab es dann in einem Land wie Norwegen noch?

War das Hoels schwacher Punkt? Ein Geheimnis, das unter keinen Umständen gelüftet werden durfte?

Ein Plan entstand in Braza. Zunächst brauchte er einen Mann, der Hoel ein paar Fragen stellte. Einen Mann, der so weit ging, dass der Vogel aus seinem Versteck aufflog. Aber Hoel durfte keinen Verdacht schöpfen, wer dahinter steckte.

Er nahm das schnurlose Telefon und tippte acht Ziffern ein. Es klingelte fünf Mal, bevor Brazas Mann abnahm.

3

Rechtsanwalt Gjøen wollte gerade den Hörer abnehmen, um seine Privatsekretärin anzurufen. Sie sollte ihn beim Valentine-Komitee für den Ball im nächsten Jahr anmelden. Und dann wollte er sie bitten, an die Perlenkette zu denken. Es war ein ganz besonderes Gefühl, eine Frau zu bumsen, die nichts außer einer Perlenkette trug. Dieses Vergnügen glaubte Gjøen sich gönnen zu dürfen, denn Svanhilds Schwangerschaft wurde langsam offensichtlich.

Aber bevor er die Nummer wählen konnte, klingelte es. Er nahm den Hörer ab und hörte Brazas belegte Stimme.

»Wie gehts? Lange nichts von dir gehört«, sagte Gjøen matt.

»Du hast morgen einen Termin«, erwiderte Braza.

»Augenblick, ich hole eben meinen Terminkalender und sehe mal nach …« Gjøen wusste selbst nicht, woher er den Mut nahm, das zu sagen.

»Um zwölf Uhr fährst du zu Alex Hoel …«, schnitt Braza ihm das Wort ab, konnte aber den Satz selbst nicht vollenden, da Gjøen sofort wieder einsetzte.

»Den Namen kenne ich. Hat er nicht als Torpedo für Dragoslaw gearbeitet?«

»Nicht schlecht, Gjøen.«

»Lebt der noch?« Gjøen spürte, wie es unheilvoll in seinen Beinen und Armen prickelte. Ein Stich in der Herzregion ließ ihn sich zusammenkrümmen und er begann, mit der Hand den oberen linken Teil des Brustkorbs zu massieren.

Mit dem Fuß bekam er die Tür des Kühlschranks neben seinem Schreibtisch auf, öffnete mit der freien Hand eine Flasche Perrier, goss den Inhalt in ein Kristallglas und warf eine Tablette hinein, die sich in Luftblasen auflöste. Er schluckte, während Braza herzlos etwas hören ließ, was ein Lachen darstellen sollte.

»Rate mal, warum ich anrufe.«

»Warte einen Moment«, sagte Gjøen, »du willst …«

»Hoel weiß vielleicht mehr über dich, als dir lieb ist. Und das Wichtigste: Dieser Scheißtorpedo ist munter wie ein Fisch und hat eine Bar mit Namen Exil. Da müsste sich was machen lassen.«

»Woran hast du gedacht?«

»Hoel hat mich kaputt gemacht und jetzt soll er seine eigene Medizin zu spüren kriegen. Ich glaube, Hoel ist mit Dragoslaws Geld abgehauen. Damit hat er sich die Bar gekauft. Das darf niemand erfahren, vor allem nicht seine Tussi, so eine norwegisch-türkische Hure, der er total verfallen ist. Außerdem versucht er, ein anständiges Leben zu führen. Das ist sein schwacher Punkt, da werden wir ihn hochgehen lassen.«

Gjøen hörte genau zu, auch wenn er am liebsten geheult hätte. Einen Schwindel erregenden Augenblick lang sah er vor sich, wie seine Karriere ruiniert wurde. Hoel konnte an der richtigen Stelle plaudern, sodass er von seinesgleichen angeklagt und verurteilt wurde, sein guter Name in den Dreck gezogen wurde und ihn die Osloer Sektion mit geheuchelter Abscheu wegen Verletzung der Berufsehre aus dem norwegischen Anwaltsverband ausschließen würde. Er wusste nicht, wie weit Dragoslaw seinen damaligen Torpedo Hoel in seine Geschäfte eingeweiht hatte. Und auch wenn Dragoslaw tot und begraben und somit ein gefährlicher Zeuge ausgeschaltet war, konnte Hoel immer noch seine Geschäfte gefährden.

»Wie soll ich vorgehen?«

»Du sollst dich mit ihm treffen. Erzähl ihm, dass du der Polizei wegen Dragoslaws Geld was flüstern kannst, weil ein Mandant von dir seinen Teil vom Gewinn aus einer Investition vermisst. Das Geld des Mandanten sei weg und er sei darüber überhaupt nicht froh. Hoel hat es nicht gern, wenn man nach dieser Sache fragt. Außerdem hat er gerade einen Vermittlungsauftrag für einen Bikerfreund angenommen. Das könnte gefährlich werden. So wie ich Hoel kenne, will er um alles in der Welt auf der richtigen Seite bleiben. Seine Bar und seine Tussi stehen auf dem Spiel.«

»Ich verstehe.« Gjøen war erleichtert, dass Hoel offenbar in einer größeren Klemme steckte als er selbst.

»Wenn das nichts bringt, erzähle ihm, dass du von einer Dame weißt, an der ihm viel liegt.«

»Was willst du denn mit ihr machen?«

»Sag ihm, wenn er nicht vernünftig sei, könne das für eine gewisse Person in Deutschland Probleme bringen.«

»Ich verstehe nicht, was du eigentlich willst. Willst du Hoel aus der Stadt jagen?«

»Wenn es stimmt, dass dieses Arschloch mein Geld geklaut hat und außerdem schon wieder seine Nase in meine Angelegenheiten steckt, werde ich mich rächen. Es wird mir ein Vergnügen sein, Hoels Lebenslicht auszupusten. Und ich weiß, wovor er am meisten Angst hat. Wenn du deinen Job richtig machst, gehört ein Viertel des Geldes dir.«

»Wie wärs mit einem Drittel?«, warf Gjøen ein, versuchte dabei aber, nicht allzu gierig zu klingen. Während er noch fragte, bereute er bereits, nicht nach vierzig Prozent gefragt zu haben.

»Fünfundzwanzig Prozent, und das ist mein letztes Wort«, sagte Braza und legte auf.

Gjøen hielt den Hörer noch eine Weile in der Hand und starrte ihn mit einem Gesichtsausdruck an, als hätte er etwas Saures gegessen. Dann öffnete er eine neue Flasche Perrier und warf eine weitere Tablette ins Glas.

Seit einigen Jahren war Vegard Gjøen ein in Norwegen ziemlich umstrittener Rechtsanwalt. Dabei ging es weniger um seine Person als um seine Fälle, die sich hart an der Grenze von Gesetz und Ethik bewegten. Viele behaupteten, Gjøen würde jeden Fall übernehmen, wenn er nur möglichst zweifelhaft war. Dagegen hatte er unzählige Male in Fernsehinterviews erklärt, dass auch diejenigen, die von vielen als der Abschaum der Gesellschaft angesehen wurden, ein Recht auf einen guten Anwalt und einen gerechten Prozess hatten, selbst wenn es sich um Massenmörder, Sexualtäter oder Folterer handelte. Ab und zu nahm er einen Pro-Bono-Auftrag an, was die Presse umso lauter geifern ließ: »Topanwalt übernimmt Jugoslawensache gratis« oder »Gjøen vertritt pädophilen Mörder ohne Honorar«. Das war einer der Gründe, dass er sich eine Kanzlei hier auf Aker Brygge leisten konnte, ganz außen am Stranden, mit Blick auf die Akershus-Festung.

Das Büro war fast zweihundert Quadratmeter groß und in mehrere kleinere Räume aufgeteilt. Natürlich brauchte die Sekretärin ihr Vorzimmer, und natürlich gab es ein Archiv. Dann brauchte Gjøen ein Besprechungszimmer, ein Privatzimmer und einen Raum, in dem er seine Mandanten empfing. Jedes Zimmer war mit kostbaren Möbeln eingerichtet.

Der Schreibtisch, ein »bureau plat« mit Messingbeschlägen, Einlagen aus Schildkrötenpanzer und bezogen mit dünnem, gefärbtem Leder feinster Qualität, war zweihundertfünfzig Jahre alt und von Charles Cressent hergestellt worden. Er hatte den pompösen Stil der Möbel unter Ludwig XIV., aber gleichzeitig die Eleganz, die im 18. Jahrhundert so gefragt war. Genau wie die vergoldeten russischen Ikonen, die japanischen Drucke und die restaurierten norwegischen Bauernschränke und Altartafeln. Gjøen hatte viel Zeit darauf verwendet, jeden einzelnen Gegenstand aufzuspüren und den richtigen Platz im Büro zu finden. Er liebte es, schöne Dinge zu besitzen. Es bereitete ihm ein sinnliches Vergnügen, mit den Fingern über Heiligenikonen aus einer der Kirchen in St. Petersburg zu streichen oder über einen Originaldruck von Hokusai. Außerdem machten diese Gegenstände Eindruck.

Mit den normalen Anwaltshonoraren allein wäre er nicht so weit gekommen. Die profitabelsten Honorare waren rabenschwarzes Geld aus Aufträgen, die er für organisierte osteuropäische Kriminelle ausführte. Dragoslaw war einer seiner besten Kunden gewesen. Mit einem Anflug von Trauer hatte Gjøen festgestellt, dass das alte Schwein mitsamt seiner ganzen Bande ausgemerzt worden war. Am Tag seiner Beisetzung sagte Gjøen zwei unwichtige Termine ab, fuhr zum Friedhof und zwang sich am Sarg zwei Tränen hervor.

Da Dragoslaw ein prominenter Gangster gewesen war – vielleicht der einzige in Norwegen, den man wirklich mit einem Mafiaboss vergleichen konnte – waren Fernsehkameras aufgebaut gewesen, um das Geschehen festzuhalten. *NRK* war der größte Sender und deshalb der einzige, der einen Kommentar von Gjøen bekam. Er vermittelte das Bild eines würdevollen Rechtsanwaltes, der persönlich von dem Dahinscheiden eines Mandanten betroffen war.

Wie es Vegard Gjøen selbst ausdrückte: »Dass sensationslüsterne, unseriöse Journalisten versucht haben, den guten Namen dieses Mannes anzuschwärzen und ihn als eine Spinne in einem Netz organisierter Kriminalität in unserem Land bezeichneten, sagt eher etwas darüber aus, wie tief die norwegische Kriminaljournalistik gesunken ist. Quellen, deren Namen ich nicht nennen kann, haben mir ganz andere Dinge über meinen früheren Klienten erzählt. Danach sehe ich Dragoslaw Kis als tragisches Opfer ethnischer Konflikte. Vieles deutet darauf hin, dass mein Mandant mit seinem Leben für Dinge bezahlen musste, die ihren Ursprung im Bürgerkrieg seines Heimatlands haben.«

Gjøen konnte sich selbst nicht genug loben für diesen Geniestreich. Durch Dragoslaws Abgang fiel zwar ein bedeutender Teil seiner Einnahmen weg. Aber nur eine Woche später stand ein anderer Bandenchef in der Tür. Nach zwei Monaten verdiente Gjøen mehr als je zuvor.

Er drückte den Knopf, durch den er Verbindung mit seinem Vorzimmer bekam.

»Stine«, sagte er, »such mal die Personenakte von Alex Hoel heraus. Sie liegt wahrscheinlich …« Er strich sich über die Falten auf der Stirn.

»Sie liegt unter ›Alte Kontakte‹«, zwitscherte sie. Stine Corneliussen war eine Blondine von der Sorte, die in jedem Männermagazin ohne zu zögern als gut gebaut charakterisiert worden wäre. Gjøen hatte sie aus drei Gründen eingestellt. Zum Ersten, weil sie ein umgängliches Wesen hatte und sie gleichzeitig jeden Klienten sofort »durchschaute«. Zum Zweiten wegen ihres Körpers. Wenn er eine Hand auf ihre Pobacken legte, schnipste sie schnell seine Finger weg. Aber dabei grinste sie frech. Was ihm gleichzeitig Respekt ihr gegenüber einflößte und trotzdem den Appetit auf sie nicht verdarb. Erst als dritter Grund kamen ihre guten Zeugnisse.

Es vergingen keine zwei Minuten, bis sich die Tür öffnete. Stine trippelte auf den Schwindel erregend hohen Absätzen herein, in einem schwarzen italienischen Kostüm, das so eng saß, als wäre es ihr auf die Haut gesprayt worden. Die Frisur dieser Woche war gestreifte Stacheln und ein Pony à la Annie Lennox und erinnerte Gjøen an so manches Champagnergelage in den sorglosen Achtzigern.

Sie stellte sich wie üblich dicht neben seinen Stuhl und legte den Ordner unverschämt langsam vor ihn. Ihr Jackenrevers hatte sich etwas geöffnet und ließ seine Nasenflügel klassisches Chanel schnuppern. Unkonzentriert blätterte er in der Mappe. Darin lagen nur zwei Seiten. Gleichzeitig gestattete er seiner Hand, sich von ihren Kniekehlen her hochzuarbeiten. Als er den Rocksaum erreichte, erstarrte sie, behielt aber ihr Lächeln.

Er strich über den Strumpfrand und war nur noch zwei Zentimeter von Gottes Reich entfernt, als sie ihm wie üblich auf die Finger schlug und einen mahnenden Zeigefinger vor seinem Gesicht erhob.

»Sie sind verheiratet, Herr Gjøen«, sagte sie und es gelang ihr immer, dass es sich gleichzeitig wie eine Einladung und ein Tadel anhörte. Sie stöckelte auf ihren Absätzen hinaus und ließ ihn wie ein Schlachtvieh auf dem Stuhl zurück.

Er drehte ein paar Minuten lang den Bleistift zwischen den Fingern hin und her und gab sich alle Mühe, sich das Bild seiner schwangeren Svanhild vor Augen zu holen. Aber verglichen mit Stine Corneliussens fester, glatter Haut wurde seine dritte Frau, die er im Mai geheiratet hatte, fast zu einer Pappfigur.

Rechtsanwalt Gjøen war dabei seinem Leitspruch treu geblieben: Alle Frauen, die die Ehre hatten, sich in Gjøens riesigem Rokoko-Himmelbett niederlegen zu dürfen, mussten einen großen Busen haben und die Aussicht auf ein ansehnliches Erbe. So gesehen war seine zweite Frau eine Enttäuschung gewesen. Zwar war ihr Oberkörper ohne Makel, aber als sie endlich erbte, stellte sich heraus, dass Papas Vermögen eher in Papas Fantasie als in Wirklichkeit existierte. Drei Jahre später waren sie geschieden. Sie glaubte, sie müsste darum kämpfen, die Kinder zu bekommen. Gjøen ließ sie in dem Glauben. Und so vergaß sie ganz, um das Vermögen zu kämpfen, das Haus in Bestum, das Sommerhaus direkt am Strand in Tveestrand und das Aktienpaket, das er seiner ersten Frau abgeluchst hatte. Die Kinder waren jede zweite Woche bei ihm, und das reichte voll und ganz.

Wenn er mit seiner dritten Frau, Svanhild, das Wochenende allein verbringen wollte, schickte er sie nach Hemsedal zu Snowboard-Ferien oder nach Paris, ins Euro-Disney.

Die Fotos seiner dritten Hochzeit, einem pompösen Fest im ersten Stock des ›Continental‹, verkaufte Gjøen an die Fernsehzeitschrift *Se og Hør* für ein Vermögen. Sie zeigten den Bräutigam mit frisch gestutztem Bart und Gaultier-Brille. Gjøen hielt seine langen, schmalen Hände auf dem Rücken, damit niemand sehen konnte, dass er Nägel kaute. Seine Braut hieß Svanhild Simone Bonneville, war dreiundzwanzig Jahre alt und Jurastudentin. Ihr Daddy besaß eine größere, florierende Immobilienmaklerfirma und sie war Einzelkind. Außerdem war sie hübsch, ein Meter sechzig groß, mit himmelblauen Augen und langem blondem Haar. Ihr Körper war durchtrainiert, mit schmalen Hüften, einem herzförmigen Arsch und langen, schlanken Beinen. Vorn war sie nicht besonders üppig ausgestattet. Deshalb hatte Gjøen ihr zur Verlobung eine Reise nach London geschenkt. Dort kannte er einen Spezialisten, der eine Büste formen konnte, wie sie Gott und die Menschen noch nicht gesehen hatten. Svanhild fuhr mit B-Körbchen fort und kam mit D-Körbchen zurück, sowie romantischer Unterwäsche für 65 000 Kronen. Sie musste noch zweimal dorthin zurück, zur Nachuntersuchung und zur Anprobe ihres handgenähten Hochzeitskleids.

Vegard Gjøen war nie wirklich verliebt in sie gewesen. Aber ihr Körper machte ihn geil. Auch wenn er auf ihr lag und spürte, wie die gekauften Brüste unter ihrer Haut wie zwei feste Brotteigstücke lagen. Am schönsten war es, wenn sie auf ihm saß und er sein Gesicht in dem verschwitzten Spalt zwischen ihren Brüsten begraben konnte. Sie schaukelten angespannt und fest wie Basketbälle vor seinen Augen. Das war fast mit dem Gefühl zu vergleichen, das ihn überkam, wenn er Kunstgegenstände berührte.

Was ihre Schwangerschaft betraf, so war Gjøen bereits in Verhandlung mit der Boulevardpresse, die gern Vorher-Nachher-Fotos kaufen wollte. Eigentlich war er damit und mit einer größeren Sache in der Restaurantbranche viel zu beschäftigt, um für Braza zu dealen. Das waren zu kleine Fische. Aber er kannte den Jugoslawen gut genug, um nicht mit ihm zu diskutieren.

Jetzt versuchte er, sich Hoel in Erinnerung zu rufen. Er musste eine Weile grübeln, bis alles wieder präsent war: Groß, blond, Narbe an der Wange, ein Ohr zu wenig. Hoel hatte Autorität ausgestrahlt. Aber Geschäft ist Geschäft. Gjøen schrieb den Termin in seinen Kalender und klappte ihn zu, während er an Stine Corneliussens Hintern dachte.

4

Der Rächer hatte sich die Haare und einen breiten blonden Schnurrbart wachsen lassen und sich bei Hennes & Mauritz eingekleidet. Dadurch bekam er die notwendige Anonymität, damit sein Plan gelingen konnte. Er hätte natürlich seinen Plan auch in Stockholm, Berlin oder Kopenhagen ausführen können. Aber Oslo schien ihm der beste Ort dafür zu sein. Er ging davon aus, dass ihn in dieser Stadt nur wenige Menschen wiedererkennen würden, im Gegensatz zu Stockholm oder einer der anderen größeren Städte, in der es Bikerclubs gab. In seinem Plan spielte es keine Rolle, welche Mitglieder der Bikerfamilie er traf. Sie waren alle schuldig, weil sie nach den Bikerregeln lebten.

Auf der Straße fiel er nicht auf, niemand hätte mehr als eine oberflächliche, nichts sagende Beschreibung von ihm geben können. Er hatte sich im Hotel Munch unter dem Namen Mogens Herre eingemietet. Die zwei Jahre, die er in Christiania in Kopenhagen gelebt hatte, kamen ihm jetzt zugute. Er sprach gut genug Dänisch, um den Mann an der Rezeption zu täuschen – die einzige Person, mit der er im Laufe des Tages sprach.

Jetzt ging der Rächer die Karl Johan hinauf, vorbei an Andvord und Sandaker und genoss den Altweibersommer, den Oslo im Herbst manchmal zu bieten hat. Es war halb sechs, und die Sonne warf ihr Licht nur noch auf die Dachfirste der Häuserreihen. Eine milde Brise strich durch die Straßen, machte ab und zu ein paar aufbrausende Sprünge, schnappte sich Sommerkleider und Hüte, damit auch niemand vergaß, dass der Herbst vor der Tür stand.

Bei einem Rasta, der auf einem Tisch im Studenterlunden seinen gemischten Straßenhandel betrieb, kaufte er sich eine billige Sonnenbrille mit verspiegelten Gläsern und überlegte sich dann, ob er sich ein Softeis mit Krokant leisten sollte. Er überquerte die Straße und wäre fast über die Bordsteinkante gestolpert, als jemand seinen Namen rief.

Hastig drehte er sich um und war in Sekundenschnelle in Schweiß gebadet. Aber es war falscher Alarm. Hinter ihm eilte eine Frau auf einen Mann zu und umarmte ihn. Beunruhigt ging der Rächer zurück in Richtung Egertorget, bog beim Grand nach links ab und ging über den Hambros-Platz. Unschlüssig stand er dort an der Straßenbahnhaltestelle und betrachtete die normalen Menschen, die ihr normales Leben lebten. Sie standen in so scharfem Kontrast zu seinem eigenen Leben, dass er das aufsteigende Lachen in sich nicht unterdrücken konnte. Es presste sich aus seinem Mund wie das Bellen eines Hundes, der ganz vorsichtig versucht, Aufmerksamkeit zu erregen.

Genau in dem Moment sah er sie auf der anderen Straßenseite vorüberhasten. Sie sah aus, als wären die Sechziger nie zu Ende gegangen. Hippiekleider, Plateauschuhe, viel zu viel Schminke und eine Schultertasche mit Lederfransen. Ihre Brille war so eine wie Janis Joplin sie getragen hatte, riesig und rund. In das hochgebundene Haar hatte sie kleine Zöpfe und bunte Bänder geflochten. Es war viele Kilo her, seit er sie das letzte Mal gesehen hatte, aber der Rächer erkannte Nina sofort.

Nina war eine rastlose Seele, die, wenn sie hundert Jahre früher gelebt hätte, zweifellos zu den Bohémiens um Jäger und Krogh gehört hätte, mit freiem Sex und Du-sollst-über-dein-Leben-schreiben von Oslo bis Paris. Sie hatte zur gleichen Zeit wie er in Christiania gelebt, und sie hatten so manches Pils miteinander geteilt. Eine Zeit lang hatten sie sogar eine Art Verhältnis miteinander gehabt, aber sie waren beide zu ruhelos gewesen, als dass es hätte klappen können. Außerdem war der Rächer ein halbes Jahr später zurück in die Bikerszene nach Stockholm gegangen. Zu dem Zeitpunkt war es Nina, obwohl sie erst fünfundzwanzig Jahre alt war, gelungen, in einer Wohngemeinschaft in Berlin gelebt zu haben, ein Verhältnis mit einem italienischen Modedesigner in Mailand hinter sich zu bringen, sich ein halbes Jahr an der Riviera durchzuschnorren (ausgerechnet dort!), für die Grünen in Bonn und Paris zu arbeiten, mit der Reisenden Hochschule nach Asien zu fahren und in einem Kibbuz in Israel zu leben, wo sie Apfelsinen pflückte, bis sie schwor, nie wieder im Leben ein Glas Orangensaft zu trinken.

Hinter der riesigen Brille strahlte ihr Gnomengesicht, das den Rächer an Kermit erinnerte, den Frosch aus der Muppet-Show. Er wich zurück und lief um die Ecke des Tinghuset, wäre fast mit einer Frau mit Kinderwagen zusammengestoßen und erreichte sein Hotelzimmer in nur vier Minuten. Er hasste Nina und alle anderen Menschen, weil sie ihm nur noch die Rache gelassen hatten.

In seinem Zimmer schnappte er sich eine Flasche Bitter Lemon aus der Minibar und trank sie in einem Zug leer. Er öffnete eine zweite, leerte auch diese und legte sich aufs Bett, während der Fernseher leise lief. Im Hintergrund beendete ein TV-Shop seine Sendung mit Reklame für ein Küchengerät mit auswechselbaren Scheiben, das alle erdenklichen Gemüse und Früchte schneiden, raspeln und hacken konnte.

Dann fasste er einen Beschluss. Er musste seinen Aufenthalt hier in der Stadt beenden. Er kannte zu viele Menschen, sogar in einer Stadt wie Oslo. Das Risiko war zu groß. Die beiden Schockerlebnisse, die er innerhalb nur weniger Minuten gehabt hatte, waren ein Zeichen des Schicksals.

Unter dem Vorwand, seine Pläne hätten sich verändert, bezahlte er das Zimmer und machte sich mit seiner Tasche auf den Weg. Das Fahrzeug, das er fürs Erste brauchte, fand er in der Wessels gate. Ein Opel, der offensichtlich niemandem gefiel, denn er war schon seit langer Zeit nicht mehr benutzt worden. Dreck und Blätter lagen auf dem Dach und der Motorhaube. Das eine Seitenfenster hinten war kaputt und notdürftig mit Plastik und Klebeband abgedeckt.

Der Rächer schaute die Straße entlang. Es war ruhig wie im Innern eines Handschuhs. Er schob die Hand durchs Plastik und öffnete die Verriegelung, warf seine Tasche auf den Beifahrersitz und setzte sich hinters Steuer. Er brauchte genau fünfundzwanzig Sekunden, um die beiden Kabel unter der Lenksäule miteinander zu verbinden. Der Motor stotterte zunächst, aber beim dritten Versuch kam er in Gang. Er manövrierte den Wagen zwischen den geparkten Autos heraus und fuhr zum Ullevålsveien hinauf. Er wusste nicht, wohin er fahren sollte. Nur, dass er aus dem Zentrum raus musste, weg von den Trabantenstädten, am besten an einen Ort, der zentral und doch abgeschieden lag.

Nach gut einer Stunde, die er durch Oslos Randbezirke gefahren war, kam er zufällig auf den Grefsenkollen. In der Kurve vor der Abzweigung zum Trollvann fand er einen verlassenen Parkplatz. Hier stellte er den Opel ab und ging in den Wald, nur so weit, dass er das Auto noch sehen konnte, aber doch so weit, dass ihn selbst niemand sehen konnte.

Er schob mit den Händen Tannennadeln zusammen und machte sich daraus neben einem Baumstamm ein Lager. Dann rollte er seinen Schlafsack aus und legte sich vollständig angezogen hinein, falls er schnell wegkommen musste. Er war es gewohnt, hart zu liegen und schlief sofort ein.

5

Jamil Rahman hastete den steilen Abhang der Toftesgate hinauf, die schwarze Aktentasche unter dem einen Arm und den Gabardinemantel über dem anderen.

Seit er im *Dagbladet* gelesen hatte, wie gesund es fürs Herz sei, spazieren zu gehen, ging er jeden Tag zu Fuß von seiner Wohnung in dem modernen Wohnkomplex am Grønlands Torget zum Cassandra. Sein Vater und sein Großvater waren beide früh an Herzversagen gestorben.

Er bog in die Helgesensgate und dann nach links. Wenig später gelangte er in einen Hinterhof, in dem ein Messingschild verkündete, dass hier »Cassandra Körperpflege und Schönheit« zu finden war. Er schloss auf und ging die drei Stockwerke hinauf, statt den Fahrstuhl zu nehmen.

Monique, die eigentlich Randi hieß, begrüßte ihn überschwänglich. Er ging an ihr vorbei und durch das Labyrinth enger Korridore und Nebenräume, die das Innere des Cassandra ausmachten. Er öffnete die Tür zum Büro und sah Brazas Rücken, als dieser den Telefonhörer auflegte.

Braza sah ernst aus. Das erzeugte bei Rahman eine Gänsehaut.

Rahman nahm seine Brille ab, rieb sie am Ärmel seines billigen blauen Anzugs, den er am Tag zuvor gekauft hatte und setzte sie sich wieder auf die Nase. Unwillkürlich kratzte er sich an den schmalen Koteletten, die bis fast zu den Mundwinkeln herabreichten. Rahman legte ungeschickt seine Tasche auf die Anrichte und seinen Mantel darüber.

»Da hat ein Kerl angerufen, der wollte dich sprechen.« Braza hörte sich an, als kaute er auf kleinen Kieseln. »Ein Alex Hoel. Es geht um Tonni Sæle, deinen Geldwäscher.«

»Sæle«, sagte Rahman und rieb sich die Hände, »Den würde ich am liebsten …« Rahman spürte, wie sein Blutdruck bei dem Gedanken an das Geld, das verloren gegangen war, stieg. Vadim hatte Bescheid bekommen, sich bereit zu halten, wenn der Termin überschritten war.

Jeden Monat schickte Rahman seiner Familie, die in einem kleinen Dorf bei Rawalpindi lebte, Geld. Dank seiner Großzügigkeit führten seine Mutter, die Geschwister, Tanten und Onkel ein angenehmeres Leben als der Durchschnitt. Es kam vor, dass Rahman es müde war, ständig diese Last zu tragen. Er dachte manchmal daran, wie gut es ihm gehen könnte, wenn er nicht für die Familie im Heimatland zahlen müsste. Denn Pakistan war auch für ihn das Heimatland geblieben. Er war dort geboren, nur wenige Wochen bevor seine Mutter zum Vater gezogen war, der in Norwegen einen Job als Busfahrer bekommen hatte. Sein Vater starb, als Rahman dreizehn war. Seine Mutter zog zurück nach Pakistan. Sobald seine Geschwister ins heiratsfähige Alter kamen, zogen auch sie zurück in das Dorf, in dem Onkel Zulfiqar bereits mit einer Braut oder einem Bräutigam bereitstand.

Die Verantwortung für das Wohl und Wehe der Familie im Heimatland hatte Rahmans Sparsamkeit noch verstärkt. Er konnte keinen Schein aus der Brieftasche ziehen, ohne zweimal zu überlegen, ob es wirklich notwendig war, ihn auszugeben. Deshalb ärgerte es ihn auch, dass er dafür bezahlen musste, dass das Geld sauber wurde. Doch da es eine gute Idee zu sein schien, war er damit einverstanden.

Aber in allen anderen Lebensbereichen sparte er. Er gab kaum etwas aus für Kleider und Schuhe. Lebensmittel kaufte er in den Einwandererkiosken im Hausmannsviertel. Er schaltete immer alle Lampen hinter sich aus. Als sie das Cassandra renovierten, besorgte er Farbe, Spachtelmasse und Schmirgelpapier in einem Konkursverkauf. Er hatte sogar vorgeschlagen, dass die Mädchen für den Kaffee im Cassandra bezahlen sollten. Aber da hatte Braza einen Riegel vorgeschoben.

»Du sollst morgen mit Sæles Freund reden. Er will eine Regelung mit dir vereinbaren.«

»Eine Regelung? Verdammt, da gibt es nichts zu regeln. Ich will mein Geld haben …«

»Das heißt *unser* Geld«, unterbrach Braza ihn.

»Ich will *unser* Geld hier auf dem Tisch sehen. Ich will über gar nichts verhandeln. Wenn ich das Geld nicht kriege, werde ich ein Exempel statuieren.«

Rahman sah sich nach etwas um, auf das er schlagen konnte und schlug schließlich mit der Faust gegen die Wand. Das gab einen dunklen Fleck, und sofort bereute Rahman, was er getan hatte. Wände streichen kostete Geld.

Braza kontrollierte die Monitore und registrierte, dass Binh einem fast vollständig bekleideten Mann in Nummer eins einen lutschte. Sie lag ausgestreckt auf der Liege, während er eine halbsteife Gurke in ihren Mund rein- und rausschob. Sie versuchte, ihm mit den Händen zu helfen, aber er scheuchte sie weg und packte sie bei den Haaren. Braza ließ das Bild stehen und Rahman beugte sich näher vor.

»Probleme?«, fragte er und kratzte sich wieder an seinem Backenbart, dass die Schuppen rieselten.

»Kann sein … mal sehen. Die meisten wollen nur ein bisschen wichtig tun. Das soll so richtig macho sein.« Braza schlürfte eine halbe Tasse kolumbianischen Kaffee in sich hinein.

Der Mann beugte Binhs Kopf mit festem Griff in ihrem Haar nach hinten. Sie konnten sehen, wie es ihm in ihrem Mund kam. Er sank auf dem Rand der Liege zusammen und sein Schwanz hing wie ein schrumpeliges Würstchen aus seinem Schlitz. Mit routinierten Händen ergriff Binh das Kondom mit einem Stück Papier von der Küchenrolle und wickelte ihn darin ein, bevor sie ihn in den Eimer unter der Liege warf. Dann strich sie dem Mann über die Wange. Er steckte ihr ein Extratrinkgeld zu – einen Zweihunderter. Danach knöpfte er sich zu, während sie wartete, um ihn dann hinauszuführen.

»Das ist vielleicht ein Mädchen«, sagte Braza. »Ich muss schon sagen. Sie ist erst eine Woche hier, aber die Hure kann Geld verdienen.«

Rahman öffnete den Safe und zählte den Kassenbestand. Wenn er an den Verlust dachte, den Tonni ihm verursacht hatte, war es doch beruhigend zu sehen, dass hier 55 000 in Hundertkronen- und Tausendkronenscheinen lagen. Er legte das Geld in geordneten Bündeln zurück und schob die Safetür zu, ohne abzuschließen.

Den Rest des Abends verbrachte er mit Vadim und fragte nach Neuigkeiten von Zuhause. Vadim war ein Jat und stand damit kastenmäßig über Jamil Rahman, der nur ein Kammi war.

Daheim in Pakistan hätte Jamil Rahman, ein dreckiger Kammisohn eines dreckigen Kammivaters, es nie zu etwas bringen können. Er hätte nie die Möglichkeit bekommen, viel Geld zu verdienen. Sein Haus im Dorf wäre jämmerlich gewesen. Und ein Auto zu besitzen wäre undenkbar gewesen.

Für Vadim dagegen hätten viele Möglichkeiten offen gestanden. Untereinander sprachen Vadim und Rahman niemals über ihre Herkunft. Teilweise aus Höflichkeit, teilweise weil sie sich des veralteten Kastensystems schämten – ein Erbe der Hindus, das sie leider nie abgeworfen hatten. Als Moslems wussten sie, dass dieses System in krassem Widerspruch zum islamischen Gedanken der Gleichheit stand.

Vadim war in Norwegen geboren und betrachtete sich selbst in erster Linie als norwegisch. Seinen Eltern war es nie gelungen, ihn daran zu hindern, Teil der norwegischen Gesellschaft zu werden. Als Vadim noch jünger war, hatte sein Vater versucht, ihm Vernunft einzuprügeln. Er hatte ihn ausgeschimpft, als er erfuhr, dass sein Sohn sich in Diskotheken herumtrieb und seine engsten Freunde Norweger waren. Er hatte versucht, ihn zu überreden, mehr mit den pakistanischen Gleichaltrigen zu unternehmen. Aber Vadim hatte seinem Vater nur getrotzt und lebte jetzt mit einer norwegischen Frau zusammen, die nach der Meinung seines Vaters Vadim um den Finger wickelte. Der Vater hatte der ganzen Familie erzählt, dass Vadim ihr in der Küche half, das Essen selbst kochte, einkaufte und sogar Kleider wusch. »Man könnte glauben, er sei ein Weib!«, meckerte der Vater. In seinem tiefsten Inneren machte der Vater sich Vorwürfe, weil er Vadim in einem Land hatte aufwachsen lassen, das die Autorität der Väter untergrub. Hier war es unmöglich, die wahren muslimischen Werte zu erlernen. Vadim ließ ihn einfach reden und übersah seine Einwürfe mit würdigem Schweigen.

In der Regel ließ er immer mindestens vierzehn Tage verstreichen, bevor er das nächste Mal anrief oder ihn besuchte. Meistens war es der Vater, der vorher zu Kreuze kroch und ihn anrief um zu fragen, warum er sich denn nicht blicken ließ.

Bei Rahman waren die Verhältnisse ganz anders. Einerseits betrachtete er sich selbst zwar als einen modernen Mann. Obwohl er bereits neunundzwanzig Jahre alt war, war er noch nicht verheiratet. Er wollte sich zuerst in Norwegen richtig etablieren. Er wollte allen zeigen, dass auch einer der »Analphabeten aus den Dörfern«, wie die Sayedi die Kammi nannten, etwas taugte. Aber nach sanftem Druck seiner Familie daheim hatte Rahman im letzten Jahr seinem Onkel Zulfiqar erlaubt, sich auf die Suche nach einer Braut für ihn zu machen. Das Einzige, was Rahman forderte, war, dass die Hochzeit erst in zwei Jahren stattfinden sollte. Doch als Rahman seinem Onkel endlich grünes Licht gegeben hatte, geschah alles rasend schnell.

Zulfiqar hatte die sechzehnjährige Tochter eines Barbiers in einem Nachbardorf für ihn gefunden. Hinterher begriff Rahman, dass das bereits seit langem geplant gewesen war. Und jetzt war es nur noch ein halbes Jahr, bis Rahman seinen Bart wieder wachsen und nach Pakistan heimkehren sollte – um sich nach alten Traditionen zu vermählen. Anschließend würde er seine Frau nach Norwegen führen und mit ihr in einer korrekten, traditionellen Ehe leben. Einerseits graute ihm davor, mit einer Frau verbunden zu werden, die er noch nie gesehen oder gesprochen hatte. Mit einer Frau, die dumm oder nervig sein konnte. Mit einer Frau, die vielleicht weder im Bett noch in der Küche etwas taugte. Aber andererseits wusste er doch, dass es so genau richtig für ihn war. Familie und Tradition waren wichtig.

Jamil Rahman stand mit einem Bein fest in Pakistan, und seine Moral, seine Weltanschauung und seine Ansichten darüber, was richtig und was falsch war, hatten ihre Grundlage auf diesem Bein. Er las im Koran und ging regelmäßig in die Moschee. Das andere

Bein gehörte einem normalen norwegischen Mann mit Kindheit in Stovner. Einem Mann, der aufgewachsen war mit norwegischem Fernsehen, Gro Harlem Brundtland, Yuppiekultur und Ölreichtum. Der norwegische Teil von Rahman konnte seiner Familie nicht erzählen, was er so trieb. Und diese fragte auch nicht nach, obwohl er überzeugt war, dass es genug Gerüchte gab. In Oslo lebten nicht so viele Kammi und er erzählte ihnen nicht, mit wem er die Nächte verbrachte.

Gegen halb zwölf klopfte es an Merete Vikanes Verschlag.

Auf dem Bildschirm hatte er gesehen, dass sie gerade mit einem ihrer festen Kunden fertig war und er wusste, dass sie heute nichts mehr verdienen würde. Sie war zehn Zentimeter größer als er, oder, wenn sie ihre besten Stöckelschuhe trug, fast einen Kopf. Sie trug immer Push-up-BHs, um ihre Ware besser zur Schau zu stellen. Eine ausgeschnittene Bluse, bei der außerdem der größte Teil des flachen Bauches frei war, ein schwarzer Lederrock in einer Breite, dass Rahman ihn als »Gürtel« bezeichnete und hochhackige Schuhe machten ihre Arbeitskleidung aus. Jetzt lächelte sie Rahman zu und zog ihn an sich, während sie sich küssten. Er kam schon außer Atem.

»Wir wollen diesem Faulenzer Braza doch keine Extranummer bieten?«, fragte sie und nickte kurz zu der Minilinse, die hinter einer Lampe in einer Ecke angebracht war.

Rahman winkte albern der Kamera zu, während er wartete, dass sie sich hinter dem schwarz-rot-lackierten chinesischen Paravent umkleidete. Diese Szene faszinierte ihn jedes Mal. Eine dick geschminkte, leicht gekleidete Prostituierte mit platinblonder Perücke verwandelte sich im Laufe von nur zehn Minuten in eine Frau, die nichts anderes als norwegische Normalität ausstrahlte. Wenn das auch keine Spanne von Hure bis zur Madonna war, so war es zumindest eine Verwandlung von der Hure in eine Alltagsfrau. Ihr Haar war braun, und ohne Schminke waren die Falten um ihre Augen deutlich zu sehen. Merete konnte als Sachbearbeiterin einer

Behörde, als Kassiererin bei RIMI oder als Grundschullehrerin durchgehen.

Sie gingen gemeinsam durch Grünerløkka, den Trondheimsveien hinunter, an der Notarztzentrale vorbei und nach links nach Grønland. Rahman schloss das Tor zu dem hinteren Hofplatz im Smalgangen auf, schob Merete in die Wohnung und ging gleich hinter der Tür auf sie los. Merete seufzte und fragte, ob sie sich nicht erst einmal den Mantel ausziehen dürfe. Rahman zog sich zurück und dachte, dass es doch stimmte, was Naim immer sagte: Norwegische Frauen können nicht lieben. Sie haben keinen festen Kern. Das zeigte sich daran, dass ihre Gefühle ständig wechselten.

Eine pakistanische Frau dagegen … Abida, seine Braut, war dazu erzogen, zu wissen, wer an erster Stelle kam. Rahman dachte an seine sechzehnjährige Abida und er verspürte Scham, als er Merete den Drink reichte, den er ihr gemixt hatte.

Er selbst trank eiskalten, mit Wasser verdünnten Orangensaft. Es ärgerte ihn, dass er nicht wie geplant seine Anspannungen wegbumsen konnte, sondern stattdessen mit einer billigen Hure Konversation treiben sollte.

Plötzlich stand Merete auf und ging ins Schlafzimmer, um sich auszuziehen. Typisch weiße Frauen, dachte Rahman. So wechselhaft.

»Ich weiß gar nicht, warum du eigentlich alles gratis kriegst«, sagte sie.

Das sollte sicher ein Scherz sein. Mit einem Teil seines Gehirns war das auch Jamil Rahman klar. Aber er brauste auf. »Wieso? Du machst doch für alle Männer die Beine breit, oder?«, schrie er. »Eine Hure wie du …«

»Nenn mich nicht Hure!«, schrie sie zurück. »Wenn du nur ein bisschen Anstand hättest, dann wären wir schon längst verheiratet. Denn schließlich liebst du mich und nicht diese Kinderfotze Abida, die grade erst ihre Regel kriegt. Kapierst du denn nicht, dass du hier lebst in diesem Land und mit dieser Frau hier? Und dass deine Frau hier es satt hat, mit anderen Männern zu bumsen. Ab jetzt läuft zwischen uns nichts mehr, so lange du nicht die Sachen geregelt hast.«

»Ich dich lieben?«, fragte er mit gerunzelten Augenbrauen. »Du – meine Frau? Wenn ein Mann einer Hure dumme Worte ins Ohr flüstert, dann nimmt das doch wohl niemand ernst, oder? Du hast hier gar keine Ansprüche zu stellen! Wer ist denn hier der Chef? Und wer hat dir die ganze Zeit erzählt, dass er sich mit einer ehrbaren, pakistanischen Frau verheiraten wird?«

»Ach, halts Maul«, rief Merete und warf mit einem Kissen nach ihm. Unter ihnen klopfte der Nachbar gegen die Decke.

»Du hast nichts gelernt von all dem, was ich dir gesagt habe«, sagte Rahman und spürte, wie er eiskalt vor Wut wurde. Die Empörung über den Verlust von 150 000 Kronen überdeckte alles andere. Er ging auf sie zu und warf sie aufs Bett. Dann drehte er ihr die Arme auf den Rücken, dass es in den Schultergelenken knackte, riss ihr den Slip herunter und schlug ihr mit der flachen Hand auf den Hintern. Aber sie strampelte zu sehr mit den Beinen, deshalb setzte er sich rittlings auf ihre Beine und schlug weiter, bis sie ruhig lag. »Bleib liegen!«, sagte er und sie erwiderte etwas jammernd in die Kissen. Was er als Trotz auffasste und ihr darauf den Daumen hart in den Anus schob und umdrehte. »Lieg still!«

»Jaaa …«, schluchzte sie.

»Du rührst dich nicht, bis ich wiederkomme«, sagte er ihr leise ins Ohr und stand auf, um den einen halben Meter langen Schuhanzieher zu holen. Sie lag leise weinend da, als er zurückkam. Er hielt sie weiter fest, während er ihr auf den Hintern schlug.

»Was bist du?«, fragte er sie. Als sie nicht antwortete, machte er weiter. »Was bist du?«

»Ich bin … eine … Hure«, murmelte sie ins Bettzeug.

»Was bist du? Ich höre dich nicht.« Er verstärkte seine Schläge. Das Bett schaukelte.

»Ich bin eine Hure. Ich bin deine Hure. Ich tue alles, was du willst für dich, Jamil. Ich liebe es, deine Hure zu sein. Ich gehöre dir, nur dir.«

Er war dieses Spiel so entsetzlich leid. Er war es leid, dass sie ihren Platz nicht kannte. Er schlurfte hinaus in den Flur und hängte den Schuhanzieher an seinen Platz. Dann strich er sich über seinen knurrenden Bauch und ging in die Küche, um im Kühlschrank nachzugucken.

6

Merete Vikanes war vierundzwanzig Jahre alt, konnte aber problemlos für vierunddreißig durchgehen.

Eine Frau, die im horizontalen Gewerbe arbeitete, seit sie siebzehn war, und die ihre ersten Kunden auf der Straße am Bank-Platz, in der Revierstredet und der Myntgata gefunden hat, hat ein Leben gelebt, dass in der Seele, auf der Haut und in den Augen zu sehen ist.

Den ersten Kunden, der sie so zusammenschlug, dass sie zum Notarzt musste, der ihre Schläfe mit fünf Stichen wieder zusammenflickte, traf sie, als sie zwanzig war. Danach benutzte sie lieber ihre eigene Wohnung als Treffpunkt. Sie setzte eine Telefonanzeige in *Kontakt* und bekam jeden Tag haufenweise Anrufe, aber die meisten Anrufer tauchten niemals auf. Trotzdem baute sie sich einen festen Kundenkreis auf. Einige davon waren sogar ganz in Ordnung. Aber es dauerte nicht lange, bis die Nachbarin unter ihr misstrauisch wurde.

Sie sah Merete mit dunklem, wissendem Blick an und Merete sah ein, dass sie dieses Doppelleben unter den Augen der Nachbarn nicht mehr lange führen konnte. Eines Tages nahm sie ihren Mut zusammen und rief bei Cassandra an, von dem sie von einem ihrer Kunden gehört hatte. Zwei Tage später fing sie schon an, für Jamil Rahman zu arbeiten. Ursprünglich hatte sie nicht besonders viel übrig für Pakistani. In ihrer Welt galten sie alle als Drogenhändler, Diebe und unzuverlässige Gestalten, die dir direkt ins Gesicht grinsen, während sie dir ein Messer in den Rücken schieben.

Aber Jamil gegenüber bekam sie mit der Zeit Respekt. Er war sparsam und kümmerte sich mehr um seine Familie als die meisten Norweger. Er hielt immer sein Wort. Auch wenn er einen Laden führte, in dem Frauen nur Gegenstände waren, in die Männer gegen Bezahlung ihren Schwanz steckten, hatte er bisher noch nie ein negatives Wort über die Frauen fallen lassen, die dort arbeiteten. Seit dem Frühling sahen sie sich häufiger, und seitdem schlief sie ein- oder zweimal in der Woche bei ihm. Sie hatte ihn über Pakistan reden hören und wusste alles über seine Braut Abida. Er hatte immer mit offenen Karten gespielt. Trotzdem hatte Merete geglaubt, sie würde ein Stückchen von seinem Herzen besitzen. Er umarmte sie so zärtlich, drang mit der gleichen Zärtlichkeit in sie ein und drehte sich nicht gleich weg, wenn es ihm gekommen war. Wie norwegische Männer es oft taten. Deshalb dachte sie, dass die Zeit für sie arbeiten würde und sie ihn am Ende doch noch kriegte. Schließlich kannte sie die Männer. Und darin unterschied sich auch ein Pakistani nicht von einem weißen Mann.

Aber jetzt hatte er ihr eine Seite von sich gezeigt, von der sie nicht einmal geahnt hatte, dass es sie gab. Sie schluchzte noch eine ganze Weile, während er in der Küche rumorte. Sie konnte hören, wie er den Kühlschrank öffnete. Er schnitt Brot ab und setzte Wasser auf. Wahrscheinlich wollte er Tee trinken wie jeden Abend. Merete setzte sich im Bett auf. Sie wischte sich die Tränen ab und schwankte, als sie versuchte, sich auf die Füße zu stellen. Sie musste sich am Bettpfosten festhalten, als sie den Rücken zum Spiegel drehte. Sie hätte nie gedacht, dass man so verprügelt aussehen konnte. Mit ihren Fingern strich sie vorsichtig über die am stärksten angeschwollenen Bereiche.

»Darüber brauchen wir doch nicht noch einmal zu diskutieren«, hörte sie Jamils Stimme. Sie drehte sich der Tür zu, in der er mit einer Brotscheibe in einer Hand und einer Teetasse in der anderen stand. Sein Bauch hing ihm über den Gürtel und guckte durch einen Spalt seines Hemds hervor, wo zwei Köpfe sich geöffnet hatten.

»Aber warum?« Ihre Stimme klang matt und verständnislos.

»Du bist zu weit gegangen. Du hast nicht kapiert, wo dein Platz ist. Du hast vergessen, was ich dir immer wieder gesagt habe.« Er schlürfte seinen dampfenden Tee.

»Du kannst nicht so mit mir umgehen. Wir sind …« Das war gedacht als Anfang einer wütenden Tirade, wie sie sie früher Männern gegenüber abgefeuert hatte. Aber stattdessen hörte es sich eher an wie das Jammern eines Kindes.

»Erstens gibt es kein ›wir‹. Und zweitens gehe ich mit wem ich will um, wie ich will, wenn es um Geld geht. Keiner macht mit meinem Geld rum!« Er machte zwei Schritte auf sie zu, wobei der Tee aus der Tasse schwappte.

»Beruhige dich doch«, erwiderte sie und suchte Schutz hinter dem Sessel in der Ecke.

»Anscheinend ist es an der Zeit, einige Dinge klarzustellen. Wir sind im Cassandra nur an Mädchen interessiert, die so viel Geld reinbringen, dass es sich lohnt. Es gibt genügend willige Fotzen auf der Straße!«

Sie hatte ihn noch nie so wütend und derb reden hören. Und jetzt traf er ihren wunden Punkt. Denn sie konnte selbst im Spiegel sehen, dass die Zeit gegen sie arbeitete. Ihr Gesicht war nicht mehr das eines jungen Mädchens. Ihr Körper war nicht mehr so fest und knackig. Man konnte sehen, dass sie oft zu viel trank. Sie wurde von ihrem Gewissen und den Gedanken an die Zukunft gequält. Ihr Kundenkreis war im letzten halben Jahr im Cassandra kleiner geworden. Und diejenigen, die kamen, um sich in diese Asiatinnen zu versenken, schüttelten nur den Kopf, wenn sie auftauchte.

Auch wenn sie ihnen fast mit ihren Brustwarzen in die Augen stach.

Seine kalte Stimme klang wie eine jüngere Ausgabe von Braza. »Ab jetzt gilt folgende Regelung: Du darfst im Cassandra weiterarbeiten, wenn du jeden Tag ... sagen wir mal fünftausend reinholst.«

»Fünftausend ... spinnst du? Das ist auf die Dauer gar nicht möglich.« Merete geriet in Panik. Im Augenblick kam sie an guten Tagen auf fünftausend. An einem schlechten oder nur durchschnittlichen Tag konnte sie auf zweitausendfünfhundert bis dreitausend runtersacken. Fünf Riesen waren eigentlich nur am Wochenende drin. Aber welche Alternative hatte sie? Würde sie irgendwo anders einen Job kriegen? Wohl kaum. Am schlimmsten war, dass sie so hohe Schulden hatte. Die Wohnung in Frogner war viel zu teuer. Und bis jetzt gehörte ihr gerade mal der Flur davon. Das waren jede Woche beträchtliche Summen. Erst recht nach der Reise nach Buenos Aires, einer spontanen Idee, als der Karneval kam. Oder nach dem Auto, das sie nach einem Monat zu Schrott gefahren hatte und das sie trotzdem abbezahlen musste, weil sie so eine blöde Vorfahrt nicht beachtet hatte. Im Augenblick musste sie zusätzlich noch für eine überzogene Mastercard und einen nicht rechtzeitig abbezahlten Kredit zahlen. Den Job gab es nicht, der es ihr ermöglichen würde, den Kopf über Wasser zu behalten. Die Alternative lag nur dort draußen im Dschungel. In einer der illegalen Spielhöllen zu arbeiten war aussichtslos. Sie wusste genau, dass sie dort wegen der Altersgrenze und den Anforderungen ans Aussehen nicht infrage kam. Und wieder in der Wohnung zu arbeiten, war in Frogner nicht möglich. Die Nachbarn kontrollierten jeden Schritt. Sie konnte höchstens wieder auf die Straße gehen. Aber sie wusste, dass es dort inzwischen noch härter geworden war. Sie wusste auch, dass sie das nicht mehr schaffen würde.

Die ganzen Jahre hindurch hatte sie immer geglaubt, dass irgendwann einmal der Wendepunkt kommen würde. Sie würde den Kopf über Wasser kriegen und etwas Geld sparen haben können. Dann würde sie anfangen, sich ein ganz anderes Leben einzurichten.

Jamil Rahman war Teil dieses Traums gewesen. Aber inzwischen glaubte sie nicht mehr daran. Sie war zu realistisch geworden. Und jetzt, wo Jamil alle Schleier fallen ließ und von ihr verlangte, dass sie die Beine breit machte und für dieses Privileg auch noch fünftausend am Tag bezahlte, wurde ihr klar, dass die Zeit reif war. Sie musste ganz von vorn anfangen zu denken und das sehr schnell.

»Entweder du schaffst für mich Geld an oder du verschwindest aus dem Cassandra. Übrigens kannst du heute schon mal anfangen, dich zurückzuziehen. Ich brauche dich nicht mehr«, erklärte Jamil und drehte sich auf dem Absatz um.

Sie nickte stumm seinem Rücken zu und versuchte, ihre Hose anzuziehen ohne dass es zu sehr schmerzte. Währenddessen lief ihr Hirn auf Hochtouren. Sie hatte nicht umsonst in dieser Ecke der Stadt so viele Jahre verbracht. Merete sah sich selbst als einen Stayer an. Und ein Stayer, das ist eine Person, die niemals ihr Ziel aus den Augen verliert, auch wenn die Hoffnung so dünn wie ein morsches Kondom ist.

Mittwoch

1

Hoel kam vierzig Minuten zu früh ins ›Harlekin‹.

Er verschaffte sich immer einen Überblick über den Ort, an dem ein Treffen stattfinden sollte. Das konnte über Leben und Tod entscheiden. Zweimal hatte es ihn davor gerettet, in eine Falle zu gehen. Aber an einem Ort wie diesem gab es selten Probleme. Trotzdem wusste man nie, was geschehen würde. Leute sind schon auf offener Straße oder in voll besetzten Restaurants erschossen worden. Bomben sind hochgegangen. Man brauchte sich nur mit einem Mann zu verabreden, der so verrückt oder verzweifelt war, dass ihn die Konsequenzen seiner eigenen Handlungen nicht mehr interessierten.

Für den »Torpedo«, oder »Geldeintreiber«, wie Hoel sich selbst lieber bezeichnete, war die Welt in »öffentliche« Treffpunkte, »neutrale« Treffpunkte und »sichere« Treffpunkte eingeteilt. Die Entscheidung wurde danach getroffen, wie viel Diskretion erforderlich war und welcher Grad an Kontrolle gewünscht wurde.

Ein »öffentlicher« Treffpunkt hieß, sich im Freien zu verabreden, auf der Straße, auf einem Markt oder bei einer Bank, wo absolut alle, einschließlich Autofahrer und Bullen im Hubschrauber, alles überblicken konnten. Der wurde gewählt, wenn beide Parteien so sehr auf der Hut waren, dass sie es nicht wagten, sich an einem anderen Ort zu treffen. Außerdem eignete er sich für den Austausch von Nachrichten oder für reine Vorpostengefechte zwischen zwei Männern, die jeweils von ihrem Lager vorausgeschickt wurden.

Ein »neutraler« Treffpunkt war ein zurückgezogener Ort. Dort konnte man zwar ungestört sitzen, aber Unbeteiligte hatten trotzdem Einblick. Das Harlekin war so ein Ort. Er eignete sich für Treffen, bei denen die Gefühle zwar in Wallung kommen konnten, die Parteien aber überzeugt waren, dass eine Einigung ziemlich unproblematisch war.

Ein »sicherer« Treffpunkt wurde gebraucht, wenn sensible Waren ausgetauscht, begutachtet und gezählt werden sollten. Ein »sicherer« Platz war ein Treffpunkt, von dem beide Parteien glaubten, sie könnten ihn kontrollieren und sich notfalls dort auch verteidigen. Das konnte eine Wohnung, ein schallisolierter Keller mit zwei Eingängen oder ein Hinterzimmer in der Kneipe gemeinsamer Freunde sein.

Als Hoel noch in der Branche war, kam es in erster Linie darauf an, die Treffpunkte in- und auswendig zu kennen. Wenn man die Oberhand gewinnen wollte, musste man einen Treffpunkt vorschlagen, den die gegnerische Partei als sicher ansah, in dem man aber in Wirklichkeit die Kontrolle hatte.

Hoel erinnerte sich noch gut daran, wie er mit seinem Kumpel Ulf einmal beschränkte Hillbillys aus Trøgstad aufgespürt hatte. Das waren zwei Kerle, die meinten, sie wären schlau genug, um den großen Jungs eine lange Nase machen zu können. Sie hatten ein Kilo H. beiseite geschafft. Der Mann, dem die Tüte mit dem weißen Inhalt gehörte, hatte Hoel und Ulf freie Hand gegeben. Sie sollten für »all die anderen Trottel aus der Provinz« ein Exempel statuieren.

Die Kerle aus Trøgstad hatten sich schrecklich wichtig gefühlt. Sie wollten gleichzeitig bauernschlau und misstrauisch sein und lehnten jeden Vorschlag ab, sich in Oslo zu treffen. Ulf hatte kapiert, dass sie sie auf ihrem eigenem Gelände erwischen mussten. Er fand ein Haus außerhalb von Ski, in dem sie sich treffen konnten. Nach viel Wenn und Aber gingen die beiden darauf ein und Ulf berichtete, wie stolz der eine von ihnen war, weil er dachte, er hätte seinen Willen gegenüber den Osloern durchgesetzt.

In Wirklichkeit hatten Ulf und Hoel schon längst drei Helfer im Haus platziert. Die beiden Stiernacken schöpften keinen Verdacht, obwohl sie schon Stunden vorher das Haus beobachteten. Als Ulf und Hoel ankamen, stiegen sie aus ihrem Lieferwagen, der auf der anderen Straßenseite geparkt war. Sie waren in den Vierzigern und trugen Flanellhemden, Wildlederjacken und neue Jeans. Jeder hatte so eine kleine Herrentasche dabei. Sie kamen breitbeinig zum Haus, gingen hinein und warfen sich jeder auf einen Stuhl.

In dem Haus waren wohl schon lange keine Menschen mehr gewesen, denn die Möbel waren mit weißen Laken zugedeckt und überall lag eine dicke Staubschicht. Als die Typen aus Trøgstad betonten, dass sie ihre weiße Ware nicht ohne dicken Aufpreis herausgeben würden, sahen Ulf und Hoel sich nur an. Und danach hatte Ulf in seiner typischen perfiden ironischen Art gesagt, dass es eigentlich überhaupt nicht so wichtig sei, was die beiden von der Sache hielten.

»Schließlich sind wir nicht hier, um mit euch über Geld zu reden«, erklärte Ulf. »Wir wollen nur klären, wann ihr die Ware wieder abzuliefern gedenkt und eine wie hohe Strafe ihr unserem Auftraggeber zu zahlen habt.«

Die beiden Typen hatten übers ganze Gesicht gegrinst, als hätten sie 'nen Sechser im Lotto, waren aufgestanden und hatten erklärt, dass das Gespräch beendet wäre. Sie hätten ein besseres Angebot von anderer Seite.

Genau in dem Moment kamen die drei Helfer aus der Küche. Ulf und Hoel waren ruhig auf dem Sofa sitzen geblieben und hatten mit angesehen, wie die beiden ihre Hautfarbe wechselten, von einer ländlichen, frischen Farbe hin zu etwas, das an Eierschalen erinnerte. Als sie sich hastig umschauten und nach möglichen Fluchtwegen suchten, meinte Hoel trocken: »Daran braucht ihr nicht einmal zu denken.«

Die Männer aus Trøgstad waren dennoch ziemlich zäh gewesen. Erst nachdem der eine bewusstlos geschlagen und dem anderen ein Arm gebrochen worden war, hatte dieser Ulf und Hoel gesagt, wo die Tüte mit dem Heroin versteckt war. Anschließend hatte Ulf ihm erklärt, dass sie zusätzlich noch eine hübsche Summe abzuliefern hätten als Bezahlung für die Behandlung.

Jetzt saß Hoel im Harlekin und vermisste Ulf. Gleichzeitig war er froh, dass er mit seinem früheren Leben Schluss gemacht hatte. Dieses Treffen fand nur Maja, Betty und Tonni zuliebe statt.

Hoel hatte sich ganz nach hinten gesetzt, von wo er das ganze Lokal und den Wintergartenteil, der zur Straße hin lag, überblicken konnte. Die Tür zur Toilette war schräg hinter ihm. Er hatte eine Serviette unter eines der Tischbeine gelegt, damit der runde Holztisch mit den Löwenfüßen nicht mehr wackelte. Der Korbstuhl war bequem, die Beleuchtung perfekt, und es waren nur noch neun andere Menschen im Lokal. Der Raum war erfüllt von einem leisen Summen.

Jamil Rahman kam fünfzehn Minuten zu spät. Hoel konnte über dieses kindische Verhalten nur grinsen. Er war dicker als Hoel ihn in Erinnerung hatte und wirkte wie ein pakistanischer Rocker. Sie begrüßten sich und Hoel war erstaunt über Rahmans festen, sicheren Händedruck. Er bemerkte, wie die eichhörnchenflinken Augen sowohl ihn als auch das Lokal durch die Brillengläser abschätzten, bevor er die Karte überflog und sogleich den Kellner heranwinkte.

»Du bezahlst doch, oder?«, fragte er. Hoel nickte überrascht.

Hoel bestellte einen Café au lait und ein »Französisches Frühstück«. Das bestand aus Saft, Croissant, Butter und Käse. Als Jamil Rahman bestellte, glaubte Hoel zunächst an einen Scherz.

»Ich möchte ein Stück Schokoladentorte mit flüssiger Sahne dazu. Und starken Kaffee.«

»Kaffee auf den Kuchen?« Der Kellner hatte offensichtlich noch nie eine derartige Bestellung aufgenommen.

»Nein, nein! Kaffee extra. Sahne über die Torte.« Rahman schob wütend die Karte in die Hand des Kellners. »Den Trick mit der Sahne habe ich in Schottland gelernt«, erklärte er. Hoel nickte nur. Es fiel ihm schwer, sich vorzustellen, wie dieser Pakistani im schottischen Hochland herumreiste und dort Torte mit flüssiger Sahne aß.

Als der Kellner zehn Minuten später servierte, war Hoel angenehm überrascht. Das Croissant war weich, frisch und noch warm.

»Ich weiß eigentlich gar nicht, warum ich hier bin«, erklärte Rahman, während er die Schokoladentorte in sich hineinschaufelte. »Ich will nur mein Geld. Punkt.«

»Tonni hat im Augenblick kein Geld. Aber er wird alles zurückzahlen«, erwiderte Hoel. Er ließ sich von dem scharfen Ton nicht verunsichern.

»Später ist zu spät. Der Kerl ist mir scheißegal. Ich habe zu viel Geld durch ihn verloren.« Seine Stimme wurde lauter und das Ehepaar am Tisch drei Meter weiter drehte sich so diskret wie irgend möglich nach ihnen um.

»Trotzdem kann man doch versuchen zu …« Weiter kam Hoel nicht.

Rahman setzte seine Kaffeetasse so heftig auf die Untertasse, dass ihn nun alle im Raum anstarrten. Er spuckte die Worte einzeln aus: »Es gibt keine gütliche Einigung! Das Schwein hat mich reingelegt. Es geht um etwas Wichtigeres als um Geld.«

»Es geht um Ehre«, bestätigte Hoel ruhig und aß sein letztes Stück Croissant. Rahman nickte. »Aber gleichzeitig ist Geld immer interessant, nicht wahr?«

»Geld, Geld.« Rahman wand sich auf seinem Stuhl. Seine Wut verrauchte etwas, als Hoel die ewigen Werte ins Spiel brachte.

»Du hast Recht, Tonni hat sich voll in die Scheiße gesetzt«, fuhr Hoel fort. Er wusste, dass sein Gegenspieler nur noch wütender werden würde, wenn er den Konflikt leugnete. »Und dafür muss er bezahlen. Als Zeichen seines guten Willens habe ich das hier mitgebracht.«

Hoel schob ein gefaltetes Blatt über den Tisch. Rahman hob kaum merklich die Augenbrauen und öffnete es zögernd, als erwartete er, von einem giftigen Tier gestochen zu werden. Dann zählte er mit dem Zeigefingernagel die zehn Tausender, die mit einer Büroklammer an der Innenseite befestigt waren. Nachdenklich nickte er und schob sich das Papier in die Innentasche.

Danach veränderte sich der Ton des Gesprächs. Hoel gratulierte sich selbst, dass er Rahman den Wind aus den Segeln genommen hatte. Er hatte den Mann richtig eingeschätzt. Der Pakistani fühlte sich hereingelegt bei einem Geschäft, das er für wasserdicht gehalten hatte. Hoel konnte sich gut vorstellen, was für saure Gesichter seine Partner im Cassandra gemacht hatten, als sie so viel Geld in so kurzer Zeit verloren. Bis dahin war Tonni immer zuverlässig gewesen.

»Tonni möchte gern weiter für dich arbeiten. Aber in der ersten Zeit wird er nur arbeiten, um dir dein Geld zurückzuzahlen«, erklärte Hoel. »Die zehn Riesen kannst du als Zins des Verlustes ansehen.«

»Für mich arbeiten …« Rahman wollte den Faden wieder aufnehmen, aber Hoel schnitt ihm das Wort ab.

»Tonni wird anfangs mit eigenem Geld arbeiten, wenn er in Bjerke weitermacht. Er wird dir jede Öre zurückzahlen. Danach wird er wieder für dich arbeiten.«

»Und was ist mit der Verteilung des Gewinns?«

Hoel seufzte. Das war einer von der Sorte, die aus jeder Situation einen Vorteil herauszuschlagen versuchten. »Er ist bereit, um zwei Prozent von seinem Anteil runter zu gehen«, erklärte er und winkte dem Kellner für einen weiteren Café au lait.

»Fünf Prozent«, sagte Rahman grinsend.

»Drei.«

»Okay. So machen die Geschäfte Spaß«, erklärte Rahman und stand so plötzlich auf, dass Hoel zusammenzuckte. Dann eilte er hinaus und verschwand den Hegdehaugsveien hinunter. Hoel überlegte einen Moment lang, welche Schweinerei Rahman sich wohl ausgedacht hatte. Es spürte, wie alle Nervenenden in seinem Körper zitterten. Aber es geschah nichts.

Die übrigen Gäste schauten zu Hoel hinüber und rührten sorgfältig in ihren Kaffeetassen, während sie ihre Gespräche mit leisen Stimmen wieder aufnahmen. Der Kellner kam mit dem gewünschten Café au lait und der Rechnung, und Hoel gab ihm großzügig Trinkgeld.

2

Es musste das Motorengeräusch gewesen sein, das den Rächer geweckt hatte. Als er die Augen öffnete, hörte er nur noch eine Autotür klappen.

Er spähte durch die Bäume hindurch und sah, dass der Opel von einem funkelnagelneuen Hyundai Gesellschaft bekommen hatte. Der Besitzer stand daneben in einem grellbunten Joggingdress. Der Jogger musste nur noch abschließen, nachsehen, ob auch alles Wichtige in seiner schwarzen Gürteltasche war und aus irgendeinem mysteriösen Grund die Windrichtung prüfen. Anschließend schaute er auf seine Uhr, was den Rächer instinktiv auch auf die Uhr sehen ließ – sie zeigte halb zehn –, und lief dann so frisch los, wie es nur ein Sechziger mit zehn Kilo Übergewicht tun kann.

Der Rächer brauchte genau drei Minuten, um sich fertig zu machen. Das Einzige, dem er größere Aufmerksamkeit widmete, waren seine Fingernägel, deren perfekte Mandelform er prüfte. Danach schlich er aus dem Wald und zog die neuen Möglichkeiten in Betracht. In seinem Leben hatte er schon Autos der meisten Marken geknackt. Volvo, Mercedes, Renault und den einen oder anderen Golf. Es war schon merkwürdig, dass die Autohersteller noch kein Patent gefunden hatten, um die Autos diebstahlsicher zu machen. Man konnte fast glauben, sie wollten, dass die Fahrzeuge gestohlen wurden.

Aus der Seitentasche seiner Reisetasche zog er ein dünnes

Metallblatt von dreißig Zentimeter Länge hervor und schob es in den Türspalt, bis die Wagentür mit einem leisen Klicken aufsprang. Der Rächer lächelte und startete das Auto innerhalb weniger Sekunden. Fast erwartete er, dass der Besitzer keuchend aus dem Wald kommen würde, aber alles blieb ruhig.

Er fuhr wieder hinunter in die Stadt und hielt erst in Grefsen an. Auf den Beifahrersitz hatte er das abgesägte Gewehr gelegt, das er auf einem Hof weit vor Sarpsborg gestohlen hatte. Er hatte es zufällig gefunden, als er in ein leeres Bauernhaus eingebrochen war. Der Bauer hatte auf dem Flur einen Schrank mit zwei alten Prügeln. Aber daneben fand er dieses neue Gewehr bester amerikanischer Qualität. Nur mit Munition sah es schlecht aus.

Im Magazin waren fünf Patronen Der Rächer schnappte sich außerdem die sechs, die lose auf dem Schrankboden lagen. In der Küche hatte er eine Metallsäge gefunden und sich die Zeit genommen, den Lauf abzusägen, sodass nur noch fünfundzwanzig Zentimeter übrig blieben. Anschließend kürzte er den Holzkolben um zehn Zentimeter. So konnte er die Waffe unter einem Mantel oder einer langen Jacke, sogar in einer Plastiktüte verstecken. Dafür nahm er die geringere Zielgenauigkeit in Kauf. Und wenn man den Lauf einem Kerl direkt ins Fleisch bohrte, spielte es keine Rolle mehr, wie weit die Ladung streute.

Er warf die Jacke über die Waffe. Dann setzte er seine Sonnenbrille auf und fuhr weiter. Er war kalt und konzentriert. Weitere Vorbereitungen waren nicht notwendig. Jetzt musste er nur noch sein Opfer finden. Weil die Biker keine festen Treffpunkte mehr hatten, musste der Zufall entscheiden, wen es treffen würde.

Der Rächer grinste und dachte an die Zeit, als er selbst zur Szene gehört hatte. Als er allein zurechtkommen musste, hatte die Bikergemeinde ihn aufgenommen. Sie hatten den Siebzehnjährigen zu ihrem Maskottchen gemacht. Endlich hatte er einen Zufluchtsort, an dem er willkommen war. Viele Jahre lang war er fest mit einem Milieu verwachsen gewesen, aus dem man kaum wieder rauskam, zumindest nicht lebend. Aber der Rächer hatte gar kein Bedürfnis gehabt, die Leute zu verlassen, die ihm das Wichtigste auf der Welt waren. Erst als er aus Dänemark zurückkam, hatte sich alles verändert. Als es drauf ankam, wollten sie nichts mehr von ihm wissen. Für jemanden, der so geworden war wie er, gab es bei ihnen keinen Platz mehr. Nach der Abweisung kam der endgültige Verrat. Der erinnerte ihn an seinen Beichtvater und dessen Vertrauensbruch. Aber jetzt kam der Rächer zurück, als strafender Engel, als Löwe der Gerechtigkeit.

Immer wieder musste er auf den Lauf sehen, der unter der Jacke hervorlugte. Als er an der Ampel beim Sandaker anhalten musste, nahm er die Hand vom Lenkrad und strich vorsichtig über Kolben und Abzug. Er lächelte einer jungen Frau mit Kinderwagen zu. Sie lächelte unsicher zurück und rettete sich auf den Bürgersteig, während sie über die Schulter zu ihm zurückblickte. Der Rächer ermahnte sich selbst, nur kein Aufsehen zu erregen. Er musste sich besser konzentrieren. Hinterher durfte sich keiner an ihn erinnern oder ihn gar der Polizei beschreiben können. Er folgte den Straßenbahnschienen in die Stadt. Bis jetzt hatte er seinen Mann noch nicht gefunden. Er hatte zwar einige Motorräder gesehen, aber keines aus der Bikerszene. Er fühlte sich wie eine scharf geladene Waffe in den Händen einer höheren Macht. Immer wieder predigte eine Stimme in ihm:

»Ich bin der Herr. Mein ist die Rache.«

Der Rhythmus dieser beiden Sätze wirkte sich auf seinen Fahrstil aus, auf das Gasgeben, Bremsen und die Art, wie er schaltete: *»Ich – bin – der – Herr – mein – ist – die – Rache.«*

Er bog ab auf den Ibsenring, fuhr eine Runde ums SAS-Hotel und gelangte über Schlosspark, Parkveien und den Drammensveien wieder zurück zur Stadt. Immer noch kein Biker zu sehen. Er murmelte seine Litanei, während er die Stortingsgata entlang fuhr und in jede Seitenstraße hineinspähte.

»Ich – bin – der – Herr – mein …«

Als er am Stortinget vorbeifuhr, hörte er das vertraute Motorengeräusch. Eine Harley mit ihrem satten, sexy Klang konnte man nicht mit einer anderen Maschine verwechseln. Unwillkürlich musste der Rächer wieder lächeln. Er folgte den Straßenbahnschienen um die Kurve und dort – nur zwanzig Meter von ihm entfernt – sah er den Biker. Sein strähniges langes Haar flatterte im Wind, und er trug einen Vollbart. Die ehemals blaue Jeans war öligbraun. Sofort entdeckte der Rächer, wonach er gesucht hatte: das Fuckheadszeichen auf dem Rücken der Lederjacke. Der Biker fummelte mit etwas in der Tasche und lenkte gleichzeitig langsam seine Maschine in die Tollbugata.

»Ich – bin – der – Herr …«

Der Rächer folgte der Maschine, während er das Seitenfenster herunterkurbelte. Sie näherten sich gleichzeitig der Ampel, als diese auf Rot sprang. Der Rächer fuhr auf die Busspur und stellte sich neben das Motorrad. In dem Moment entdeckte ihn das Fuckheads-Mitglied. Er zuckte zusammen, als er das Lächeln des Mannes hinter dem Lenker sah.

»Ein schöner Morgen«, sagte der Rächer zu dem Mann auf der Maschine.

Offensichtlich hatte noch nie jemand so etwas zu einem Fuckheads-Mitglied gesagt. Er zwinkerte unsicher und blieb stumm.

»Nur schade, dass du davon nichts mehr zu sehen kriegst.«

Der Rächer griff nach seinem Gewehr und schoss aus nächster Nähe durchs offene Fenster auf den Mann. Der Schuss traf ihn mit voller Wucht unter der Achsel. Der Mann kippte langsam nach hinten, während der Rächer die nächste Patrone in den Lauf pumpte. Der zweite Schuss traf den Mann unterhalb des Ohrs in den Hals. Er stürzte mitsamt der schweren Maschine und blieb auf der Straße liegen, krampfartig mit Armen und Beinen rudernd. Der Rächer musste an den gekreuzigten Christus denken. Reflexartig bekreuzigte er sich.

Auf dem Bürgersteig hatten zwei Männer mit schwarzen Aktentaschen hinter einem parkenden Lieferwagen Zuflucht gesucht. Ein Teenagermädchen war schreiend stehen geblieben. Der Fahrer hinter dem Rächer saß mit offenem Mund da, und ein Stück entfernt bog ein grüner Bus um die Kurve. Der Rächer nahm all diese Eindrücke innerhalb von Sekundenbruchteilen auf. Während er noch die Waffe in der Hand hielt, gab er Gas. Er warf das Gewehr auf den Wagenboden und schaltete schnell hoch, während er beim nächsten Häuserblock mit kreischenden Rädern abbog, die nächste Ampel bei Rot überfuhr und den Wagen in die Rådhusgata manövrierte, hinunter in den Stadttunnel. Der Singsang verließ ihn keinen Augenblick: *»Ich – bin – der – Herr – mein – ist – die – Rache.«*

3

Rechtsanwalt Gjøen parkte seinen BMW im Parkhaus am unteren Ende der Prinsens gate. Seit diese verfluchten Femiweiber »Hurenkunde« auf sein Auto gesprayt hatten, nur weil er eine Minute neben einer Frau in der Øvre Vollgate gehalten hatte, war er ständig um sein Auto besorgt. Dieses Prachtexemplar der Ingenieurskunst – ein Cabriolet in Blaumetallic mit Viper-Spezialradkappen – war erst ein paar Wochen alt. Seine dritte Frau ließ er nicht hinters Steuer, nicht einmal waschen durfte sie den Wagen. Allein die Vorstellung, wie sie die Karosserie mit einem rauen Lappen bearbeiten würde, versetzte ihn in Angst und Schrecken. Er geriet in Hitzewallungen, wenn er daran dachte, wie unsensibel sie schaltete. Außerdem rauchte sie beim Fahren. Deshalb hatte er ihr einen Mercedes gekauft, den er billig bekommen hatte, so ein Geschäft, bei dem eine Hand die andere wäscht. In dem konnte sie herumrotzen und Dreck machen, so viel sie wollte.

Er ergriff seine Ledermappe, schob das Handy in die Innentasche und warf noch einen Blick in den Spiegel, bevor er ausstieg. Er trug einen grauen Anzug mit einem grauschwarzen Schlips, elegante goldene Manschettenknöpfe und schwarze Lackschuhe. Sein Bart war frisch gestutzt. Er wollte Alex Hoel als solide und vollkommen kontrolliert gegenübertreten, schließlich hatte er diesen bisher nur aus der Entfernung gesehen. Hoel würde natürlich wissen, wer er war, wenn er seinen Namen hörte, aber abgesehen davon würde er nicht die geringste Ahnung haben, wen Gjøen vertrat. Und genau dieses Gefühl, einer unbekannten Gefahr gegenüberzustehen, wollte Vegard Gjøen bei Hoel hervorrufen.

Das Exil hatte noch nicht geöffnet, aber er klopfte einfach an die Scheibe und wurde von einem Kerl hereingelassen mit Augenbrauen wie Dornenhecken. Der Typ schien nicht besonders entgegenkommend zu sein, obwohl Gjøen ihm zweimal sagte, er würde erwartet. Die Antwort war nur ein Knurren. Aber schließlich wurde er doch durchs Lokal hindurch in ein Zimmer hinter der Bar geführt. Der Mann blieb in der Tür stehen. Alex Hoel saß mit dem Rücken zur Tür am Schreibtisch, die Füße auf der Tischplatte und telefonierte mit seinem Handy. Er drehte sich kurz um und winkte ein Okay.

»Bønna!«, rief Hoel dem Typen nach. »Hol uns 'ne Kanne Kaffee und ein paar Kleinigkeiten aus der Küche.«

»Ha«, antwortete der. Offenbar hatte ihm Alex Hoel das Reden noch nicht beigebracht. Es sollte wohl »Ja« bedeuten.

Hoel telefonierte weiter und gab eine längere Bestellung auf von Brandymarken, von denen Gjøen bisher kaum gehört hatte. Das beeindruckte sogar ihn. Denn auch wenn Braza ihm gesagt hatte, dass Hoel etwas Besonderes sei, so hatte sich Gjøen dennoch unter ihm nicht mehr als einen gut aussehenden Bodybuilder vorgestellt, der kaum mehr als drei zusammenhängende Sätze sagen konnte. Und schon gar nicht einen Mann mit Stil wie diesen hier. Das Zimmer war mit sicherem Gespür eingerichtet und stank nach Geld. Gjøen schaute sich fast andächtig um, während er mit halbem Ohr dem Gespräch folgte. Man musste immer versuchen, so viele Informationen wie möglich zu kriegen. Aber Hoel redete nur über dunklen Branntwein.

Der Türsteher trug ein Tablett herein mit Kaffee und zwei Tellern mit spanischem geräuchertem Schinken, der mit Oliven auf Zahnstocher gespießt und mit einer Zitrone angerichtet war. Gjøen musste einfach ein Stückchen probieren. Das erinnerte ihn an die Weltausstellung 1992 in Sevilla, als er sich jeden Abend in einer anderen Bar im Zentrum wiederfand. In so einem verräucherten Loch, in dem die Schinken von der Decke hingen und die Leute gemütlich und reichlich miteinander tranken.

»Ich habe einen außergewöhnlichen Koch«, erklärte Hoel, der sein Gespräch beendet hatte. Er nahm die Füße vom Tisch. Als Gjøen aufsprang, um seinen Gastgeber zu begrüßen, fiel ihm seine Tasche zu Boden. Hoel hatte genau den festen Händedruck, den er erwartet hatte. Gjøen erwiderte den Druck mit gleicher Kraft und spürte eine Art Anerkennung.

Gleichzeitig war da eine gewisse Unsicherheit. Hoel ahnte wohl, dass sich etwas Unangenehmes zusammenbraute, auch wenn er nicht wusste, was es war. Gjøen hatte vor, den Mann noch eine Weile schmoren zu lassen. Aber Hoel kam ihm zuvor.

»Nett, Sie kennen zu lernen«, sagte er lächelnd. »Aber Sie sind wohl kaum hier, um sich mit mir über die Bar zu unterhalten. Wollen wir nicht zur Sache kommen?«

»Ja, also ... hm«, begann Gjøen und bekam einen Schluck Kaffee in den falschen Hals. Diesen Trick wandte er immer dann an, wenn er nicht gleich die richtige Antwort fand und ein wenig Zeit brauchte. Aber diesmal war es wirklich ein Versehen. Nachdem er gehustet hatte und seine Stimme wieder funktionierte, zog er ein Taschentuch hervor. Dadurch fiel seine Tasche zum zweiten Mal zu Boden. Während sich Schamesröte vom gestärkten Kragen bis zum Haaransatz ausbreitete, hustete er ins Taschentuch und lächelte Hoel entwaffnend an, der die Situation zu genießen schien. »Ich habe ... also, ich habe einen Auftraggeber, einen Mandanten, … der … der …« Er bekam einen neuen Hustenanfall.

»Der anonym bleiben will?«, fragte Hoel und nippte an seinem Kaffee. Dann schob er sich einen Zahnstocher mit Schinken und Oliven in den Mund.

»Hm, hm, ja, genau. Und unsere erste Frage ist, ob Sie … hm, ob Sie sich an einen Mann namens Dragoslaw Kis erinnern?«

»Ja«, antwortete Hoel. Die Antwort kam prompt, aber mit einem kaum wahrnehmbaren Zittern.

Gjøen hatte eine längere Gegenfrage auf seine Frage erwartet. Bis jetzt war es ihm nicht gelungen, das Gespräch in den sicheren Rhythmus zu lenken, in dem er so gern seine Geschäfte abwickelte. Insgeheim verfluchte er sich selbst, weil er die Lage nicht im Griff hatte. Er war es schließlich gewohnt, mit Politikerfüchsen bei Diskussionsrunden im Fernsehen umzugehen. Er wusste, wie man während einer laufenden Gerichtsverhandlung durch eine simple Pressemitteilung die ganze Tagesordnung über den Haufen werfen konnte.

»Dragoslaw war ein wohlhabender Mann«, fuhr Gjøen fort und betonte jedes Wort. »Er hat eine Reihe Geschäfte geführt. Ich will hier nicht ins Detail gehen. Jedenfalls haben sie ihm eine hübsche Summe eingebracht. Er war reich, als er starb.«

Gjøen machte eine Pause, damit der andere ihm zustimmen konnte. Aber Hoel nickte nur und aß weiter.

»Mein Mandant will herausfinden, wo Dragoslaws Geld geblieben ist.« Gjøen beobachtete aufmerksam Hoels Gesicht. Er bemerkte, wie sein Blick ihm kurz auswich und dachte: Da habe ich dich! Ich weiß nicht, wie viel von dem stimmt, was Braza gesagt hat, aber etwas muss dran sein. Hoel schwieg weiterhin und überließ Gjøen das Wort. »Wir wissen, dass die Polizei es nicht entdeckt hat. Und wir wissen, dass es bei keinem von Dragoslaw Kis' Freunden ist.«

»Ich habe es nicht genommen. Ich möchte doch hoffen, dass Sie mich nicht dessen verdächtigen«, erklärte Hoel.

Sein Gesicht war starr, aber wieder bemerkte Gjøen eine unsichere Augenbewegung. »Selbstverständlich tut das niemand. Nach meinen Informationen gehörten Sie zu den Freunden des Verstorbenen, oder soll ich es besser als ›Geschäftsverbindung‹ bezeichnen?«, fuhr Gjøen fort und probierte noch einmal den Kaffee, der inzwischen etwas abgekühlt war. Er sah Hoel an und ihm wurde klar, dass der Mann log.

»Ich kann nicht verstehen, wieso ein so teurer Anwalt so viel Zeit für einen simplen Barbesitzer verschwendet. Aber das ist eigentlich auch egal. Ich weiß jedenfalls nichts von der Sache.« Hoels Stimme klang metallisch und schneidend.

»Das Geld lag in einem roten Aktenkoffer«, sprach Gjøen unbeirrt weiter und starrte Hoel ins Gesicht. »Auch der Aktenkoffer ist verschwunden. Es muss für den Täter ziemlich einfach gewesen sein, das Geld wegzuschaffen – wenn er wusste, wo es sich befand.«

Hoel zuckte mit den Schultern. Gjøen ahnte, dass der Mann sich nichts sehnlicher wünschte, als das Gespräch zu beenden. Hoel goss sich den letzten Rest Kaffee in seine Tasse, nachdem Gjøen dankend abgelehnt hatte.

»Wir glauben, dass der Mann verreist ist, vielleicht nach … Deutschland?« Jetzt war Gjøen Herr der Lage. All seine Sinne waren wie haarfeine Seismographen darauf eingestellt, das geringste Zittern im Körper des Gegners zu registrieren. Und nun war der Ausschlag eine Spur kräftiger. Nicht nur Hoels Augen bewegten sich um entlarvende Millimeter. War seine Narbe am Kinn nicht eine Spur dunkler geworden? »Wir belohnen denjenigen reichlich, der uns hilft, das Geld dem rechtmäßigen Besitzer zurückzugeben.«

»Wie ich schon sagte …«, setzte Hoel an.

»Mein Mandant kann sehr ungemütlich werden, wenn sich Probleme zeigen. Wir können nicht ausschließen, dass möglicherweise auch andere Menschen in Schwierigkeiten geraten – zum Beispiel in Deutschland. Außerdem möchte sicher derjenige, der auf dem Geld sitzt, das gern geheim halten.« Gjøen musste trotz allem Hoel bewundern, wie dieser seine Ruhe behielt. Er verkündete hier unverhüllte Drohungen Hoels Frau gegenüber und trotzdem konnte nur ein geschultes Auge merken, dass der Mann getroffen war.

»Tun Sie, was Sie nicht lassen können«, antwortete Hoel und starrte ihm direkt in die Augen.

»Ja, ja, Sie kennen das Geschäft von früher. Und damals war es schließlich auch nicht besser«, nickte Gjøen und ließ sich nicht von dem Blick beeindrucken, der versuchte, sich durch seinen Schädel zu bohren. »Mein Mandant möchte keine Zeit verlieren. Seine Frist läuft bis Sonntag, bis dahin erwartet er, dass das Geld bei ihm abgeliefert wird. Leider gehört mein Mandant zu der rachsüchtigen Sorte. Ich persönlich wünschte mir, er würde noch einmal darüber nachdenken.« Gjøen breitete die Arme aus und setzte eine resignierte Miene auf. »Er nimmt es nicht so genau damit, wen es nun trifft. Er ist ein wenig – wie soll ich sagen – primitiv. Und er kennt Deutschland sehr gut ...« Den letzten Halbsatz ließ er in der Luft hängen. Jetzt ging es darum, die Glut zu schüren. Sogar alte Torpedos beginnen zu heulen, wenn es ernst wird.

4

Nach dem Besuch des Anwalts konnte sich Hoel auf nichts richtig konzentrieren. Obwohl der Tag genügend neue Sorgen mit sich brachte. Erik Brock war gleich nach Öffnung der Bar gekommen und hatte gesagt, er würde es nicht länger aushalten, nur so zu Hause herumzusitzen. Er war in den Trainingsraum hinuntergeeilt, aber das Training schien ihm nicht zu bekommen: Nach zwanzig Minuten kam er ganz blass wieder hoch und bestellte sich ein Pils und einen Kurzen. Dann stellte Hoel fest, dass Krzysztof schon wieder sturzbetrunken war. Der Pole lag auf der Bank ausgestreckt und schnarchte, dass das Besteck klirrte. Es war eine Mordsarbeit, ihn wieder zum Leben zu erwecken. Anschließend kam Karine Alme und wollte ihren Erik wieder mitnehmen. Aber der war stinksauer und rührte sich nicht. Hoel verdrehte die Augen und überließ die beiden sich selbst. Stattdessen musste er wieder zurück in die Küche, wo sein polnischer Meisterkoch inzwischen hysterisch heulte und mit einem Filetiermesser herumfuchtelte.

Aber ganz gleich, was er auch machte, seine Gedanken wanderten immer zu dem zurück, was Gjøen gesagt hatte. Nicht einmal Irinas anzügliche Nachricht – sie konnte ziemlich schamlos sein – auf seinem Anrufbeantworter half. Ganz im Gegenteil. Der Klang ihrer Stimme erinnerte Hoel nur daran, wie viel auf dem Spiel stand. Der Gedanke, dass er sie verlieren könnte, gab ihm einen Stich. Er wog jedes einzelne Wort ab, das der Anwalt gesagt hatte, jede Betonung und jeden Gesichtsausdruck. Die waren irgendetwas auf der Spur. Aber wie viel sie wirklich wussten, das konnte Hoel nicht einschätzen. Wahrscheinlich war es nur ein Schuss ins Blaue. Aber wusste er das mit Sicherheit? Sollte er Irinas Leben bei diesem Spiel riskieren? Bis Sonntag hatte er noch ein paar Tage Zeit. Er konnte es sich erlauben, das Problem durchzudenken wie ein echter Spieler.

Hoel schaute mit einem halben Auge auf die Abrechnungen und mit einem halben Auge auf den Bildschirm des Minifernsehers, wo gerade die Neunuhrnachrichten liefen. In Albanien herrschten neue Unruhen. Die italienische Regierung trat zurück – nicht gerade unerwartet. Ein Mann war in Oslo auf offener Straße erschossen worden. Die Polizei bezeichnete die Tat als außerordentlich brutal, verweigerte aber alle weitergehenden Kommentare zu dieser Sache – außer dass dies wieder einmal zeige, dass die wachsende Gewalt in Oslo es erfordere, größere Ressourcen für die Polizei zu bewilligen. Das Personal von SAS drohte mit Streik – auch das nicht unerwartet. Und ein Hacker, der sich »Bob Cat Lynx« nannte, war ins Computerprogramm des Osloer Finanzamts eingedrungen und hatte versucht, die Eingangscodes zu ändern, sodass danach keiner mehr die Dateien hätte öffnen können. Der blasse Leiter des Finanzamtes versuchte einem schadenfrohen Journalisten zu versichern, dass sie alles unter Kontrolle hätten, aber ihre Sicherheitsroutinen noch einmal überprüfen würden.

In dem Moment kam Tonni herein. Hoel nickte ihm knapp zu. Sie hatten sechs Uhr abgemacht. Aber er kannte Tonni. Der Mann kam konsequent zu spät, aber drei Stunden waren reichlich viel – sogar für Tonni.

Hoel hasste es zu warten und war deshalb kurz angebunden, als er Tonni über sein Morgentreffen mit Jamil Rahman informierte. Es war offensichtlich, dass dem Freund ein Stein vom Herzen fiel, als er hörte, dass seine Knie fürs Erste gerettet waren. Trotzdem regte er sich auf, als er erfuhr, dass er ein paar seiner Prozente verlieren würde.

»Das heißt also, der Schlappschwanz wird mir drei Prozent weniger bezahlen?« Er starrte Hoel empört an.

In Hoel stieg Ärger auf. »Vergiss nicht, dass du es warst, der sich das Ganze eingebrockt hat, Tonni! Und du bist es, der dafür bezahlen muss. Und vergiss nicht …«

»Okay, okay. Ich weiß, es ist meine Schuld, Hoel. Ich bin dir ja dankbar, dass du das so sauber hingekriegt hast. Ich werde dir die zehntausend mit Zinsen zurückzahlen. Mein Gott, wenn du nicht wärst …« Tonni sank auf einem Sessel zusammen und drehte sich eine Zigarette.

»Wo wären dann deine Knie?«, erklärte Hoel und beruhigte sich wieder.

Tonni schüttelte sich und rieb sich sein rechtes Knie, während er mit der anderen Hand die Zigarette anzündete.

»Aber, Tonni«, sagte Hoel. »Eine Sache. Halte dich trotzdem zurück. Jedenfalls für ein paar Tage.«

»Ja, Mama«, kicherte Tonni, nickte und ging zur Tür, die Zigarette lässig im Mundwinkel. Hoel wusste, dass ihn die Ermahnung kalt ließ.

»Es kommt vor, dass man es ganz schön findet, noch am Leben zu sein«, meinte Hoel trocken und setzte sich wieder an seinen Schreibtisch, um Irina anzurufen. Er konnte ebenso gut gleich fragen, ob ihr in ihrer Umgebung etwas aufgefallen war. Vielleicht ein Gast, der nicht in das Restaurant gehörte, in dem sie arbeitete. Ein Mann, der nicht in das Viertel passte, in das sie und Sönke gezogen waren. Hoel hatte ihr fast Gewalt antun müssen, bevor sie etwas von dem Geld aus Dragoslaws Nachlass entgegennahm.

Er hörte, wie sich Tonnis Schritte entfernten und seine Bürotür ins Schloss fiel. Gerade wollte er Irinas Nummer wählen, als ein ohrenbetäubender Lärm aus der Bar hinter ihm erscholl.

»Ein Gewehr!«, fuhr es Hoel durch den Kopf. Er holte eine Smith & Wesson, für die er sogar einen Waffenschein hatte, aus ihrem Versteck im Bücherregal. Geduckt öffnete er die Tür einen Spalt und kontrollierte schnell und gründlich die Ecken, bevor er quer durch die Bar lief.

Die Leute hatten unter den Tischen Deckung gesucht. Zwei Frauen jammerten und Tom hatte hinter dem Tresen nach dem dort bereitliegenden Baseballschläger gegriffen. Bønna hatte sich nach drinnen gerettet und kniete in Deckung der Tür. Die eine Fensterscheibe war zertrümmert. Nur noch oben im Rahmen hingen einzelne Scherben. Ansonsten war der Raum übersät mit Glassplittern, von der Fensterscheibe, den Gläsern, die am nächsten dran gestanden hatten und pulverisierten Tellern. Es stank nach Essen, Bier und einer Ladung Schrot.

Hoel ging wieder in die Hocke, als der Schatten eines Mannes durch die Tür huschte. Er hob seinen Revolver, um ihm ins Bein zu schießen, registrierte aber gerade noch rechtzeitig, dass es Tonni war.

»Runter!«, rief Tonni und warf sich der Länge nach hin. Hoel kam neben ihn zu liegen. Im gleichen Moment kam eine zweite Schrotladung durch die Tür und fegte über sie hinweg, ohne jemanden zu treffen. Nur Tonni kriegte etwas an der linken Hand ab, die er sich auf den Kopf gelegt hatte.

Der Schütze war nicht zu sehen. Dennoch feuerte Hoel einen Schuss auf die Baumkronen vor der Börse ab. Er hatte vergessen, wie stark der Rückstoß des Revolvers war. Deshalb ging der Schuss eine Spur höher ab als er gedacht hatte und schnitt den Türrahmen oben. Als Schuss war er peinlich schlecht, aber immerhin war er ein Zeichen für den Mann mit dem Gewehr, dass er heftigen Widerstand vorfinden würde, wenn er sich weiter vorwagte. Nur Sekunden nachdem Hoel seine Markierung ins Holz gesetzt hatte, hörten sie das Geräusch eines Motorrads, das draußen gestartet wurde und davonbrauste. Hoel tippte auf einen Japaner – einen kleinen, vielleicht 450 Kubik. Er ging vorsichtig zur kaputten Scheibe und schaute hinaus.

Ein blonder Mann bog auf einem roten Motorrad um die Ecke der Strandgata. Hoel und Bønna gingen zur Eingangstür und überschauten die ganze Straße. Es musste der Mann auf der Maschine gewesen sein, der geschossen hatte. Hinter sich hörte Hoel, wie die Leute wieder auf die Beine kamen. Einer nach dem anderen hastete aus dem Lokal. Die Bullen würden gleich da sein, aber hier galt das Gesetz des Schweigens. Niemand brach das Gesetz, es sei denn, er wollte nicht länger dazugehören. Hoel machte keinen Versuch, sie aufzuhalten.

Doch als auch Tonni abhauen wollte, hielt er ihn auf. »Wir müssen reden«, sagte er und hielt ihn fest. »Dich wollte er mit Blei voll pumpen, nicht wahr?«

Tonni nickte ernst.

»Merkwürdig«, sagte Hoel mit gerunzelter Stirn. »Ich war mir sicher, dass wir eine Abmachung getroffen hatten. Lass uns mal laut drüber nachdenken, wenn die Bullen wieder weg sind. Tom zeigt dir den Weg.« Er nickte Tom zu, der Tonni hinter den Tresen führte, ins andere Hinterzimmer.

Unter einem zweisitzigen Sofa öffnete Tom eine Luke im Boden, machte unten Licht an und schob Tonni hinunter. »Genehmige dir einen und kümmere dich um deine Hand«, sagte er und reichte ihm zwei Halbe und eine Rolle Gazeverband hinunter. Anschließend schob er das Sofa wieder an Ort und Stelle.

Hoel hatte das Versteck bei der Renovierung eingerichtet. Es war ein vier mal vier Meter großer Raum mit zwei Holzstühlen und einem Waschbecken. Man konnte nie wissen, wann man mal einen Unterschlupf brauchte. Hoel hatte außerdem dafür gesorgt, dass man die Wand notfalls durchtreten und in den anderen Teil des Kellers unterm Restaurant gelangen konnte. Ein Fuchs achtet immer darauf, verschiedene Ausgänge aus seinem Bau zu haben. Außerdem war der Raum schallisoliert. Hier konnte man Heavyrock spielen, dass einem die Trommelfelle bluteten und keiner der Gäste oben würde auch nur mit dem Ohr zucken. Erst als Tonni sicher untergebracht war, rief Hoel im Polizeirevier von Grønland an.

Bønna und ein reichlich besoffener, aber eifriger Brock fingen an, die Stühle wieder an die Tische zu rücken und die Glassplitter aufzufegen, während Hoel die letzten Reste der Scheibe herunterholte. Das Lokal war leer und an diesem Abend würde es wohl keinen Umsatz mehr geben. Überhaupt konnte er mit einem Rückgang rechnen. Den Leuten gefiel es nicht, wenn ihre Kneipe Besuch dieser Art bekam. Alle hier im Zentrum waren auf der Hut und sicherten sich nach allen Seiten hin ab, bevor sie ihren Kopf herausstreckten, um vom Feuerwasser zu nippen. Das Exil war ein sicherer Ort gewesen. Dieser Ruf stand jetzt auf dem Spiel.

Ein Polizeiwagen fuhr draußen vor. Hoel schaute auf die Uhr. Es waren erst fünf Minuten vergangen. Die Polizei liebte ihn also immer noch. Eine Polizistin – hübsch, aber zurückhaltend – und ein Polizist – arrogant und noch knapp sachlich – kamen heran. Hoel begrüßte beide ruhig und ließ ihnen Zeit, sich einen Überblick zu verschaffen.

»Gewehr. Zwei Schüsse, keine Verletzten«, stellte der Mann fest, während sie wie eine Sekretärin Notizen machte. »Solcher Ärger ist hier wohl nicht ungewöhnlich?«, fragte er ironisch.

»Das ist das erste Mal«, erwiderte Hoel. Immer noch höflich.

»Ich erinnere mich da an eine Messerstecherei …«, fing der Polizist wieder an und strich sich mit dem Finger über den Nasenrücken. Die Haut schuppte unter seinem Finger und rieselte auf seine Jacke.

»Versuchen Sies lieber um die Ecke. In der Rådhusgata«, erklärte Hoel und richtete sich auf.

»Ahaaa«, meinte der Mann nur. Er schien Hoel nicht zu glauben. »Und Sie haben natürlich nicht die geringste Ahnung, wer versucht haben könnte, diesen Typen von den Fuckheads umzunageln, der jetzt spurlos verschwunden ist?« Er ließ seine Frage wie eine Anklage klingen, als stünde Hoel mit dem Rest von Oslos Unterwelt im Krieg.

»Nicht die geringste Ahnung«, sagte Hoel gelangweilt.

»Aha!«, sagte der Polizist wieder. »Irgendwelche Zeugen?«

Hoel zeigte auf sich selbst und auf das Personal.

»Ahaaa«, kam es zum dritten Mal von dem Mann und Hoel überlegte, ob er diese Standardäußerung wohl auf der Polizeischule gelernt hatte.

Der Rest des Gesprächs war genauso ergiebig. Die Befragung von ihm selbst, Tom und Bønna dauerte eine halbe Stunde. Während des ganzen Besuchs hatte die Frau kein einziges Wort gesagt. Nur einmal hatte sie Hoel näher angesehen und er hatte einen unbewachten Moment dazu genutzt, ihr zuzuzwinkern. Worauf sie rot geworden war und sich noch tiefer über ihren Notizblock gebeugt hatte.

Anschließend versuchte Hoel, irgendwelche Hinweise aus Tonni herauszukriegen. Tonni war genau in dem Moment draußen an dem Fenster vorbeigekommen, als der Schuss fiel. Er wurde nur nicht getroffen, weil seine jahrelang geübten Reflexe so gut funktionierten. Wie er selbst sagte: »Ich habe da so eine komische Bewegung aus dem Augenwinkel gesehen. Und dann kam ein Geräusch, als wenn Metall sich an einem Reißverschluss scheuert. Ich kann es nicht erklären, aber ich habe sofort an einen Gewehrlauf gedacht. Also habe ich mich hinter den schwarzen Golf geduckt und gehört, wie die Salve über mich hinwegging. Und bevor dieser Wahnsinnige einen neuen Schuss landen konnte, habe ich mich umgedreht und bin wieder reingerannt. Als ich das Ladegeräusch hörte, habe ich mich flach auf den Boden geworfen. Dadurch bin ich fast heil davongekommen.«

Er hielt seine unbeholfen bandagierte Faust wie ein Ehrenabzeichen hoch. Aber er schwor, dass er, abgesehen von Jamil Rahmans Geld, keine anderen Leichen im Keller hatte. Keine wütenden Exfrauen. Keine direkten Feinde aus dem Bikermilieu. Keine alte Rechnung, die noch offen war.

Auch Hoel fand keine plausible Antwort auf die Frage, warum jemand zwei Todesschüsse abgefeuert hatte. Obwohl das schon früher vorgekommen war, gerade unter Bikern. Und das war sicher nicht das letzte Mal. Er rief Tonnis Kontaktnummer an.

Diesmal nahm Rahman ab.

Hoel erinnerte ihn an die Abmachung, die sie am Morgen getroffen hatten. Rahman sagte »Ach« und »Ja« und war ganz seiner Meinung. »Wir müssen noch mal drüber reden«, sagte Hoel. »Wir müssen sicherstellen, dass es keine Missverständnisse gibt.« Er erwähnte ganz bewusst die Schüsse nicht.

»Missverständnisse?«

»Treffen wir uns diesmal an einem öffentlichen Ort«, schlug Hoel vor. Er nannte den Brunnen auf dem Christian-Fredriks-Platz, der etwas missglückten Parkanlage zwischen dem Hauptbahnhof und der Bispegata.

»Oh verdammt!«, Hoel unterbrach die Verbindung und starrte in die Luft. »Da stinkt was zum Himmel. Aber ich weiß nicht, aus welcher Ecke der Gestank kommt. Na, wie dem auch sei, heute Abend kommst du mit nach Nordberg. Da findet dich keiner.«

»Ist das dein Ernst?«, wunderte sich Tonni. »Wohnst du denn da?«

»Ja«, antwortete Hoel nur und verstand nicht, warum sein Freund übers ganze Gesicht grinste. »Wusstest du das nicht? Nicht alle aus Nordberg sind wohlerzogen.«

»Es behauptet auch keiner, dass du besonders wohlerzogen bist, Alex«, erklärte Tonni.

»Danke, gleichfalls.«

Zehn Minuten später fuhr er in seinem Audi voraus und hörte hinter sich das Brummen von Tonnis Harley.

5

Rahman legte das Telefon hin. Nachdenklich schaute er zu Braza und Vegard Gjøen, die, mit einem Drink in der Hand, auf einem Sofa im Savoy saßen und den Abend genossen.

Draußen war es warm und die gesamte Bevölkerung von Oslo schien sich auf der Aker Brygge zu befinden. Hier drinnen gab es nur sie, ein deutsches Ehepaar aus dem Hotel und den Kellner. Aus dem Lautsprecher drang leise Musik, die dafür sorgte, dass die drei Männer ungestört miteinander reden konnten. Ihr Gesprächsthema war etwas heikel. Gjøen war sicher, dass Hoel etwas von Dragoslaws Geld wusste. Und jetzt wollte Braza unbedingt die kreativsten Formen der Daumenschrauben herausfinden, die diesem Kerl anzusetzen waren.

Rahman war beunruhigt. Im Laufe der letzten Tage hatte Braza sich verändert. Als wäre ein Dämon in ihn gefahren. Seine Ausstrahlung war schon immer unangenehm gewesen, aber jetzt schien er von quälender Unruhe getrieben. Seine Finger strichen unablässig über den Anzug und pflückten unsichtbaren Staub von den Schultern und Jackenaufschlägen. Oder sie wischten über die Tischplatte. Und wenn sie nicht damit beschäftigt waren, seine Umgebung zu säubern, dann lagen die dünnen Finger, die Rahman an Vogelklauen erinnerten, um das Whiskyglas und schwenkten es in monotonem Rhythmus.

Jamil Rahman berichtete den beiden von dem Gespräch, das er gerade geführt hatte. Braza runzelte die Stirn. »Da stimmt was nicht«, krächzte er mit seiner heiseren Stimme, die dadurch nicht besser wurde, dass er eine filterlose Zigarette nach der anderen rauchte. »Warum will Hoel ein weiteres Treffen? Seid ihr euch heute Morgen nicht einig geworden?«

»Wir haben alles besprochen. Es gab keine Missverständnisse«, antwortete Rahman. »Sæle bezahlt alles zurück. Er arbeitet mit eigenem Kapital weiter für uns. Und wir sparen von seinem Anteil sogar noch ein paar Prozente!«

»Wir hätten ihn umbringen sollen!«, sagte Braza.

Gjøen und Rahman starrten ihn an. Braza leerte sein Glas in einem Zug, als wenn es Wasser wäre, und schaute einen nach dem anderen an. Seine Augen waren blutunterlaufen. Rahman spürte, wie er gleichzeitig fror und schwitzte. Er wischte sich mit dem Taschentuch über die Stirn.

»Wir nehmen seine Kohle, machen Hackfleisch aus ihm und verfüttern ihn an die Fische im Fjord.« Braza stand auf um zur Toilette zu gehen. Sein Gang war unsicher.

Gjøen lächelte verschwörerisch und hob die Augenbrauen: »Braza ist ein charmanter Mann.«

Rahman verdrehte die Augen. »Er hat den Teufel im Leib«, entgegnete er. »Und das hat was mit diesem verdammten Hoel zu tun. Aber das geht hoffentlich vorüber.«

»Wollen wirs hoffen«, nickte Gjøen und rümpfte die Nase. »Gefühle sind schlecht fürs Geschäft.« Sie wechselten schnell das Thema, als das alte Raubtier wieder im Raum auftauchte. Gjøen ging dazu über, Rahman über seine Branche auszufragen, über die Kunden – oder »Klienten«, wie Braza sie lieber nannte – und über die Mädchen, die dort arbeiteten, was sie so konnten, und was das kostete. Rahman antwortete ihm bereitwillig, unterstützt von

Braza, der sich ihnen wieder zugesellt hatte, mit drei Gläsern auf einem roten Plastiktablett.

Gjøen war immer noch dabei, sich über den Bordellbetrieb zu erkundigen, als Braza sich vertraulich vorbeugte und fast flüsterte: »Du könntest dir doch sicher auch mal was anderes vorstellen als deine Frau?«

Rahman zuckte nicht mit der Wimper. Braza und er hatten sich abgesprochen.

»Nun ...?«

Gjøen dachte nach. Er spähte kurz zu dem deutschen Ehepaar hinüber und beugte sich so weit vor, dass seine Stirn fast Brazas berührte. »Woran hast du denn gedacht?«

»So eine junge, noch ganz frische Möse kann einem Mann von Welt doch Freude bereiten.«

»Jung?« Gjøen schluckte, und diesmal hatte er keinen Cognac im Mund.

»Wir haben eine ganz frische vietnamesische Hure im Haus. Sieht aus wie dreizehn. Und so verhält sie sich auch. Aber alles ganz legal.«

»Ich weiß nicht.« Sie konnten förmlich sehen, wie Gjøen Für und Wider gegeneinander abwog.

»Das geht auf Kosten des Hauses. Als Dank für deinen Einsatz heute.« Braza legte eine Hand auf Gjøens Arm, der versuchte, ihn wegzuziehen, ohne unhöflich zu erscheinen. »Wir können gleich los.«

»Jetzt?« Gjøen schwankte nicht länger.

»Sofort. Bevor andere Klienten sie drannehmen. Und noch was.« Braza flüsterte ihm direkt ins Ohr. »Sie mag es gern hart. Du kannst mit ihr machen, was du willst. Nur im Gesicht darf nichts zu sehen sein.« Er stieß Gjøen den Ellbogen in die Seite, worauf dieser rot wurde und fast aus dem Gleichgewicht kam.

Gjøen wollte nicht zu eifrig erscheinen. Trotzdem dauerte es nicht mehr als vier Minuten, bevor sie draußen auf der Straße standen und auf das Taxi warteten, das Braza hatte bestellen lassen.

6

Gjøen spürte, wie er schwitzte, als er neben Rahman auf dem Rücksitz saß. Er steckte einen Finger unter seinen Hemdkragen und schob ihn hin und her. Die Haut im Nacken war wund und er lockerte den Krawattenknoten um einen Zentimeter. Natürlich hatte er seine Sonnenbrille zu Hause vergessen. Die wäre jetzt sehr praktisch gewesen. Man wusste ja nie, ob nicht irgend so eine Bande von Aktivistinnen in einer Toreinfahrt lauerte und alle fotografierte, die ein gewisses Etablissement besuchten.

Bis jetzt war er nur mit Callgirls zusammen gewesen und hatte noch nie ein richtiges Bordell besucht. Er hatte auch noch nie eine asiatische Frau gebumst. Und schon gar nicht eine, die so jung war. Er konnte ein wenig Abwechslung von langem blondem Haar, durchtrainiertem Körper und Silikonbusen gut vertragen. Etwas Vulgäres, Billiges. Je länger er darüber nachdachte, umso deutlicher spürte er, wie sich seine Wünschelrute regte.

Sie stiegen im Markveien aus dem Taxi, weil Gjøen darauf bestand, das letzte Stück zu Fuß zu gehen, falls der Taxifahrer zufällig sein Gesicht kannte.

Im Empfang winkte Braza der Frau zu und flüsterte ihr etwas ins Ohr. Worauf sie einen der beiden pakistanischen Wachleute herbeirief, der Gjøen in den dritten Stock hinaufbrachte. Dort fanden die gewagteren Dinge statt, wie Braza ihm erzählt hatte. Gjøen zog es vor, die Dusche zu überspringen. Er ließ seine Sachen nicht gern aus den Augen. Er betrat einen Raum mit einem riesigen, weichen Bett, ein paar schwarzen Reitpeitschen, einem Dildo und einem geflochtenen Korb mit Kondomen und Gleitcreme. In die Wände und die Decke waren verschiedene Haken eingeschraubt und an einer Längswand hingen vier alte botanische Drucke, die den Querschnitt von Blumen zeigten. Gjøen kontrollierte Kissen und Laken und stellte fest, dass alles sauber war. Er zog sich aus und legte seine Kleider sorgfältig über den braunen Holzstuhl. Dann breitete er ein Handtuch übers Bett aus, legte sich darauf und spielte mit seinem halberigierten Penis.

Er hörte nicht einmal, als sie hereinkam.

Sie stand in der Tür, in einem dünnen, kimonoartigen Morgenmantel. Ihre Augen hatte sie niedergeschlagen. Braza hatte Recht gehabt. Sie sah aus, als wäre sie erst dreizehn. Als sie ihr einziges Kleidungsstück ablegte und zwei abgetretene Pantoffeln unters Bett schubste, konnte er sehen, dass sie rasiert war und ihre Brüste nur zwei kleine Knospen waren. Gjøen spürte, wie sein Glied steif wurde. Bis jetzt hatte sie ihm noch nicht in die Augen gesehen. Sie kroch zu ihm und legte ihren Kopf auf seine Brust. Er bemerkte einen an Ingwer erinnernden Duft an ihrem hochgesteckten Haar, und fühlte, wie fünf Finger sich über seinen Bauch schlängelten, am Nabel vorbei, und sich mit einem festen Griff um seinen Schwanz schlossen. Gjøen warf sich auf sie und wollte sich mit einem harten Stoß in sie bohren. Sie schrie leise unter ihm auf und versuchte, ihre Knie dazwischenzuzwängen. »Contraceptive« sagte sie in einer Art Englisch. Aber er drückte ihre Beine auseinander und drang in sie ein, obwohl sie ganz trocken war. Was ihn umso mehr erregte. »Nun komm schon, wehr dich«, keuchte er und stieß so tief in sie hinein, dass sie schrie und ihm mit überraschend harten Fäusten auf Rücken und Brust trommelte. Ihr Gesicht war zu einer Fratze verzerrt. Was würde Braza dazu sagen, wenn er diese kleine Hure mit zu sich nach Hause nahm? Svanhild kam nicht vor nächster Woche nach Hause. Und ein bisschen Spaß brauchte ein Mann schließlich.

7

Es war Braza gewesen, der dafür gesorgt hatte, dass in den meisten Arbeitszimmern Videokameras und Mikrofone installiert wurden. Zum einen war es eine Sicherheit, falls ein Perverser zu Besuch kommen sollte. Dann konnten sie Vadim und Naim innerhalb von Sekunden herbeirufen.

Aber ein anderer Aspekt war genauso interessant. Braza hatte Rahman erklärt, dass man nie genau wusste, wie lange ein solches Geschäft gut ging. Die Staatsanwaltschaft war immer daran interessiert, Läden wie das Cassandra zu schließen. Deshalb musste man sich absichern, damit auch in einem solchen Fall weiterhin Geld hereinkam. Das Cassandra zog nicht nur normale Männer an. Die waren zwar wichtig fürs tägliche Geschäft, aber erst die prominenten Personen brachten den richtigen Schwung herein. Deshalb hatten sie sich bei drei Zimmern besondere Mühe gegeben, mit besseren, zahlreicheren Kameras, einer perfekten Tonqualität und Beleuchtung, die das Filmen zu einem Kinderspiel machte. Hierhin kamen die Anwälte des Obersten Gerichts, Geschäftsleute, Schauspieler und Fernsehleute. Rahman erinnerte sich noch genau, wie Braza so breit gegrinst hatte, dass man seine braunen Zahnstummel sehen konnte, als er feststellte: »Ist es nicht unglaublich, dass sie sich auf unsere Diskretion verlassen?«

Mittlerweile hatten sie eine exquisite Sammlung von neun Bändern. Die Perle waren ein paar Großaufnahmen von einem bekannten Konzernleiter, der von einer eifrigen Vietnamesin in Militäruniform in den Arsch gefickt wurde. Wenn die Zeit reif war, musste der Konzernleiter damit rechnen, dass er gutes Geld dafür abdrücken durfte, damit diese Aufnahmen nicht auf den freien Markt gelangten. Bilder bumsender Prominenter wurden immer gut bezahlt.

Inzwischen hatte Rahman gelernt, mit den technischen Geräten umzugehen. Jetzt saß er vor dem Steuerpult für Ton und Bild aus dem Zimmer, in dem Gjøen rammelte. Die eine Kamera hatte er direkt auf das Kopfende des Betts gerichtet, während die andere das Paar vom Fußende schräg unten zeigte. Ärgerlicherweise hatte er bis jetzt noch kein gutes Bild von dem Anwalt bekommen. Er brauchte eine perfekte, gut erkennbare Aufnahme des Prominentenanwalts Vegard Gjøen. Über den Ton konnte er dagegen nicht klagen. Und das Mädchen spielte seine Rolle perfekt. Es leistete genau so viel Widerstand, dass der Rechtsanwalt leicht mit dem Vorwurf der Vergewaltigung konfrontiert werden konnte. Und dann bei einem so jungen Mädchen!

Jamil Rahman war klar, dass er eine Grenze überschritten hatte. Mit Braza als Partner hatte er sich verändert. Früher war er überzeugt davon gewesen, sich innerhalb gewisser moralischer Grenzen zu bewegen. Jetzt zweifelte er daran. Es war natürlich einfach, anderen die Schuld an den eigenen Handlungen zu geben, aber Rahman war sich sicher, dass Braza einen starken Einfluss auf ihn hatte. Wenn Braza etwas erklärte, erschien alles so einleuchtend und verlockend. Als Braza ihm sagte, dass Erpressung die Sache der Zukunft sei und er deshalb die professionelle Überwachungstechnik installiert habe, erschien alles ganz logisch. Rahman hatte nie protestiert. Aber er konnte sich selbst deswegen nicht mehr leiden. Vor nur einem Jahr hätte er nicht im Traum daran gedacht, dass er einmal so etwas tun würde. Jetzt erschien ihm der Dreck nicht mehr so abstoßend.

Plötzlich bekam er ein wunderbares Profilporträt von Gjøen auf den Schirm, während dieser hinter der Frau auf den Knien hockte und in ihr Hinterteil pumpte. Und das Beste dabei war, dass er gleichzeitig ihre Arme auf den Rücken gedreht hatte. Es sah aus, als würden die dünnen Glieder jeden Moment knacken. Neben Rahman beugte sich Braza mit einem zufriedenen Gesichtsausdruck vor. »Jetzt haben wir ihn. Und mit ihm am Haken werden wir auch diese Ratte Hoel kriegen. Ich werde die Eingeweide dieses beschissenen Torpedos essen, noch ehe dieser Monat vorbei ist!«

Rahman sagte nichts, aber er merkte sich die Worte. Er warf Braza nur einen kurzen Blick zu und drehte am Lautstärkeregler. Dann wandte er seinen Blick wieder ab.

8

Das war so ein typischer schlechter Tag für den Umsatz. Zwei ihrer festen Kunden kamen nicht. Und ein neuer Kunde, der sie an ein Walross erinnerte, mit Speckfalten und einem grauen, zotteligen Bart, fragte, kaum war sie ins Wartezimmer gekommen, ob er nicht ein anderes Mädchen haben könne. Merete erklärte ihm, dass es entweder sie war oder keine.

»Oh Scheiße«, sagte er und trottete mit ihr mit. Als er aus der Dusche kam, wollte er gelutscht werden. Lutschen war für sie das Schlimmste. Wenn die Woche vorbei war, hatte sie manchmal das Gefühl, dass ihr Kiefer ausgehakt war und sie nie wieder diesen Plastikgeschmack der Kondome wegkriegen würde.

Seinen Schwanz kriegte sie nur halb hoch. Es war deutlich, dass er der Meinung war, das läge an ihrer schlechten Arbeit, aber Merete wusste genau, dass er lieber eines dieser blutjungen Mädchen gehabt hätte, die ihm so gut vormachen konnten, dass sein unförmiger Körper das Beste war, was ihnen in ihrem Leben passiert war.

Sie konnte sich noch daran erinnern, wie sie angefangen hatte. Damals war es für sie eine spannendere Alternative zum Herumhängen mit den Kumpels an der T-Bahnstation in Bøler oder im Einkaufszentrum gewesen, wo sie heimlich rauchte und mit Jungs, die zwei, drei Jahre älter waren, schweinisch redete. Dann hatte sie zum ersten Mal von Tove gehört, die »es« gegen Geld machte. Merete wusste natürlich, was »es« war. Aber das Skandalöse daran ließ es so spannend erscheinen. Es vergingen mehrere Monate zwischen dem ersten Mal, dass sie von Tove gehört hatte bis zu dem Nachmittag, an dem sie selbst in die Stadt fuhr unter dem Vorwand, ins Kino gehen zu wollen. Statt sich einen amerikanischen Teenagerfilm reinzuziehen, blieb sie in einem Café sitzen, trank Cola und aß zwei trockene Brötchen. Als es gegen halb acht endlich dunkel wurde, ging sie auf die Toilette, zog ein trägerloses Kleid an und legte Lippenstift auf. Der verschmierte etwas. Ihre

Hand zitterte. Sie ging quer durchs Lokal und traute sich nicht, den Blick der Kellnerin zu erwidern, die sie an ihre Mutter erinnerte.

Wo Tove genau hinging, das hatte in Bøler niemand sagen können. Es hieß immer nur »unten im Zentrum«. Deshalb ging sie zunächst die Karl Johan auf und ab, ohne viel mehr zu erleben, als dass jemand sie anstarrte und ein paar Jugendliche hinter ihr herpfiffen. Auf dem Rückweg bog sie zufällig vor dem Kirkeristen nach links ab.

Am Hauptpostamt sah sie die ersten Mädchen. Sie standen am Bürgersteig oder an der Hauswand und sahen aus, als würden sie sich schrecklich langweilen. Sobald ein Auto langsam vorbeirollte, kam Bewegung in sie. Keines der Mädchen erwiderte ihren Blick, und Merete ging auch nicht zu ihnen auf die andere Straßenseite, um mit ihnen zu reden. Sie ging über die Tollbugata und sah, dass auf diesem Abschnitt bis zur nächsten Ampel in der Rådhusgata nur eine Frau stand. Merete blieb am Kantstein stehen und wühlte fieberhaft in ihrer Tasche nach einer Zigarette. Die brauchte sie jetzt unbedingt. Sie fand die Schachtel, aber kein Feuerzeug. Als ein Auto neben ihr anhielt, eine Hand sich mit einem Feuerzeug aus dem Fenster streckte und eine tiefe Stimme fragte: »Feuer, mein Fräulein?«, wäre sie vor Schreck fast hintüber gefallen.

Merete starrte den Mann an, der ihr erster Kunde werden sollte. Er war kaum jünger als ihr Vater, aber trotzdem flott auf diese sonnengebräunte Art. Er erinnerte sie an ihre Fantasien von einem reichen Mann, der sie entdecken und mit auf sein Landgut in Italien nehmen und sie sein ganzes Leben lang lieben würde. In Wirklichkeit nahm Gunnar, wie er sich nannte, sie mit in die Tiefgarage eines Bürohauses in Vika. Auf dem Schild an der Einfahrt stand »Media Intertrans AS«. Zu ihrer Erleichterung fragte er nicht, was es kostete, denn sie wusste nicht, was sie fordern sollte.

Er warf ihr vierhundert Kronen in den Schoß, zog sie mit sich auf den Rücksitz, rollte sich ein Kondom über den Schwanz und bat sie, sich rittlings auf ihn zu setzen und ihn zu reiten, »wie es nur eine Hure wie du kann«. Merete machte sich fast in die Hose vor Angst. Sie traute sich auch nicht, Nein zu sagen, als er, nachdem er so hart in sie eingedrungen war, dass sie vor Schmerz aufschrie, ihr das Kleid über den Kopf zog und ihren BH herunterschob, um ihr in die Brustwarzen zu beißen. Mit verschwitzten Händen fummelte er unter ihrem Hintern, während sie auf dem steifen Glied auf und ab wippte. Das war schlimmer, als sie es sich je vorgestellt hatte.

Aber plötzlich war alles vorbei. Er stöhnte und einen Moment lang glaubte sie, er wäre unter ihr gestorben. Dann schob er ihren Po hoch und zur Seite, während er routiniert das Kondom abstreifte, zuknotete und sich schwer atmend nach hinten auf den Sitz fallen ließ. Merete sah ihn von der Seite an. Sein Mund war weit geöffnet und sie konnte sein Parfüm jetzt deutlicher riechen. Er sah sie mit halb geschlossenen Augen an und befahl ihr, ihre Kleider wieder anzuziehen. Also krabbelte sie hastig aus dem Auto, zog sich ihren Slip an, rückte den BH wieder zurecht und schnappte sich ihr Kleid. Er machte seine Hose zu, lächelte sie schräg an, nannte sie »mein Mädchen« und fuhr sie ohne weitere Worte wieder zurück ins Revier.

Merete ging sofort zurück zur Karl Johan, nahm die Bahn nach Hause und bereute alles. Sie weinte bei dem Gedanken, jemand von Zuhause könnte etwas erfahren und sie mit der verrufenen Tove vergleichen. Aber am nächsten Tag erinnerte sie sich an die vierhundert Kronen in ihrer Brieftasche. Sie versteckte das Geld in ihrem Tagebuch, das sie verschließen konnte, damit ihr langfingriger Bruder es nicht finden konnte.

Das Geld verbrauchte sie innerhalb von zwei Tagen für ein paar Singles, eine Illustrierte und einen neuen Pullover, von dem sie ihrer Mutter gegenüber behauptete, sie hätte ihn im Schlussverkauf gekauft. Je mehr Zeit verstrich, umso eher hatte sie das Gefühl, dass es doch eigentlich leicht verdientes Geld war. Schmutziges Geld, aber trotzdem, nach fünf Minuten Qual war alles vorüber. »Nur noch einmal«, versprach sie sich selbst. Aus diesem einen Mal wurde ein weiteres und noch ein Mal, und dann noch ein Mal, bis sie sechs, sieben Jobs am Abend machte und damit zweitausendfünfhundert Kronen verdiente. Sie konnte sich alles leisten, was sie sich wünschte. Und sie gab das Geld auch aus.

Als sie die Schule beendete, hatte sie eine eigene Wohnung und trieb sich jeden Abend im Revier herum. Ein paar Stunden Erniedrigung täglich gaben ihr Fünfzehn- bis Zwanzigtausend in der Woche und ein Leben in einem Luxus, von dem sie bis jetzt nicht einmal geträumt hatte.

Merete musste sich selbst gegenüber zugeben, dass ihre Tage in diesem Job gezählt waren. Die Prügel, die sie von Jamil bekommen hatte, sprachen eine deutliche Sprache. Jetzt saß sie mit einem Manko in der Kasse da. Von ihrem Bankkonto war nichts mehr zu holen. Sie rauchte eine Zigarette und starrte mit leerem Blick in den Aufenthaltsraum. Das war eine enge Kammer, die nach Zigaretten stank. Der Resopaltisch war voller Kaffeeflecken und die Kaffeemaschine in der Ecke lief rund um die Uhr. Sie hatte seit zwei Stunden Kaffee getrunken und spürte den Druck auf der Blase. Die Tagesquote von Fünftausend lag außer Reichweite. Deshalb musste sie auf Plan B zurückgreifen. Und Plan B besagte, dass sie sich selbst bediente. Das war zwar lebensgefährlich, aber hatte sie denn eine andere Wahl? Außerdem war es ja nur dieses eine Mal. Damit beruhigte sie sich selbst. Denn morgen war ein neuer Tag. Und dann kam das Wochenende und dann wurde alles gut, was jetzt so trübselig aussah.

Sie drückte die halb gerauchte Zigarette im überquellenden Aschenbecher aus. Anschließend ging sie auf den Flur und horchte. Alle anderen Mädchen waren besetzt. Und diese mürrische Empfangshenne Randi-Monique saß auf ihrem Platz. Hinter der nächsten Tür konnte sie Naim und Vadim leise miteinander reden hören. Leicht wie der Wind huschte sie ans Ende des Flurs und klopfte dort fast lautlos an die Tür. Niemand antwortete und sie spähte in das Zimmer, in dem die Monitore standen und sie mit ihrem blauen Schirm anglotzten.

Wie sie es sich gedacht hatte. Weder Braza noch Rahman waren da. Aber es würde nicht lange dauern, bis sie kamen. Und wie sie gehofft hatte, war der Safe nicht abgeschlossen. Monique musste schließlich immer wieder mal Scheine reinstopfen und die beiden schlauen Chefs trauten sich nicht, ihr den Code zu sagen. Sie hatte schon öfter gesehen, dass die Safetür offen war, wenn sie mit Rahman hereinkam, der hier seine Tasche holen wollte. Das war in der Zeit, als sie noch glaubte, es könnte etwas mit ihm werden. Dieses Detail hatte sie unbewusst in ihrem Gehirn gespeichert. Für alle Fälle. In der Welt, aus der sie kam, war es immer wichtig, sich Details zu merken.

Auf dem Flur wurde eine Tür geöffnet. Sie konnte ein Kichern hören und dann eine Stimme, die sagte: »So ein braves Mädchen.« Das leise Kichern und das Geräusch eines gut platzierten Kusses von der asiatischen Hure ließ die Männerstimme sich räuspern und eine Hand noch einen Schein als Trinkgeld drauflegen. Merete war beeindruckt von der Technik dieser Mädchen. Sie beherrschten die Kunst, diese Bauerntrottel so richtig zu melken. Sie selbst blieb stocksteif stehen und wartete, dass es wieder ruhig werden würde. Der Mann ging und das Mädchen verschwand auch, entweder mit ihm oder in den Aufenthaltsraum.

Merete spürte, wie ihre Ohren um einen halben Meter wuchsen. Sie hockte sich vor den Safe. Wenn sie jetzt erwischt wurde, konnte sie ihren Job hier vergessen. Außerdem konnte sie auf eine Tracht Prügel gefasst sein, die von einer ganz anderen Sorte war als die letzthin von Jamil. Vielleicht würden sie sie sogar verunstalten. Der Gedanke, dass ihr jemand mit dem Messer das Gesicht zerschneiden könnte oder Zigaretten benutzte, ließ sie erzittern. Sie kannte eine – Gina –, die immer noch auf den Strich ging. Aber nur die verrücktesten Männer nahmen sie. Zusammengekräuselte weiße

Narben bedeckten ihre Wangen. Sie hatte einen Zuhälter gehabt, der es satt hatte, jeden Tag das Geld aus ihr herauszuprügeln. Er war der Ansicht, dass sie ihm gehörte, da er sie schließlich bei sich wohnen ließ, ihr zu essen gab und Arbeitsklamotten kaufte. Eines Morgens fand er ihre versteckten Ersparnisse. Er fühlte sich reingelegt. Und was er danach mit dem Brotmesser mit ihrem Gesicht anstellte, wurde nie angezeigt.

Merete verdrängte die Vorstellung, abgebrannt und ohne Zukunft auf der Straße zu stehen. Aber trotzdem zitterte ihre Hand, als sie die graue Safetür aufschob.

Die Tür ging lautlos auf. Ihre Ohren registrierten, dass weit entfernt eine Tür geöffnet und wieder geschlossen wurde und dass sich Schritte näherten. Aber diesmal verschwand das Paar in dem Nachbarzimmer. Sie hörte die Stimmen durch die Wand und sah auf einem der Bildschirme einen Kerl im Mantel mit einer Plastiktüte in der Hand. Er feilschte mit Pung oder Kung oder wer immer das war.

Merete schaute in den Safe. Auf dem obersten Regal lagen Papiere. Darunter stand ein Metallkasten. Merete japste, als sie sah, dass der Schlüssel steckte.

Drinnen lagen Bündel mit Geldscheinen, alle mit einem Gummiband zusammengehalten. Viel Geld – sicher zwischen Fünfzig- und Siebzigtausend. Zuerst wollte sie alles nehmen und einfach abhauen. Aber dazu reichte es nicht. Rund sechzigtausend Kronen genügen nicht, um ein neues Leben anzufangen.

Aber jetzt wusste sie zumindest, dass ihre Chefs hier ein hübsches Sümmchen aufbewahrten – falls sie das einmal brauchen würde. Nun nicht gierig werden, Mädchen, sagte sie zu sich selbst, hörte einen Moment lang das Echo der Stimme ihres Vaters im Kopf, und nahm das, was sie brauchte plus ein paar Hunderter zusätzlich. Zweitausendsiebenhundert – niemand würde das in diesem Stapel vermissen.

Sie stellte den Kasten wieder genau an seinen Platz und warf noch einmal einen Blick auf die Monitore – Pung-Kung saß rittlings auf dem Mann im Mantel und dirigierte ihn. Der Mann hatte sich nicht einmal ausgezogen. Er hatte nur seinen Hosenschlitz aufgeknöpft und sein Ding rausgeholt.

Merete schlich sich zur Tür, horchte noch einmal, hastete über den Flur und bemerkte, dass sie das Geld immer noch in der Hand hielt. Sie schaute sich um, schob die Scheine in ihren BH und ging in den Aufenthaltsraum, wo ihre Tasche stand. Sie stellte eine neue Kanne Kaffee auf und versuchte, ihren Atem zu beruhigen.

9

Pham Thi Binh spähte durchs Schlüsselloch und beobachtete die weiße Frau, eine der wenigen Weißen, die hier arbeiteten, wie sie aus dem Büro der Chefs kam, ein Bündel Geldscheine in der Hand. Sie begriff sofort, was diese Frau, die so ähnlich wie Meete hieß, gemacht hatte.

Binhs Gehör war außergewöhnlich gut. Deshalb wusste sie, dass Braza in der Rezeption stand, während Rahman bei den beiden dunkelhäutigen Männern saß und sich mit ihnen unterhielt. Sie wusste, dass Phung gerade ihren fünften Kunden heute abgefertigt hatte und schon mit einem neuen beschäftigt war.

Wenn Binh sich in den letzten Tagen nicht so schlecht gefühlt hätte, hätte sie den Diebstahl nicht entdeckt. Und wenn die Chefs sie nicht auf ihren kleinen Fernsehern überwachen würden – Binh hatte schnell gemerkt, dass es in den meisten Räumen Überwachungskameras gab –, hätte sie sich unten für ein paar Minuten hinlegen und sich die ersehnte Ruhe erschleichen können. Ihr Leben lang gab es immer wieder Perioden, in denen sie das Gefühl hatte, keine Kraft mehr im Körper zu haben. Schon damals, als sie mit Mutter und Vater auf der Straße gelebt hatte in Ho-Chi-Minh-Stadt, waren diese Symptome in unregelmäßigen Abständen aufgetreten. Ihr Vater hatte wenig Verständnis dafür gezeigt. Er hatte gemeint, das würde sich schon auswachsen.

Sie hatte dahinvegetiert wie so viele andere Obdachlose in der Großstadt, hatte davon gelebt, Gemüse von Lastwagen zu stehlen, die auf die Märkte fuhren und es dann weiterzuverkaufen. Als sie zehn war, griff die Polizei sie auf und steckte sie in ein Arbeitslager für obdachlose Kinder. Dort nahm sie an einem Projekt teil, bei dem sie Bäume pflanzen musste. Es dauerte drei Jahre, bis sie wieder heraus durfte und zurück in die Stadt und zu ihrer Familie konnte. Als sie endlich zurückkam, erfuhr sie, dass ihr Vater tot war, überfahren von einem Jeep, der die Kurve zu schnell genommen hatte. Aber niemand vermisste ihn.

Die Mutter prostituierte sich im Apocalypse Now Club, damit Binh sich nicht an Pädophile verkaufen musste. Aber Binh hatte ihr Debüt nur ein halbes Jahr später im Park am Palast, wo Kinderprostituierte ihre Dienste einheimischen und ausländischen Männern anboten.

Ihre Mutter erbettelte für sie einen Job in der großen Nachtclubkette, die vom Heer geführt wurde. Dort wurde sie von dem deutschen Sextour-Organisator Reiner Hinkel entdeckt. Er war auf der Suche nach asiatischen Frauen für eine Bordellkette in Europa. Hinkel bekam dicke Provisionen von jedem einzelnen Auftraggeber, für den er Mädchen besorgte. Er achtete dabei nur darauf, dass die Mädchen möglichst jung und nicht zu ausgeprägt asiatisch aussahen.

Nach drei Wochen in Vietnam hatte Hinkel sieben Mädchen gefunden, Binh war die Achte. Sie wusste, dass sie seine Perle war. Mit ihrem schwarzen Haar, dem ovalen Gesicht mit Schmollmund, der durch roten Lippenstift betont wurde, mit einem Körper, der gleichzeitig feminin und kindlich wirkte und einem Lächeln, von dem alle glaubten, es würde bis in die Augen reichen, war Binh eines der Mädchen, die immer Kunden an sich zog.

Binh verabschiedete sich ohne Tränen von dem Land, in dem

sie groß geworden war. Sie würde ebensolchen Erfolg haben wie diese amerikanische Schauspielerin in *Pretty Woman*. Aber jetzt, mit neunzehn, war sie sich dessen nicht mehr so sicher. Sie war jetzt seit einem halben Jahr im verlockenden Europa und hatte von diesem Erdteil nicht viel mehr gesehen als das Innenleben von drei Bordellen. Brüssel, Hamburg und Oslo.

Binh legte sich wieder auf die Liege, schloss die Augen, während sie überlegte, was ihr der Diebstahl, den sie beobachtet hatte, nützen konnte. War damit Geld zu holen? Sie wünschte wieder, sie hätte eine dieser Pillen, die ihren Körper wie von allein arbeiten ließen. Phungs Kunde stöhnte so laut, dass es auf dem ganzen Flur zu hören war.

Binh schaute auf die Uhr. Jetzt hatte sie fast eine halbe Stunde ausruhen können. Sie erhob sich mühsam, schaute in den Spiegel, zog die Schminke nach und ordnete ihr Haar. Sie öffnete die Tür und ging in den Aufenthaltsraum. Die weiße Frau drehte sich demonstrativ weg und trank aus einer gelblichweißen Tasse mit einem Sprung. Es stank schlimmer als sonst nach Zigaretten, trotzdem zündete sie sich eine an. Sie hatte ihren Zigarettenverbrauch erheblich gedrosselt, weil sie gehört hatte, dass das Rauchen der Haut schade.

Ohne ein Wort zu sagen, stand die weiße Frau auf und verließ den Raum. Binh schaute ihr verächtlich hinterher. Meete war bestimmt nur neidisch. Binh zwang sich dazu, ihre Zigarette nach nur fünf Zügen auszudrücken. Und das machte sie stolz.

In dem Moment kam Phung herein. Nguyen Thi Phung war einundzwanzig Jahre alt und erst seit einem Jahr Prostituierte. Sie hatte Glück gehabt und war um das harte Leben auf der Straße herumgekommen. Hinkel hatte sie gefunden, weil sie im gleichen Hotel wohnten. Nachdem er ihr das Blaue vom Himmel in Europa versprochen hatte, hatte sie ihm diverse Gratisstunden angeboten, um sein Interesse wach zu halten, aber Hinkel zog kleine Jungs vor.

Phung kam in die gleiche Gruppe wie Binh. Die beiden hielten vom ersten Augenblick an zusammen, fast wie Schwestern. Sie schworen einander hoch und heilig, dass sie in dem großen Ausland aufeinander aufpassen würden. Und diejenige, die als Erste reich würde, solle der anderen helfen.

Phung ließ sich mit einer Tasse Kaffee bei Binh am Tisch nieder, legte die Füße auf einen anderen Stuhl und seufzte.

»Das war der Sechste heute«, sagte sie müde und streckte die Hand fragend nach der Zigarettenschachtel aus, die vor Binh lag.

Binh nickte. »Ich bin dir mit zwei voraus«, antwortete sie. »Und außerdem fühle ich mich nicht so gut.«

»Du solltest welche von den Pillen nehmen«, sagte Phung. »Frag doch Rahman.«

Binh schüttelte den Kopf. Sie wollte nicht, dass die Besitzer zu viel Macht über sie bekamen. »Wusstest du, dass diese Weiße Geld von den Chefs klaut?«

Phungs Gesicht verzog sich vor Schreck. Alle Mädchen wussten, was passierte, wenn eine klaute.

»Ich überlege gerade, ob uns das etwas nützen kann.« Binh wollte sich automatisch nach einer neuen Zigarette strecken, zog aber die Hand wieder zurück und legte sie sich in den Schoß.

»Du meinst, was wir davon haben können, wenn wir es sagen?« Phung blies den Rauch zur Decke und lehnte ihren Kopf hinten an die Wand, während sie nachdachte.

»Oder könnte das auf uns zurückfallen?« Binh war immer äußerst vorsichtig, wenn es um Ämter und Vorgesetzte ging. Chefs waren unberechenbar. In der Regel war es das Beste, den Mund zu halten und zu tun, was sie sagten.

»Lass uns drüber nachdenken«, sagte Phung. In dem Moment stürmte eine Polterabendgesellschaft die Rezeption. Die nächste Stunde war wie im Schlussverkauf.

Donnerstag

1

In der Nacht goss es. Der Rächer wurde nass.

Er kroch in seinem neuen Versteck beim Trollvann tiefer unter die Zweige. Aber auch dicht am Fichtenstamm fand er nicht genügend Schutz vor dem Regen. Gegen fünf begann er zu frieren. Der Schlafsack war am Fußende nass, deshalb hängte er ihn über den Beifahrersitz in dem klapprigen Volvo, den er sich am Abend zuvor organisiert hatte.

Bevor er wieder in die Stadt fuhr, zählte er seine Munition. Er hatte noch sieben Patronen für das Gewehr und vom Geld des Anwalts hatte er ein Magazin mit zehn Schuss für die Beretta gekauft. Trotzdem gab es keinen Grund, verschwenderisch damit umzugehen, im Gegenteil. Die höheren Mächte verabscheuten Verschwendung, das hatte der Rächer vom Pater und später von dem Biker-Anführer gelernt, dem besten Lehrer, den er je gehabt hatte. Er glaubte immer noch daran. Und das kosmische Licht, das er im Tunnel gesehen hatte, als die Polizistin starb, hatte ihn daran erinnert.

Der Rächer sah sich die Beretta genauer an. Nach den vielen Schrammen am Schaft und am Lauf zu urteilen, war sie schon oft benutzt worden. Aber der Mechanismus schien in Ordnung zu sein. Er nahm die Kugeln heraus und drückte ein paar Mal ab, wobei er sich die Pistole ans Ohr hielt. Nach den missglückten Schüssen auf das Fuckheads-Mitglied vor dieser Bar im Zentrum hatte er abseits in einem Keller, gleich neben der Toilette, mit einem merkwürdigen Typen gehandelt. Der Mann redete einen sonderbaren norwegischen Dialekt, der den Rächer auf die Idee brachte, er könnte Ire oder Schotte sein. Nicht, dass das eine Rolle spielte, denn offensichtlich konnte der Kerl alles beschaffen, was das Herz begehrte – Ecstasy, Amphetamine, Waffen, Munition, einen neuen Mercedes plus unzählige Adressen von illegalen Spielhöllen und Callgirls.

Der Rächer parkte zwischen zwei rostigen Ladas in Tullinløkka, ging am Det norske Teater vorbei und bog in die Rosenkrantzgate ein. Die Beretta hatte er am Rücken in den Gürtel geschoben. Wenn er das schmutzigbraune Jackett darüber zog, konnte keiner die Ausbuchtung sehen. Die Waffe drückte unangenehm aufs Rückgrat. Das Gewehr hatte er im Auto liegen gelassen, es war am Tag zu auffällig.

Er überquerte vorm Stortinget die Karl Johan und ging hinunter zum Fjord. Dann folgte er der Rådhusgata Richtung Oslo-Tunnel. Die Titelseite von VG am Kiosk konnte er schon von weitem erkennen: »FOTO VOM BIKERMORD GESCHOSSEN« stand da in großen Lettern. Darunter war ein ziemlich unscharfes Bild zu sehen von ihm selbst, wie er das Gewehr aus dem Autofenster hielt und vom Biker, der auf dem Asphalt lag. Jemand hatte das Glück gehabt, einen Fotoapparat zur Hand zu haben. Nur Gott weiß, was der Typ wohl für das Foto gekriegt hat, dachte der Rächer und blieb ruhig davor stehen, um sich zu betrachten. Es war unmöglich, sein Gesicht zu erkennen. Das Foto war aus zu großer Entfernung gemacht worden und das Gesicht lag zum Teil im Schatten.

Er fühlte keine Reue. Der Mord war eine Notwendigkeit gewesen. Er sah sich selbst als das Werkzeug einer höheren Macht an. Die Litanei vom Tag zuvor kam ihm wieder in den Sinn und er murmelte vor sich hin: *»Ich – bin – der – Herr – mein – ist – die – Rache«*, während er zurück zur Karl Johan ging, die Hauptstraße überquerte, links in Grensen einbog und später in die Akersgaten. Dann schlängelte er sich durch zum Youngstorget und blieb am Geländer vor der Møllergata 19 stehen, um über den Platz zu schauen.

Vor dem Postamt rechts auf dem Markt sah er eine schwarze Harley mit roter und orangefarbener Bemalung. Mit einer schnellen Handbewegung vergewisserte er sich, dass die Pistole noch im Gürtel steckte, bevor er den Hang hinunterging. Er suchte auf dem

Platz nach dem Besitzer der Maschine. Er war sich sicher, dass er keinen Fehler machen konnte. Er war das Werkzeug eines Gottes, der alles für ihn bereitstellte. Er brauchte nur seiner inneren Stimme zu folgen.

Er ging zu dem Motorrad, stellte sich daneben und bewunderte die Maschine. Der Besitzer hatte allen Schnickschnack entfernt, den auch der Rächer nicht mochte. Das Einzige, was dem Rächer nicht gefiel, waren die Flammen und Totenköpfe auf dem Benzintank.

»Was glotzt du so?«, kam eine schroffe Stimme hinter ihm. Ein dicker, breitschultriger Kerl in verwaschenem T-Shirt und einer Lederjacke mit Fuckheads-Abzeichen schob ihn mit dem Ellbogen zur Seite und schwang sich auf die Maschine.

Der Rächer blieb einfach stehen, die Hände in den Taschen.

Der Biker starrte ihn an. Der Rächer konnte sehen, dass seine Kopfhaut stark schuppte. Schwarze Doc-Martens-Stiefel gingen bis über die Knöchel. Die Jeans war am Knie zerrissen, und eine Gürtelschnalle aus Silber, geformt wie ein Adler, lag direkt über den Knöpfen des Hosenschlitzes. Auf dem Motorrad lag ein schwarzer Helm aus dem letzten Krieg.

Der Mann verschränkte die Arme vor der Brust. »Verschwinde, du Schwächling. Du siehst ja total schwul aus.«

»In nomine patris et filii et spiritus sancti«, sagte der Rächer.

»Soll ich dir die Beine ausreißen und sie der Meute zum Fraß hinschmeißen?« Der Mann stieg wieder vom Motorrad ab und kam auf ihn zu.

»Das bedeutet: Im Namen des Vaters, des Sohnes und des Heiligen Geistes«, erklärte der Rächer. Seine Hand schob sich auf seinen Rücken.

»Vater und Sohn, meine Fresse!« Der Mann langte mit der Faust nach dem Rächer, der aber behände zur Seite wich und den Mann zwei Schritte ins Leere machen ließ. Dann zog er die Beretta heraus und stieß sie ihm in die Seite. Der Biker erstarrte.

»Oh, Scheiße …!«, murmelte er. Zwei ältere Männer saßen auf der Bank um den Brunnen und sahen ihnen zu. Ansonsten hatte niemand begriffen, dass das hier der Anfang von etwas ganz anderem war als dem üblichen Straßenstreit, in den sich niemand einmischen mochte.

»Das ist Lateinisch und bedeutet: Ich segne dich und ich vergebe dir.« Der Rächer flüsterte dem Mann die Worte ins Ohr und drückte ab. Der Schuss war lauter als er gedacht hatte. Der Fuckheads-Typ drehte sich langsam um die eigene Achse. Er starrte verwundert den Rächer an, der zurücklächelte. »Das ist nicht persönlich gemeint. Das ist nur eine Sache zwischen mir und deinen Kumpels.«

Der Kopf wippte auf und nieder, als würde er bestätigen, dass er verstanden hätte. Der Rächer feuerte den zweiten Schuss etwas höher in seine Seite ab, in die Nähe des Herzens. Der Mann reagierte kaum. Er starrte den Rächer immer noch vollkommen verblüfft an. Und dann kam aus seinem Mund:

»Da ist … keiner … der …« Seine Augen verdrehten sich und er sank auf den Kantstein nieder.

Der Rächer schaute sich um und registrierte dreißig, vierzig Leute, die ihn anstarrten. Er lächelte ihnen zu und winkte den beiden älteren Männern, die jetzt hinter der Bank hockten. Dann schob er die Pistole wieder hinten in den Bund und joggte ruhig zur Operapassasjen.

Er sprang auf eine Straßenbahn, die an der Haltestelle gegenüber der Spaceworld stand und fuhr zwei Stationen weit mit. Er kannte sich nicht besonders gut in Oslo aus, aber er hatte einen ausgezeichneten Orientierungssinn und ging die Hausmannsgate entlang bis zur Møllergata.

Jetzt war er ganz entspannt, wie nach einer längeren Trainingsphase, spazierte die Rosteds gate hinauf, bog oben wieder nach links ab und schlenderte weiter, bis er in der Ferne das SAS-Hotel sehen konnte. Von hier aus wusste er den Weg zurück zum Auto. Er genoss das schöne Wetter, aber für ein Bier war es noch zu früh.

Stattdessen ging er in die Deichmanske Hovedbibliotek und wanderte dort die Regale entlang, bis er herausfand, wo die Zeitungen standen. In den folgenden Stunden durchblätterte er skandinavische und englische Zeitungen und Zeitschriften und wartete darauf, dass der Tag in der Stadt so richtig begann.

Er fühlte sich in Topform.

2

Die Uhr zeigte eins, als Hoel und Rahman sich zum zweiten Mal trafen, diesmal am Brunnen südlich des Osloer Hauptbahnhofes. Hoel hatte lange gezögert, Bønna mitzunehmen. Nicht weil er Angst hatte, dass Bønna nicht der Richtige war, wenn es Probleme gab. Bønna scheute keine Prügelei. Er hatte schon so viele Prügel ausgeteilt und eingesteckt, dass eine ganze Menge passieren musste, bevor er einen Rückzieher machte.

Was Hoel Sorgen bereitete, war die Tatsache, dass Bønna noch heißer drauf zu sein schien als sonst. Ihn mitzunehmen, konnte ein Risiko bedeuten. Unberechenbare Mitarbeiter waren immer ein gefährliches Gepäck. Sie konnten Situationen verursachen, aus denen man nur mit kluger, harter Arbeit wieder herauskam.

Fast wären sie auch noch zu spät gekommen. Zuerst wurde Hoel von diversen Journalisten angerufen, die ihn danach fragten, ob er denn glaube, dass die Schüsse am Tag zuvor in Zusammenhang mit dem Mord an einem Fuckheadsmitglied am frühen Morgen stünden. Dann hatte er Irinas Anrufbeantworter angerufen und sich für die gestrige Mitteilung revanchiert. Und schließlich verspätete er sich fast, weil er Tonni noch ins Haus einweisen musste. Wie funktionierte die Stereoanlage? Wo war die Fernbedienung für den Fernseher? Wo war eigentlich der Fernseher?

Diesmal war der Pakistani pünktlich. Hoel sah es als Zeichen, dass er die Sache ernst nahm. Sein Auftreten war auch geschäftsmäßiger, sein Händedruck wiederum fest und sicher. Für die Bahnreisenden, die an ihnen vorbeiströmten, wirkten sie in ihren Anzügen wie zwei Partner bei einer Vertragsverhandlung. Das Einzige, das darauf hindeutete, dass es sich bei den beiden nicht um den gesetzestreuen Teil des norwegischen Geschäftslebens handelte, waren die drei Männer, die ihnen folgten.

Bønna trug eine nikotingelbe Windjacke mit dunkelbraunen Ellbogen. Die billige lila Sonnenbrille war eigentlich für junge Mädchen gedacht, die sich schrill rausputzen wollten. Sein Haar hing halblang herunter und war an den falschen Stellen mit Gel gestylt. Er konnte als gealterter Punker durchgehen, der von Uppers reichlich breit war. Sein sonst immer so mürrischer Gesichtsausdruck war von einem idiotischen Grinsen abgelöst worden.

Rahman hatte zwei pakistanische Bodybuilder bei sich. Beide Männer waren in den Zwanzigern und trugen ebenfalls Sonnenbrillen. Helle Hosen und pastellfarbene Sommerjacken gaben ihnen ein nonchalantes Aussehen, das wohl den ansonsten steinharten Eindruck etwas besänftigen sollte.

Wie auf ein Zeichen setzten Rahman und Hoel sich auf eine freie Bank. Die drei anderen Männer schauten sich um, bevor sie sich ein paar Meter von ihren Chefs entfernt niederließen, aber immer noch mit guter Aussicht aufs ganze Gelände. Ein Stück weiter die Straße hoch knallte ein kaputter Auspuff. Bønna sprang sofort auf, worauf auch die anderen beiden wie gespannte Metallfedern reagierten. Hoel und Rahman mussten ihnen ein Zeichen geben, sich wieder zu setzen. Hoel hatte ein Gefühl, als hätten sie beide ein Rudel hyperaggressiver Pitbulls bei sich.

Rahman hatte sich kaum gesetzt, als er schon zu reden begann: »Ich dachte, wir hätten eine Abmachung.«

»Ich dachte auch, wir wären uns bei unserem letzten Treffen einig geworden«, bestätigte Hoel. Und als Rahman keine Anstalten machte, darauf einzugehen, fuhr er fort: »Jemand hat gestern versucht, Tonni zu erschießen.« Er berichtete kurz von den Schüssen vorm Exil.

»Das ist doch lächerlich«, meinte Rahman schroff. Dann besann er sich. Hoel konnte geradezu sehen, wie er die Wut aus seiner Stimme herausfilterte, bevor er fortfuhr: »Ich sage es nur einmal. Also höre gut zu: Ich habe damit nichts zu tun. Ich habe das nicht angeordnet.«

»Das habe ich eigentlich auch nicht angenommen.«

»Warum verschwenden wir dann unsere Zeit mit diesem Treffen?« Jetzt war die Wut in Rahmans Stimme zurückgekehrt.

»Ich wollte nur dein Gesicht sehen, wenn du mir genau das sagst.« Ein Lächeln umspielte Hoels Mundwinkel und das nahm der Stimmung etwas an Schärfe.

Rahman brach in ein Lachen aus, das Hoel als neunzigprozentig echt einschätzte. Trotzdem konnte er das Gefühl nicht loswerden, dass der Pakistani etwas vor ihm verbarg. Und wenn das nichts mit Tonni zu tun hatte, dann musste es um ihn selbst gehen.

Nach dem Treffen schaute Hoel kurz bei sich zu Hause rein. Tonni saß vor dem Fernseher und guckte *Childrens Channel.* Das gehörte zu einem Pay-TV-Paket, das Hoel sich leistete, weil er damit *CNN* und *Discovery* bekam. Tonni war ganz versunken in einen Zeichentrickfilm, in dem ein Pudel Kriminalfälle löste – immer mithilfe seines guten Helfers, der grünen Schildkröte, die sich jedes Mal unter ihr Schild verkroch, wenn der Detektivpudel Hilfe brauchte.

Hoel informierte ihn kurz über das Treffen.

»Ich wüsste niemanden, der mich so hasst wie meine Alte«, meinte Tonni. »Aber die hat nicht die Power, so was anzuleiern. Und warum sollte sie? Schließlich bezahle ich immer pünktlich. Nein, nein, dass müssen diese Pakis sein. Die sind einfach durchgedreht, auf die kann man sich nie verlassen.«

»Hm«, erwiderte Hoel und konnte sich einfach nicht vorstellen, dass das stimmen sollte. Wenn Rahman dahinter stand, müsste Hoel seine Menschenkenntnis infrage stellen.

3

»Hoel glaubt also, wir hätten auf Herrn Sæle geschossen«, sagte Braza, wobei er sich mit der Hand über die Bartstoppeln rieb.

Das Geräusch erzeugte bei Rahman Gänsehaut. Es war genauso angenehm wie der Ton von zwei Metallblättern, die gegeneinander rieben.

»Wie können wir davon profitieren?«

Jamil Rahman zuckte mit den Schultern. Das war Brazas Sache.

»Es ist nur eine Frage der Zeit, wann Hoel das mit den heutigen Nachrichten in Verbindung setzen wird«, meinte Braza.

»Den Nachrichten?«

»Sag mal, liest du nie Zeitung?«

»Da steht doch sowieso nie was drin. Jedenfalls nichts, was mich interessiert«, antwortete Rahman so arrogant er konnte.

»Es sieht ganz so aus, als ob diese Rocker wieder Krieg gegeneinander führen und sich gegenseitig umbringen«, erklärte Braza. »Heute gab es einen zweiten Mord. Und Tonni gehört zu diesem Fuckheads-Clan. Das ist wohl kaum Zufall. Hoel hat bestimmt zwei und zwei zusammengezählt. Wenn wir es schlau anstellen, können wir diesen Kerl ein für alle Mal los werden. Ich werde mit Hetta reden, dass der sich drum kümmert.«

Als Braza den Namen Hetta erwähnte, spürte Rahman, wie sein Bauch unmittelbar reagierte. Er entschuldigte sich und schaffte es gerade noch zur Toilette auf dem Flur, bevor er sich entleeren musste.

Er wusch sich gründlich die Hände und betrachtete sein Gesicht im Spiegel. Er beschloss, sich nichts anmerken zu lassen, bis er genau wusste, wie weit sein Partner gehen würde. Dass Braza Hetta erwähnte, konnte ein Hinweis darauf sein, dass er bereit war, zu weit zu gehen. Rahman hatte von seinem Vater gelernt, dass es Grenzen gab, und daran glaubte er fest. Das Geschäft ging vor Gefühle. Brazas große Schwäche waren die Gefühle, oder besser gesagt: seine Wut. Wenn Braza zu weit ging und Hetta mit reinzog, nur weil er so scharf auf Hoel war, konnte das ein entscheidender Fehler sein. Das konnte auf ihn selbst zurückfallen.

Rahman schaute in die leeren Räume, deren Türen halb offen standen. Ein Chef musste dort sein, wo die Dinge passierten. Soweit er sehen konnte, war alles in bester Ordnung. Er warf einen Blick in den Aufenthaltsraum, wo Merete thronte wie die Königin des Müßiggangs. Seit ihrem Streit vor zwei Tagen herrschten mindestens zwanzig Grad minus zwischen ihnen. Er sah sie kalt an und sagte: »Ich habe noch kein Geld für gestern gekriegt.« Er streckte die Hand aus.

Merete hob ihre Tasche hoch, öffnete den Reißverschluss ihrer Kunstlederbrieftasche und zog wortlos fünftausend Kronen heraus.

»Ist das alles?« Rahman nahm das Geld nicht an.

»So war es abgemacht«, entgegnete sie und wedelte ungeduldig mit den Scheinen vor seinem Gesicht.

»Das ist das Minimum, das wir abgemacht haben. Es würde nichts schaden, guten Willen zu zeigen und was draufzulegen.« Seine Finger schnappten sich die Scheine, als sie sie losließ.

»Ein Deal ist ein Deal«, sagte Merete leise und konzentrierte sich darauf, die nächste Zigarette anzuzünden.

Rahman steckte das Geld in seine Brusttasche und ging hinaus. Es machte immer wieder Freude, lebendes Geld in die Finger zu kriegen. Dann machte er eine Tour hinauf in die beiden Stockwerke über dem üblichen Laden. Zuerst dorthin, wo die Vietnamesinnen ihre Schlafräume hatten. Eines der Mädchen – er meinte, sie heiße Binh – lag auf dem Rücken und schlief mit halb offenem Mund. Es summte leise.

Die anderen Mädchen saßen auf ihren Betten und waren mit Schminken beschäftigt oder blätterten in einem der internationalen Modemagazine, die Braza jeden Monat für teures Geld einkaufen musste. *Cosmopolitan, Vogue* und *Elle*. Die wachen Mädchen sprangen sofort auf, als er hereinkam. Rahman bedeutete ihnen mit einer Handbewegung, dass sie sich wieder hinsetzen sollten. Aber sie blieben stehen wie Schafe, bis er hinter sich die Tür schloss. Er sah auf die Uhr, es war nur noch eine halbe Stunde, bis der Laden öffnete, also war es nur gut, wenn sie zur Arbeit bereit waren.

Dann ging er hinauf, wo die heiklen Jobs erledigt wurden. Auch hier war alles in Ordnung. Früher hatten sie hier zwei Mädchen gehabt, die für ausgefallene Wünsche zuständig waren. Aber eines Abends waren sie zu eifrig gewesen. Ein Sechzigjähriger musste zum wartenden Unfallwagen hinausgetragen werden. Braza und Rahman freuten sich nicht gerade auf die Zeitungen am nächsten Tag oder auf den zu erwartenden Besuch von der Sittenpolizei. Aber Wunder über Wunder: Es passierte überhaupt nichts. Sie hörten nie wieder etwas von dem Alten, den die Mädchen Onkel Schoko nannten, weil er immer darauf bestand, dass sie ihn mit dunkelbrauner Schokoladensoße einschmierten. Nach dem Auftritt mit Bahre und Blaulicht hatte Braza die beiden Schätze zurück zur Reeperbahn geschickt. Das neue weiße Mädchen für die Spezialbehandlungen – sie nannte sich Madam Mistress – war noch nicht gekommen. Rahman und Braza hatten einmal über eine Kombination von ihr und einer der Vietnamesinnen diskutiert. Aber bis auf weiteres sollte nur Madam Mistress verantwortlich sein für Spezialwünsche. Gern hätten sie noch ein paar Prominente mehr hier oben gehabt, um ihre Videosammlung zu vergrößern.

Bevor Rahman losfuhr, lieferte Monique ihm in der Rezeption die letzten Umsatzzahlen. Sie streifte dabei seine Hand und beugte sich weit vor, sodass er einen guten Blick in ihren Ausschnitt bekam. Bevor er ging, kitzelte sie ihn mit einem langen Fingernagel unter dem Kinn. Alle wussten, dass Meretes Platz jetzt frei war. Es erfüllte ihn mit einer sonderbaren Befriedigung, umworben zu werden. Er würde über Randi-Monique nachdenken. Schließlich war es noch einige Monate hin bis zur Hochzeit. Außerdem war Sex ein guter Sport fürs Herz. Und er durfte nicht vergessen, an sein Herz zu denken.

4

Bård Torgersen lebte so unregelmäßig, dass es unmöglich war, ihn telefonisch zu erwischen.

Er besaß weder Anrufbeantworter noch Handy, und wer Kontakt mit ihm aufnehmen wollte, musste entweder ins ›Schous Corner‹ oder zu ›Becker's‹ gehen. Dort gehörte er zum Inventar, zumindest solange er noch nicht blau war. Dann wurde ihm jedes Mal nahe gelegt, doch nach Hause zu gehen, wo immer das gerade war. Man befahl Bård Torgersen nie etwas, man bat ihn nur höflich. Das Personal fürchtete ihn.

Bård, der »Hetta« genannt wurde, was so viel wie »der Gefürchtete« bedeutete, wusste mit der Angst der anderen zu spielen. Vor zehn Jahren war er eins der großen norwegischen Ringertalente gewesen. Er hatte mehrere Nationalmeisterschaften in seiner Klasse gewonnen. Aber Anfang der Neunziger war alles schief gegangen. Wie andere seiner jungen Kollegen war auch Bård ungeduldig geworden, wenn es um das harte Training für die Weltklasse ging. Als ihm Pillen angeboten wurden, hatte Bård nicht Nein gesagt. Er hatte mit dem Training weitergemacht und daneben rosa und gelbe Pillen geschluckt. In kürzester Zeit machten seine Muskeln einen Quantensprung, der Unterschied war fast von einem Tag auf den anderen zu sehen. Allerdings waren da noch die Nebenwirkungen. Der Sexualtrieb ließ nach, aber was machte das schon, wenn er sowieso den ganzen Tag trainierte – sogar der Trainer meinte, er sollte es etwas langsamer angehen.

Die anderen Nebenwirkungen waren die Stimmungsschwankungen. War er vorher umgänglich und besonnen gewesen, so verwandelte er sich jetzt in einen streitsüchtigen und übel gelaunten Typen mit leicht entfachbarem Temperament. Hetta ging ohne Vorwarnung und Grund auf andere Leute los. Und wer wollte sich schon mit einem Kerl anlegen, der ein Meter siebenundachtzig groß war und hundertzwanzig Kilo wog, davon das meiste Muskeln? Er schluckte weiter Pillen, auch nachdem er die Mannschaft voller Wut verlassen hatte. Schließlich schlug er den Trainer nieder, nachdem dieser Andeutungen gemacht hatte, ob er nicht etwas geschluckt haben könnte, was nicht sein durfte und dass er die Dopingkontrolle besser ernst nehmen sollte.

Als er gesperrt wurde, geriet er vollkommen aus der Bahn. Hetta rasierte sich den Kopf und lief nur noch in T-Shirt und Lederjacke herum. Er versuchte nacheinander, Mitglied in einer Satanistengruppe, in Neonazi-Organisationen und in einer radikalen christlichen Sekte zu werden. Hetta suchte das Extreme, aber keiner wollte ihn haben. Alle konnten sehen, dass der Mann entweder verrückt war oder auf dem besten Weg dorthin. Was nicht gerade besser wurde dadurch, dass Bård sich mit Anabolika und Bier zudröhnte.

Jetzt saß er an einem der zurückversetzten Fenstertische rechts von der Eingangstür des ›Schous Corner‹. Es war acht Uhr abends und er summte leise den Barry-White-Song mit, der auf der Anlage lief. Plötzlich brach er in hysterisches Kichern aus, als ihm die Parodie einfiel, die Prima Vera von diesem Lied gemacht hatte. In seinem Kopf konnte Hetta deutlich die Karikatur von Barrys Stöhnen und Keuchen hören.

Er winkte der Dame in Weiß, dass sie ihm noch einen weiteren Halben rüberschieben solle. Sie kam auch gleich mit einem beschlagenen Glas und nahm das Geld, dass er auf die grüne Decke gelegt hatte. Die nächste Melodie war ein alter Boney-M-Schinken.

Hieß das nicht so ähnlich wie *Riffers of Babylon?* Hetta war weit weg im Land der Erinnerungen, in dem er Wange an Wange mit einer Mulattin getanzt hatte, die hautenge, türkisfarbene Seidenleggins trug. Er merkte nicht sofort, dass sich ein Mann an seinen Tisch gesetzt hatte. Aber als er seine Augen wieder öffnete und direkt in die Pupillen des Kerls starrte, hätte er fast sein Bier verschüttet. »Du Arschloch! Verschwinde von meinem Tisch. Das ist Privatgelände hier.«

»Ich bins«, sagte der Mann ihm gegenüber. »Und ich bedeute Geld. Weißt du noch, was Geld ist, du Pillenschlucker?«

Hetta versuchte zu fokussieren, und langsam fügten sich die Gesichtszüge des Mannes zum Bild eines Jugoslawen, von dem er zwar den Namen nicht wusste, aber es war jedenfalls ein Mann, für den er schon mal gearbeitet hatte. Am liebsten hätte er den Kerl zum Teufel gejagt. Aber Geld war immer interessant. Pillen und Bier kosteten was.

»Dann bezahle sofort!«, kommandierte Hetta und streckte seine verschwitzte Hand vor.

Der Jugoslawe legte einen zusammengefalteten Tausender in die Hand auf dem Tisch und schloss die Finger darum. »Ein Vorschuss«, sagte er und hustete, während er sich die Hand vor den Mund hielt.

»Mehr!«, sagte Hetta und öffnete seine Faust wieder. Er konnte sehen, wie der Mann sich zusammenkrümmte. Er wusste, dass er jetzt wieder auf dem Weg dorthin war, wo ihn die Leute fürchteten.

Der Idiot legte zögernd einen zweiten Tausender in die Faust, die riesig war wie eine Bratpfanne. Hetta ging davon aus, dass mehr aus dem Kerl nicht rauszuholen war. Aber zwei schnelle Riesen waren nicht schlecht.

»Spucks aus!«, sagte er. Seit letztem Jahr hatte er aufgehört, in langen Sätzen zu reden. Er zog kurze Phrasen und Befehle vor. Das hatte etwas mit der Konzentration zu tun. Außerdem war es gut fürs Image.

Der Mann erklärte ihm umständlich, was er tun solle. Trotzdem hatte Hetta nach dem ersten Durchgang das Gefühl, dass noch vieles unklar war. Der Jugoslawe musste noch einmal von vorn anfangen, diesmal langsamer. Nach zwei weiteren Durchgängen meinte Bård, er hätte es kapiert.

»Dann willst du also, dass die Leute glauben, es würde einen Zusammenhang zwischen diesen Dingen und den Morden an den Rotten Bastards geben?«, sagte er mit Bierschaum am Mund.

»Den Morden an den Fuckheads«, korrigierte ihn der Mann.

Bård runzelte die Stirn und tat so als versuche er sich zu erinnern. »Den Fuckheads, klar«, sagte er schließlich. »Warum redest du dann verdammt noch mal die ganze Zeit von den Rotten Bastards?«

»Mein Fehler«, sagte der andere Mann bemüht und damit war Hetta klar, dass er es immer noch schaffte, die Leute auf den Boden zu zwingen. Natürlich war er nicht so bescheuert, den Unterschied zwischen Fuckheads und Rotten Bastards nicht zu wissen. Das war nur ein kleiner Test des Jugoslawen gewesen, der jetzt erklärte: »So habe ich es mir also gedacht.«

»Das heißt, wir reden hier über einen richtigen Job!«, sagte Hetta zufrieden. »Dann brauche ich aber mehr Geld. Kein Kleingeld. Mord ist verdammt noch mal keine alltägliche Geschichte, nicht mal für mich.«

Der Typ seufzte, dass es sicher am Nachbartisch zu hören war. Aber Hetta tat er nicht Leid. Diesem Mann das Geld aus der Tasche zu ziehen, war, als würde man Onkel Dagobert plündern. Wenn er es nur richtig anstellte, dass der Kerl nicht so einfach davonkam, dann konnte eine ganze Menge dabei rausspringen. Niemand würde Hetta dazu bringen, sich so weit rauszulehnen, ohne dafür anständig Kohle abzuzocken.

5

Hoel war erst seit zehn Minuten im Exil, als ein Mann mit rasiertem Kopf durch die Tür hereinkam. Hoel hatte mit dem Rücken zur Tür gestanden und Tom von den Reportern erzählt, die am Telefon genervt hatten, und anschließend hatten sie Krzysztofs Tagesform besprochen. Krzysztof Plank stand nichts ahnend hinter den dicken Schwingtüren in der Küche. Sie konnten ihn bis in die Bar ein sehnsüchtiges polnisches Lied singen hören.

Tom hatte erklärt, dass Krzysztof bis jetzt ausgezeichneter Laune war, worauf Hoel nur zweifelnd brummte, während er nach alter Gewohnheit in den Spiegel hinter dem Barkeeper guckte.

Der Mann, der gerade hereinkam, sah aus wie eine Mischung aus einem alten Punker und einem Ringer. Kopf und Hals waren eins, und seine Augen blitzten geradezu. Anabolika, dachte Hoel und warf Bønna einen schnellen Blick zu, der den Mann reingelassen hatte. Bønna schaute sich ebenfalls über die Schulter und damit war Hoel klar, dass er den Mann genauso eingeschätzt hatte. Pillenschlucker musste man wie rohe Eier behandeln. Dieser hier war überdurchschnittlich groß. Hoel schätzte sein Gewicht auf hundertzwanzig bis hundertdreißig Kilo. Er trug solide Kleidung: Lederjacke mit rotem Futter, schwarze Jeans, schwarze Boots. Hoel ging reflexartig alle diese Punkte durch. Er brauchte weitere drei Sekunden um festzustellen, dass der rechte Arm auf unnatürliche, steife Art herunterhing. Das bedeutet irgend einen Scheiß!, fuhr es ihm durch den Kopf.

Der Mann durchquerte das Lokal schneller, als Hoel erwartet hatte. Er spürte, wie sein Rückgrat prickelte. Das war ein Gefühl, das er aus alten Tagen kannte. Aus der Zeit, als Ulf und er knifflige Jobs schneller als alle anderen erledigten. Alle ihre Jobs waren gefährlich und die Personen, von denen sie eine Abrechnung verlangten, waren möglicherweise bewaffnet. Da lernte man, schnell auf Kleinigkeiten zu achten: Eine Jacke, die auf der einen Seite zu lang herunterhing. Eine Ausbuchtung zu viel auf der einen Seite des Brustkastens. Ein langer Mantel, der steif und schwer wirkte. Oder ein Arm, der unnatürlich an den Körper gedrückt wurde. Solche Details konnten den Unterschied zwischen Leben und Tod bedeuten. Der Mann, der von hinten auf ihn zukam, hatte den Gesichtsausdruck eines Mannes, der eine Grenze überschritten hat und entschlossen ist, das Vorgenommene auch auszuführen.

Hoel blieben nur Zehntelsekunden, um sich zu entscheiden. Er konnte versuchen, um den Bartresen zu kommen, bevor der Mann losfeuerte. Aber dann würde er seinen Rücken länger als Zielscheibe zur Verfügung stellen, als ihm lieb war. Er konnte aber auch einen Sprung über den Tresen riskieren, um direkt in Toms Schoß zu landen. Damit wären sie beide kostbare Sekunden lang aus dem Spiel. Hoel war klar, dass der Mann dicht bei ihm sein würde, noch bevor er sich wirklich rühren konnte.

Hoel drehte sich schnell um, machte mit der flachen linken Hand einen großen Bogen und traf das eine Schlüsselbein, dass es knackte. Der Mann brummte wie ein Ochse. Seine Schulter fiel vor und er kam aus dem Gleichgewicht, aber das reichte nicht um hinzufallen.

Er schob Hoel weg, während er aus seiner Jacke ein einläufiges Gewehr herausholte, das offensichtlich abgesägt war. Doch Hoel ließ sich nicht beiseite schieben. Stattdessen lehnte er sich zurück, sodass sein Körpergewicht verhinderte, dass der Pillenschlucker den Lauf heben konnte. Das Gewehr blieb nach unten gerichtet.

Der erste Schuss traf schräg in den Tresen. Der Mann klemmte sich die Finger am Abzug und musste einen Schritt zurück gehen, wobei er versuchte, das Gewehr mit sich zu ziehen, neu zu laden und zu schießen. Hoel roch den Bierdunst von seinen Wangen. Jetzt prustete der Mann und sprühte einen feinen Speichelregen über Hoels Nacken, der immer noch mit seinem Körpergewicht den Gewehrlauf festklemmte. Aber sogar ein Pillenfresser kapiert, dass er in einem solchen Fall seine Fäuste benutzen muss. In dem

Moment sah Hoel die riesige Rechte von der Seite auf seinen Hals zukommen.

Der Schlag hatte nicht mehr Kraft als ein kleiner Klaps. Denn im selben Moment war Bønna herangekommen und hatte einen Gummiknüppel, den er in seiner Innentasche verwahrte, dem Kerl auf den Hinterkopf geknallt. Der Kahlrasierte sank in die Knie, den Rücken gebeugt, sodass das Jackenschild der Rotten Bastards zu sehen war. Er brüllte. Und jetzt hörte es sich wirklich wie ein Ochse an. Seine Beine zitterten und er versuchte zweimal wieder hochzukommen. Währenddessen hatte Hoel das Gewehr gesichert, indem er auf den Lauf trat und es so dem Griff des Mannes entriss. Bønna hob den Knüppel und gab dem Pillenfresser noch eins auf den Kopf, diesmal mit einem Extraschlenker des Handgelenks. Die Kunst bestand darin, genau so hart zuzuschlagen, dass das Opfer für eine Weile außer Gefecht gesetzt wurde, ohne es jedoch schwer zu verletzen.

Die zehn Gäste saßen immer noch in stummer Atemlosigkeit da. Aber einer nach dem anderen wandte den Blick ab und konzentrierte sich wieder auf sein Bier. Zwei alte, ängstliche Alkoholiker schlurften hinaus, nachdem sie das Geld auf den Tisch gelegt hatten.

Die Buschtrommel würde es bald in der ganzen Stadt verkünden. Bønnas Ruf als souveräner Mann in der Tür würde steigen. Hoels Bar bekäme einen weiteren Fleck auf der Weste des guten Rufs. Bestimmt würde irgendwer behaupten, Hoel sei nicht mehr in der Lage, seine Gäste zu kontrollieren. Hoel wusste, wie geredet wurde. Die Hälfte seiner Gäste sehnte sich eigentlich nur nach einem ruhigen Ort, wo man in sich gehen konnte – oder zumindest so viel reinkippen konnte, um das leise Pling im Schädel zu hören, das einem sagte, dass man auch diese Nacht wieder würde schlafen können. Die andere Hälfte war hier, weil sie eine Pause von ihren Geschäften brauchte und wusste, dass das Exil demjenigen, der dafür bezahlen konnte, Qualität bot. Auch sie waren interessiert an Ruhe und Frieden. Es gab dort, wo sie arbeiteten, genug Radau.

Da es sich bei dem Mann nicht einfach um einen Besoffenen handelte, der nicht bezahlen wollte oder um einen schwierigen Kunden, der über die Bewirtung meckerte, nahmen Hoel und Bønna ihn mit nach hinten. Der Pillenfresser war hinter Alex Hoel her gewesen. Daran gab es keinen Zweifel. Ob das etwas mit dem Mordversuch an Tonni zu tun hatte, würde er bald herausfinden.

»Wir schaffen ihn da runter.« Hoel nickte zu dem schallisolierten Raum unter dem Sofa. Schnell schoben sie das Sofa zur Seite – Bønnas Schlag setzte den Typen nur für ein paar Minuten außer Gefecht, sie mussten sich beeilen –, öffneten die Luke und schoben den Kerl nach unten. Er landete auf den Füßen und kippte zur Seite weg, bevor er mit dem Kopf gegen die Wand schlug. Hoel und Bønna ließen sich hinunter und banden ihn auf dem einen Stuhl fest.

Hoel studierte das runde Gesicht. Ein paar Tage alte Bartstoppeln. Blut sickerte aus einer Platzwunde, die der Kerl sich zugezogen hatte, als er gegen die Wand fiel. Er trug unter der Jacke ein grauweißes T-Shirt und in der einen Innentasche der Lederjacke waren noch fünf Schuss. Die Reserve, falls die Schüsse im Magazin danebengehen würden. Die Frage war nur, ob dieser missglückte Weihnachtsmann zu den Kerlen gehörte, die versuchten, Fuckheads-Mitglieder in der Stadt umzunieten. Er hatte keine Tätowierungen, und er hatte keinerlei Papiere dabei.

Als Bønna gerade seine Hosentaschen durchsuchte, schüttelte der Mann den Kopf und grunzte. Dann hob er den Kopf. Hoel konnte sehen, wie die Sehnen am Hals und Nacken vorstanden. Das war ein beeindruckender Kopf. Die schweren Augenlider und Augenbrauen, die fast gelbbraun waren, ließen die Augen umso intensiver erscheinen.

»Wir können das auf die sanfte Tour hinter uns bringen. Oder auch nicht«, sagte Hoel und schlug dem Pillenschlucker mit aller Kraft direkt aufs Kinn. Er war immer davon überzeugt gewesen, dass eine entschlossene Eröffnung solche Gespräche schnell zum Erfolg führte.

Es war, als hätte er auf einen Stein geschlagen. Der Mann knurrte, und einen Moment lang senkte er die schweren Augenlider, um sie dann wieder zu öffnen. Hoel konnte sehen, dass die Augen blutunterlaufen waren. Der Pillenfresser lächelte. Dann spuckte er auf die Hand, die ihn geschlagen hatte.

Hoel merkte, wie er innerlich kochte. Er teilte zwei schnelle Schläge aus. Hinterher brannten seine Gelenke und er keuchte, als wäre er einen Abhang hinaufgelaufen. Der eine Schlag hatte das linke Auge zugekleistert, während der zweite den Mann nur dazu brachte, von neuem seine Augen zu schließen, um Hoel dann wieder anzustarren.

»Du bist ein toter Mann, Alex«, sagte der Kerl und es durchzuckte Hoel. Er hatte das Gefühl, als wäre der Kerl der Tod selbst mit der Sense, der seine Seele holen wollte. »Das ist nur eine Frage der Zeit, wann ich dir deinen Scheißrücken breche und dich den Ratten zum Fraß vorwerfe.« Die Stimme klang tief und zitterte. Aber die Worte waren deutlich genug.

Hoel wollte ihm noch eins verpassen, aber Bønna hielt ihn zurück. »Du willst es also auf die harte Tour«, stellte Hoels Helfer fest und trat dem Mann in den Schritt. Der Mann krümmte sich zusammen, so weit die Fesseln es zuließen. Seine Kraft ließ den Stuhl bedrohlich knacken. Eine ganze Weile lang ließ er den Kopf hängen und sein Atem kam nur stoßweise.

»Verdammt … du bist auch … bald … tot«, sagte er zu Bønna, der den Gummiknüppel hob, um ihn auf den Hinterkopf des Pillenfressers niedersausen zu lassen.

Hoel hielt den Arm vor dem Schlag auf.

»Du weißt, dass wir dich zum Reden bringen. Früher oder später bricht auch der Härteste zusammen«, sagte Hoel. Er beugte sich über den Mann und sprach ihm direkt ins Ohr.

»Dann … soll … es später … sein.« Der Mann hatte immer noch

Probleme mit dem Reden. Hoel nickte Bønna zu, der den Mann hart neben die Wirbelsäule schlug, weitere Schläge landeten auf dem Rücken und in den Nieren.

»Das wird ihn ein paar Tage lang Blut pissen lassen«, japste Bønna ganz verschwitzt. Die Luft in dem kleinen Raum wurde dick. Der Mann pisste sich vor Schmerzen in die Hose. Der Urin lief ihm aus dem Hosenbein und suchte sich seinen Weg zu einem Abfluss im Boden.

Bønna machte eine Pause um zu sehen, ob der Mann weich gekocht war.

»Wer hat dich hergeschickt, um mich umzubringen? Einer von den Bikerclubs? Den Rotten Bastards? Den Fuckheads? Wer?«, fragte Hoel.

»Der Satan selbst«, sagte der Mann. »Brich mir doch die Finger, wenn du mir nicht glaubst.«

»Wer hat dich geschickt?«, fragte Hoel wieder.

Der Mann antwortete nur undeutlich und plötzlich wurde sein Körper schlaff. Er hing vornübergebeugt in den Seilen und gleichzeitig hörten sie ein knallendes Geräusch.

»Igitt, der Kerl hat geschissen«, sagte Bønna und wedelte hektisch mit der Hand vor der Nase.

»So kommen wir nicht weiter«, erklärte Hoel und starrte den bewusstlosen Körper an.

»Glaubst du wirklich, dass das hier was mit dem Bandenkrieg zu tun hat?«, fragte Bønna. »Er sieht zwar schon so aus wie viele von diesen Bikern. Aber die Jacke sieht nicht aus, als ob sie ihm gehört.«

»Die ist ihm eigentlich etwas zu klein«, stimmte Hoel zu.

Irgendetwas war an der Sache faul. Das war nicht der Stil der Bikerszene. Und außerdem hatte er – so weit er sich erinnern konnte – keine offene Rechnung mit den Lederjacken. »Da steckt was anderes dahinter.«

»Aus dem prügeln wir die Wahrheit nicht raus«, erklärte Bønna und schob den Gummiknüppel wieder in die Jacke. »Aber ich weiß einen anderen Weg, wie wir ihm das Maul öffnen. Den Trick habe ich mal von meinem Brüderlein gelernt.«

Hoel stutzte. Zuerst hatte er »Mütterlein« verstanden. Aber dann begriff er, dass Bønna seinen Bruder meinte, der in einer der schlimmsten Kaschemmen der Stadt Türsteher gewesen war, bis er sich auf eine Klopperei mit zwei Kerlen aus Sunnmøre einließ, die ein Stück stärker waren als er. Dabei waren Bønnas Bruder und der eine aus Sunnmøre vor einer fahrenden Straßenbahn gelandet. Der Sunnmører kam mit einer Gehirnerschütterung davon. Bønnas Bruder dagegen verlor ein Bein. Danach war der Bruder bekehrt. Jetzt stand er in der Operapassasjen und verkaufte selig lächelnd christliche Traktate. Früher war Hoel noch manchmal bei ihm stehen geblieben um sich mit ihm zu unterhalten, aber der Mann hatte nur immer versucht, ihn zu bekehren.

Bønna kletterte durch die Luke hinauf und ließ Hoel allein bei dem Bewusstlosen zurück. Hoel ließ vorsichtig einen Finger über den Hinterkopf und den rasierten Schädel des Mannes gleiten. Er fragte sich, welche Geheimnisse dieser Schädel wohl verbarg. Außerdem fühlte er eine Spur schlechten Gewissens. Vor dreiviertel Jahren hatte er beschlossen, Ordnung in sein Leben zu bringen. Er hatte sich vorgenommen, nie wieder einen dreckigen Job zu übernehmen. Und jetzt musste er sich fragen, ob er es schaffen würde, von diesem Sumpf wegzukommen. Sollte die Vergangenheit niemals aufhören ihn zu quälen?

Alex Hoel ging davon aus, dass mehr dahinter steckte. Seit er als Torpedo aufgehört hatte, war er sauber geblieben. Deshalb musste dieser Mann irgendetwas mit seiner Vergangenheit zu tun haben. Mit welchem Teil der Vergangenheit genau wusste er noch nicht, aber er rechnete damit, dass das herauszubekommen nur eine Frage der Zeit war.

Im Augenblick fühlte er sich wie im freien Fall. Als hätte er einen großen Verlust erlitten. Es gab also immer noch ein Leck in dem Damm, den er gegen seine Vergangenheit aufgebaut hatte.

Immer noch sickerte es aus irgendeinem Loch, das er nicht hatte stopfen können.

Hoel lächelte bitter und beugte sich über das Waschbecken. Er trank gierig von dem kalten Wasser und bespritzte Stirn und Hals. Dann löste er seinen Schlipsknoten ein wenig und merkte, dass er vorher zu eng gewesen war. Das Blut floss nun freier und eine warme Welle stieg durch die Halsschlagadern auf und traf seinen Kopf wie ein dumpfer Hammer.

In dem Moment kam Bønna wieder in den Keller. »Jetzt wird der Teufel mit uns reden. Ich habe, was wir brauchen.« Er klopfte sich vorsichtig auf die Jackentasche und Hoel überlief unwillkürlich ein kalter Schauer, als er seinen Blick auffing.

Trotzdem mussten sie fünf Minuten lang arbeiten, um Leben in die hundertzwanzig Kilo schlaffes Fleisch zu bringen. Bønna kippte ihm ein paar Glas Wasser über den Kopf ohne die geringste Wirkung zu erzielen. Also schoben und zerrten sie den Stuhl zum Waschbecken, stellten den Wasserhahn an und tauchten den rasierten Kopf unter den Strahl eiskalten Wassers. Das Wasser lief ihm den Nacken und die Brust hinunter und nach zwanzig Sekunden schüttelte er Kopf und Oberkörper. Dann setzte er sich auf seinem Stuhl auf und seine Augen suchten nach seinen Feinden.

»Wir sind immer noch da«, sagte Bønna zufrieden und zog den zweiten Stuhl neben sein Opfer. »Jetzt wollen wir beide uns einmal in aller Ruhe unterhalten.« Bønna sprach wie der Onkel aus dem Kinderfernsehen.

»Ha«, meinte der Pillenfresser nur verächtlich. Es schien nicht so, als wäre er bereit, seine Geheimnisse zu verraten.

»Wir haben kapiert, was für ein toller Typ du bist«, sagte Bønna und klopfte dem Mann auf den Arm. »Aber jetzt wollen wir sehen, ob du auch schlau bist.«

Damit schob er vorsichtig seine Hand in die Tasche. Es sah aus, als fürchtete er, gebissen zu werden. Und für einen Augenblick glaubte Hoel, er hätte ein Tier – eine Ratte oder eine Schlange – in der Hand. Stattdessen zog er eine Spritze hervor. Der Stempel war nicht ganz reingeschoben. Es waren ungefähr zwei Zentimeter einer gräulichen, mit Blut vermischten Flüssigkeit in der Spritze. Bønna hielt die Spritze seinem Opfer vors Gesicht und ließ ihn sie genau betrachten.

»Weißt du, was das ist?«, Bønna redete wie zu einem Kind.

Der Pillenfresser antwortete nicht. Aber er versuchte, auf seinem Stuhl etwas zurückzuweichen. Hoel lehnte am Waschbecken und spürte, wie ihm übel wurde.

»Weißt du, ich habe eine gute Freundin, die draußen im Lokal sitzt«, erklärte Bønna lächelnd. »Das heißt, wir werden wahrscheinlich nicht mehr so schrecklich lange Freunde bleiben. Bei der Alten ist nämlich AIDS ausgebrochen. Sie drückt, und damit sie genug Geld reinkriegt, geht sie anschaffen. Gegen Bezahlung habe ich den Dreck hier von ihr bekommen. Wir haben eben im Klo unser Geschäft abgewickelt.« Bønna sah Hoel an, während er das sagte. Er wusste, dass eines der Gesetze im Exil lautete, dass niemand sich in den Toiletten einen Schuss setzen durfte. Hoel verzog den Mund zu einer Grimasse, sagte aber nichts.

Der Kahlrasierte starrte Bønna an. Man konnte sehen, wie sein Gehirn versuchte herauszufinden, ob das gelogen oder bitterer Ernst war. Er wusste nicht, wie er sich entscheiden sollte. Seine Augen wanderten zwischen der Spritze und Bønnas Gesicht hin und her. Alles Harte und Grausame war aus seinem Blick verschwunden. Stattdessen war ein ängstlicher Mensch zum Vorschein gekommen, der in eine Ecke gedrängt worden war, aus der er keinen Ausweg mehr fand.

Als Bønna keine Antwort bekam, setzte er die Nadelspitze direkt über der Halsschlagader seines Opfers an.

»Was wollt ihr wissen?«, fragte der Pillenschlucker heiser und versuchte, der Hand mit der Spritze auszuweichen.

»Willst du uns auch nicht reinlegen?« Bønna musste ihn noch ein wenig quälen.

»Ich bluffe nicht. ICH BLUFFE NICHT!« Der Mann schrie laut auf. Niemand hätte geglaubt, dass er noch vor wenigen Minuten stoisch Prügel eingesteckt hatte.

»Ich glaube, er macht uns nichts vor«, meinte Bønna zu Hoel und nahm die Spritze runter. »Ich glaube, er wird jetzt brav sein. Du willst doch ein braver Junge sein, oder?« Noch einmal pikste er die Halsschlagader des Mannes.

»Ja ... Ich verspreche es!« Jetzt weinte der große Mann.

»Braver Junge«, sagte Bønna und strich ihm über die Wange, bevor er aufstand.

Hoel fühlte, dass er weiche Knie hatte, als er sich auf den Stuhl neben den Gefesselten setzte, der jetzt bereitwillig erklärte, dass er Bård Torgersen hieß. Hoel bekam alles zu hören. »Aber ich weiß seinen Namen nicht«, sagte Bård. »Nur dass ihm dieses Hurenhaus in der Helgesensgate mitgehört.«

»Das Cassandra?« Hoel war überrascht. Jetzt verstand er noch viel weniger von den beiden Treffen wegen Tonni. »Er war nicht zufälligerweise ein Pakistani?«

»Ein Paki? Nein«, sagte Bård bestimmt und schien ebenso verwundert zu sein wie Hoel. »Ein Jugoslawe. Ein blöder Jugoslawe.«

»Ich glaube, wir sollten einen Ausflug machen«, sagte Hoel und seine Augen verengten sich. Der Mann, der eine Verbindung zur Vergangenheit haben musste, war von einem Jugoslawen bezahlt worden. »Du kommst mit«, sagte er zu Bård, der halbherzig protestierte.

Bønna fand ein paar Kumpel um die Ecke, zwei große Bären, die taten, worum sie gebeten wurden, ohne weiter nachzufragen, nachdem Hoel ihnen großzügig Scheine zugesteckt hatte.

Sie setzten sich in Hoels Auto. Bård wurde zwischen die beiden Typen auf der Rückbank platziert. Er gab keinen Laut mehr von sich. Hoel war von seiner Stärke beeindruckt. Ein Mann, der so zusammengeschlagen worden war und dessen Nieren sich anfühlen mussten, als wären sie als Trampolin benutzt worden. Trotzdem jammerte er nicht.

Hoel stellte das Auto in der Seilduksgaten oberhalb des Bordells ab. Die Männer sahen sich gründlich um, bevor sie sich um Bård gruppierten und stumm zum Hauseingang marschierten. Bønna stellte sich in Positur, dass die Hauskamera ihn einfangen konnte, und klingelte. Die anderen verschwanden im Schatten. Ein kurzes Summen und die Tür war offen. Die fünf Männer gingen so schnell die Treppen hoch, wie es Bårds Bein zuließ.

Hoel schlug die Tür zur Rezeption so heftig auf, dass sie gegen die Innenwand knallte.

Die junge Frau hinter dem Tresen zuckte zusammen. Sie trug einen gelben Fummel mit tiefem Ausschnitt, der unter anderen Umständen höchst erregend hätte sein können. Aber keiner der Männer ließ sich davon beeindrucken. Stattdessen warfen sie Bård auf den Tresen, dass er auf dem Bauch landete, den Kopf in ihrem Schoß. »Wir haben eine Verabredung mit einem der Besitzer«, sagte Hoel. »Das hier ist die Einladungskarte.«

Die Kleine hinter dem Tresen schnappte nach Luft und wusste ganz offensichtlich nicht, was sie tun sollte. Aber dann schlängelte sich ihre Hand vor, wurde aber von Bønna gestoppt, bevor sie einen Knopf drücken konnte, der unter dem Tresen verborgen war.

»Pfui, pfui!«, meinte Bønna und gab ihr einen Klaps auf die Hand. »Wir wollen uns doch nur mit einem gewissen Jugoslawen unterhalten. Das kann doch nicht so schwer sein, das zu arrangieren.«

Die Frau, die bis jetzt noch kein Wort gesagt hatte, wurde noch blasser, Schminke und Lippenstift wirkten auf der kreidebleichen Haut wie Theaterbemalung. Sie nickte ernst und wandte dann ihren Blick zu einer Tür am anderen Ende des Raumes. Hoel lächelte ihr zu und ließ einen von Bønnas Freunden bei ihr zurück, während die anderen den langen Flur entlanggingen.

Auf beiden Seiten gab es Türen mit Nummern darauf. Sie gingen bis zu einer, auf der »Privat« stand. Bønna brachte es einfach nicht über sich, die Tür ganz normal zu öffnen. Er versetzte der Tür einen ordentlichen Tritt, dass das Schloss knackte. Die Tür gab sofort nach und schlug, zusammen mit Teilen des Türrahmens, weit auf.

Der Mann saß mit dem Rücken zu ihnen, als sie eintraten. Er drehte sich gerade um, als Bønnas anderer Freund Bård Anabolika nach vorn schubste, sodass dieser zu Boden fiel und dem Mann im Lehnstuhl zwischen die Füße rutschte.

Alex Hoel hatte keinen genauen Plan, wie er dieses Treffen eröffnen wollte. Er wollte einfach nur seinem Feind gegenüberstehen. Möglicherweise herausbekommen, was dieser vorhatte. Und vielleicht so lange mit ihm verhandeln, bis beide mit dem Ergebnis leben konnten. Oder aber irgendeine Art von Abschreckung inszenieren. Vielleicht den Laden kurz und klein schlagen. Oder den Kerl zum Krüppel schlagen und ihn in seine Schranken verweisen. Er hatte angenommen, dass es ein alter Bekannter von Dragoslaw sein würde, der das Geschäft der Blutrache übernommen hatte. Hoel hatte auch begriffen, dass dieser Mann hinter dem Besuch des Rechtsanwalts steckte.

Trotzdem war es ein Schock, als er seinem Feind gegenüberstand. Nichts, was er sich vorgestellt hatte, stimmte mit der Wirklichkeit überein. Und gleichzeitig war es so einleuchtend und selbstverständlich, dass es schon fast wieder komisch war. Aber es war kein Lachen, was da in seinem Brustkorb arbeitete. Eher eine Mischung aus Angst und Hass.

Der Mann war Braza. Vor vier Jahren hatten Ulf und Hoel ihren letzten gemeinsamen Auftrag gehabt. Im Auftrag von Dragoslaw sollten sie von Braza eine ausstehende Summe einkassieren. Aber Braza war schlauer gewesen als die beiden Torpedos. Er hatte sich aus seinem Rattenloch geschlichen und in einem Hinterhalt versteckt. Darum war Ulf gestorben. Hoel hatte damals schon geglaubt, auch ihm würden jeden Moment die Engelsflügel aus den

Schulterblättern wachsen, als Braza ihm den Revolverlauf in den Mund steckte. Aber dem sterbenden Ulf war es gelungen, Braza ein Bajonett, dass er immer bei sich trug, in den Unterleib zu rammen. So verlor Hoel nur ein Ohr, als die Schrotladung ihm eine hässliche Narbe auf die Wange schrieb und den größten Teil des Ohrknorpels mit sich nahm. Danach war Braza Dragoslaws Kompagnon geworden. In der Osloer Unterwelt konnten alte Krieger und Allianzen schnell durch neue ersetzt werden. Aber nach dem Stoß, den Ulf ihm verpasst hatte, war Braza ein kaputter Mann. Und er hasste Hoel inbrünstig, weil dieser entkommen war. Hoel selbst hatte immer geglaubt, der Mann wäre mit untergegangen, als die Russen mit Dragoslaw abrechneten.

Als hätte Braza genau die gleichen Gedanken gehabt, stand er auf, als hätte er nie in seinem Leben einen Stock benötigt. »So treffen wir uns also wieder, Alex Hoel«, knarrte es aus seiner Kehle.

Hoel fluchte über seine eigene Dummheit, die ihn nicht auf seine Instinkte hatte vertrauen lassen vor ein paar Tagen, als er diese Stimme am Telefon gehört hatte. »Das Wiedersehen kann man nicht gerade herzlich nennen«, erwiderte er und starrte Braza an, ohne eine Miene zu verziehen. Bønna schaute von einem zum anderen. Er verstand gar nichts. Er sah nur einen drahtigen, fast fünfzigjährigen Mann im Anzug, mit einer Stimme, die klang, als liefe sie über Sandpapier.

»Wie du dir denken kannst, habe ich vor, dich umzubringen, Hoel«, sagte Braza. »Es wird mir ein Vergnügen sein, wenn mir das endlich gelingt. Bei der Polizei kannst du dir keine Hilfe holen. Aus Gründen, die wir beide kennen. Du wirst keine Nacht mehr schlafen können, ohne dich zu fragen, ob du den kommenden Tag überleben wirst.«

»Auch ich kann dir was versprechen«, sagte Hoel und spürte, wie trocken sein Hals war.

Hinter Brazas Rücken versuchte Bård sich in sitzende Stellung zu winden.

»Dann beeile dich aber mit deinem Versprechen«, sagte Braza. »Wir werden gleich Besuch bekommen.« In dem Moment hörte man jemanden über den Flur laufen. Die beiden pakistanischen Männer, die Hoel von dem morgendlichen Treffen wiedererkannte, kamen endlich an. Bønna und sein Kumpel stellten sich ihnen in den Weg, jeder mit einem Messer in der Hand. Die beiden Pakistani stoppten geschickt und starrten wachsam Hoels Gefolgsleute an. Braza rief ihnen zu: »Immer ruhig, Jungs. Dieser Mann will mir nur eine Nachricht überbringen. Kein Grund zur Beunruhigung.«

Hoel reckte sich und sagte mit leiser, fester Stimme: »Ich verspreche dir, dass ich dich zerquetschen werde, Braza. Denn du bist derjenige, der mir bei allem im Weg steht. Du wirst mich nicht aufhalten. Das schwöre ich in Ulfs Namen. Ich wünschte nur, er hätte die Gelegenheit, den Job fertig zu machen, den er angefangen hat!«

6

»Ich habe gesehen, dass eins der Mädchen Geld aus dem Büro genommen hat«, sagte Binh und zitterte unfreiwillig unter Brazas Blick. Nach dem Aufruhr auf dem Flur hatte sie eine Stunde verstreichen lassen, bevor sie mit klammer Hand an die Tür klopfte. Braza hatte sie mit kalten, gierigen Augen verschlungen, die sie an eine Schlange erinnerten. Sie stotterte einige Sätze auf Englisch hervor, die sie ein paar Mal wiederholen musste, bevor Braza überhaupt begriff, wovon sie redete. Jetzt stand er auf und trat auf sie zu. Sie war nur ein Meter zweiundfünfzig groß und reichte ihm gerade bis zur Brust. Er trat so nah an sie heran, dass sie sein Rasierwasser riechen konnte. Es war überraschend kräftig und juckte in ihren Nasenflügeln. Wieder fühlte sie diese Schwäche in den

Knien, die ihr sagte, dass sie sich besser für eine Weile ausruhen sollte.

»Du weißt, dass das nicht erlaubt ist – Geld von uns wegzunehmen?« Brazas Anzugsjacke streifte ihre Wange. Sie war rau und roch nach Staub. Jetzt wartete sie darauf, dass er sie beim Arm packte. Sie war sich sicher, dass seine Finger eiskalt sein würden. Er fasste sie zwar nicht an, aber sie spürte, wie sein Atem ihr über Kopf und Nacken strich.

»Ich habe es gesehen. Sie ist aus dem Büro gekommen. Mit Geld in der Hand. Viel Geld.« Binh redete in abgehackten Sätzen. Ihre Stimme drohte sich zu überschlagen. Wieder fühlte sie seinen Atem auf ihrem Haar.

»Und … wer? Wer war es? Du weißt, dass du mir alles erzählen musst. Ich kann dir sonst schaden, wenn du nicht redest. Ich kenne vieles, was … was wehtut.« Seine Stimme wurde träumerisch.

»Ich will Pillen haben. Uppers. Aufputscher. Die Gelben«, sagte sie und ließ das schwarze Haar vor die Augen fallen. Sie schämte sich, ihn so anzubetteln. Sie hatte sich vorgenommen, dem Mann nicht die Oberhand zu lassen. Aber jetzt konnte sie geradezu fühlen, wie sein Skorpionhirn arbeitete. Wie seine Klauen bei dem komplizierten Rechenstück, bei dem sie das Dessert bildete, gegeneinander klickten.

»Also ein Dienst für einen anderen«, sagte der Mann und trat hinter sie. Binh fühlte, wie sein Seidenschlips über ihren nackten Rücken glitt. Sie trug heute das gelbe rückenfreie Kleid mit einer ovalen Öffnung unter den Brüsten bis unter den Nabel.

»Das ist ein vernünftiges Geschäft.« Sie hörte es rascheln, als er seine Hand in eine Tasche schob und dann eine zerknitterte Tüte herauszog, die wie eine Bonbontüte aussah..

»Aber erst den Namen«, sagte er und hielt ihr die Tüte dicht vors Gesicht.

»Bitte zehn gelbe«, sagte sie und spürte, wie ihre Handflächen schwitzten. Aber sie beherrschte sich, die Hände im Kleid abzuwischen. Das würde Flecken geben.

»Du bist eine schlaue Möse«, sagte Braza und wieder konnte sie seinen Atem spüren. »Also los. Hier sind zehn Pillen für das brave Mädchen.«

Er raschelte mit der Tüte und zauberte die Tabletten hervor, von denen Binh schon in Hamburg gekostet hatte.

Sie drehte sich um, immer noch mit gesenktem Blick. Männer schätzten demütige Frauen. Das wusste sie aus Erfahrung. Sie hielt ihre Hände ausgestreckt wie eine ovale Schale. Und er ließ eine Pille nach der anderen in ihre Bettlerschale rollen. »Und was sagt man dann?«

»Danke. Vielen Dank, Herr Braza«, sagte sie und verbeugte sich bei diesen Worten.

»Wer hat sich an unserem Geld vergriffen?«

Binh hörte die Schärfe seiner Worte. Ihr war klar, dass denjenigen, der versuchte, diesen Teufel reinzulegen, nichts Gutes erwartete. Aber gleichzeitig spürte sie nicht das geringste schlechte Gewissen der weißen Frau gegenüber. Sie würde nur die Prügel kriegen, die sie verdient hatte. So war das Leben. Langsam schloss sie die Hände um ihren Schatz und antwortete: »Die große weiße Frau. Die, die Meete heißt.«

»Sehr interessant«, sagte Braza. Binh war erleichtert. Es war, als wäre sie von einem Raubtier abgeschätzt und als zu leicht befunden worden, zu mager oder zu unattraktiv, um seiner Aufmerksamkeit würdig zu sein. Jetzt hatte das Raubtier seinen Kopf in eine andere Richtung gedreht und starrte eine Beute an, die fetter war. Binh war klar, dass die Audienz für dieses Mal beendet war. Sie wartete nicht darauf, dass er noch etwas sagen würde, schlich sich zur Tür und schloss sie so leise hinter sich, das nicht einmal eine Spinne etwas bemerkt hätte.

7

Braza telefonierte, um mit Monty in Kontakt zu kommen. Es gab keinen anderen Ausweg. Das hatte er begriffen, nachdem Merete alles ausgespuckt hatte, was sie an Drohungen zur Verfügung hatte. Er hatte mit Rahman gesprochen und war überrascht, wie schnell der Pakistani diesmal seiner Meinung war. Braza hatte angenommen, sein Kompagnon wäre nicht hart genug für diese Sache. Aber als Rahman begriff, dass Geld und seine Geschäfte auf dem Spiel standen, hatte er keine Einwände mehr.

Er hatte Rahman erzählt, was er von Binh wusste. Rahman war draußen gewesen, um im Café Petrus einen Kaffee und einen Saft zu trinken. Er wurde rasend, als er hörte, dass die Hure sich von ihrem Geld bedient hatte – oder von *seinem* Geld – wie er es nannte. Braza korrigierte ihn nicht, solange sie sich sonst einig waren.

Rahman hatte einen Blick auf die Monitore geworfen und war dann zu Naim und Vadim gestürmt, die sich die Zeit damit vertrieben, süßen pakistanischen Tee zu trinken oder mit ein paar Hanteln, die Rahman auf ihr Drängen für sie gekauft hatte, vor dem Spiegel zu posieren. Die beiden hatten auf Rahmans Anweisung hin Merete aus dem Aufenthaltsraum herausgezerrt, sie geknebelt und ihren zappelnden Körper die Treppen hinaufgeschleift in die dritte Etage. Eines der Zimmer für Sonderbehandlungen lag etwas abseits von den anderen. Die beiden Männer warfen sie dort auf die Liege und gingen erleichtert davon, als Braza und Rahman übernahmen.

Braza sah, dass Rahman allein zurechtkam. Es war immer eine Freude zuzusehen, wie die anderen die Drecksarbeit machten. Rahman stürzte sich auf Merete und schlug, wo er gerade ankam. Sie versuchte, ihn zu treten, aber obwohl sie seinen Schenkel traf, ließ er sich nichts anmerken.

»Du hast mein Geld geklaut!«, schrie er und ohrfeigte sie mehrere Male. »Und ich dachte, ich könnte mich auf dich verlassen, du Scheißhure, du Diebin, du Lügnerin!«

»Jetzt hör mir mal zu, du Idiot!«, schrie Merete zurück, nachdem sie sich von dem Knebel hatte befreien können. Es gelang ihr gleichzeitig, die Hände loszubekommen und ihm eine Ohrfeige zu verpassen, die Rahman direkt auf den Mund traf und ihm erst einmal die Sprache verschlug. »Denkst du denn, ich weiß nicht, was hier läuft? Denkst du, ich weiß nicht, dass ihr einen Mord plant? Ich habe gehört, was ihr über diesen Hoel geredet habt. Und Mord ist in Norwegen immer noch strafbar, oder?« Sie schaute beide triumphierend an.

In den folgenden Sekunden war nur Rahman zu hören, der nervös ein- und ausatmete. Er ballte die Fäuste und öffnete sie wieder. Ballte und öffnete, während sein Gesicht unter der dunklen Hautfarbe blass wurde. Braza lehnte sich an die Tür und schätzte die Lage ein. Langsam ahnte er, worauf es hinauslaufen würde.

»Und ihr denkt natürlich, es reicht, wenn ihre diese dumme Hure umbringt«, keuchte Merete und wich zurück, sodass das Bett zwischen sie und die Männer kam. »Aber ich habe alles einer Freundin erzählt. Schließlich musste ich mir ja eine Lebensversicherung verschaffen, nicht wahr? Sie weiß alles, was ich weiß. Sie weiß, was ihr vorhabt. Und sie wird es den Bullen stecken, wenn mir etwas zustößt. Also kommt, wenn ihr euch traut!«

Rahman sah Braza an. Braza sah, dass Rahman geschlagen war. Dass er glaubte, alles wäre verloren und es gäbe keinen Ausweg.

»Darüber müssen wir erst Mal reden«, sagte Braza ruhig zu Merete und winkte Rahman, mit ihm rauszugehen. »Ich denke, wir werden uns schon einig werden.«

Braza sah, dass Merete trotz der roten Flecken, die ihr Gesicht und ihre Arme bedeckten, triumphierend lächelte. Sie zeigte Rahman den Finger. Der hob nur resigniert die Hände und bemerkte: »Wie kannst du mir das nur antun? Wo wir uns doch lieben!« Sogar

Braza verdrehte die Augen und zog schnell den gebeugten Mann mit sich hinaus.

»Alles ist verloren. Alles ist …« Rahman fing fast an zu weinen, als sie auf dem Flur standen. Aber er brach ab und schluckte den Rest hinunter, als Braza nur grinste und mit rauer Stimme sagte: »Sie lügt. Sie hat sich die Geschichte mit der Freundin nur ausgedacht!«

»Woher weißt du das? Und wie können wir uns darauf verlassen, dass das stimmt?« Rahmans Stimme klang jämmerlich. Braza verachtete diesen winselnden Hund. Allein um des Geldes willen strengte er sich an.

»Weil ich die Menschen kenne«, erklärte Braza. »Weil ich eine Lüge erkenne, wenn ich sie höre.«

»Gut, dann lassen wir sie eben laufen.« Rahman zuckte mit den Schultern und Braza hörte, wie der Mann vor ihm seinen Verlust berechnete.

Braza packte ihn am Schlipsknoten und zog ihn zu sich heran, während er flüsterte: »Dabei vergisst du nur eins, mein Freund: Sie weiß, was wir über Hoel geredet haben.«

»Du. Das warst du, der über Hoel geredet hat«, keuchte Rahman und versuchte sich aus dem Griff zu befreien.

»Wir. Wir! Wir sitzen im gleichen Boot, ist das klar? Wir haben davon geredet, Hoel umzubringen. Und diese Hure weiß das. Deshalb muss sie sterben!« Braza ließ Rahman abrupt los..

»Aber …«, setzte Rahman an. Doch da konnte Braza sehen, dass ihm ein Gedanke kam und er lächelte und rückte den Schlips seines Kompagnons gerade.

»Nicht wahr? Du kapierst! Sie hat unser Geld geklaut. Aber das ist nichts gegen das Geld, das wir verlieren werden, wenn sie kapiert, dass sie uns in der Hand hat. Und das wird sie , wenn wir sie laufen lassen.«

»Du … wir müssen Monty ranholen«, sagte Rahman mit zitternder Stimme.

Braza strich Rahman über die Wangen.

»Ich werde Monty anrufen. Das ist ein Job für den Fachmann. Hier muss aufgeräumt werden. Und Merete ist im Weg.«

»Ja, ja«, sagte Rahman und trottete den Flur entlang.

Braza starrte dem Schlappschwanz hinterher, dann zog er seinen großen Schlüsselbund aus der Tasse. Er suchte die Nummer achtzehn und verschloss die Tür zu dem Raum, in dem Merete jetzt sicher lauschte. Es war ein Yale-Schloss und das Zimmer hatte keine Fenster, also ging er davon aus, dass das reichte.

8

Was Monty eigentlich mit seinen Opfern machte, das wusste nur Monty selbst. Und Monty hatte das noch niemandem erzählt.

Monty lieferte das, was die Gelben Seiten nicht zu bieten hatten. Monty gab seine Telefonnummer nicht bekannt und er hatte auch keine festen Sprechzeiten. Niemand konnte direkt mit Monty in Kontakt kommen. Alles lief über einen Mittelsmann. Wenn Monty wirklich einmal redete, was selten genug vorkam, dann in einem anonymen Østlandsdialekt. Aber immer war etwas Undefinierbares in seiner Stimme, das ihn weit vom Osloer Milieu entfernt platzierte. Unmittelbar nachdem er seinen Agenten angerufen und vom Auftrag gehört hatte, rief er bei Braza im Cassandra an und bestätigte den Deal. Seine Hände juckten und ohne nachzudenken zupfte er an seinen Handschuhen. Zog jeden Stofffinger ein paar Zentimeter heraus und schob ihn wieder an seinen Platz.

Anschließend blieb er eine Weile in seinem Lehnstuhl vor dem Panoramafenster sitzen. Er schaltete das Licht aus und hob das Fernglas vor die Augen. Sein Blick glitt uninteressiert über die Fensterreihe im dritten Stock im Block unterhalb seines eigenen Hauses, das auf einer Hügelkuppe stand. In einem Wohnzimmerfenster verweilte er einen Augenblick bei dem jungen Paar, das auf dem

Sofa vor dem Fernsehapparat saß, sich gegenseitig die Schenkel rieb und sich intensiv küsste. Aber zu beobachten, wie sie miteinander bumsten, interessierte ihn nicht. Er vermutete, dass die beiden nicht viel zu bieten hatten. Er fing die Fensterreihe ein Stockwerk tiefer ein und stellte fest, dass der Alte im zweiten Stock sich mit seiner Frau im Rollstuhl stritt. Der Kerl beugte sich über sie und ohrfeigte sie. Sie wurde im Stuhl hin und her geschleudert, während sie sich die zitternden Hände vors Gesicht hielt. Der Alte drehte sich um, aber dann kam er noch einmal zurück und trat ihr gegen das Schienbein. Sie fiel nach hinten und verzog ihr Gesicht zu einer Fratze. Dann schlurfte der Alte in den Flur, zog sich den Mantel über und ging hinaus.

Monty wusste, dass der Mann sich besaufen und erst spät abends zurückkommen würde. Er schwenkte zum nächsten Wohnblock und suchte etwas mehr Action. Er freute sich auf den bevorstehenden Auftrag und zögerte ihn so lange wie möglich hinaus. Außerdem war es immer vorteilhaft, erst spät am Abend zu arbeiten. Er biss nervös in seinen Handschuh und fegte mit dem Blick über die Häuserreihen.

Er konnte sich nicht mehr genau daran erinnern, wann er zum ersten Mal getötet hatte. Aber er wusste noch, dass es ein Hund gewesen war. Das musste jetzt fast vierzig Jahre her sein, er war vielleicht zehn Jahre alt gewesen. War es nicht ein Welpe? Ein schwarzweißer Jagdhundwelpe? Er hatte ihn im Waschbecken unter Wasser gehalten, bis er nicht mehr atmete. Der Hund hatte versucht, in die Hand zu beißen, die ihn festhielt. Aber Monty war geschickt den Zähnen ausgewichen, während er sich über die Wasseroberfläche gebeugt und zugesehen hatte, wie der Tod langsam den Hund in seinen Griff bekam.

Eigentlich hatte er sich nie etwas aus anderen Menschen gemacht. Er verspürte ihnen gegenüber nur Kälte, was ihn nie gestört hatte. Aber er wusste, dass auch andere das merkten. Er machte eine Ausbildung zum Feinmechaniker und zog in diese große Stadt mit dem kargen Herzen. Aber erst mehrere Jahre, nachdem er seinen ersten Menschen getötet hatte. Das war ein Fall, der nie aufgeklärt wurde, jedoch lange Zeit immer wieder in den Lokalzeitungen kursierte. Der Mord an dem jungen Mädchen war außergewöhnlich brutal gewesen. Der Mörder hatte ihr die Kehle durchgeschnitten und sich nicht damit begnügt, die Schlagadern zu öffnen. Er hatte mit einem Messer so lange auf den Hals gehackt, bis der Kopf beinahe vom Torso abgetrennt war. Was die Polizei verwunderte, war, dass nichts auf ein Sexualverbrechen hindeutete. Die Frau war halb nackt, als man sie fand. Aber es gab weder Samenspuren in der Vagina noch andere Anzeichen, dass der Täter sexuelles Interesse gehabt hatte. Die Polizei und die Presse schlossen daraus, dass der Mörder offenbar gestört worden war, bevor er das hatte zu Ende bringen können, was er angefangen hatte.

Seither hatte Monty seine Kunst perfektioniert. Er hatte eine Art informelles Netzwerk aufgebaut, das ihn ausreichend schützte, es aber immer noch ermöglichte, in Kontakt mit ihm zu kommen. Der Mittelsmann hatte seine Telefonnummer nicht. Es war immer Monty, der seinen Agenten anrief. Und inzwischen konnte er für seine Dienste mit einem stattlichen Nebeneinkommen rechnen.

Der Grund dafür bestand in Montys Art, einen Job gründlich und sauber auszuführen. Er war ein Meister darin, keine Spuren zu hinterlassen. Seine einzige Bedingung war, dass er sich anschließend selbst um die Leiche kümmerte. Es war fast unmöglich, ein Verbrechen aufzuklären, von dem man gar nicht wusste, dass es stattgefunden hat. War die betreffende Person wirklich tot oder nur verschwunden? Die Polizei saß ohne Leiche da, ohne Tatort und hatte damit keine Spuren, denen sie nachgehen konnte.

Monty hatte eine geheime Grabkammer, in der schließlich alle ihre letzte Ruhe fanden. Aber erst, nachdem er mit ihnen fertig war. Das größte Vergnügen bereitete ihm der Moment, in dem bei den Opfern der Tod eintrat, und die Körperveränderungen danach, bevor er sie für immer verschwinden ließ.

Jetzt zog er seine Arbeitskleidung an, wobei er in der Wohnung herumlief, um nachzusehen, ob auch alle elektrischen Geräte ausgeschaltet waren. Die Kleidung war danach ausgesucht, möglichst wenig Fasern abzugeben und nicht aufzufallen. Er nahm die braune Arzttasche mit, die er vor langer Zeit einmal gebraucht gekauft hatte. In ihr war alles, was er benötigte. Er betrachtete sich im Spiegel. Sein Gesicht war glatt rasiert. Die Frisur kurz und unauffällig. Ein gepflegter Mann um die fünfzig. Gut gekleidet. Angenehmes Wesen. Nichts unterschied ihn von den anderen Menschen. Wenn da nicht die Handschuhe gewesen wären.

Er ging ins Badezimmer, öffnete den Medikamentenschrank und zog beide Handschuhe aus. Er legte sie in die rote Waschmaschine in der Ecke. Dann nahm er die große Tube mit Hydrokortison heraus und drückte eine gute Portion raus. Er rieb sich die Finger ein, die von einem Ekzem befallen waren. Die Krankheit war gerade in einer akuten Phase, in der das Ekzem nässte. Mit der Zeit waren die Finger angeschwollen, waren voller Schuppen und Schorf, und schon das Einreiben verursachte Schmerzen. Monty kannte alle Phasen dieser Krankheit, an der er seit seiner Teenagerzeit litt. Er wusste, dass nichts wirklich half. Stoisch rieb er sich gründlich ein, bedeckte jeden Quadratmillimeter Haut mit der Creme und zog dann vorsichtig ein neues Paar Handschuhe darüber. Anschließend faltete er die Hände und schob jeden Finger genau an seinen Platz.

Er nahm die Autoschlüssel von dem Brett neben der Tür, kontrollierte noch einmal, ob er auch Geld und den Führerschein dabei hatte und die Tasche bereit stand. Dann überprüfte er zum wiederholten Mal die Heizkörper und die Kochplatten und machte das Licht aus, bevor er hinunter in die Garage unter dem Einfamilienhaus ging, in der der Toyota stand. Alle Warnlampen auf dem Armaturenbrett leuchteten auf, als er startete und erloschen sofort danach wieder. Wie es sein sollte. Die Bremsen funktionierten. Er hatte die Tasche auf den Sitz neben sich gestellt. Er überlegte, ob er auch die Lampe im Badezimmer ausgeschaltet hatte. Aber jetzt war es schon halb zwölf. Er konnte den Auftrag nicht länger hinausschieben. Er drückte auf die Fernbedienung, um die die Garagentür zu öffnen, und fuhr auf den Kiesweg hinaus, der zu seinem Haus führte. Jetzt juckten seine Finger wie verrückt. Aber er war das schon so gewohnt, dass er es fast ignorieren konnte.

Er brauchte fünfundzwanzig Minuten bis zur Helgesensgate. Er fuhr ruhig und ohne Aufsehen zu erregen. Als er zur genannten Adresse kam, rief er Braza von seinem Handy aus an und ließ ihn das Tor der unterirdischen Garage öffnen.

Er fuhr den Toyota hinunter in den Keller, in dem gerade Platz für drei Autos war. Dort stand bereits ein Auto und Monty parkte seinen Wagen so, dass der andere herausfahren konnte, er aber gleichzeitig direkt neben dem Fahrstuhl stand. Er schaltete das Wageninnenlicht ein und überprüfte den Inhalt seiner Tasche. Dann schaute er noch einmal nach, ob er auch Führerschein und Schlüssel dabei hatte.

Er warf die Wagentür zu und überlegte wieder, ob er auch das Badezimmerlicht gelöscht hatte. Er schloss den Wagen ab und klopfte sich auf die Hosentasche um zu kontrollieren, ob die anderen Schlüssel dort waren. Dann drückte er auf den Fahrstuhlknopf. Ein Ruck durchfuhr die Maschinerie und durch die schmutzige Scheibe konnte er sehen, wie sich das Kabel in dem Schacht bewegte. Schließlich kam der Fahrstuhlkorb, und nachdem er die Information an der Wand neben den Knöpfen studiert hatte, drückte er den Knopf der richtigen Etage.

Der Mann, der ihn empfing, Braza, war offensichtlich in seinem Alter – seinem Akzent und Aussehen nach wahrscheinlich slawisch. Braza streckte ihm die Hand entgegen, die Monty jedoch nicht ergriff. Er nickte nur höflich. Der Mann ließ daraufhin seine Hand sinken und zeigte, wohin sie gehen sollten.

»Das Geld«, sagte Monty und der Mann murmelte entschuldigend etwas, zog ein Bündel Scheine aus der Jackentasche und legte es Monty in die Hand. Dieser schätzte nur den Umfang des Bündels ab und nickte ernst, ohne nachzuzählen. Er wusste, dass sein Agent die Kunden davor warnte, zu versuchen ihn reinzulegen. Bis jetzt hatte es noch nie Probleme gegeben.

Er schob das Geld in seine Gesäßtasche und überlegte, ob er die Herdplatte ausgeschaltet hatte, nachdem er sich einen Kaffee gekocht hatte. Braza führte ihn den Gang entlang zu einem Pakistani, der ebenfalls versuchte, ihm die Hand zu geben. Er hielt aber mitten in der Bewegung inne, als er die Handschuhe sah und deutete stattdessen mit einem Nicken auf eine Tür. Braza zögerte einen Moment, schloss dann auf und trat anschließend wieder einen Schritt zurück.

Ohne zu zögern trat Monty ein. Das Opfer war eine Frau. Das konstatierte er mit Zufriedenheit. Er brachte lieber Frauen als Männer um. Trotz der Kälte, die er jedes Mal dabei fühlte, gefielen ihm ihre Körper einfach besser. Sie hatten rundere Formen, interessantere Geschlechtsorgane. Er stellte fest, dass sie nicht gefesselt war. Das konnte zu einem Problem werden. Er hasste es, wenn die Kunden nicht vorausschauend genug waren und ihm mehr Arbeit zumuteten als notwendig war. Er stellte vorsichtig die Tasche auf die Bettkante und zog einen Stuhl von der Wand heran. Die Frau sah ihn an, als würde sie gar nicht begreifen, was er eigentlich wollte. Was ja im Grunde genommen nur gut war.

Sie schrie ihm etwas zu, was er nicht verstand. Vielleicht waren es auch nur Gurgellaute, die ihre Frustration oder Wut ausdrücken sollten. Das hatte er nie richtig unterscheiden können.

Ohne sie weiter zu beachten, packte er zwei schwarze Müllbeutel aus. Den ersten legte er aufs Bett, während er den zweiten an der Seite aufriss und über den Stuhl zog. Er winkte die Frau mit dem Zeigefinger zu sich, aber sie wollte nicht freiwillig kommen.

Monty seufzte, tauchte wieder in seine Tasche hinein und zog ein großes amerikanisches Jagdmesser heraus. Die Amerikaner liebten alles, was groß war. Sie glaubten, die Größe eines Messers wäre gleichbedeutend mit seiner Qualität. Eigentlich war das ein ziemliches Schrottmesser, aber Monty musste zugeben, dass der psychologische Effekt unbestritten war.

Die Frau presste sich in eine Ecke des Zimmers, als könnte sie sich durch die Wand hindurch drücken. Aber sie schrie nicht, was Monty zu schätzen wusste. Deshalb versprach er ihr im Stillen, es möglichst schnell zu machen.

Er ging zwei Schritte auf sie zu und streckte ihr die Hand entgegen. Sie ergriff sie, als wäre sie hypnotisiert. Er hielt ihr das Messer weder drohend vors Gesicht, noch wedelte er damit herum. Dieser Augenblick war der kritische.

»Ja, ja. Alles wird gut gehen«, sagte er beruhigend und strich ihr über den Unterarm. Er behandelte sie, als wäre sie ein Hund. Und sie ließ sich führen – mit großen Augen und offenem Mund. Aber sie ging bereitwillig mit. Er setzte sie auf den Stuhl und zog ihre Hände vorsichtig auf den Rücken. Als er die Handschellen herausholte, leistete sie Widerstand. Das hörte aber auf, als er sie mit dem Messer am Kinn pikste. Der Trick war, das riesige, breitschäftige Messer mit dem deutlichen Blutrand die ganze Zeit in ihrem Blickfeld zu lassen. Sie ließ es zu, dass er ihre Hände an der Rückenlehne des Stuhls befestigte. Danach war alles andere leicht.

Monty holte tief Luft, schob das Messer in die Scheide und legte es wieder in die Tasche. Er wickelte ihr die schwarze Mülltüte um die Füße, die Beine und den Unterleib und klebte sie mit Klebband an ihrem Bauch fest.

Ihr Körper zitterte und es war merkwürdig, dass sie nicht schrie. Aber so musste er sie wenigstens nicht knebeln. Ihr Stöhnen war so leise, dass es kaum durch die Tür drang.

Monty hatte in dem Moment das Gefühl, jemand würde ihn anstarren. Er drehte sich zur Tür, konnte aber niemanden sehen. Er öffnete sie sogar und schaute hinaus. Aber dort war keine Menschenseele. Er hasste es, wenn man ihm zusah. Leise schloss er die Tür und ging zurück zu dem Stuhl, auf dem die Frau sich stöhnend wand. Er ließ sich davon nicht irritieren, sondern verklebte die schwarze Tüte ruhig dem Riss entlang.

Ihr Stöhnen war mittlerweile in ein Jaulen übergegangen, was ihm Sorgen machte. Er sollte sich besser beeilen.

Er suchte in der Tasche nach dem Metalldraht, ohne ihn zu finden. Durch das emsige Suchen verwandelte sich das Jucken an seinen Händen in Schmerzen. Wenn er ein anderes Temperament gehabt hätte, wäre er sicher wütend geworden. Er konnte sich nicht daran erinnern, den Draht aus der Tasche genommen zu haben. Er kippte den ganzen Inhalt auf dem Bett aus. Es war einfach nicht da! Monty fluchte leise. Er warf ihr einen Blick zu. Sie versuchte sich loszureißen oder den Stuhl umzukippen.

Er verpasste ihr eine Ohrfeige. Wegen seiner Handschuhe wurde es eher zu einem Klaps, der sie beruhigte, als zu einem wirklichen Schlag. Dann stopfte er alles zurück in die Tasche. Außerdem entfernte er sorgfältig jeglichen Staub, der mit herausgefallen war. Das Einzige, was auf dem Bett liegen blieb, war eine Rolle mit durchsichtigen Plastiktüten. Es gefiel ihm nicht, so zu arbeiten. Aber er hatte keine andere Wahl. Er riss eine Tüte ab und knüllte sie, um sie besser öffnen zu können. Dann sagte er zu ihr, während sie verzweifelt versuchte, ihn daran zu hindern, sie über ihren Kopf zu ziehen: »Das geht ganz schnell. Das verspreche ich dir.«

Die Tüte rutschte ihr über Nase und Mund und er wickelte ein Klebeband fest um ihren Hals. Fast augenblicklich wurde die Tüte von innen feucht und beschlug sich von ihrem Atem, der immer schneller ging, weil sie den Sauerstoff aufbrauchte. Sie versuchte, den Plastik in den Mund zu saugen und ein Loch hineinzubeißen. Monty zog ihn heraus, um ihn von ihren Zähnen fern zu halten.

Er rieb den Plastik leicht an ihrer Haut, um besser sehen zu können. Genau diesen Augenblick liebte er. Ihre Augen waren weit aufgerissen und ihre Gesichtszüge verzerrt. Ihr Gesicht bekam eine immer dunklere Farbe und ihr Atem ging in vergeblichen, hektischen Zügen, die ihre Lunge nicht länger mit dem notwendigen

Sauerstoff versorgen konnten. Der Körper wurde nur noch von Reflexen und Instinkten gelenkt. Sie zerrte mit aller Kraft an den Handschellen und der Kopf kippte nach hinten, sodass ihr schöner Hals entblößt dalag. Monty zog ihren Kopf wieder nach vorn, um den Moment mitzuerleben, in dem sie starb. Es war in wenigen Sekunden vorbei. Darm und Blase leerten sich. Deshalb hatte er sie sorgfältig in die Mülltüte verpackt. Der Geruch störte ihn nicht. Aber die Kunden wollten keinen Schmutz.

Als sie schließlich tot war, richtete er sich auf. Sein Glied lag hart und steif an seinen Oberschenkel gepresst. Er wusste, dass er noch mehrere Stunden lang geil sein würde. Er schenkte ihr noch einen letzten Blick, dann öffnete er die Handschellen, legte ihr die Arme gekreuzt auf die Brust, holte die zweite Plastiktüte und packte auch den Oberkörper ein. Dann verklebte er das ganze Paket wie eine Mumie. Als Letztes benutzte er den kleinen, tragbaren Staubsauger und bearbeitete gründlich Laken, Teppich, Boden und Stuhl, um alle Fusseln und Haare zu entfernen, die auf ihn verweisen konnten. Er stand in der Tür und überlegte, ob er auch nichts vergessen hatte. Den Stuhl stellte er zurück. Das Klebeband und das Messer hatte er in die Tasche zurückgelegt. Er schaute unters Bett, ohne jedoch etwas anderes zu finden als die Bestätigung, dass die Putzfrau hier tadellos arbeitete. Immer noch hatte er das Gefühl, beobachtet zu werden.

Er nahm die Tasche in die eine Hand, öffnete die Tür, beugte sich nach unten und legte sich die schwarze Mumie über die Schulter – sie war leichter, als er gedacht hatte – und ging zum Fahrstuhl.

Aber obwohl er wiederholte Male auf den Knopf drückte, kam er nicht. Er seufzte resigniert über derartige Dilettanten. Dann ging er ein Stockwerk tiefer – und hier reagierte die Maschinerie sofort, als er sie rief. Das Einzige, was er nicht bemerkte, war das vietnamesische Mädchen, das ihn aus einem kaum wahrnehmbaren Türspalt beobachtete. Er wollte nach Hause. Er hatte das unangenehme Gefühl, dass der Ofen im Bad nicht ausgeschaltet war.

Freitag

1

Die Journalisten der Tagespresse hatten reichlich Einsatz gezeigt bei ihrem Bemühen, den Bikerkrieg der letzten Tage zu dokumentieren.

Fredrik Lydersen saß mit seiner üblichen Tasse Morgentee – Kamille aus der Apotheke – was alle seine Kollegen dazu veranlasste, ihn »Lille Kamille« zu nennen. Aber Journalist Lydersen übersah sie souverän. Er hatte nach zwanzig ungesunden Jahren in der Akersgata mit viel Kaffee, Alkohol, Überstunden, einer Scheidung und einer beinahe zerbrochenen zweiten Ehe beschlossen, dafür zu sorgen, dass er das Durchschnittsalter eines Journalisten überschritt. Die psychische Veränderung hatte mit dem Redakteurswechsel im Mai eingesetzt.

Reidar Ragnar Birkelangen, der Redakteur der Zeitung während der letzten dreizehn Jahre, war auf Lydersens Stuhl für immer eingeschlafen. Lydersen war nur schnell draußen gewesen, um ihm eine neue Tasse Kaffee zu holen. Als er mit einer Zigarette zwischen den Lippen und zwei Plastikbechern wieder hereinkam, war kein Leben mehr in dem Redakteur. Zuerst hatte er geglaubt, der Mann wäre eingeschlafen, nachdem er fast dreißig Stunden am Stück gearbeitet hatte – Birkelangen war schon seit langem geschieden –, aber innerhalb von nur wenigen Sekunden hatte er begriffen, dass der Mann tatsächlich tot war.

Er überprüfte den Puls so gut es ging zwischen den vielen Hautfalten an dem speckigen Hals und lief dann auf den Flur hinaus, um jemanden herbeizurufen, der ihm bei der Reanimation half. Fasting kam angelaufen, sie lösten die lächerlichen Hosenträger, die der Mann aus irgendeinem Grund zusammen mit einer Weste trug, die viel zu eng war, aber sein Leben konnten sie nicht mehr retten. Das kam nicht unerwartet. Birkelangen hatte wie ein Blasebalg gekeucht, wenn er nur die Treppe in den ersten Stock hochging, und jeder kannte den Witz, dass er zwei Stühle brauchte, wenn er sich setzen wollte.

An dem Tag hatte Fredrik Lydersen seiner Frau Blumen gekauft und zum ersten Mal seit zwei Monaten mit ihr geschlafen. Es dauerte eine Weile, bis sie wieder versöhnt war. Er hatte sie viel zu lange vernachlässigt. Aber im Laufe des folgenden Monats hatte er sie davon überzeugt, dass er zu ihr zurückgekommen war, nachdem er sie all die Jahre mit seiner Arbeit betrogen hatte, wie sie es ausdrückte.

Von dem Tag an, an dem Reidar Ragnar die Seite gewechselt hatte, veränderte sich etwas in Fredrik Lydersens Leben. Er verzichtete auf Kaffee und trank stattdessen Tee. Er warf seine letzte Zigarette weg. Denn nachdem die Leute vom Unfallwagen, die übrigens Verstärkung anfordern mussten, um den Mann hinaustragen zu können, sich stöhnend durch die Türöffnung gearbeitet hatten, hatte Lydersen instinktiv nach seiner Zigarettenschachtel gegriffen. Doch als er das Feuerzeug aufschnipste und die schöne Flamme sah, wusste er, dass es nicht so weitergehen konnte. Er zerbröselte die Zigarette und warf sie und die noch halb volle Schachtel in den Müll. Lydersen kaufte sich ein Fahrrad und ließ immer häufiger den Wagen in der Garage stehen. Er lehnte das Angebot einer leitenden Position in der Zeitung ab und konzentrierte sich auf das, was er gut konnte – auf Kriminaljournalismus.

Heute brachten die Zeitungen nur Wiederholungen vom Vortag: »MANN AUF OFFENER STRASSE ERSCHOSSEN« (am Mittwoch, als ein Biker auf seinem Motorrad in der Tollbugata erschossen wurde) – »WILDE SCHIESSEREI IN OSLOER BAR« (Die Schüsse in einer Bar im Zentrum am gleichen Tag) – »BIKERMORD AUS NÄCHSTER NÄHE« (das Drama vom Donnerstag auf dem Youngstorget). Jedes Mal handelte es sich um Mitglieder der Fuckheads, die verletzt oder getötet worden waren.

In fast allen Artikeln wiederholte die Presse ihre eigene Behauptung, dass die Rotten Bastards dahinter stünden. Aber Lydersen war skeptisch. In den letzten Jahren hatte er zum Thema »Moderne Formen der Kriminalität« gearbeitet, wie er es selbst nannte. In erster Linie hatte er darüber geschrieben, wie die osteuropäische Kriminalität sich im Westen ausbreitete. Aber er hatte sich auch in Satanismus vertieft, in Cyberterror und Biker-Kriminalität. Kurz vor dieser Mordserie hatte er angefangen, Gespräche mit wichtigen Akteuren innerhalb der bekanntesten Motorradbanden zu führen, und bei ihnen hatte nichts darauf hingedeutet, dass ein größerer Kampf bevorstünde. Lydersen hatte ganz im Gegenteil den Eindruck erhalten, dass »einige Gespräche miteinander geführt worden waren«, und es gab eine Art Waffenstillstand, der tiefer reichte als die Friedensversicherungen der früheren Jahre.

Außerdem störte ihn etwas an der Geschichte. Es hatte drei Überfälle auf Fuckheads-Mitglieder gegeben, ohne dass die Fuckheads zurückgeschlagen hätten, weder gegen die Rotten Bastards noch gegen einen der anderen Clubs. Das sah diesen Typen gar nicht ähnlich. Wenn sie das Gefühl hatten, verfolgt zu werden, saß ihr Finger eigentlich immer ziemlich locker am Abzug. Sie waren sehr schnell darin, ihre Ehre zu verteidigen, wenn sie jemand angriff. Lydersen hatte mit seinen Quellen bei der Polizei wie auch in der Fuckheads-Szene gesprochen. Keiner war besonders scharf darauf gewesen, etwas zu sagen, alles wurde möglichst heruntergespielt und es wurde behauptet, dass niemand wüsste, was eigentlich los war.

Lydersen trank seinen Tee, bevor er kalt wurde. Sein Instinkt sagte ihm, dass etwas anderes hinter der ganzen Sache steckte. Er führte ein paar Telefongespräche, ohne auf eine konkrete Spur zu kommen. Er versuchte den Besitzer der Bar ausfindig zu machen, in der die Schießerei stattgefunden hatte, kam aber nur bis zu einem übel gelaunten Barkeeper, der sagte, sein Chef wolle keinen Kommentar abgeben. Lydersen beschloss, abends einmal dort vorbeizuschauen, wenn er Schluss machte. Dann rief seine Frau an und fragte, ob er daran gedacht hatte, Rotwein zu kaufen, da sie doch am Abend Gäste hätten. Lydersen versprach, den Wein zu besorgen.

Doch aus diesem Einkauf würde nie etwas werden. Denn kaum hatte seine Frau aufgelegt, klingelte das Telefon von neuem. Ein weiterer Mord im Bikerkrieg war geschehen. Und das nur wenige Meter entfernt – direkt vorm Stortinget.

2

Keiner rechnet damit, beim ›Dasslokket‹ in Oslo erschossen zu werden. Hier ist das Herz der Stadt, ein Café, in dem man keine Stunde sitzt, ohne jemanden zu sehen, den man kennt. Die Bierhähne laufen pausenlos und die Kellner machen guten Umsatz. Auch ein sonniger Freitag im September macht da keine Ausnahme, obwohl natürlich die Saison langsam ausläuft. Als das ›Dasslokket‹ öffnete, warteten bereits zehn durstige Gäste. Und nach wenigen Minuten war das Café schon zur Hälfte voll. Die Tische zur Karl Johans gate waren zuerst besetzt. Sehen und gesehen werden. Macho-Männer mittleren Alters mit protzigen Markensonnenbrillen und kleinen schwarzen Herrenhandtaschen, künstlerische Achtundsechziger-Damen oder rockige Männer mit Koteletten bis zum Kinn, Pferdeschwänzen und der richtigen Musikzeitschrift vor sich belegten die Stühle und ließen das, was sie als letzte richtige Sonne dieses Herbstes ansahen, einen feinen Hauch auf ihre Wangen legen.

Keiner beachtete den Rächer, als er sich an einen Tisch setzte, halb mit dem Rücken zum Tostrupkjelleren. Es war einer der wenigen Tische, die sich unter einem riesigen Sonnenschirm im Schatten befand. Dieser Platz kam ihm gerade recht. Etwas versteckt im

Schatten, während er alle beobachtete, die entweder die Karl Johan entlang flanierten oder von Grensen herankamen. Die letzte Nacht war so kalt gewesen, dass er in sämtlichen Klamotten geschlafen hatte, und er konnte selbst riechen, dass ein muffiger Geruch von Haut und Hemd aufstieg. Er ging hinunter zur Toilette und wusch sich den streifigen Film aus Körperflüssigkeiten, Ruß, Straßenstaub und Abgasen von Gesicht und Händen mit dem kalten Wasser ab.

Ein Betrunkener hielt sich am Türrahmen fest und beobachtete ihn mit einem verschleierten Blick, lächelte dazu, als würde er eine Menge Geheimnisse von denen wissen, die hier reinkamen. Er schaute den Rächer an und sagte: »He, du! Ich seh dir doch an, dass du ziemlich fertig bist. Komm also bloß nicht …« Er hustete und klopfte sich auf die Brust. Versuchte den Rächer wieder mit seinem Blick einzufangen, während er sich an den Türrahmen klammerte. Als ein anderer Mann die Treppe hinunterkam, wandte er sich jedoch diesem zu und bat ihn um einen Fünfer für etwas, das unmöglich zu verstehen war. Der Neuankömmling war ein Jüngling, der verächtlich vor dem Alten ausspuckte und einen großen Bogen um ihn machte. Der Mann sagte leise und beleidigt: »Man kann doch wenigstens antworten. Es gehört sich doch, zumindest eine Antwort zu geben, oder?« Der Jüngling, der in die einzige freie Kabine ging und die Tür hinter sich zuschlug, hörte ihn schon nicht mehr..

Der Rächer versuchte, die Düse des Handtrockners so hochzudrehen, dass er Gesicht und Hals trocknen konnte. Aber er stellte fest, dass die einzige Lösung gewesen wäre, sich vor dem Apparat hinzuhocken. Er gab auf und benutzte stattdessen sein Taschentuch, bevor er seinen Platz unter dem Sonnenschirm wieder einnahm. Inzwischen hatte er dort Gesellschaft von zwei Jungs bekommen, die offensichtlich schwul waren. Hinter seiner Sonnenbrille konnte der Rächer beobachten, wie sie unter dem Tisch ihre Hände ineinander verstrickten und einmal gab der Dunkelhaarige dem anderen sogar einen Kuss. Er versuchte das zu vertuschen, indem er so tat, als würde er seinem Kumpel etwas zuflüstern.

Der Anblick versetzte dem Rächer einen Stich. Er ließ ihn für einen Augenblick vergessen, wo er war. Die heimlichen Zärtlichkeiten erinnerten ihn an die Zeit, als auch er geliebt hatte und geliebt worden war. Das war in einer Vergangenheit, die schrecklich weit entfernt schien, weit weg wie ein Traum, wie etwas, das jemand anderem zugestoßen war. Als wäre das nur eine Geschichte, die ihm jemand erzählt hatte.

Er blieb mit seinem Halben in der Hand sitzen und beobachtete verstohlen die beiden Jungs, tat aber dabei, als würde er auf die Straße starren. Sie waren Anfang zwanzig. Der eine trug ein Kapuzenshirt und einen Ring im Ohr, der andere eine verwaschene Jeansweste. Er trug dünne braune Lederriemen mit Holzperlen um das Handgelenk und den Hals. Beide waren von der Sonne gebräunt. Der Rächer zwang sich, nicht mehr hinzusehen. Es tat weh, die Liebe so direkt präsentiert zu bekommen. Das weckte zu viele Erinnerungen. Kleine Echsen mit blutverschmiertem Maul starrten ihn mit gelben Augen an und machten sich offensichtlich über seine Verzweiflung lustig.

Der Rächer stellte sein Glas auf den Tisch, nahm es aber gleich wieder und leerte es zur Hälfte mit einem Schluck. Das Bier war abgestanden und zu warm, um zu erfrischen. Er winkte dem Kellner, bestellte ein neues und bezahlte gleich. Er musste bereit sein, wenn die Gelegenheit sich bot.

Denn er wusste, es war nur eine Frage der Zeit. Dieser Platz hier war ihm am Tag zuvor aufgefallen und er wusste, dass es ein ausgezeichneter Ort war, um in der Menschenmenge unterzutauchen, während er auf seine Beute wartete. Der Kellner hatte kaum sein Geld einkassiert, als der Rächer schon das gewünschte Opfer entdeckte. Unwillkürlich sah er auf die Uhr und stellte fest, dass sie dreizehn Minuten nach zwölf zeigte. Er leerte auch dieses Glas mit einem Zug zur Hälfte, bevor er aufstand. Er musste sich an den beiden Jungs vorbeizwängen und hastete zum Ausgang, am Türsteher vorbei nach links, dann noch einmal nach links und näherte sich dem Mann von hinten. Der Kerl war Mitte dreißig. Er hatte einen langen, struppigen Bart und einen Pferdeschwanz. Seine Lederjacke war so schmutzig, dass man kaum das Wort »Fuckheads« lesen konnte, aber es gab keinen Zweifel: Er war einer von ihnen.

Seine Begleiterin war gut zehn Jahre jünger. Sie trug knappe, ausgefranste Shorts, in der zwei Pobacken auf und ab wippten. Sie hatte die Ärmel ihres roten Flanellhemds aufgekrempelt und es in der Taille zusammengeknotet. Ihr Körper war ziemlich durchtrainiert. Sie war höchstens ein Meter fünfzig groß, und ihr Haar fiel als Kaskade dunkelbrauner Locken über den Rücken.

Der Rächer griff sich hinten unter die Jacke und zog die Beretta hervor. Bis jetzt hatte ihn noch niemand bemerkt. Er löste die Sicherung, ein Geräusch, als würde er auf einen Knopf drücken. Das Fuckheads-Mitglied drehte sich um und sah die Waffe, die sein Mörder in der Hand hielt. Der Rächer wusste, dass er keine Zeit zu verlieren hatte. Den ersten Schuss feuerte er deshalb aus der Hüfte dem Mann direkt in den Bauch. Der hatte sich gerade zur Seite werfen wollen und bekam jetzt einen verwunderten Gesichtsausdruck. Seine Wangen blähten sich auf, als kaute er auf etwas, dass keinen Platz in seinem Mund fand. Die Frau schrie und ging zwei Schritte zur Seite. Sie stolperte und fiel über die Einzäunung des Dasslokkets. Der Rächer zögerte nicht. Er trat einen Schritt näher und feuerte einen weiteren Schuss auf den Mann ab, der seltsamerweise weiterhin aufrecht dastand.

Auch der zweite Schuss streckte ihn nicht zu Boden. Der Rächer feuerte einen dritten, vierten und fünften Schuss ab. Endlich brach der Mann zusammen. Um ihn herum herrschte ein Chaos schreiender Menschen. Der Rächer blickte zu dem Straßencafé und sah, dass die Leute hastig hinter dem Denkmal von Christian Krogh oder dem Schuppen, in dem sich sonst die Kellner aufhielten, Schutz gesucht hatten. Als er den Blick zum Stortinget wandte, sah er Gesichter in allen Fenstern. Und das Gleiche galt für die meisten Geschäfte um den Platz. Aber alle wichen seinem Blick aus. Jemand versuchte, sich schnell aus der Schusslinie zurückzuziehen. Aber die meisten blieben einfach wie gelähmt stehen. Der Rächer beugte sich zufrieden über den Mann. Der Biker lag auf dem Boden ausgestreckt. Er murmelte etwas mit einem schmalen, blassen Mund, aus dessen linkem Mundwinkel ein Faden aus Blut und Speichel heraussickerte. *»Dei gratia … Von Gottes Gnaden«*, sagte der Rächer zu dem Mann, der nicht mehr verstand, was um ihn geschah. *»Mein ist die Rache. Gehe hin in Frieden, der Herr ist mit dir. Ich vergebe dir.«*

Der Rächer beugte sich ganz hinunter und drückte auf die Stirn des Sterbenden einen Kuss. Dann setzte er den Revolverlauf auf das eine Auge des Mannes an und drückte ab. Der Schuss schien ohrenbetäubend und ein allgemeines Stöhnen ertönte von den Menschen, die sich um ihn herum befanden. Ein Hund bellte hysterisch und hinter dem Zaun des Cafés konnte er eine Frau weinen hören.

Der Rächer stand auf und sah, wie die Leute auseinander stoben. Ohne besondere Eile ging er Richtung Ibsenring, den er direkt vor einem hupenden Lastwagen auf dem Zebrastreifen überquerte. Beim Rikshospitalet schlug er den Weg zum Vår Frelsers Gravlund ein. In der Damstredet fand er das Motorrad wieder, das er gestohlen hatte. Anschließend fuhr er zu seinem neuen Versteck, das er am Ulsrudvannet in der Østmarka gefunden hatte. Mit einem Motorrad war es kein Problem, die Schranke zu überwinden und den Waldweg bis zum Ostende des Sees zu nehmen. Dort hatte er einen Platz mit einer Art Felsüberhang an einem Abhang entdeckt. Dort hatte er Frieden gefunden. Gottes Frieden.

3

Tonni wohnte erst seit einem Tag bei ihm, als Hoel sich dabei ertappte, hinter seinem Freund herzuräumen. Er packte Brot und Aufschnitt ein, räumte seinen Müll weg und stopfte sogar seine Strümpfe in die Waschmaschine.

»Verdammt, ich bin doch nicht seine Mutter«, sagte Hoel zu sich selbst, als er am nächsten Morgen in der Küche stand. Leere Pommes-frites-Tüten, schmutzige Gläser, Softpornohefte, blutige Verbandsstreifen und Lottoscheine lagen kreuz und quer durcheinander. Hoel beschloss, sich einen Dreck drum zu scheren.

Den Vormittag benutzte er dazu, seine Garderobe zu erneuern. Er kaufte sich einen italienischen Anzug, fünf Boxershorts und Strümpfe in konservativen, dunklen Farben. An solch kleinen Details wie Strümpfen zeigte sich, ob man Geschmack hatte.

Erst nach drei Uhr kam er in sein Büro. Er schaute nach, ob die Handwerker die neue Fensterscheibe schon eingesetzt hatten. Dann berechnete er den Umsatz des gestrigen Tages und zog Bilanz.

Die Zahlen sprachen eine deutliche Sprache. Er war jeden Tag im Plus. Er war dabei, Werte zu schaffen, und das trotz der Bredouille der letzten Tage. Unter anderem hatte Tom ihm fünf Nachrichten übermittelt von aufdringlichen Journalisten, die seinen Kommentar zu der Schießerei in der Bar wollten. Hoel verfluchte diese seiner Meinung nach blutrünstigen Schakale.

Er schaltete das Radio ein, aber da gab es nur Musik. Er wollte gerade wieder abschalten, als die Vieruhrnachrichten kamen mit einer Reportage aus dem Stadtzentrum von Oslo. Der Bandenkrieg der Biker hatte ein drittes Opfer gefordert.

Hoel starrte nachdenklich den Radioapparat an. Er war sich ziemlich sicher, dass es gar keinen Bikerkrieg gab. Auch wenn jemand versucht hatte, Tonni zu erschießen und auch wenn das jetzt schon das dritte Opfer war. Bei einem Bikerkrieg traten immer mehrere Mitglieder einer Bande zugleich auf und außerdem wurden die Rechnungen an abgelegeneren Orten beglichen. Aber Duelle mitten im Stadtzentrum? Das stank zum Himmel.

Er hatte gerade das Geld in den Safe gelegt, als es an der Tür klopfte. »Komm rein!«, bellte er. Er hasste es, während seiner »Nachmittagsruhe« gestört zu werden. Die Tür wurde vorsichtig geöffnet, als fürchtete der Betreffende, hereinzukommen. Hoel schob die Safetür zu und drehte sich um. Die Frau, die in der Tür stand, sah aus wie ein Schulmädchen, das beim Schummeln ertappt worden war.

»Irina!«, rief Hoel aus und traute für einen Moment seinen Augen nicht.

»Ich bin gekommen«, antwortete sie nur. Sie sprach ein Norwegisch, das ihm immer das Gefühl gab, in ein exotisches Land versetzt zu werden. Denn sie hatte eine Stimme voller Gewürze, Karawanen und Expeditionen zu abenteuerlichen Orten. Gleichzeitig war noch etwas anderes dabei. Hoel wusste, dass es lächerlich war, aber sie machte ihn jedes Mal verlegen, wenn sie so redete.

Er durchquerte schnell das Zimmer und umarmte sie, hob sie hoch, drehte sich mit ihr im Kreis und küsste sie auf die Stirn, den Mund und die Augen. Er vergrub sein Gesicht in ihrem Haar und strich so eine Träne ab, die er ihr nicht zeigen wollte.

»Ich bin zu früh gekommen.« Sie befreite sich behutsam, um ihre Tasche abzustellen.

»Das spielt doch keine Rolle«, sagte Hoel und meinte es auch so. Auch wenn sie eine ganze Woche zu früh gekommen war. »Und Sönke?«

»Er ist bei seinen Großeltern«, sagte Irina. »Ich bin allein gekommen. Ich muss einfach mit dir reden.« Mit einer erschöpften Bewegung sank sie in den nächsten Sessel.

Hoel bestellte Kaffee und etwas zu essen aus der Bar und massierte ihre Schultern, während sie sich entspannt zurücklehnte. Frauen haben ihre eigene Art, uns Männer dazu zu bringen, auf der Hut zu sein, dachte er. Denn wenn Frauen sagen, sie müssten einfach mit einem reden, dann bedeutete das jedes Mal Tod und Teufel. Diese an sich so unschuldigen Worte verhießen normalerweise das Schlimmste – das Allerschlimmste.

Tom kam mit Kaffee und kleinen Schälchen mit marinierten Oliven, Feta, Zwiebelringen und Tomatenscheiben herein.

Hoel ließ Irina Zeit, auch wenn er voller Ungeduld darauf wartete zu erfahren, was denn so eilte. Sie hielten einander bei der Hand und redeten über Unwichtiges, tranken Kaffee und kosteten von den Happen, wobei sie ihn anlächelte, wie es nur verliebte Frauen können. Trotzdem konnte er das Gefühl nicht abschütteln, dass etwas Unangenehmes bevorstand.

Dann war sie mit einem graziösen Schwung in seinen Armen und landete auf seinem Schoß. Er spürte, wie sein Glied in der Hose steif wie eine Zeltstange wurde.

»Ich musste dich einfach sehen«, sagte sie und Hoel holte tief Luft.

Jetzt kommt es, dachte er. Jetzt ist Schluss.

»Ich habe eine Überraschung«, sagte sie und rieb ihre Wange an seiner. Er streifte ihre Brüste mit dem Arm und sehnte sich danach, ihren Körper unter seinem zu spüren. Gleichzeitig wurde dadurch das Gefühl des freien Falls nur noch verstärkt. »Aber es ist eine gute Überraschung«, sagte sie, als sie sah, wie sich sein Gesichtsausdruck verändert hatte.

»Ich bin schwanger«, flüsterte sie ihm ins Ohr und musste fast lachen, weil es schien, als hätte er seine Zunge verschluckt. »Das Kind werde ich – werden wir – in sechs Monaten kriegen. Denn das wollen wir doch zusammen bekommen, oder?«

Langsam, während Irina sein Gesicht und seine Augen musterte, wurde ihm bewusst, dass er Vater werden würde. Er liebte diese Frau und er sollte Vater des Kindes werden, dass sie im Bauch trug. Sie sollten gemeinsam Eltern werden. Er spürte, dass das Grinsen auf seinem Gesicht jede Sekunde breiter wurde.

»Dann gefällt dir die Neuigkeit also.« Irina schmiegte sich an ihn und zupfte an seinen Hemdknöpfen. Er hob ihr Kinn an und küsste sie fest auf den Mund. Danach weicher und dann mit einer Heftigkeit, von der er nie gedacht hatte, dass er zu ihr fähig sein könnte.

Anschließend legten sie sich auf den afghanischen Teppich. Irina zog ihr Kleid über die Brüste hoch und er saugte an ihren Brustwarzen. Sie schmeckten salzig und richteten sich in seinem Mund auf. Sie vollführte ein Kunststück mit seinem Gürtel und seiner Hose und lenkte ihn dann in sich hinein. Sie war feucht und er glitt ohne Widerstand in sie. »Die Tür …«, flüsterte sie.

»Scheiß auf die Tür«, murmelte er, und sie schlang ihre Beine um seinen Rücken. Sie sah ihn mit diesem aufgelösten Blick an, den sie immer hatte, kurz bevor es ihr zum ersten Mal kam. Sie ritten auf einer Welle hinauf.

Danach blieben sie noch fünf Minuten auf dem Boden liegen. Bis Tom seinen Kopf hereinsteckte, um nachzusehen, ob sie noch Kaffee brauchten. »Hoppla«, hörte Hoel jemanden an der Tür sagen und bekam noch mit, wie Toms Kopf schnell wieder verschwand, rot wie Ketchup und mit einem schafsähnlichen Ausdruck auf dem sonst so verschlossenen Gesicht.

Hoel und Irina kamen auf die Beine. Aber loslassen konnte er sie noch lange nicht. Sie küssten sich eng umschlungen, als Tom wieder auftauchte. Auch diesmal vergaß er anzuklopfen. Hoel hörte nur ein leises »Oh Scheiße« und das Geräusch der Tür, als sie vorsichtig wieder geschlossen wurde.

»Lass uns nach Hause fahren«, sagte er und küsste sie auf die Stirn. Er fühlte ihren heißen Atem an seinem Hals und sehnte sich danach, sie bei sich im Bett zu haben.

Womit er mit seinen Prinzipien brach. Hoel wusste – wie alle Lokalbesitzer, die keinen Geschäftsführer hatten – dass man niemals den Laden verlassen durfte, solange noch ein Gast dort war. Früher oder später passierte doch noch irgendein Mist, den nur der

Inhaber regeln konnte. Aber Hoel wusste auch, was das Wichtigste in seinem Leben war und was erst an zweiter Stelle kam.

Er verabschiedete sich von einem beschämten Tom, der fast hinter dem Bartresen verschwand, und gab Bønna letzte Ermahnungen. Beide bekamen den Auftrag, anzurufen, egal wann, falls etwas passierte. Dann fuhr er mit Irina nach Hause.

Erst als er Tåsen erreichte, fiel ihm ein, dass er ja schon einen Gast hatte. Hätte er vorher daran gedacht, hätte er zumindest kurz angerufen und Tonni dazu verdonnert aufzuräumen.

Irina hatte sein neues Haus noch nicht gesehen. Sie wusste nur, dass er umgezogen war. Mit nur schlecht verborgenem Stolz bog er in die Einfahrt zu dem Haus ein, das gut hinter Büschen und Bäumen versteckt lag.

Sie guckte ihn verwundert an. »Was wollen wir denn hier?«, fragte sie und schaute auf die Uhr, als ob sie keine Zeit hätten.

»Ich wohne hier«, sagte er und versuchte, nicht zu protzig zu klingen.

»In welchem Stockwerk?«

»Im ganzen Haus. Es gehört mir«, erwiderte er und parkte auf der Einfahrt, statt erst in die Garage zu fahren.

»Wirklich das ganze Haus?«

»Jeder Quadratzentimeter«, nickte Hoel. »Der ganze Dachstuhl, die Treppe, der Mülleimer, die Garage.« Er hakte sich bei ihr ein und führte sie die drei Treppenstufen hinauf bis zur Eichenholztür mit Schnitzwerk und Spiegelfenstern. Irina war immer noch verwirrt von diesem Haus, von dem sie offensichtlich meinte, es würde nicht zum Stil des Mannes passen, den sie liebte.

Hoel hatte damit gerechnet, dass der Lärm des Fernsehers sofort die Stille durchbrechen würde, sobald sie die Haustür öffneten. Aber alles blieb ruhig. Hoel runzelte die Stirn und ging sofort ins Wohnzimmer.

Eigentlich war alles genauso wie gestern, als Hoel Tonni vor dem Fernseher zurückgelassen hatte. Tonni hatte sich einen Zeichentrickfilm angesehen und vor Lachen fast in die Hose gemacht. Jetzt hatte Tonni immer noch seine Füße auf dem Tisch, eine Dose Bier – diesmal Guinness – in der Hand und war in eine Wolke aus Zigarettenrauch gehüllt. Aber es herrschte eine andere Stimmung. Es war nicht die Unordnung, die Hoel störte. Es war die Stille.

Tonni war sturzbetrunken. Es war das erste Mal, dass Hoel ihn in so einem Zustand erlebte. Er schien verstört und verängstigt zu sein.

Irina schaute von Hoel zu Tonni. Schlang sich die Arme um den Körper, als wollte sie sich wärmen. Hoel wusste, dass ihr das nicht gefiel. Schon gar nicht, als sie die Jacke mit dem Fuckheads-Zeichen entdeckte, die über einem Stuhl am Esstisch hing. Und es weckte auch kaum ihre Begeisterung, dass dreißig leere Bierdosen auf dem Tisch oder um den Sessel herum lagen, dass der Boden mit Plastiktüten, Kartoffelchips und Schokoladenpapier übersät war und dass Tonnis Füße schon aus fünf Meter Entfernung stanken.

»Das ist ein Freund. Er hat Probleme«, erklärte Hoel und Tonni versuchte sich zu erheben, um die Hand zu geben. Aber seine Knie machten nicht mit, sodass er mit einem schweren Seufzer zurück in den Sessel fiel.

»Aha«, sagte Irina. Frauen können so viel in eine so kurze Äußerung legen, dachte Hoel und versuchte gleichzeitig, einen Teil des Mülls zu einem Haufen zusammenzuschieben.

»Ich habe mit Flem geredet«, sagte Tonni mit belegter Stimme. Flem war der Spitzname des Anführers der Fuckheads in Norwegen. Fleming Walther war sein richtiger Name. Walther war jetzt schon seit elf Jahren Präsident der Organisation, trotz innerer Kämpfe und einiger kleinerer Streitereien mit den Rotten Bastards, und trotz der Versuche der Politik, den starken Zusammenhalt innerhalb der Motorradgang zu zerbrechen. Flem hatte den Club mit harter Faust regiert und war sehr geschickt im Manipulieren der

Medien. Er stellte die Biker immer als echte Männer dar, die von Polizei und Staatsanwaltschaft mit einer Härte verfolgt wurden, die in keinem Verhältnis zu den kleinen Gesetzesübertretungen stand, derer sie sich möglicherweise schuldig gemacht hatten.

»Dann hast du also Nachrichten gehört?«, fragte Hoel.

»Ich habe alles gehört«, sagte Tonni. »Und außerdem habe ich noch mehr gehört. Was wohl sonst kaum einer gehört hat. Nicht einmal die Bullen.«

Irina ging in die Küche und setzte Kaffee auf. Hoel kannte sie so gut, dass er die Unruhe schon von ihrem Rücken ablesen konnte. Trotzdem wollte er Tonni nicht verlassen, bevor er nicht die ganze Geschichte gehört hatte.

»Die Dame aus Deutschland?«, flüsterte Tonni so laut, dass selbst die Nachbarn unten an der Straße es mitbekamen.

»Hmm«, nickte Hoel. »Also, was hat Flem gesagt?«

»Hübsche Lady«, sagte Tonni nachdenklich, trank sein Bier aus und öffnete eine neue Dose. Hoel wunderte sich, dass sein Kumpel, obwohl seine Knie doch so weich waren, sich so klar und zusammenhängend ausdrücken konnte.

»Was ist nun mit Flem?«, bohrte Hoel nach und hockte sich neben den Sessel.

»Flem hat gesagt …« Tonni kippte mindestens die halbe Dose in sich hinein und Hoel begriff, dass der Mann wirklich Angst hatte. »Flem hat gesagt, die Braut von Frank … Franks Braut meint, nun ja, sie ist verdammt sicher, dass der Typ, der ihren Alten umgenietet hat, Martin Ager war. Du kennst doch seine Geschichte?«

»Ja, die kenne ich«, sagte Hoel.

»Flem hat gesagt, das würde bedeuten, dass Martin eine Art privater Racheaktion vornimmt und dass ab jetzt ein Kopfgeld auf ihn ausgesetzt ist.«

Hoel spürte, wie die Dunkelheit sich dichter um ihn zusammenzog. Es gab keinen anderen Weg.

Wenn er nicht aufräumte, ging er das Risiko ein, einen allzu hohen Preis zahlen zu müssen. Im schlimmsten Fall standen das Exil, Irina und sein eigenes Kind auf dem Spiel.

Irina war gekommen, um ihm zu erzählen, dass sie *sein* Kind im Leib trug. Sie hatte beschlossen, auf ein Leben mit ihm zu setzen. Aber für Irina musste das ein ordentliches, gesetzestreues Leben sein. Zwischen ihnen würde alles aus sein, wenn sie erfuhr, dass er mit beiden Füßen auf der falschen Seite des Gesetzes stand. Wieder einmal.

Er musste, ohne dass sie etwas davon merkte, die Sache zwischen Rahman und Tonni regeln. Weil er Tonni einen Gefallen schuldig war. Das war eine Frage der Ehre. Aber das würde Irina niemals verstehen. Sie hatte die Nase voll von Männern, hinter denen die Polizei her war.

Außerdem musste es alles daransetzen, Ager auszuschalten. Zum einen, weil Ager Stunk zwischen den Bikerclubs bedeutete. Das würde auf ihn selbst und das Exil zurückfallen. Und zum anderen, weil er sowieso schon in die Geschichte verwickelt war, durch Tonni. Ager musste weg.

Und die Krönung des Ganzen bildete Braza.

Der Jugoslawe konnte seine Pläne für ein sauberes Leben in Gefahr bringen, wenn er Ernst mit seinen Drohungen machte. Braza wäre verrückt genug, Irina ins Ohr zu flüstern, was Hoel so in der letzten Zeit gemacht hat. Irina hatte schon früher mit einem Mann Schluss gemacht und war stark genug, für sich selbst und Sönke zu sorgen.

Hoel drehte sich der Kopf. Er hatte Probleme, die ausgeräumt werden mussten, wenn er eine Chance haben wollte, so zu leben, wie er es geplant hatte. Er musste handeln, trotz des Versprechens, das er sich selbst gegeben hatte. Wieder kam dieses lähmende Gefühl über ihn, dass es ihm womöglich niemals gelingen würde, sein Leben zu verändern. Sobald er glaubte frei zu sein, zog seine Vergangenheit ihn wieder zurück.

Als Erstes musste er entscheiden, ob er Irina gegenüber ehrlich sein sollte … oder ob er die Probleme vor ihr verbergen konnte. Er hatte schon früher Leuten gegenüber Geheimnisse gehabt. Darin war er geübt. Aber verdiente Irina es nicht, die Wahrheit zu erfahren?

Er würde versuchen, Irina die Lage hinterher zu erklären. Er ging in die Küche. Ihre Schultern waren hart und abweisend, als er seine Hände darauf legte.

4

Nachdem Tonni mit Flem geredet hatte, war es ihm gelungen, sich in Rekordzeit voll laufen zu lassen. Dabei war er sentimental und verdammt ängstlich geworden. Kurz überlegte er, ob er seine Alte anrufen sollte. Einfach um mit den Kindern reden zu können. Gerade jetzt vermisste er sie. Aber er wollte nicht, dass sie merkten, dass ihr Papa besoffen war.

Tonni wünschte sich, dieser verfluchte Pakistani würde hinter dem Mordversuch stehen oder aber es wäre ein neuer Krieg mit den Rotten Bastards ausgebrochen. Das alles wäre in Ordnung gewesen, im Gegensatz zu der Information, die er jetzt bekommen hatte. Tonni kannte Martin Ager von früher. Sie hatten sich im Laufe der Jahre bei mehreren Treffs in Skandinavien gesehen.

Ager war zuerst Anwärter gewesen, dann vollwertiges Mitglied und galt als jemand, auf den man sich hundertzehnprozentig verlassen konnte. Tonni hatte genug über Martins Herkunft gehört um zu wissen, dass sie sich nicht sonderlich von der vieler anderer in dieser Szene unterschied. Wie die anderen Motorradclubs boten auch die Fuckheads denjenigen einen Freiraum, die sich im bürgerlichen Leben nicht zurechtfanden. So war es zumindest anfangs gelaufen, als Tonni zu der Brüderschaft stieß. Denn auch der Club hatte sich mit der Zeit verändert.

Ende der Achtziger und Anfang der Neunziger war das Klima deutlich rauer geworden war. Der Grund, warum Martin Ager zum Rächer Ager wurde, war ganz einfach. In der Bikerszene herrschten klare Gesetze. Und man gehörte dazu, solange man sich an sie hielt. Einige Regeln waren vorgegeben, andere selbstverständlich. Eine dieser Regeln besagte, dass kein Schwuler, kein Pädophiler und keine Frau Mitglied werden konnte. Und nachdem jemand Martin Ager zusammen mit einem Typen gesehen hatte – in einer Art, die sich ihrer Meinung nach für Männer nicht gehörte –, hatte der Clubchef eine diskrete Untersuchung seines Privatlebens angeordnet. Der Club forderte eine Erklärung, und was dann passierte, hatte Tonni von einem schwedischen Kumpel gehört.

Ager war langsam aufgestanden, mit bleichem Gesicht. Er hatte sie mit einem sonderbaren Blick angesehen. Der Clubchef war ebenfalls aufgestanden, hatte die Faust geballt und ihn gefragt, ob er denn so ein Schwächling sei, dass er Angst habe zu antworten. Alle hatten gesehen, dass Ager kurz vor den Tränen war, und ihm »Bu!« oder »Schwulensau!« zugerufen.

Dann hatte Ager es doch noch, und nicht ohne einen gewissen Stolz, geschafft, zu sagen, dass er schwul sei und was sie das denn verdammt noch mal anginge. Der Clubpräsident hatte nur laut gelacht, um sich geblickt und gemeint, das sie das sehr wohl etwas anginge. Dann war er auf Ager losgegangen und hatte versucht, ihn mit Kopfstößen k.o. zu kriegen. Aber Ager schlug unerwartet kräftig zurück. Im Clubraum brach ein Chaos aus, das es Ager ermöglichte zu entkommen.

Von dem Tag an waren die übrigen Clubmitglieder ihm auf der Fährte. Er hatte den Ehrenkodex des Clubs gebrochen und außerdem machten sie sich Sorgen, dass er plaudern könnte. Ager hatte zum engsten Vertrautenkreis gehört und wusste viel mehr über die Geschäfte des Clubs, als der Führung lieb war. Aber es sollten drei Monate vergehen, bevor sich ihre Wege wieder kreuzten. Fünf

Mann kamen aus einer Kneipe in Norrmalm in Stockholm. Fast Wand an Wand befand sich eine Schwulenbar.

Durchs Fenster hatten sie Martin Ager entdeckt, im Gespräch mit seinem Liebsten. Die fünf Biker hatten sich vors Fenster gestellt und an die Scheibe geklopft. Sie hatten gegrinst und obszöne Gesten gemacht. Der eine hatte an die Scheibe gepisst. Der Besitzer hatte die Tür verschlossen, aber da hatte der Größte eine Ecke weiter einen Fahrradständer entdeckt, diesen hoch über dem Kopf herangeschleppt und durch die Scheibe ins Lokal geworfen.

Worauf Martin Ager herauskam und sich vor sie stellte. Zunächst hatte er kein Wort gesagt. Sein Liebhaber war mit ihm rausgekommen. Vielleicht hatte Ager gehofft, sie durch sein Auftreten beruhigen zu können. Aber Tonnis Kumpel, der einen der fünf Rocker kannte, hatte erzählt, dass er sich damit gründlich verrechnet hatte. Zuerst hatten sie Ager zwischen sich hin- und hergeschubst, ihn abwechselnd geboxt und gestoßen. Sein Liebhaber hatte versucht einzugreifen. Zunächst hatten sie ihn einfach nur zur Seite geschoben. Aber dann hatte Robban ihn gepackt und mit einem Schlag k.o. geschlagen. Robban und zwei weitere Biker hatten sich um den Jungen gruppiert und zugetreten, so fest sie konnten, während die anderen beiden Martin Ager festhielten, sodass er nicht eingreifen konnte. Sie zwangen ihn, mit anzusehen, wie das Gesicht seines Geliebten zu einem blutigen Fleischklumpen getreten wurde, der keine menschlichen Züge mehr aufwies.

Anschließend hatten sie Martin Ager auf den Toten geworfen. Sie hatten kurz das heulende Ex-Fuckheads-Mitglied betrachtet und überlegt, ob sie seinem elenden Leben nicht ebenfalls ein Ende bereiten sollten, als ein Polizeiwagen in rasender Fahrt um die Ecke kam.

Die Biker liefen so schnell sie konnten zu ihren Maschinen, sprangen auf und brausten wie vom Teufel verfolgt davon. Martin Ager wurde eingesperrt, verdächtigt einer von mehreren zu sein, die hinter diesem brutalen Homosexuellenmord standen. Das passte genau in das Bild, das Polizei und Öffentlichkeit sich von der Einstellung machte, die die Biker gegenüber Farbigen, Linksradikalen, Liberalen, Schwulen und allen anderen hatte, die sie nicht als echte Männer bezeichneten.

Tonnis Freund erinnerte sich außerdem, dass Martin Ager einen Fluch ausgestoßen hatte, bevor seine Folterer abgehauen waren. Und dabei hatte seine Stimme ganz sonderbar geklungen, hatte der Freund erzählt. Als käme sie aus dem eigenen Schädel und gäbe dort ein Echo. Sie hatten nicht weiter darüber nachgedacht, aber als sie abends zu Hause bei Robban einen Joint rauchten, hatte der eine oder andere es erwähnt. Und daraus war mit der Zeit eine Art Geschichte über die Merkwürdigkeiten des Lebens entstanden und niemand hatte mehr daran gedacht bis zu dem Zeitpunkt, als einem von ihnen ein Unglück zustieß, dem er nur um Fliegenschamhaaresbreite entkam. Und seitdem waren die fünf immer wieder lebensgefährlichen Situationen ausgesetzt: Einer Maschine platzte auf mysteriöse Weise der Reifen, einem Auto versagten die Bremsen, bei einer Schlägerei in der Kneipe hatte der Nachbar leider ein Messer der blutrünstigen Art dabei, und so weiter.

Später wurden die fünf in Verbindung mit der Anklage gegen Ager verhaftet, kamen aber gegen Kaution wieder frei und wurden aus Mangel an Beweisen freigesprochen. Sie behaupteten, Ager wäre auf den Jungen losgegangen und hätte ihn geschlagen und totgetreten. Sie hätten sogar versucht, Ager davon abzuhalten, aber er habe ihnen nur ebenfalls Prügel angedroht und sie noch beschimpft, als sie sich schließlich zurückzogen. Der Ankläger musste die Aussagen so hinnehmen und schickte Ager in den Knast. Aber obwohl Martin Ager sich im Gefängnis befand, hörten die Unglücksfälle nicht auf. Die Zufälle wurden immer unheimlicher, und nach einer Weile nahmen die übrigen Clubmitglieder Abstand von den Mördern. Niemand wollte in der Nähe der Unglücksraben sein, auf denen möglicherweise ein Fluch lag.

Und dann geschah das, was nur eine Frage der Zeit gewesen war: Einer der fünf starb. Er rutschte mit seiner Maschine aus, schlitterte schräg über die Straße, unter eine Straßenbahn. Der Unfall versetzte Tonnis Freund in Angst und Schrecken.

Dann gelang es Ager, zu fliehen, und wenig später wurde er tot aufgefunden. Nach den Schüssen beim Dasslokket behaupteten viele, dass er als Gespenst zurückgekommen sei, um die Blutrache einzufordern. Über derartigen Aberglauben lachten die Fuckheads natürlich nur. Sie hingegen glaubten, dass Ager die Bullen reingelegt hatte, sodass diese davon ausgingen, er wäre auf der Flucht umgebracht worden. Aber dann gab es noch diejenigen – und Tonni musste gestehen, dass er zu ihnen gehörte –, die trotzdem ganz im Geheimen das Gefühl hatten, dass Ager ein Toter war, der zurückgekommen war, um alle zu töten, die früher zu seinem Club gehört hatten. Ob sie nun in Oslo lebten oder in Stockholm.

Tonni hörte, wie Hoel in der Küche mit seiner Lady redete. Einen Moment lang wünschte er sich, er wäre Teil dieser Gesellschaft, der er den Rücken gekehrt hatte, als er sich entschloss, mit den Brüdern zu leben. Im Augenblick hatte er das Gefühl, als würde die Brüderschaft sein eigenes Todesurteil bedeuten. Und was würde mit den Kindern passieren? Ager würde möglicherweise keine Ruhe geben, bevor er sich nicht auch an den Familien der Bandenmitglieder gerächt hatte. Wenn Tonni starb, hatte diese Hexe aus dem Bøverdal die alleinige Verantwortung für Maja und Betty. Und das beruhigte ihn keineswegs.

Hoel kam zurück und gab ihm ein neues Bier, das Tonni ohne zu zögern ergriff.

Hoel hockte sich neben ihn und sagte: »Rufe Flem für mich an. Wir müssen das hier in Ordnung bringen. Ich habe einen Plan.«

5

Dass Alex sich innerhalb nur weniger Tage derartig in Probleme verwickeln konnte, war zu viel für Irina. Sie hatte den größten Teil der Geschichte aus ihm herausgekitzelt, als sie später hinaufgingen, um sich schlafen zu legen. Als es darum ging, was er zu tun plante, wollte er nicht mehr sagen als »das Problem muss gelöst werden.«

»Und danach leben wir alle glücklich und zufrieden?«, hatte sie höhnisch gefragt.

»Danach werden wir verdammt glücklich sein«, erwiderte er fest und griff nach ihr. Sie rutschte auf dem Laken zehn Zentimeter weg und packte voller Wut sein Handgelenk und drehte es nach hinten, wie Ulf es ihr einmal beigebracht hatte. Das kam völlig überraschend für ihn und er verzog sein Gesicht, bevor er sich mit roher Gewalt losriss.

»Das ist eigentlich keine große Sache«, erklärte er. »Das schaffe ich problemlos.«

»Du lügst«, sagte sie. »Und du sollst mich nicht anlügen. Das ist nicht klug von dir.«

»Sorry«, seufzte er und sank zusammen. »Lass uns über etwas anderes reden.«

»Der Teufel soll dich holen!«, sie stieß ihn heftig von sich, als er sich wieder an sie schmiegen wollte.

»Ist ja gut«, sagte Alex, drehte sich auf den Rücken und starrte eine Zeit lang die Decke an. Dann streckte er sich nach dem Lichtschalter aus und löschte das Licht im Schlafzimmer.

Irina überlegte, ob ihre Pläne eigentlich so klug gewesen waren, wenn es um Alex Hoel ging, den Ex-Torpedo, den Szenemann. Einerseits liebte sie ihn. Sie wollte keinen anderen haben. Aber andererseits war sie nicht allein. Sie musste auch an Sönke denken. Und an das Kind, das in ihr heranwuchs.

Samstag

1

Der Rächer konnte sich nicht daran erinnern, wann er zuletzt etwas gegessen hatte. Er wusste nur noch, dass er früh am Morgen zu dem See gegangen war, an dem er campierte. Er hatte eine Hand voll Wasser geschöpft und gesehen, dass kleine Moos- und Heidestückchen im Wasser schwammen. Es schmeckte metallisch, aber nicht unangenehm, sondern rein, wie Weihwasser, wie Mineralwasser aus einer klaren, sauberen Quelle.

Obwohl er auf den Knien hockte, nackt, den Hintern in die Luft gereckt, mit einem Körpergeruch, der eher in den Tierpark gehörte, und mit drei Morden auf dem Gewissen, fühlte er sich als berufener Mann. Er hatte ein kosmisches Zeichen bekommen und die Mission, ein Unrecht, das begangen worden war, auszugleichen. Er war ein heiliger Mann mit einer heiligen Bestimmung. Er wusste, Gott hätte es gewünscht, dass jemand sich berufen fühlte, diese Unmenschen auszumerzen.

Martin Ager trank das Wasser, als wäre es Teil des heiligen Abendmahls. Er kniete nieder und erinnerte sich an den Geschmack der Hostie – des Leibes Christi – oder vielmehr an den Mangel an Geschmack, den mehligen Nachgeschmack auf der Zunge. Anschließend trank er das Wasser, als wäre es Wein. Er ließ die Frische die Kehle hinunterrieseln und schüttelte sich unwillkürlich, als ihm etwas Wasser den Hals und die Brust hinunterlief. Er hob seinen Blick gen Himmel und dankte für die Gaben. Dann stand er auf und war bereit.

Er brauchte nur wenige Minuten für den Aufbruch. Er musste zusehen, dass er den Spaziergängern nicht in die Quere kam. Es war halb neun und er traf nur einen Jogger auf dem Kiesweg an der Schranke. Der Jogger hielt an und wollte sich mit ihm unterhalten. Ager machte einen großen Bogen und ließ seinen Sichtschutz herunter.

Er folgte der Straße in die Stadt nach seiner Erinnerung. Er brauchte sich keine Sorgen wegen des Motorrads zu machen. Wer würde denn schon auf eine Honda aufmerksam werden? Vielleicht der Besitzer. Aber wie wahrscheinlich war es denn, dass der Besitzer ausgerechnet hier vorbeikommen würde? Außerdem war es das letzte Mal, dass er die Maschine benutzte. Er wollte nicht riskieren, wegen eines gestohlenen Fahrzeugs erwischt zu werden.

Wie an den vorangegangenen Tagen schlug der Rächer auf der Suche nach Beute den Weg zum Zentrum ein. Er hatte es nicht eilig. Nichts bekümmerte ihn. Er hatte die Zeitungen überflogen und die Personenbeschreibung war lächerlich. Allein wenn er sich auf der Torggata umschaute, auf der er jetzt ging, konnte er mindestens drei Männer entdecken, auf die die allgemeine Beschreibung zutraf, die abgedruckt worden war.

Er überquerte die Henrik Ibsens gate, kam am Youngstorget vorbei und konnte es einfach nicht lassen, er musste direkt an dem Punkt vorbeigehen, an dem er den Dicken erschossen hatte – war das erst zwei Tage her? – bevor er die Torggata weiterging und auf den Stortorget kam. Es war gerade erst neun Uhr und deshalb ging er in das Kaufhaus zur Rechten, nahm die Rolltreppe einige Etagen hoch und wieder runter, sah sich Herrenbekleidung an, die zu tragen er sich nicht im Traum vorstellen konnte, Spiele, die er niemals spielen würde und schließlich eine Auswahl an Glas in allen Formen und Farben. Er nahm einen Glaselefanten in die Hand, hielt ihn gegen das Licht und sah, wie sich in ihm das Licht in den Farben des Regenbogens brach. Der Abstand zwischen ihm und dem Glaselefanten hier im Warenhaus war so unfassbar wie der Abstand zwischen den Himmelskörpern im Weltall.

Als ein Verkäufer sich näherte, stellte der Rächer die Figuren vorsichtig zurück aufs Regal und schlenderte weiter.

Dann war er es leid und ging wieder hinaus auf den Stortorget. Er setzte sich auf den Rand des Springbrunnens und holte seine Nagelfeile heraus. Er schob vorsichtig seine Nagelhaut zurück und feilte den Nagel am linken kleinen Finger etwas ab. Der hatte einen Riss bekommen. Er hörte erst auf, als er wieder perfekt abgerundet war. Dann folgte er Grensen ein Stück weiter, betrachtete die Tee- und Kaffeegeschäfte, die Auslagen mit Schuhen, Kleidern, die Banken, noch mehr Glasgegenstände, den Kiosk und die Straßenbahnschienen, denen er am Tag zuvor einige Meter gefolgt war. Es war erst zehn vor zehn. Sein Magen schmerzte vor Hunger. Das registrierte er ganz ohne Gefühle. Er war leer. Er hatte eine Mission und einen heiligen Ruf, doch die Erfüllung dieser Mission reichte nicht aus, um ihn zu sättigen. Es war, als wollte er ein bodenloses Loch füllen.

Er schlenderte in den Schlosspark hinauf und fand eine leere Bank, von der aus er die Karl Johan und einen Teil der Innenstadt sehen konnte. Die blinkende Neonreklame auf dem Gebäude zur Rechten sagte ihm, dass es bereits zwanzig Grad waren. Der Himmel war nicht klar, also konnte es im Laufe des Tages sogar noch heißer werden. Weiter oben stand das Denkmal eines außergewöhnlich großen und dünnen Mannes, gekleidet in ein Stück Stoff, das an eine Tunika erinnerte. Der Rächer konnte sich gut vorstellen, auch so leicht gekleidet zu sein. Direkt unter ihm brauste der Verkehr. Das ließ ihn sich entspannen und er spürte, wie sein Kopf nach hinten sank.

Er musste eine ganze Weile geschlafen haben. Zuerst konnte er gar nicht glauben, dass die Uhr schon nach eins zeigte. Aber die Straßenuhr bestätigte das.

Ihm war schwindlig von der langen Zeit, die er in der Sonne gesessen hatte. Seine Haut fühlte sich trocken und rau an, als wäre sie mit Sandpapier geschmirgelt worden. Sofort kontrollierte er, ob er immer noch Geld und Schusswaffe dabeihatte. Beruhigt ging er die Karl Johan hinunter, näherte sich dem Dasslokket und bereute das sofort. Und wenn ihn einer der Kellner wiedererkannte? Er ging auf die andere Straßenseite und das Stortinggebäude entlang bis zum Egertorget. Die Uhr raste jetzt, als hätte sie es schrecklich eilig.

Er hatte zwanzig Minuten bis hier unten gebraucht. Er schaute zurück. Das war keine große Distanz gewesen. Wurde er krank? Oder kam das, weil er schon so lange nichts mehr gegessen hatte?

In ihm setzte der Sprechgesang wieder ein. Er vermeinte zu spüren, wie er sich der Beute näherte. *»Ich bin der Herr …«* Er ging die Karl Johan weiter. Diesmal direkt hinunter auf den Hauptbahnhof in der Ferne zu. Jetzt hatten seine Füße die Kontrolle übernommen.

»Mein ist die Rache …«

Sie lenkten ihn leicht nach links.

»Ich bin der …«

Und da sah er sie.

»… Herr. Mein …«

Das Menschengesumme um ihn herum wuchs zu einem Chor, der immer lauter wurde. Zwei Männer in Lederjacken und genau den richtigen Abzeichen auf den Jacken.

»… ist die …«

Der Rest lief automatisch ab. Sie bemerkten ihn nicht, denn als er sich näherte, steckten sie die Köpfe zusammen und unterhielten sich.

»… Rache. Ich …«

In einer einzigen geschmeidigen Bewegung zog Martin Ager

»… bin der Herr …«

die Waffe und schoss beiden in

»… mein ist …«

den Kopf. Zwei Schuss, mehr brauchte er nicht. Es gab keinerlei Zweifel in seiner Seele, als er die beiden auf den schmutzigen Asphalt niedersinken sah.

»… die Rache.«

Ein Türsteher kam aus dem Lokal gerannt – es hieß anscheinend ›Scotsman‹ – und lief direkt auf den Rächer zu. Als würde er gar nicht bemerken, dass dieser eine Waffe in der Hand hielt. Der Rächer hob sie mit gestrecktem Arm und ließ den Mann in die Mündung starren. Das brachte ihn unversehens zum Halten. Der Mund des Türstehers zitterte, während er in den runden Lauf starrte. Seine Knie versagten und langsam sank er zu Boden. Der Rächer folgte seinem Kopf mit der Pistole und dem angespannten Finger am Abzug. Alle um ihn herum, die vor ein paar Sekunden noch geschrien hatten, warteten jetzt auf den Knall des nächsten Schusses.

2

Bønna sollte den Backup machen.

Er stand an die Hauswand gelehnt auf der anderen Straßenseite und tat so, als hörte er der Musik von fünf nicaraguanischen Studenten zu, die rhythmische Volksmusik spielten, wobei die Flöte das Hauptinstrument darstellte.

In Wirklichkeit studierte er gründlich jedes Gesicht, das vorbeiging. Das war Hoels Plan, den er Flem unterbreitet hatte. Gut sichtbar im Straßenbild sollten sich die Mitglieder der Fuckheads auf die Straßencafés in Oslos Innenstadt verteilen. Entweder allein oder zu zweit.

Als Schatten sollte sich immer ein anonymer Mann in der Nähe aufhalten. Nur für alle Fälle, wie Hoel sagte. Flem hatte das Sicherheitshysterie genannt. Aber Hoel hatte gemeint, es könnte ihnen nützlich sein. Flem war darauf eingegangen und Hoel hatte Bønna von dem Plan informiert. Um elf Uhr hatte sich Flem mit den anderen Kumpels, die er erwischt hatte, Hoel, Bønna und ein paar anderen Handverlesenen im Exil getroffen, um die Details zu besprechen. Sogar Brock war gekommen. Er weigerte sich, krank zu feiern. Aber er verzerrte das Gesicht und strich sich über die Seite, wenn er meinte, Hoel würde es nicht merken.

Um halb zwölf gingen sie in die Stadt. Alle spürten sie dieses kribbelnde, eklige Gefühl, das einen befällt, wenn man die Zielscheibe für einen kranken Mann abgibt. Bønna musste zugeben, auch wenn er in einer zurückgezogenen Position war, dass auch er sich klamm und schlecht fühlte.

Aber man konnte nicht die ganze Zeit gleich aufmerksam sein. Die erste halbe Stunde war man auf der Hut, dann versank man langsam in eine wachsame Schläfrigkeit. In regelmäßigem Abstand schüttelte man diese Monotonie ab und schärfte von neuem Blick und Sinne. Aber dann überfiel einen Langeweile, und selbst die Angst vor dem Tod konnte einen nicht wecken.

Deshalb entdeckte Bønna Martin Ager auch erst, nachdem der erste Schuss gefallen war. Aber er sah den zweiten Mord und wünschte sich sofort, er hätte diese widerlichen Einzelheiten nicht mit ansehen müssen. Als Erstes kam ihm der Gedanke, ob vielleicht jemand glauben könnte, er hätte als Backup versagt. Andererseits: Was hätte er denn tun sollen? Alles ging so schnell, dass er gar nicht reagieren konnte. Und die beiden, die die Löffel abgegeben hatten, hatten sich ja auch nicht verteidigt.

Deshalb bewegte Bønna sich nicht. Stattdessen schob er alle derartigen Gedanken beiseite und musterte aufmerksam Ager. Er sah einen hoch gewachsenen Mann mit einem blonden Bart, ganz normal gekleidet. Er hatte etwas Unwirkliches an sich. Als wäre er nur ein Schatten, der in Kleidern herumlief. Bønna wusste, dass Ager Mitte zwanzig war. Aber dieser Mann sah mindestens zehn Jahre älter aus.

Jetzt zielte er mit etwas, von dem Bønna meinte, es könnte eine Beretta sein, auf die Stirn eines Idioten von Türsteher, der das Ganze in der üblichen Weise klären wollte. Der Türsteher sank auf die Knie und sah aus, als würde er um sein Leben flehen. Bønna wartete auf den Schuss. Es war nicht möglich vorauszusehen, was der Kerl machen würde. Zitterte seine Hand? Zögerte er? Oder wollte er den Kerl nur quälen, der da auf dem Asphalt hockte?

Bønna presste sich an die Wand und ließ die andern um sich herum schreien oder herumrennen. Er sah, wie der Mann mit entspannten Muskeln die Schusswaffe so weit hob, dass sie nicht mehr auf den Kopf der Wache zielte. Dann lächelte er ein Lächeln, von dem Bønna noch im selben Moment wusste, dass er es niemals vergessen würde, und trottete davon. Die Menschen blieben wie festgenagelt stehen. Der Einzige, der auf die Idee kam, Ager zu folgen, war Bønna. Aber er hielt einen sicheren Abstand. Er nahm weder die gleiche Linie wie Ager, noch starrte er auf seinen Rücken. Die Menschen haben immer einen sonderbar effektiven Sinn dafür zu spüren, wenn ihnen jemand auf den Fersen ist. Und wahrscheinlich war Ager in dieser Beziehung überempfindlich.

Sie überquerten den Stortorget und kamen in die Torggata. Während Bønna dem jetzt eilig gehenden Ager folgte, zog er sein Handy heraus und drückte Hoels Nummer.

Anscheinend hatte Hoel mit dem Gerät in der Hand dagesessen, denn er ging sofort ran. Bønna berichtete in knappen Worten, was passiert war. Im Hintergrund konnte er Flem fantasievoll fluchen hören.

Hoel bewahrte die Fassung und fragte Bønna, wo er denn sei. Aber da musste Bønna gerade seine Taktik ändern, weil Ager langsamer wurde. Der Mann zog seine Jacke aus und legte sie sich über den Arm. Sie hing schwer nach unten, wahrscheinlich weil die Beretta in einer Tasche steckte. Jetzt war der Mann nur noch einer von vielen Samstagskäufern. Er bog hinterm Kaufhaus ab. Bønna schaute sich um. Dort waren keine anderen Leute. Deshalb blieb er stehen und schaute dem Mann nach um zu sehen, welche Richtung er einschlagen würde, wenn er die Møllergata erreichte. Er bog nach rechts ab, also lief Bønna zur nächsten Querstraße, die von der Torggata abbog. Er bog ebenfalls in die Møllergata ein und blieb vor einem Schaufenster mit Möbeln stehen. Ager ging hinter seinem Rücken in normalem Tempo vorbei und nach zwanzig Metern folgte Bønna ihm nach.

Bønna hörte es im Handy knarren und er erklärte, welche Richtung er nahm. Hoel, Brock und Flem verließen ihren Tisch bei

›Saras Telt‹ und stiegen auf ihre Motorräder, die sie an einem der Kioske abgestellt hatten.

Das Einkesselungsmanöver hatte begonnen.

3

Hoel saß rittlings auf seiner gelben Laverda.

Das war ein Spielzeug, das er sich einmal spontan gekauft hatte. Wenn man Geld hatte, musste man es auch ausgeben. Nach diesem Motto hatte er die letzten Jahre gelebt. Und das war eine Gewohnheit geworden, die mit der Zeit immer schwieriger abzulegen war. Er hatte schon immer Lust auf eine Maschine gehabt. Seit seiner Jugend. Eine Zeit lang hatte er die Hälfte einer Suzuki besessen, die er wieder verkauft hatte. Dann hatten Ulf und er zu einer BMW gewechselt, die jedoch keiner von beiden so recht mochte. Das war ein Ware-für-Dienstleistung-Deal gewesen. Und die Dienstleistung, die sie zu erbringen hatten, war nicht besonders schwierig gewesen. Trotzdem hatte die BMW es nicht gebracht. Die BMW war einfach zu brav. Mehrere Jahre lang redeten sie von einer Harley oder einer Moto Guzzi, während die BMW in der Garage stand, die Ulf gemietet hatte. Als Ulf starb, hatte Hoel den Schlitten verkauft und Irina das Geld gegeben.

Sie hatte nicht mehr als die Hälfte annehmen wollen, was typisch für ihren Stolz war, und diese Hälfte deponierte sie auf einem Bankkonto, das Ulfs Sohn Sönke bekommen sollte, wenn er alt genug war, zu entscheiden, was er damit machen wollte.

Aber als Hoel endlich genug Geld in den Händen hatte, konnte er nicht an sich halten. Eine italienische Maschine war genau das Richtige für ihn. Er hatte sie an einem normalen Dienstag ohne zu überlegen gekauft. Er war durch die Sannergata gefahren und hatte gesehen, dass im Motorradgeschäft eine Laverda im Schaufenster stand. Und schon vor der nächsten Ampel stand sein Entschluss fest. Er parkte in der ersten Seitengasse und ging mit Herzklopfen zurück. Der Handel war sofort perfekt. Und er der glückliche Besitzer eines Motorrads.

Hoel sah Brock zu, wie dieser seine schwarzgrüne Kawasaki wie ein Tollpatsch behandelte. Er hatte den Verdacht, dass Brock nicht einmal den Schein für die schwere Maschine hatte. Aber er dachte nicht im Traum daran, sich in seine Angelegenheiten einzumischen. Dann bemerkte er, wie Flem die Nase rümpfte und ihm war klar, dass es diesem überhaupt nicht gefiel, in Gesellschaft eines gelben Italieners und eines Japsen zu fahren. Deshalb musste Flem sich auf seiner 1995 Harley Ultra Classic Electra Glide auch ein paar Meter vor Hoel und Brock legen, um zu zeigen, wer hier der Chef war. Hoel ließ ihn gewähren.

Flem hatte laufend Kontakt mit zehn Männern, die in diesem Augenblick an verschiedenen Orten im Zentrum zu ihren Maschinen stürzten, um Ager einzukreisen.

Hoel hielt Kontakt mit Bønna, der seine liebe Mühe hatte, nicht von Ager entdeckt zu werden, der jetzt wieder schneller geworden war. Wegen der Einbahnstraßen mussten Hoel und die anderen beiden, die Ager am nächsten waren, genau überlegen, welche Route sie nehmen sollten.

Dann berichtete Bønna, dass er entdeckt worden war. Martin Ager hatte sofort begriffen. Er legte einen Spurt ein und Bønna erklärte am Telefon, dass er ihm einen guten Vorsprung zubilligen würde. Schließlich war er nicht engagiert worden, um sich niederschießen zu lassen. Ager bog nach links ab, als Bønna die Hausmannsgate erreichte. Bønna spähte ihm unsicher nach. Hoel war klar, dass er befürchtete, der Rächer würde hinter der Ecke auf der Lauer liegen.

Zur gleichen Zeit bogen Hoel, Brock und Flem von der Christian Kroghs gate in die Hausmannsgate ein. Hoel machte den anderen weiter vorn ein hektisches Zeichen und die gaben Gas, während sie in der Ferne eine Gestalt den Fußgängerweg zur Akerbrua entlanglaufen sahen.

Der Verkehr war zu dicht, als dass sie schnell hätten vorankommen können. Sonst hätten die drei Motorradfahrer die Distanz in null Komma nichts zurückgelegt. Irgendwann war ihnen alles egal, sie fuhren auf den Fußweg, umrundeten zwei zu Tode erschrockene Teenagermädchen, die auf den Rasen sprangen, und bogen nach rechts ab, ohne eine Menschenseele zu sehen. Ager musste wie der Wind gelaufen sein, als er die Räder hörte. Entweder er war zum Akerselva hinuntergelaufen oder es war ihm gelungen, über die Akerbrua in den unteren Teil von Løkka zu kommen. Sie sahen einander an und gaben Gas über den Akerselva, bremsten am Ende der Brücke um mit ihren Blicken den belebten Markveien abzusuchen. Da hörten sie hinter sich ein Motorengebrüll. Hoel drehte sich um und entdeckte eine rote Honda, die von einem Parkplatz kam und Richtung Rostedsgate brauste.

Hoel klopfte Flem auf die Schulter, nickte Brock zu, wendete seine Maschine und setzte dem Flüchtigen nach. Doch Flem war keiner, der sich so einfach überholen ließ. Mit knatterndem Motor schnitt er Hoels gelbe Laverda und fuhr schräg über den Rasen, dass Grasbüschel und Kies hinter ihm hochspritzten.

Ager war den Maridalsveien hochgefahren, er kümmerte sich einen Scheißdreck um die Ampelschaltung und fuhr über die Kreuzung, während der Querverkehr quietschend bremste.

Ein roter Lada fuhr einem Mercedes direkt hinten drauf, schob ihn einen halben Meter vor und erwischte damit fast Ager. Es fehlte nicht viel, und Ager hätte auf dem Asphalt gelegen. Aber durch dieses dreiste Manöver gewann er weiter an Vorsprung. Seine Verfolger informierten die anderen, aber es schien, als ob Ager mit Hilfe höherer Mächte der Falle entkommen würde, die sie für ihn gebaut hatten.

Nur die beiden Kumpel, die vom Bislett heranfuhren, konnten

ihm noch den Weg abschneiden. Flem schrie in sein Handy, dass der Wahnsinnige auf dem Weg zum Alexander-Kiellands-Platz war und dass die beiden ihn sich dort schnappen sollten. Worauf die beiden Fuckheadsmitglieder die Waldemar Thranes gate mit ihren braunen, abgaszerfressenen Fassaden hinunterbretterten, um dem Fliehenden den Weg abzuschneiden.

Jetzt waren sie ihm auf den Fersen, ließen den Telthusbakken links liegen und entdeckten Agers Rücken, wie er waghalsig in Millimeterabstand zwischen den beiden Autoreihen hindurchbrauste, die vor der Ampel an der Kreuzung standen. Aber diesmal brauchte er nicht so ein großes Risiko einzugehen. Als er den Zebrastreifen erreichte, bekam er grünes Licht.

Flem war ganz vorn, und Hoel und Brock folgten ihm zwischen den Autos hindurch. Sie hatten den Kiellands-Platz noch nicht erreicht, als die beiden Biker von links einbogen. Der Erste von beiden wäre fast unter die Räder eines Lastzugs gekommen. Ein paar Sekunden lang lag er schräg ein paar Zentimeter unter der Seite des Lastzugs. Nur ein Wunder rettete ihn. Die beiden Biker legten sich vor ihren Chef und fuhren die leicht kurvige Uelandsgate hinauf.

Nach einigen hitzigen Anweisungen per Handy schlossen sich immer mehr Biker an, die Martin Ager die Hügel hinauf Richtung Tåsen verfolgten. Hoel musste Agers Mut und Geschick beim Fahren bewundern. Bestimmt wusste er, dass eine ganze Horde hinter ihm her war. Aber er fuhr, als würde ihn das überhaupt nicht beeindrucken.

An der Tåsen-Kreuzung wartete er auch nicht auf freie Fahrt und das grüne Licht. Wieder schob er sich auf den Bürgersteig, bog nach rechts in den Ringveien ab und fuhr auf dem Fußweg weiter, bis sich ihm in dem dichten Nachmittagsverkehr eine Lücke bot.

Hoel stellte fest, dass er lieber in dem Tempo fuhr, das seinen Fähigkeiten als Motorradfahrer entsprach. Er ließ Flem und die Vordersten der Bande, die jetzt zusammen ein Feld bildeten, es drauf ankommen lassen. Brock reihte sich hinter Hoel ein. Er war die ganze Zeit auf seinem Bock hin und her gerutscht. Aber Hoel konnte kein Mitleid für ihn empfinden. Schließlich hatte Brock fast darum gefleht, unbedingt mitgenommen zu werden.

Obwohl Ager gut war, holte das Feld ihn langsam ein. Die routinierten Biker zirkelten sich zwischen Autos und Lastzügen hindurch, sie erspähten sofort Lücken und eine Chance hindurchzuschlüpfen, sodass Hoel bald zu den Letzten im Feld von insgesamt zwölf Mann gehörte. Er konnte Martin Agers Rücken sehen. Sie fuhren unter dem Sinsen-Kreisel hindurch, dann den Hügel hinauf, um danach nach Økern hinunterzubrausen.

Hoel bemerkte, dass ihre Beute sich mehrmals über die Schulter umguckte, als sie sich Økern näherte. Ihm wurde klar, dass Ager irgendein Manöver plante, um seine Verfolger abzuschütteln. Hoel hoffte nur, dass die drei Fuckheadsmitglieder, die zehn Meter hinter dem Rächer fuhren, es ebenfalls bemerkt hatten.

Gleich nach Økern passierte es. Abrupt rutschte Ager über die rechte Fahrbahn auf die Beschleunigungsspur für die Autos vom Økernveien, die sich auf den Ringveien einfädeln wollten. Nur durch viel Glück kollidierte er nicht mit dem ersten entgegenkommenden Auto, dessen Fahrer den Schock seines Lebens bekam und gegen die Leitplanke scheuerte, dass die Funken sprühten. Die drei Biker, die Ager am dichtesten auf den Fersen waren, schafften es nicht so schnell, die Spur zu wechseln und mussten weiter Richtung Teisen dem Verkehr folgen. Die neun anderen aber kamen Ager hinterher. Sie brauchten nur dem Lärm der Autohupen und dem Kreischen der Bremsen zu folgen. Ager fuhr im Zickzack zwischen dem entgegenkommenden Verkehr, als hätte er nie etwas anderes getan. Hoel hielt sich dicht in der Kurve, an dem Grasabhang und sah mit an, wie zwei der Fuckheads vor einen Reisebus gerieten. Ein dritter konnte der Front des Busses gerade noch ausweichen.

Ager war bereits auf dem Økernveien. Sie waren immerhin noch zu sechst. Jetzt mussten sie eigentlich wissen, dass Ager aufs Ganze ging und umso aufmerksamer sein. Aber keiner war so geschickt wie Ager bei diesem Wettrennen. Denn nachdem sie gerade das Økernsenter passiert hatten, machte er das gleiche Manöver noch einmal. Einer der Fuckheads konnte nicht mehr reagieren und musste geradeaus weiterfahren. Der nächste fuhr frontal auf einen Porsche auf.

Flem, Hoel und noch zwei Mann waren von den zwölfen noch übrig. Brock lag ungefähr dreißig Meter hinter ihnen. Ager fuhr geradeaus weiter, statt wieder auf den Ringveien einzubiegen. Flem grinste Hoel zu, der zurückgrinste. Wenn Ager sich ausgekannt hätte, hätte er sicher einen anderen Weg gewählt. Ager fuhr den Hügel hinauf und am Økern Torg vorbei. Seine Maschine schnurrte für eine Honda ausgezeichnet, aber die vier Verfolger wussten, dass sie sich nicht mehr anstrengen mussten. Sie ließen Ager seinen Vorsprung ausbauen und folgten ihm in gebührendem Abstand. Diese Straße führte nur in ein Gewerbegebiet und hinter die Trabrennbahn von Bjerke.

Sie erreichten ungefähr gleichzeitig die Spitze, und alle sahen es sofort: Es gab ein Loch in dem Zaun, von dem sie nichts gewusst hatten. Auch Ager sah die Chance und fuhr in voller Fahrt über die Ebene, um in Sicherheit zu kommen. Doch das Gelände war feucht und rutschig. Die Nässe der letzten Tage hatte dazu geführt, dass die Autos, die hier hinauffuhren, tiefe Fahrrillen im Lehmboden hinterlassen hatten. Agers Maschine rutschte weg. Er hatte die Beine ausgestreckt, stürzte, und die Maschine fiel auf ihn.

Die wenigen Sekunden, die er brauchte, um unter seinem Fahrzeug hervorzukriechen, genügten seinen Verfolgern. Und in dem Moment tauchten noch zwei Motorräder auf. Vier Männer hielten Ager fest, während Flem ihn voller Verachtung musterte. Hoel und Brock standen einen Schritt entfernt und mischten sich lieber nicht ein.

Auch Tonni erreichte die Ebene und Flem machte ihm ein Zeichen, das deutlich auf Hoel gemünzt war. Einer durchsuchte zielstrebig Agers Taschen und nahm ihm die Schusswaffe ab, während sie ihn verhörten. Tonni legte Hoel und Brock einen Arm um die Schultern und führte sie zur Seite.

»Am besten geht ihr jetzt, Jungs«, sagte Tonni leise. »Es gibt bestimmte Dinge, von denen ihr lieber nichts wisst.«

»Verstanden«, sagte Hoel heiser. Seine Stimme wollte ihm nicht gehorchen. Was hatte er eigentlich erwartet? Er wusste es selbst nicht. Nein, das stimmte nicht. Denn als er Flem anrief, war ihm klar gewesen, dass Ager ein Problem war, das bewältigt werden musste. Schon ein paarmal in seinem Leben hatte Hoel vor einer solchen Entscheidung gestanden. Wo man sich entscheiden konnte, nichts zu tun und den Dingen ihren Lauf zu lassen. Oder man konnte handeln – aktiv eingreifen – und sich hinterher dreckig und unmoralisch fühlen. Das Einzige, was man zur Verteidigung anführen konnte, war, dass es notwendig gewesen war und man dadurch die eigene jämmerliche Haut gerettet hatte oder die Haut von jemandem, der einem nahe stand.

Tonni schob sie weg. »Dreh dich nicht um!«, zischte Hoel, als Brock Anstalten machte, doch wieder zurückzugehen.

Das Bild, das sich Hoel bot, als er selbst trotz besseren Wissens einen Blick über die Schulter warf, würde ihn Zeit seines Lebens verfolgen: Die fünf Fuckheadsmitglieder standen über Ager gebeugt, der auf dem Boden lag. Sie traten ihn, wo sie ihn erwischten. Flem hatte eine Eisenstange in der Hand und ließ sie auf Agers Schultern und Kopf niedersausen.

»Sie treten den Kerl tot«, sagte Brock leise.

»So ist das Gesetz hier, Brock«, erwiderte Hoel hart. »Wenn du dich einmischst, bist du als Nächster dran.«

Hoel fuhr seine Laverda so ruhig er konnte die Straße entlang, die von der Ebene wegführte. Er drehte sich nicht um. Er schaute auf dem Weg nach Hause nicht einmal zu Brock. Hoel wurde das

Gefühl nicht los, dass Brock ihm die Schuld gab für das, was geschehen war. Schließlich war es sein Plan, seine Taktik und sein Gespräch mit Flem gewesen, die alles in Gang gesetzt hatten.

Aber das größte Problem stand ihm noch bevor. Braza.

4

Irina wartete daheim. Sie wusste, das »ein Problem« gelöst worden war. Sie konnte seine Gedanken lesen. Dieses Gesicht, von dem er selbst glaubte, es wäre das beste Pokerface der Welt, war in Wirklichkeit für sie ein offenes Buch, in dem jedes Gefühl mit Blockbuchstaben aufgeschrieben war.

Irgendwie war sie enttäuscht. Zwar wusste sie, dass Männer wie Hoel, die immer auf dem Sprung waren und auf dünnem Seil balancierten, ihre Gewohnheiten nie ganz ablegen konnten. Sie brauchten den besonderen Kick, den das normale Leben ihnen nicht geben konnte. Trotzdem hatte sie geglaubt, dass eine Bar zu eröffnen, mit schwierigen Gästen und Angestellten zu streiten, Teil des unruhigen Nachtlebens von Oslo zu sein und mit gerissenen Lieferanten zu verhandeln, vielleicht ausreichen würde, um Hoel das prickelnde Lebensgefühl zu vermitteln. Sie wusste, dass er nach dem Kick suchte, abhängig von ihm war.

Sie stand an einem Scheideweg. Sollte sie die Beziehung fortsetzen oder abbrechen? Sie wusste es noch nicht. Sie musste zuerst die kommenden Tage abwarten. Aber sie musste auch wissen, was Alex getan hatte.

Sie saß im Wohnzimmer, das sie aufgeräumt hatte, nachdem Tonni verschwunden war, als sie das Brummen des Motorrads hörte. Mit verschränkten Armen und einer Zigarette im Mundwinkel schaute sie zu, wie er die Maschine parkte, den Helm abnahm und sich übers Haar strich. Sein Anblick machte sie geil, aber gleichzeitig blieb sie eiskalt. Sein Gesichtsausdruck ließ keinen Zweifel zu. Sie nahm sich eine Ausgabe von *Cosmopolitan* und warf sich lässig aufs Sofa, bevor er aufschloss.

»Hallo«, sagte sie, ohne den Blick von der Zeitschrift zu heben.

Er antwortete nur mit einem Murmeln und tat anschließend etwas, was sie noch nie bei ihm erlebt hatte. Er ging zum Barschrank, goss sich einen doppelten Kognak ein und kippte ihn auf ein Mal hinunter.

»Willst du mir sagen, was passiert ist?«, fragte sie leise.

Er blickte zu ihr. Goss sich einen neuen Drink ein und murmelte wieder etwas.

»Du könntest zumindest antworten.«

Auch diesen Drink kippte er in sich hinein. Dann wollte er gehen, um sich umzuziehen.

Aber sie stand auf und hielt ihn am Arm zurück. »Das ist verdammt noch mal kein Kinderspiel hier«, sagte sie und starrte ihm wütend in sein verschlossenes Gesicht, das aussah als wäre es aus glasiertem Stein.

»Lass mich«, sagte er leise.

Einen Moment lang glaubte sie, er würde sie schlagen. Sie bereitete sich bereits auf den kommenden Schlag vor.

»Weißt du eigentlich, welche Verantwortung du auf dich nehmen musst? Wenn du mit meiner Zukunft spielst, dann ist das deine Sache. Aber niemand spielt mit Sönkes Zukunft. Und erst recht nicht mit Alexandras.« Sie strich sich unwillkürlich über den Bauch, schaute hinunter und dann ihm wieder in die Augen.

»Ich spiele mit niemandem«, sagte er leise. »Ich will nur raus.«

»Was meinst du damit?«

Hoel schüttelte den Kopf. »Der Albtraum ist vorbei.«

»Und wie viele mussten sterben?«, fragte sie, fast als Scherz.

Aber sie erstarrte, als er antwortete: »Ein Mann. Ein Mann musste sterben. Es ging nicht anders.«

»Einer …« Sie hatte das Gefühl, sich immer noch in der Vergangenheit zu befinden. Sie erinnerte sich, wie Ulf manchmal nach Hause gekommen war. Dann war er für ein paar Tage verändert gewesen. Still und verschlossen. Aber auch in Ulf hatte sie lesen können. Schon bald hatte sie gewusst, dass sie diese Ungewissheit nicht mehr ertrug. Aber konnte sie Alex vertrauen? War er ehrlich? War wirklich alles vorbei? Oder würde ihr gemeinsames Leben immer wieder von seiner Vergangenheit eingeholt werden? Und was bedeutete es, dass Braza immer noch am Leben war? Alex hatte nur vage geantwortet, als sie ihn danach gefragt hatte. Sie wusste, er verbarg etwas vor ihr.

Sie drückte sich fest an ihn. »Lass uns nach oben gehen«, flüsterte sie.

Er nahm ihre Hand und führte sie, als wäre sie ein Kind.

Im Schlafzimmer zogen sie sich langsam aus. Sie fühlte, dass er sie haben wollte und das machte sie glücklich. Sie wollte für ihn da sein. Er zog sie an sich heran und rieb mit seinen Handflächen den Seiten ihres Bauches entlang, der erst eine kleine Wölbung zeigte. »Dann wird es also ein Mädchen?«, murmelte er ihr ins Haar.

»Ja. Alexandra«, antwortete Irina und strich mit ihren Händen über seinen Rücken. Seine Hand glitt über ihren ganzen Körper, vom Rücken hinab, die Schenkel und die Seiten hinauf, über die Brustwarzen, den Hals und den Nacken. Irina hatte das Gefühl, Teil einer gleitenden Bewegung zu sein, ein Gefühl wie in Zeitlupe, weich wie Pelz, süß wie Kandis. Sie arbeitete sich langsam seinen Körper entlang hinunter. Küsste seine steifen Brustwarzen, leckte einen schmalen Streifen die Brust und den Bauch hinunter. Ließ die Zunge in dem tiefen Nabel herumkreisen und endete direkt über seinem Schwanz.

Sie schaute in das erwartungsvolle Gesicht hinauf. Sie konnte sehen, dass er sich danach sehnte, ihren Mund zu spüren. Aber sie ließ sich Zeit. Er atmete schwer und sie wusste, dass er so wild darauf war, ihren Mund an die richtige Stelle zu schieben, dass er sich kaum zurückhalten konnte.

Sie packte seine Hoden mit einer Hand und umfasste gleichzeitig die Schwanzwurzel. Langsam leckte sie von der Wurzel zur Spitze hin. Dann nahm sie den Schwanz in den Mund. Sie sah, wie er die Augen schloss und tief seufzte. Als sie spürte, dass er sich dem Höhepunkt näherte, drückte sie ein paar Sekunden lang mit dem Zeigefinger und dem Mittelfinger der linken Hand auf den Punkt zwischen Hoden und Anus, bis sie spürte, wie er schlaffer wurde. Dann zog sie ihn mit sich zum Bett.

Erst nach fünfzehn Minuten warf er sich neben sie aufs Bett. Sein Körper war schweißbedeckt und sie schmiegte sich an ihn, für eine Weile vollkommen erschöpft und atemlos nach dem Orgasmus. Sie hörte, dass er mit ihr sprach, konnte aber nicht antworten. Er strich ihr übers Haar und über die Schultern und sie ließ ihre Zunge leicht über die Haut gleiten und die salzige Flüssigkeit aufnehmen.

Es dauerte weitere zehn Minuten, bis sie nicht mehr zu schweben meinte. Im Hintergrund klingelte das Telefon. Aber keiner von beiden hatte Lust ranzugehen.

Erst eine Stunde später hörte Hoel den Anrufbeantworter ab. Irina sah, wie er die Augenbrauen zusammenzog und wieder ein schuldbewusstes Gesicht bekam. Und wieder einmal hatte sie das Gefühl, zwischen zwei schmerzlichen Entscheidungen hin- und hergeworfen zu werden. Abfahren? Oder bleiben? Oder hieß die Entscheidung eigentlich »Liebe«? Oder »Vernunft«?

»Ich muss heute abend noch los«, sagte er und nahm ein Handtuch, um unter die Dusche zu gehen.

»Geh nur«, sagte sie und drehte sich auf die Seite, damit er nicht sah, dass sie weinte. Er hatte es nicht gesagt, aber sie war überzeugt davon, dass es etwas mit Braza zu tun hatte.

5

Hoel rief Jamil Rahman unter der Nummer an, die dieser auf dem Anrufbeantworter hinterlassen hatte. Sie verabredeten sich im Restaurant von Rahmans Bruder.

Sie trafen sich im Hinterzimmer des ›Kalif Omar‹ im Markveien. Jamil Rahman hatte sich am Telefon angehört, als würde er unter Druck stehen. Er hatte um ein Treffen gebeten, um »ein gemeinsames Problem« zu besprechen, wie er es nannte. Und er bestritt heftig, dass das etwas mit Tonni zu tun hatte. Er schien geradezu überrascht, als Hoel Fragen in die Richtung stellte. Als hätte er die Sache mit Tonni Sæle bereits vollkommen vergessen.

Rahman stand im Eingangsbereich, als Hoel die Tür öffnete. Er unterhielt sich mit dem Garderobier, einem älteren, grauhaarigen Mann mit Bart, der die traditionelle pakistanische Kleidung trug. Hoel warf einen Blick ins Restaurant und stellte fest, dass alle Kellner so gekleidet waren. Das ganze Lokal vermittelte den Eindruck einer intimen Atmosphäre. Die Beleuchtung bestand fast ausschließlich aus Kerzen, die ein weiches, angenehmes Licht verbreiteten. Obwohl Hoel nicht glaubte, dass das denjenigen, die dort arbeiteten, ihren Job leichter machte.

Rahman zog ihn an der Küche vorbei hinter einen Vorhang. Ein paar Treppenstufen hinauf, eine Biegung nach rechts und anschließend durch die zweite Holztür rechts. Hoel merkte sich den Weg für den Fall, dass er im Dunkeln hinausfinden musste. Der Linoleumboden roch nach Salmiak und war noch feucht. Jemand hatte erst vor kurzem hier sauber gemacht. Die Wände waren rot gestrichen. Weiter den Flur entlang nahm er den intensiven Geruch von Gewürzen wahr. Dort musste sich der Vorratsraum des Restaurants befinden.

Sie betraten ein Zimmer, das einem Restaurant ähnelte, obwohl es nur Platz für einen Tisch und vier Stühle gab. Das Fenster saß hoch oben in der Wand. Die Gardinen waren vorgezogen. Die

Wände waren mit persischen Teppichen bedeckt und auf dem Tisch lag eine gestickte Decke in kräftigen Farben. Sie zeigte eine dramatische Jagd auf einen Elefanten, der sich mit einem Baumstamm, den er im Rüssel hin- und herschwenkte, gegen die Jäger verteidigte.

Rahman bat ihn, Platz zu nehmen und setzte sich ihm gegenüber. Ein Kellner kam mit zwei Wassergläsern herein, einer Karaffe mit Eiswasser, einem Bitter Lemon für Rahman und einem Rotweinglas für Hoel. Und er war nur wenige Sekunden fort, dann kam er schon wieder zurück mit zwei Tellern mit *nargisi kofta* – Hackbällchen mit eingebackenem Ei. Hoel genoss den Geschmack von Minze, Koriander und *garam masala,* das er unter dem Chili herausschmeckte.

Rahman war ausgesprochen freundlich und höflich. Hoel war mit gemischten Gefühlen zu diesem Treffen gegangen. Das konnte eine Falle sein. Möglicherweise stand Braza dahinter und wollte die Gelegenheit nutzen, um sich seiner zu entledigen. Aber eigentlich konnte Hoel sich das nicht vorstellen. Er meinte, ein Menschenkenner zu sein und zu wissen, dass Rahman derartige Pläne nicht hätte verbergen können, als er mit Hoel telefonierte. Trotzdem wurde Hoel nervös von Rahmans pausenlosem Geschwätz, das sich um alles und nichts drehte – ein dummes Gerede zwischen zwei Männern, die sich kaum kannten. Spuck schon aus, was du willst, verdammt noch mal!, dachte Hoel und spürte, dass er sogar den Genuss am Essen verlor, während die Mahlzeit fortschritt, ohne dass viel Bemerkenswertes gesagt wurde.

»Wir haben ein gemeinsames Problem.« Endlich kam mal etwas Vernünftiges von Rahman, dachte Hoel.

»Ja«, antwortete Hoel und hatte keinerlei Ahnung, wovon sein Gegenüber eigentlich redete.

»Das ist ein Problem, für das es vielleicht nur eine einzige Lösung gibt«, erklärte Rahman weiter zwischen zwei Schlucken Wasser.

»Hm.« In Hoels Inneren wuchs erneut ein Gefühl, wie er es in Bjerke gehabt hatte, als die Fuckheads-Mitglieder Ager tottraten.

Und diese Vermutung hatte er später bestätigt bekommen. Bei den Sechsuhrnachrichten: »Die nicht identifizierte Leiche eines Mannes ist in der Nähe der Trabrennbahn von Bjerke gefunden worden. Der Mann war in den Zwanzigern und …« Da stellte Hoel die Nachrichten aus und spürte, wie Irina ihm einen kritischen Blick zuwarf.

»Ich denke weiter in die Zukunft«, erklärte Rahman. »Die meisten Menschen denken in zu kurzen Perspektiven. Aber ich versuche, ein wenig weiter zu schauen – dorthin, wo dies alles vorbei sein wird.«

»Hm«, meinte Hoel erneut und überlegte, wann der Mann endlich zur Sache kommen wollte. Er nahm sich noch etwas Brot.

»Du weißt sicher, dass Braza vorhat, dich umzubringen«, sagte Rahman. Jetzt senkte er seine Stimme vertraulich, während er Hoel intensiv ansah.

Hoel wusste das nur zu gut und zuckte mit den Schultern. Außerdem war der Wunsch gegenseitig. Auch er würde Braza nur zu gern aus der Welt schaffen. Damit wieder Ruhe und Frieden einkehren konnten und er so leben durfte, wie er wollte. Er nickte nur und ließ sich nichts anmerken. Noch wusste er nicht, worauf Rahman hinauswollte.

»Braza ist ein alter Mann. Er ist ein dummer Mann. Er denkt nicht dran, wie man Geld verdienen kann. Statt dessen verdirbt er das Geschäft mit seiner idiotischen Rache, die auf ihn und auch auf mich zurückfallen kann, sodass ich fast …« Rahman breitete die Arme in einer resignierten Geste aus.

»Sauer werde?«, half Hoel mit ironischer Miene.

»Ja, ich werde sauer. Ich werde wütend und verzweifelt.« Rahman unterstrich jedes Wort mit einer hämmernden Handbewegung. Als schlüge er jedes Wort in die Tischplatte ein.

Und außerdem liebst du dein Geld, dachte Hoel, ohne es laut zu sagen. Statt dessen fragte er: »Was willst du eigentlich sagen?«

»Braza will dich umbringen. Er hat schon früher gemordet. Wenn ich mich nicht irre, auch deinen Kompagnon Ulf, nicht wahr?«

Hoel nickte.

»Braza ist damit davongekommen, genau wie er mit vielem anderem davongekommen ist. Du willst Braza weg haben. Wenn du keine endgültige Lösung dieses Problems findest, wird er dich immer wieder aufspüren. Und ich sitze mitten drin und will einfach nur in Ruhe leben und Geld verdienen. Genau wie du. Warum bringen wir beide nicht zusammen Braza um und machen damit diesem verdammten Generve ein Ende? Dann können wir wieder ungestört unseren Geschäften nachgehen. Alle werden glücklich sein. Keiner wird diesen Dreckskerl vermissen.« Rahman wischte sich die fettigen Finger an der Serviette ab und benutzte eine andere Serviette, um sich den Schweiß von der Stirn zu wischen und den Mund abzutupfen.

»Du vergisst einen wichtigen Punkt«, sagte Hoel und ließ den Vorschlag in sich sinken. »Die anderen Jugoslawen werden das nicht zulassen. Sie werden ihn rächen.«

»An wem sollen sie sich denn rächen? Braza wird erschossen – Peng! Wer kann wissen, wer der Mörder ist? Peng! Peng! Mitten auf der Straße. Ein Zufallsmord. Wer weiß?« Rahman schoss mit einem Fantasierevolver um sich und erinnerte Hoel an einen großen Jungen, der Räuber und Gendarm spielt.

»Als Erstes werden sie natürlich zu dir kommen. Wenn ihnen die Polizei nicht zuvorkommt«, erklärte Hoel trocken. Aber der Gedanke sagte ihm mehr und mehr zu, je länger sie darüber sprachen. Hoel hatte das Gefühl, das Schicksal selbst habe seine Finger im Spiel. Wenn Rahman ihn nicht angerufen hätte, wäre er nur mit der vagen Fantasie herumgelaufen, dass er Braza ein für allemal ausschalten musste. Jetzt nahm in seinem Kopf ein Plan Formen an. Ein klarer, deutlicher Plan, wie das Problem mit dem alten Jugoslawenschwein ein für allemal gelöst werden konnte. Er ließ Rahman weiterreden, während er in Gedanken die letzten Puzzleteilchen an die richtige Stelle schob.

»Wenn die Polizei kommt, dann sage ich gar nichts. Ich spiele den Dummen«, sagte Rahman breit grinsend. »Ich zeige ihnen mein dümmstes Gesicht.« Er ließ den Unterkiefer leicht hängen und leerte seinen Blick von jeglicher Intelligenz. »Und dann rede ich diese Affensprache, von der die Polizei immer glaubt, dass wir Ausländer sie benutzen: Isch nichts versten. Isch nur dummer Pakki. Isch machen gute Bissniss mit gesunde Massasche. Du wollen Massasche? Isch für disch regeln?«

Rahman gab eine wunderbare Imitation des Typen »dummer Ausländer« ab. Aber Hoel lächelte nur halbherzig. »Sie werden dich trotzdem zum Reden bringen«, erklärte er ruhig. »Die Polizei kannst du vielleicht anschmieren. Aber die Jugos sind schlauer. Das hältst du eine Weile durch. Aber dann singst du. Und dann stirbst du. So läuft das.«

»Oh Scheiße«, sagte Rahman und sank in sich zusammen. »Dann gehen die Geschäfte zum Teufel.«

»Alles lässt sich regeln«, widersprach Hoel. »Wenn man es richtig anstellt. Wie wäre es, wenn wir es folgendermaßen machen?« Und dann skizzierte er seinen Plan. Der barg zwar ein gewisses Risiko, aber die Chancen standen nicht schlecht. Wenn alles gut lief, konnte Rahman sein Hurenhaus allein weiterführen. Und Hoel konnte glücklich bis ans Ende seiner Tage leben mit Bar und der Frau, die jetzt sein Kind in sich trug. Wenn alles schief ging, konnte Rahmans Geschäft den Bach runter gehen. Und Hoel konnte die Bar und die Liebe verlieren. Aber wenn sie noch länger warteten, bevor sie das Problem Braza lösten, würde all das früher oder später sowieso so enden.

Sie brauchten zwei Stunden, um alle Details der Falle zu diskutieren. Das Essen wurde kalt und Hoel vergaß den köstlichen Wein. Sie waren gar nicht auf dieser Welt, bis die Kerzen fast heruntergebrannt waren. Da besiegelten sie ihr Abkommen mit einem Handschlag.

Sonntag

1

Braza bürstete die Schuppen von den Schultern seines blauen Jacketts, bevor er es vor dem Spiegel anzog.

Sein Anzug war relativ teuer und machte einen soliden Eindruck. Er zeigte, dass er ein Mann war, der genug Geld fürs Spiel hatte. Außerdem zeigte er mehr Stil als all die anderen Jugoslawen im Spielclub, in den er hinwollte. Braza wusste, dass Dragoslaws Bruder ihn nicht ausstehen konnte. Umso mehr Wert legte Braza darauf, sich besser und anders anzuziehen.

Insgeheim verachtete Braza seine Landsleute. Sie waren in seinen Augen nur eine Bande lächerlicher Kleinkrimineller, ohne Manieren oder Ideen. Er war einer der wenigen, die es geschafft hatten. Abgesehen von Dragoslaw natürlich. Aber Dragoslaw war tot und Braza betrachtete sich als sein Nachfolger.

Braza nahm üblicherweise einen Freund mit. Das heißt eine Person, von der er sicher war, dass er sich auf sie verlassen konnte. Er ging davon aus, dass Kelemen zuverlässig genug war. Es konnte nichts schaden, einen Schatten dabei zu haben; für den Fall, dass etwas passierte. Er hätte nicht bis heute überlebt, wenn er nicht immer auch auf die kleinen Details geachtet hätte.

Während er sich anzog und darauf wartete, dass Kelemen auftauchte, drehten sich seine Gedanken um Hoel. Er hasste den Mann glühend und hätte ihn am liebsten mit eigenen Händen erwürgt. Er konnte sich noch genau daran erinnern, wie er Hoel das Ohr weggepustet hatte, ihm die Narbe am Kinn verpasst und ihm den kleinen Finger abgeschnitten hatte. Pech oder Leichtsinn hatten Hoel unachtsam werden lassen. Jetzt war die Frage nur, wie er den Mann töten konnte, der ihm so viel Schmerzen bereitet hatte. Als Hoel und seine Freunde mit Bård im Schlepptau im Cassandra aufgetaucht waren, war Braza klar geworden, dass der Mann gefährlicher war, als er gedacht hatte. Und er konnte an Hoels Blick und an seiner Körpersprache ablesen, dass der Mann die gleichen Pläne hinsichtlich seiner Zukunft hegte, die er selbst sich für Hoel zurechtgelegt hatte. Jetzt musste er schnell handeln, am besten schon innerhalb der nächsten Tage.

Aber heute Abend wollte er versuchen, Hoel zu vergessen. Er wollte für ein paar Stunden seiner größten Leidenschaft frönen. Braza hatte herausgefunden, dass er besser denken konnte, wenn er spielte.

Kelemen kam und begrüßte ihn mit einem förmlichen Händedruck, fragte nach den letzten Neuigkeiten und tauschte die üblichen Höflichkeiten aus. Braza kontrollierte, ob Kelemen eine Waffe dabei hatte. Wieder eines dieser kleinen Details. Kelemen trug seine Waffe in einem Halfter unter dem Arm, sodass sie schon von weitem zu sehen war. Braza gefiel es, mit den Sporen zu klirren und zu zeigen, dass er alles im Griff hatte und reich und wichtig genug war, um eine Leibwache zu brauchen. Eine bewaffnete Leibwache. Braza stopfte achtlos ein Bündel Geldscheine in die Innentasche seines Jacketts und dann gingen sie los. Kelemen trat zuerst aus der Tür, blieb aber anschließend einen Schritt hinter Braza. Es war wichtig, immer zu zeigen, wer den Ton angab.

Der Hauseingang im Fredensborgvei unterschied sich durch nichts von den anderen. Braza drückte auf den Klingelknopf, auf dem »Hansen« stand, und nachdem er das Codewort des Abends genannt hatte, summte der Türöffner. Das Kasino hatte im Laufe des Jahres schon mehrfach die Adresse gewechselt, aber jedesmal befand es sich in Räumen im Erdgeschoss. Schließlich brauchte man mehrere Fluchtwege, falls die Gesetzeshüter kamen und dem Spiel ein Ende bereiten wollten.

Hätte Braza sich nicht im horizontalen Gewerbe engagiert, hätte er ein illegales Spielkasino eröffnet. Ein Problem für diejenigen, die diese Geschäfte betrieben, war nur, dass die Polizei auf derartige Etablissements viel schneller ein Auge warf als auf Massageinstitute. Man fand wohl kaum eine plausible Ausrede, weshalb dreißig, vierzig Männer in ehemaligen Büroräumen saßen, spielten, tranken und von zwei Frauen bedient wurden. Da konnte man nur schwer von einer geschlossenen Versammlung von Freunden sprechen. Und noch mehr irritierte die Denkweise der Bullen. Das Spiel und das Geld interessierten sie gar nicht. Sie waren hinter Waffen und Drogen hinterher. Wenn sie nichts fanden, wurden sie sauer, beschlagnahmten den Roulettetisch und benutzten alle bürokratischen Tricks, um seine Rückgabe hinauszuzögern. Aus reiner Schikane. Aber trotz der Polizeitroubles war immer noch reichlich Geld dabei zu holen.

Braza und Kelemen wurden in die Räume eingelassen, die früher eine kleine Druckerei beherbergt hatten. Ein großer Raum von hundertzwanzig Quadratmetern, in dem die Maschinen gestanden hatten, und ein paar kleinere Zimmer, die als Büros und als Chefzimmer gedient hatten. Dragoslaws Bruder Stjepan saß in einem kleinen Zimmer mit Glasscheiben zum Spielbereich hin. Er verließ den Raum niemals, ohne seinen Schreibtisch abzuschließen. Stjepans Markenzeichen war, dass er niemandem vertraute, nicht einmal seinen Landsleuten. Nur deshalb hatte er es so weit in dieser Branche gebracht.

Braza schickte Kelemen zwei Bier holen. Er selbst trank nur wenig, wenn er Poker spielte. Wenn man das Spiel ernst nahm, musste man die Konzentration behalten. Alkohol in großen Mengen und Poker gehörten nach Brazas Meinung nicht zusammen. So etwas kam nur in amerikanischen Filmen vor und rief bei Braza bloß Verachtung hervor.

Er steuerte das Pokerzimmer an. Es lag ganz hinten im Lokal, wo es am ruhigsten war. Die Pokerspieler waren auf der Hut. Wenn sie hartes 32-Karten-Poker spielten, stand viel Geld auf dem Spiel. Und das Etablissement sorgte dafür, dass sie in Ruhe gelassen wurden. Stjepan nickte Braza säuerlich durch die Scheibe hindurch zu und wühlte weiter in seinen Papieren auf dem Schreibtisch. Auch wenn Stjepan ihn nicht mochte, so verdiente er trotz allem genug daran, wenn ein hoch setzender Spieler wie Braza bei ihm spielte, dass er ihm gewisse Privilegien einräumte, wie zum Beispiel gegrüßt zu werden.

Braza lächelte gezwungen mit schmalen Lippen, als er entdeckte, dass der Tisch nicht nur von seinen üblichen Gegnern Ivo und Danilo besetzt war, sondern außerdem noch von Alex Hoel sowie zwei Typen, die er nicht kannte. Letztere hätten Brüder von Vadim und Naim sein können und er nahm an, dass sie Pakistani waren. Kelemen tauchte mit zwei kleinen Bieren auf und sie setzten sich. Damit waren sie zu siebt am Tisch. Das war eine gute Zahl. Mit fünf oder sechs Spielern läuft es gut. Bei vier wird es schnell zu simpel. Aber sieben sind ausgezeichnet. Braza studierte jedes einzelne Gesicht, während sie ihre Runde beendeten, die sie angefangen hatten, bevor die beiden Neuankömmlinge sich zu ihnen gesellt hatten.

Braza beschloss, Alex Hoel bis aufs Hemd auszuziehen. Ihn erst bankrott zu machen. Und dann zu töten.

2

Hoel wusste, dass Braza der Versuchung nicht würde widerstehen können, gegen ihn zu spielen. Das war einer der Punkte, die Rahman und Hoel am längsten diskutiert hatten. Wie konnten sie sicher sein, dass Braza nicht augenblicklich nach Hause umkehren würde, wenn er Hoel im Pokerzimmer entdeckte, hatte Rahman gefragt. Woher konnten sie wissen, dass er nicht lieber Roulette spielte? Rahmans Nerven lagen allein deshalb blank, weil es für ihn so wichtig war, dass bald etwas mit Braza geschah. Er hatte das Gefühl, sein Geschäft stehe auf der Kippe.

Hoel hatte ihm versichert, dass überhaupt kein Risiko bestand.

»Braza und ich, wir können nicht miteinander auskommen. Es ist er oder ich«, erklärte er Rahman, der anscheinend gar nicht verstand, worum es ging. Rahman hatte nur die Augenbrauen hochgezogen.

»Tatsache ist, dass wir einfach aufeinander prallen müssen. Wir können der Anziehungskraft des Hasses zwischen uns nicht widerstehen. Glaub mir, wenn Braza mich sieht, wird er sich ohne zu zögern mit einem einzigen Gedanken im Kopf an den Tisch setzen: Mich zu besiegen und mir mein Geld abzuknöpfen.«

Rahman hatte resigniert genickt. Danach mussten sie nur noch zwei Männer organisieren, die den Dreckjob machen würden. Rahman sollte als unauffälliger Schatten an der Bar stehen oder an den verschiedenen Tischen spielen. Hoel war der Lockvogel, der Köder am Haken, der den alten Hecht dazu bringen sollte, sich auf die Beute zu stürzen. Die beiden Pakistani, auch sie gerissene Pokerspieler, ohne dass sie es in der Branche sonderlich weit gebracht hatten, sollten Braza den Gnadenstoß geben, wenn der richtige Augenblick gekommen war. Der eine von ihnen, Mohammad, hatte einen Eispickel in der Innentasche. Husain dagegen ein breitschäftiges Bowie-Messer.

Sie wollten Braza so gründlich diskreditieren, dass niemand dagegen protestieren würde, wenn er umgebracht wurde. Jemand, der so dumm war, zu betrügen, unterschrieb sein eigenes Todesurteil. Unter Leuten, die von Lug und Trug lebten, war Betrug im Spielclub tabu. Was Hoel als absolutes Paradox ansah. Aber gerade dieses Paradox – diese strenge Grundregel des Pokerspiels – wollten Rahman und er an diesem Abend ausnutzen.

Die Neuankömmlinge legten ihre achttausend Kronen vor sich auf den Tisch. Es wurde ruhig, das Spiel konnte beginnen. Alle bekamen ihre Karten und betrachteten sie in aller Ruhe, bevor sie ansagten. Braza spielte wie ein Profi. Hoel war beeindruckt von der Ruhe, die er an den Tag legte. Er selbst riskierte keinen großen Einsatz, aber darum ging es ja auch nicht.

Braza spielte wie eine Schildkröte. Er blieb in seinem Panzer, solange seine Karten nicht gut genug waren. Er ließ die anderen das Spiel machen, den Einsatz erhöhen oder zum Stehen auffordern. Bis jetzt spielten sie nur um Kleingeld. Ivo gewann eine Runde. Danilo gewann. Braza gewann kleine Summen. Hoel verlor. Aber er verabschiedete sich mit leichtem Herzen von einem Schein nach dem anderen. Poker war nie seine große Leidenschaft gewesen.

Die Spannung stieg fast augenblicklich, als Hoel sich an Braza wandte und scheinheilig fragte: »Wie geht es eigentlich Bård?«

Brazas Kiefer erstarrten. Er lächelte säuerlich. »Es geht ihm gut.«

»Er sah ziemlich elend aus, als wir bei dir waren«, meinte Hoel unbeeindruckt.

Braza brummte unwirsch. Er starrte in seine Karten, als könnte er in ihnen die Zukunft lesen. Aber von da an spielte er schlechter. Hoel hatte geglaubt, sein Gegner verfüge über größere Selbstbeherrschung.

Braza schien in die Falle gegangen zu sein. Er setzte zu viel Geld auf Karten, die seinen Erwartungen nicht gerecht wurden. Er wandelte sich von einem kaltblütig kalkulierenden Spieler in einen Gambler, der blind auf Chance spielte, womit er über kurz oder lang scheitern würde.

Brazas Verwandlung drückte auf die Stimmung am Tisch. Der Mann begann zu prahlen. Die Spannung wuchs und Hoel tat sein Bestes, um sie weiter zu schüren. Brazas innere Hitze stieg Grad um Grad, und es war offensichtlich, dass er es nur noch darauf anlegte, jedes einzelne Spiel zu gewinnen. Um jeden Preis wollte er zeigen, wer der beste Spieler im Raum war, koste es, was es wolle. Aber seine Bluffs wurden durchschaut. Er verlor Geld. Er hätte von neuem wie eine Schildkröte spielen sollen. Lieber darauf warten, dass sich das Blatt wieder wendete.

Der Augenblick der Wahrheit näherte sich, in dem das Spiel seinem Ende entgegengeht und jemand die Karten aufdeckt und alles Geld einkassiert. Die Uhr zeigte nach neun.

Braza warf wütend seine Karten auf den Tisch. Das bedeutete, dass er schon wieder verloren hatte. Hoel kannte die Geste von Amateurspielern. Das war ein sicheres Zeichen, dass sie bald die Beherrschung verloren.

Einer der Pakistani hob eine Karte vom Boden auf. Zwischen ihm und Braza kam es schnell zu einem Wortgefecht. Der andere Pakistani rief etwas von Betrug.

Das Wortgefecht bekam Nahrung durch neue Beschuldigungen hinsichtlich zweifelhaften Mischens und Austeilens. Braza wurde beschuldigt. Ivo und Danilo nickten, als wären sie der gleichen Meinung. Hoel nahm an, dass Braza hier nicht besonders beliebt war und die beiden auf den fahrenden Zug aufsprangen, um ihm eins auszuwischen.

Da zog einer der Pakistani seinen Eispickel aus der Tasche. Es geschah so schnell, dass Hoel schon dachte, er würde den Stahl Braza in die Brust rammen, bevor der überhaupt begriff, was geschah. Aber der Pakistani hielt plötzlich inne, den Eispickel über dem Kopf erhoben.

Brazas Lakai hatte sich blitzschnell vorgebeugt und einen Revolver ins Ohr des Pakistanis gebohrt. Der Eispickel fiel zu Boden. Langsam senkte Mohammad seinen Arm, während Braza vorsichtig auf seinem Stuhl nach hinten rutschte, bevor er mit einem Siegerlächeln auf den Lippen aufstand.

»Ihr könnt den Pott behalten, Jungs«, sagte er und stopfte sich sein eigenes Scheinbündel in die Tasche.

Sein Lakai stand ebenfalls auf, und beide gingen rückwärts zur Tür. Braza erreichte sie als Erster und schlüpfte hinaus. Alle schauten zu dem Lakaien, der noch im Raum stand. Er musste sich fühlen, als stünde er mit heruntergelassener Hose da. Mit dem Revolver in der ausgestreckten Hand wollte auch er die Tür erreichen. Aber er machte keinerlei Anzeichen, die Waffe zu senken. Das war so ein Augenblick, wie es ihn in allen Duellen gibt, direkt bevor die Beteiligten losschießen. Auch der Lakai wusste das und kam ins Schwitzen.

Er wollte Brazas Beispiel folgen und hinausschlüpfen, aber er stolperte über die Türschwelle und fiel rückwärts aus dem Zimmer hinaus. Hoel wartete auf einen Knall. Aber Kelemen gelang es, den Finger auf dem Abzug zu halten, ohne dass sich ein Schuss löste.

3

Khalid Mirza stand zusammen mit Jamil Rahman an der Bar und sprach über sein Lieblingsthema – Frauen –, als Braza sich aus dem Pokerzimmer schlich und das Kasino verließ. Khalid und Rahman hatten noch nicht reagieren können, als auch Brazas Leibwache rückwärts aus dem gleichen Raum stolperte.

Khalid zuckte wie alle anderen zusammen. Derartiges Benehmen war bei Stjepan nicht üblich. Kelemen kam schnell wieder auf die Beine und drehte sich, mit dem Revolver vor sich ausgestreckt, um die eigene Achse, als erwartete er, dass sich gleich alle auf ihn stürzen würden. Aber niemand rührte sich.

Der Einzige, der etwas zu sagen wagte, war Stjepan: »Du solltest uns besser die Knarre geben. Damit niemand zu Schaden kommt.« Khalid sah, dass der Kasinobesitzer einen Baseballschläger in der Hand hatte.

Aber Brazas Lakai entgegnete mit hoher Stimme: »Bleibt wo ihr seid. Ich schieße auf den ersten Idioten, der sich bewegt.« Kelemen ging seitwärts zum Ausgang.

Als Jamil Rahman sich an der Theke zu Khalid hinüberbeugte und fragte, was man machen könnte, um den Jugoslawen zu entwaffnen, der das ganze Kasino in Schach hielt, zögerte Khalid keinen Augenblick.

Er packte eine Glasschüssel mit Erdnüssen auf dem Tresen, kippte sie aus und warf die Schüssel mit einem verdeckten Wurf.

Sie wirbelte wie eine Frisbeescheibe durch den Raum, in perfekter Balance, und traf den Jugoslawen am Hinterkopf.

Kelemen fiel vornüber auf einen Tisch, sodass Geld und Gläser weit auseinanderflogen.

»Gut gemacht!«, sagte Rahman und klopfte ihm auf die Schulter.

Khalid ging zum Tisch und hob den Mann hoch. Die Spieler sammelten hastig ihr Geld auf. Die anderen Jugoslawen sahen mit ausdruckslosem Blick zu.

Aber dann sagte Stjepan: »Braza ist ein Scheißkerl. Und dieser Typ hier ist auch ein Scheißkerl. Solche wollen wir hier nicht haben. Sie sind schlecht fürs Geschäft.« Er schlug mit dem Baseballschläger in die Handfläche und blickte ernst in die Runde um zu sehen, ob noch jemand Ärger haben wolle.

Khalid nickte dem inzwischen hereingekommenen Hoel zu, der sein Nicken erwiderte, als Zeichen, dass er bereit war.

4

Stjepans Worte hatten die Spannung gelöst.

Hoel begriff, dass der Besitzer nur auf eine Gelegenheit gewartet hatte, um Braza und seine Kumpane rauszuschmeißen. Welche Motive er dafür auch immer hatte. Jedenfalls bedeutete das, dass Brazas Recht, von seinen Landsleuten mit Respekt behandelt zu werden, verspielt war.

Braza hatte vielleicht zwei Minuten Vorsprung. Das reichte um zu verschwinden.

Hoel und Khalid liefen in die Richtung, die der Türsteher ihnen zeigte. Hoels Instinkt sagte ihm, dass Braza die Treppen hinunter zur Wilses gate genommen hatte. Und richtig: Als Khalid und er ans Treppengeländer traten, konnten sie Braza rechts in der Møllergata verschwinden sehen. Hoel zeigte auf ihn und sah, wie sich Khalids Augen verengten. Als würde ein Raubtier seine Beute anpeilen.

Sie liefen die Treppen hinunter. Hoel schaute auf die Uhr: siebzehn Minuten nach neun. Er rieb die Fingerspitzen aneinander. Die Luft war kalt. Aber vielleicht war es auch nur die bevorstehende Abrechnung, die ihn erschauern ließ. Denn das hier war das Ende. Das wusste er.

Aber als sie die Møllergata hinuntergelaufen waren, konnten sie Braza nirgends entdecken. Der alte Schakal hatte wahrscheinlich seine Verfolger gewittert. Fast wären sie an Brazas Versteck vorbeigelaufen, wenn da nicht das verräterische Geräusch einer Katze gewesen wäre, die von etwas erschreckt worden war. Das Tier schrie in einem Hinterhof, worauf Khalid und Hoel abrupt stehen blieben.

Sie sahen einander an und Hoel sah, dass der Pakistani eine Sekunde abwartete, um zu sehen, ob Hoel Manns genug war, um zuerst reinzugehen. Hoel streckte sich und schlich sich dann an der dunklen Wand entlang, die im Hinterhof verschwand. Dort drinnen schien nur das bläuliche Licht des Monds. Trotzdem konnten sie die Umrisse eines Mannes erkennen, der sich auf dem Dach eines Fahrradhäuschens hinkauerte.

»Jetzt kommen wir«, flüsterte Hoel der Gestalt zu, die zehn Meter von ihm entfernt war. Die Geräusche waren gut hörbar im Hinterhof und das Echo des Flüsterns wurde von den Mauern zurückgeworfen.

»Jetzt erwische ich dich, du Schwein.«

Die dunkle Gestalt gab keinen Laut von sich. Sie kletterte das Dach entlang weiter und verschwand auf der anderen Seite.

Khalid und Hoel schwangen sich auf den Zaun und balancierten auf ihm entlang. Sie sahen Braza auf der anderen Seite des Hinterhofes eine fest montierte Feuerleiter hinaufklettern, die auf das Flachdach eines zweistöckigen Gebäudes führte.

Als sie wenige Sekunden später oben standen und sich vom Dach aus umschauten, lächelten beide. Ihre Beute hatte einen schlechten Zug gemacht.

5

Er wurde schnell müde.

Es waren nicht die Beine sondern die Hüften, die sich zuerst bemerkbar machten. Braza wünschte, sein Körper wäre geschmeidiger und ein willigeres Werkzeug. Er wusste, dass Kelemen die Stellung nicht lange würde halten können.

Er konnte nur mit ein paar Minuten Vorsprung rechnen. Als er bis zur Møllergata gekommen und sich einmal umgedreht hatte, konnte er die beiden Gestalten sehen, die oben am Treppengeländer zum Vorschein kamen. Er meinte in dem einen Hoel wiederzuerkennen. Braza hastete weiter. Vielleicht standen seine Chancen besser, wenn er in einem Mäuseloch verschwand und dort blieb. Den Atem anhielt und wartete, bis seine Verfolger es leid waren, irgendwelchen Schatten nachzujagen.

Er nahm die erste Einfahrt. Sie führte ihn in einen wunderbar dunklen Hinterhof. Trotz des Protestes seiner Hüften balancierte er über einen Zaun zu einem Schuppen hin. Er hatte fast das Dach erreicht, als er auf diese blöde Katze stieß. Das Tier erschrak sicher genauso sehr wie er.

Anscheinend war das Schicksal gegen ihn. Die Katze hatte ihn verraten. Und jetzt, nachdem er die Stockwerke des Nachbarhauses hinuntergeklettert war, stand er in einem quadratischen Hinterhof, der verdammt einer Falle ähnelte. Braza hatte die erste Tür versucht – sie war geschlossen.

Er stolperte zur nächsten, aber auch die bekam er nicht auf. Beide waren aus solidem Metall und ließen sich nicht eintreten. Im

Erdgeschoss gab es keine Fenster. Und jetzt guckten die beiden Männer vom oberen Rand der Feuerleiter herunter, die er selbst gerade heruntergeklettert war.

Braza sah sich verzweifelt um. Die einzige Möglichkeit zu entkommen, war eine Feuerleiter auf der anderen Hausseite, die jedoch erst im ersten Stock begann. Er machte zwei vergebliche Versuche hinaufzuspringen.

Dann schob er eine Mülltonne darunter. So konnte er das untere Ende erreichen und sich hochziehen. Gerade noch rechtzeitig, denn der erste seiner Verfolger, den Braza jetzt deutlich als Hoel erkannte, war schon auf halbem Weg die Metallstufen auf der anderen Häuserseite hinunter. Braza versuchte die erste Tür. Sie war natürlich verschlossen. Er trat gegen ihren Rahmen, aber ohne Erfolg.

Dann nahm er die Treppe weiter hinauf. Immer zwei Stufen auf einmal. Er kümmerte sich nicht um die Schmerzen in seinem Unterleib. Tür Nummer zwei und drei brachten auch keine Rettung. Braza fluchte lauter und sein Atem ging heftig und stoßweise. Seine Verfolger waren unten angekommen und zeigten zu ihm hinauf.

Braza lief die letzten Stufen hinauf mit dem ekligen Gefühl, dass ihm jetzt schnell etwas einfallen musste. Er, der schon so vieles überlebt hatte, dachte gar nicht daran aufzugeben. Das Spiel war noch nicht vorbei. Die letzte Tür war natürlich auch verschlossen. Braza verfluchte die gewissenhaften Sicherheitsroutinen hier im Hof. Wer zum Teufel verschließt eine Tür, die nur auf einen verschlossenen Hinterhof führt? Aber es hatte keinen Sinn, darüber zu jammern.

Über seinem Kopf schob sich ein Kran aus dem Giebel hervor. Er stammte noch aus der Zeit, als man Waren in die Lagerräume hinaufgezogen hatte. Von dem Kran hing ein Kettenende. Es war sein einziger Ausweg. Braza wusste nicht, ob er es schaffen würde. Doch er hatte keine andere Wahl. Er sprang hoch, um die rettende

Kette zu erreichen. Aber er war immer noch gut zwanzig Zentimeter von ihr entfernt.

Mit einer Kraftanstrengung zog er sich auf das Geländer um den obersten Treppenabsatz. Der Handlauf war nur wenige Zentimeter breit. Er brauchte beide Hände, um sich an der Wand abzustützen, während er sich aufrichtete. Auch von hier aus kam er noch nicht an die Kette heran. Er musste bis an den vorderen Rand des Geländers balancieren, wo es keine Möglichkeit mehr gab sich abzustützen. Braza drehte den Rücken zur Wand. Er konzentrierte sich auf sein Gleichgewicht. Er nahm kaum wahr, dass seine Verfolger die Mülltonne wieder hingestellt hatten, die er weggetreten hatte, als er die Treppe geentert hatte.

Braza nahm sich Zeit. Wenn er auch nur einen einzigen Schritt daneben trat, würde er fünf Stockwerke nach unten direkt auf den Asphalt stürzen. Er erreichte die Ecke und drehte sich vorsichtig zur Seite. Er streckte die Arme aus, um das Gleichgewicht besser zu halten. Es fehlten nur noch wenige Zentimeter. Er tastete nach der Kette, die im Wind leicht schaukelte. Gerade, als er sie packen wollte, wurde sie zur Seite geweht. Dadurch verlor er fast den Halt. Er machte einen weiteren Schritt vor und merkte, dass er ins Leere trat. Verzweifelt warf er sich vor und erwischte die Kette. Aber er hatte nicht erwartet, dass sie nicht zuverlässig befestigt war. Obwohl er sie in festem Griff hatte, rutschte die Kette mit ihm nach unten.

Der Fall ging nur zehn Zentimeter tief. Der Atem stockte ihm. Er glaubte, sein letztes Stündchen hätte geschlagen. Da war es vollkommen gleich, dass Hoel auf die Wendeltreppe gekommen war. Braza war auf dem Weg ins Nichts! Aber da stoppte die Reise und der jähe Ruck riss ihm fast die Kette aus der Hand. Er klammerte sich fest, und kletterte mit neuer Kraft die Kette hoch und konnte sich durch die Öffnung in der Wand, die zum Dachboden führte, hineinziehen. Die Kette behielt er drinnen.

Braza schaute über den Mauerrand und sah Hoels Kopf im

vierten Stock. Braza lächelte und dachte, dass das ja nun keine Rolle mehr spielte. »Pech für dich, Alex Hoel«, pfiff er und fühlte, wie er wieder zu Atem kam. »Du warst immer vom Pech verfolgt, wenn du mich kriegen wolltest. Denk nur dran, wie ich das Rückgrat deines Freundes in Fetzen geschossen habe. Denk nur daran.«

Hoel sah zu ihm hinauf.

»Dann hast du also die Fotze von deinem Kameraden doch noch gekriegt? Die ganze Stadt redet davon, wie knackig und geil sie ist. Ich wäre auch stolz, wenn ich mir die Alte von meinem Kumpel geschnappt hätte.«

Braza ließ ab von Hoel und besah sich den Dachboden. Grobe Holzbalken hielten das schräge Dach. Die Tür, die zum Stockwerk darunter führte, dürfte keine größeren Schwierigkeiten bereiten. Es handelte sich um eine klapprige Holztür mit einem altmodischen Schloss.

Sicherheitshalber schaute Braza noch einmal über die Mauer hinaus. Der Anblick, der sich ihm dort bot, ließ ihm das Blut in den Adern gefrieren.

Dieses Schwein Hoel dachte gar nicht daran aufzugeben. Jetzt versuchte er, die raue Wand hinaufzuklettern. Braza nahm einen Ziegelstein von einem Stapel, der neben der Öffnung lag. Er hob ihn mit beiden Händen über den Kopf.

6

Die Finger schmerzten bereits. Hoel suchte mit der linken Hand nach einem neuen Halt. Die Wand war so uneben, dass er schon einen halben Meter hinter sich hatte legen können. Die Sohlen seiner Schuhe waren eigentlich zu glatt. Aber er war stur genug es trotzdem zu versuchen.

Die Bemerkungen über Ulf und Irina hatten Hoel hinreichend angestachelt – ein bläulicher Hass durchfuhr ihn, während er wie eine Spinne zwischen Absatz und Dachbodenöffnung hing. In dem Moment zischte etwas über seinen Kopf in die Öffnung hinein.

Aus dem Augenwinkel heraus konnte Hoel Braza über sich erahnen. Und jetzt erklang aus dieser Richtung ein unterdrückter Schmerzensschrei. Hoel warf einen Blick über die Schulter und sah Khalid im Hof stehen, ein Stück eines Dachziegels in der Hand. Khalid gab ihm Deckung, während er hinaufkletterte.

Hoel fand den Halt, nach dem er gesucht hatte und griff mit den Fingern der linken Hand in den schmalen Spalt. Er fand einen neuen Standort für das rechte Bein und konnte sich noch weitere zehn Zentimeter hochziehen. Die rechte Hand schob er in einen schmalen Riss und zog sich weiter.

Ein Ziegelstein wurde aus der Öffnung gekippt und Hoel beugte den Kopf zur Seite und fing den Stein mit der Schulter ab. Seine Jacke dämpfte den Schlag ein wenig. Trotzdem war er zu spüren. Wäre er ein Stück weiter von der Wand entfernt gewesen, hätte er das Schlüsselbein gebrochen.

Khalid hatte alle Hände voll damit zu tun, ihm Deckung zu geben. Wieder wurde ein Ziegelstein herausgeworfen. Hoel war inzwischen zur Seite weitergeklettert und kam deshalb davon. Es ging um Sekunden. Er sammelte direkt unter der Kante noch einmal Kraft. Dann griff er mit beiden Händen über den Rand und sprang auf den Boden.

Er bekam einen Ziegelstein in den Bauch. Aber der reichte nicht, um ihn aufzuhalten. Jetzt konnte ihn nichts mehr bremsen.

»Jetzt heißt es du oder ich, Braza.« Hoel ging einen Schritt vor.

»Bist du gekommen, um dich auszusprechen?«, höhnte Braza und krümmte sich zusammen. Aus einem Ärmel rutschte ein Messer. »Weißt du, dass wir uns ähnlicher sind, als du denkst?«

Hoel registrierte die Messerschneide und den Griff. Außerdem bemerkte er, dass der Mann immer noch angestrengt atmete. Und wie steif sein Körper war. Er wusste – wenige Zehntelsekunden bevor es geschah –, wie Braza die Waffe benutzten wollte.

Und dann kam der Stoß. Eine Spur schneller, als er gedacht hatte. Die Verzweiflung verlieh Braza offenbar zusätzliche Kräfte.

Hoel griff nach seinem Arm. Aber in der Dunkelheit griff er ein paar Zentimeter daneben und verfehlte ihn. Braza zog sich zwei Schritte zurück. Hoel packte eine dicke Holzlatte, die wohl einmal als Rührlöffel in einem Farbeimer benutzt worden war. Den nächsten Stoß parierte er mit der Latte. Das Messer schnitt eine Kerbe in die Latte und es roch nach frischem Holz.

Hoel schlug mit der Latte gegen Brazas Beine und landete einen Treffer. Die Spitze traf die Kniescheibe. Braza wich einen Schritt zurück und musste das Gewicht auf das andere Bein verlagern. Hoel schlug noch einmal zu und traf ihn am Oberschenkel.

Braza lag für ein paar Sekunden am Boden und fauchte etwas in seiner Muttersprache, von dem Hoel froh war, dass er es nicht verstand. Aber Hoel konnte aus seinem Vorteil nicht viel machen. Der Mann rollte herum und schwang das Messer in einem Bogen um sich, um Hoel die Kehle durchzuschneiden. Dieser spürte den Luftzug, als die Klinge an ihm vorbeisauste.

Braza kam wieder auf die Knie. Hoel parierte einen weiteren Stoß mit der Latte und traf ihn am Brustkasten. Er fiel auf den Rücken und blieb ein paar Sekunden liegen. Hoel schien Braza entscheidend getroffen zu haben. Dann versuchte Braza nochmals hochzukommen. Aber er konnte nur noch über den Boden kriechen. Er sah aus wie ein Tier, dem das Rückgrat gebrochen war. Und dieses Tier weigerte sich aufzugeben, solange es noch atmen konnte. Da gab es für den Jäger nur eins zu tun.

Hoel beugte sich über den Mann. Es kostete ihn noch einmal eine gehörige Kraftanstrengung, dem Jugoslawen das Messer aus den Händen zu drehen und sich ihm auf die Brust zu setzen. »Ich hätte dich umbringen sollen, als du meinen Gewehrlauf im Maul hattest«, flüsterte Braza. »Dann hätte ich sehen können, wie dein Gehirn explodiert.«

Hoel beugte sich vor zum Ohr des Mannes. Brazas Wange berührte die eine Seite seines Gesichts.

Er sagte Braza mit fester Stimme direkt ins Ohr: »Ich bin hier, um der Welt einen Dienst zu erweisen.«

Braza versuchte, sich von der Last zu befreien.

Hoel sprach lauter. »Ich bin hier, um dir ein Ende zu setzen.«

Braza drehte den Kopf zur Seite, spitzte die Lippen, räusperte sich und spuckte Hoel ins Gesicht. Hoel wischte sich mit dem Ärmel das Gesicht ab und musste sich zurückhalten, nicht auf den Mann unter sich loszudreschen. Plötzlich fühlte er sich zurückversetzt in den Keller, wo der Pillenfresser seinen Teil abgekriegt hatte. In all die Diskussionen, bei denen er versucht hatte, vernünftig mit den Leuten zu reden, die Geld schuldeten. Er dachte an die Baseballschlägerhiebe auf die Kniegelenke anderer. An die Verzweiflung in den Blicken derjenigen, die die Tür öffneten und sahen, dass er davor stand. Und wieder musste er sich fragen, ob das der einzige Weg war, um auf die andere Seite zu gelangen. Falls es überhaupt eine andere Seite gab. Wann würde die Vergangenheit ihn loslassen?

Die Welt teilte sich in einen schwarzen und einen weißen Teil. Hoel schob die Holzlatte Braza unters Kinn und drückte nach unten. Er spürte, wie der Körper sich unter ihm wand. Es dauerte nur wenige Sekunden. Danach ebbte der Widerstand ab und Arme und Beine erschlafften. Brazas Gesicht nahm eine dunkelrote Farbe an und die Zunge hing ihm aus dem Mundwinkel. Hoel wandte sich ab und starrte in die Nacht. Dann fühlte er den Puls und stellte fest, dass sein Herz aufgehört hatte zu schlagen.

Er nahm niemals seinen letzten Abschied von Braza. Er wischte nur die Fingerabdrücke ab, die von ihm auf der Holzlatte waren und verwischte die leichten Abdrücke seiner Schuhe auf dem Boden. Dann ließ er sich an der Kette hinunter ohne neue Abdrücke zu hinterlassen. Benutzte sein Taschentuch für das Geländer und sprang schließlich auf den Hofplatz hinunter. Leise nahmen Khalid und er den gleichen Weg zurück, den sie gekommen waren.

7

Wenn Hoel Braza nicht umgebracht hätte, wäre es Khalids Sache gewesen. So war es mit Rahman verabredet. Khalid betrachtete das Ganze wie eine militärische Operation. Man musste wissen, wie man dem Feind am besten schadete, denn ein Krieg wurde niemals von dem gewonnen, der fair spielte.

Sie näherten sich dem neuen Wohnviertel am Grønlands torg und Khalid machte zunächst einen Umweg über Grønland und Tøyen um zu sehen, ob sie verfolgt wurden. Sie hasteten die Tøyengata hinauf und gelangten in einem großen Bogen wieder zum Grønlands torg.

Nachdem Khalid sicher war, dass ihnen niemand gefolgt war, bogen sie in den Smalgangen ein und drückten dort auf eine Türklingel. Es dauerte eine Minute, bis Rahmans Stimme durch die Gegensprechanlage erklang.

8

Der Gang durchs Zentrum hatte Hoel seine innere Ruhe zurückgebracht.

Als hätte er eine Unterversorgung an Sauerstoff im Gehirn wieder ausgeglichen. Als nähme der Körper in jeder Sekunde in frischer Luft Nahrung auf und bekäme dadurch wieder seine Geschmeidigkeit und Elastizität. Die Ruhe war wieder da. Es hatte keinen anderen Weg gegeben, denn sonst wäre Braza wieder hinter ihm her gewesen, hinter ihm und den Seinen, Irina, Sönke und Alexandra.

Hoel wusste, dass er schlaflose Nächte haben würde. Gleichzeitig sah er jetzt ruhiger in die Zukunft. Das letzte Gespenst aus der Vergangenheit war gebannt.

Er schüttelte Jamil Rahman freundlich die Hand, der Hoel wie einen Mann behandelte, der ihm einen großen Dienst erwiesen hatte. Rahman hatte nunmehr das Cassandra »geerbt«. Früher hatte er den Laden in den Konkurs gestürzt. Dann hatte er Braza als Rettungsanker aufgenommen und seitdem lief alles wie von selbst. Der reinste Geldautomat. Kein Wunder, dass Rahman zufrieden war.

Als Rahman ihn zum Essen im Kalif Omar einlud, ließ Hoel sich nicht zweimal bitten. Im Gegenteil, er konnte mit einem Grinsen selbst das Perverse darin sehen, eine gute Mahlzeit zu sich zu nehmen, nachdem er gerade denjenigen ermordet hatte, der zwischen ihm und dem Leben, wie er es sich vorstellte, stand. Das war primitiv und rituell. Als würde er eine Mahlzeit aus Braza bereiten. Hoels einzige Bedingung war, dass auch Irina daran teilnahm. Er brauchte jetzt ihre Stärke und Wärme neben sich.

Irina wurde von einem Rahman empfangen, der sich als perfekter Gentleman gab. Und fünf Minuten später kam eine Überraschung. Seine Begleiterin stellte er als Monique vor. Sie arbeitete am Empfang im Cassandra. Rahman betonte das Wort »Empfang«. Hoel musste innerlich grinsen. Aber es war eine so höfliche Stimmung, dass er so tat, als würde er sie nicht von dem Abend her wiedererkennen, als er, Bønna und die anderen Bård zurückgebracht hatten.

Übrigens schien Rahman von dem Mord vollkommen unberührt zu sein. Hoel überlegte, ob Rahman Monique wohl in das Geheimnis einweihen würde. Er selbst würde Irina nichts erzählen. Er wusste nicht, wie sie reagieren würde. Doch, eigentlich wusste er es ganz genau. Und er wollte es nicht riskieren, sie zu verlieren, nachdem er jetzt fast durch Feuer und Wasser gegangen war. Das Geheimnis um Braza und was auf dem Dachboden geschehen war, wollte er mit ins Grab nehmen.

Er schob den Gedanken an Braza beiseite und konzentrierte sich stattdessen auf die Düfte, die aus der Küche zu ihnen drangen. Unter dem Tisch flirtete Irina mit seinen Füßen und neben ihm spielte Rahman mit Moniques Hand.

Hoel genoss die Mahlzeit und sah, dass auch Irina sie zu schätzen wusste. Monique hingegen spülte jeden Bissen mit Wein hinunter und wurde langsam betrunken. Hoel sah, wie ihre Augen glühten und ihre Wangen sich röteten. Rahman zeigte ihr, wie sie den scharfen Geschmack mit Joghurt und Brot dämpfen konnte. Trotzdem ließ sie das meiste stehen.

Das Essen dauerte fast zwei Stunden lang. Sie beendeten es mit einem Dessert sowie einer Tasse Tee, aufgekocht mit Milch und Zucker und mit Kardamom gewürzt. »Das ist ja fast wie Sex«, murmelte Rahman. Irina schaute Hoel mit verlangendem Blick an, und er spürte, wie es sich in seiner Hose regte. Ab da trank er nur noch Wasser.

Im Taxi nach Hause lehnte sie sich an ihn, dass er die Wärme ihres Körpers fühlen konnte. Wie ein Fels, der einen ganzen Tag lang von der Sonne erhitzt worden war und am Abend die Sonnenwärme wieder abgab.

»Warum verkehrst du nicht lieber mit solchen Menschen, Alex?«, fragte sie ihn direkt ins Ohr, wobei sie sein Ohrläppchen mit der Zunge berührte. »Was für ein Gentleman. So klug und interessiert.«

Hoel war klar, dass sie Rahman mit Tonni verglich und dass Letzterer in ihren Augen durchfiel. Wenn sie nur wüsste, welcher Tätigkeit Rahman nachging. Denn wenn es etwas gab, was Irina verachtete, dann waren das Zuhälter. Aber er ließ Rahmans Geheimnis lieber sein Geheimnis bleiben.

Er küsste sie und dachte dabei, dass er seinen Wünschen noch nie so nahe gekommen war. Vielleicht war die Rechnung nunmehr wirklich bezahlt und er war frei von weiteren Boten aus der Vergangenheit. Er wollte ihre Zweifel und ihre Kritik, die kommen würde, ertragen, ihr Sicherheit geben und sie lieben, ihr Seelenfrieden und ein gutes Heim bieten.

Einen Moment lang blitzte die Möglichkeit eines Happyends auf; die Chance, dass sie sich für ihn entscheiden würde, wurde so groß und greifbar, dass ein unbekanntes, überwältigendes Gefühl sich in seinem ganzen Körper ausbreitete.

Er hielt sie in seinen Armen mit einer Zärtlichkeit, von der er selbst nie gewusst hatte, dass er zu ihr fähig war.

Montag

1

Jeden Morgen sah sich Jamil Rahman die Nachrichten in der TV2-Sendung *Guten Morgen Norwegen* an.

Er nannte sie den »Kriminalreport«, denn der Privatsender würzte im Vergleich mit dem trockenen Staatsfernsehen die üblichen nüchternen Nachrichten mit allerlei Verbrechen, Gerichtsverhandlungen und insbesondere Feuersbrünsten. Fast täglich wurde über Häuserbrände, Feuer in Geschäftshäusern oder große Lagerbrände berichtet. Es brannte einfach viel öfter bei TV2 als beim Staatssender.

Er hatte sich gerade aus Randi-Moniques Umarmung befreit um aufzustehen und den Fernseher einzuschalten, als es an der Tür klingelte. Randi brummte im Schlaf und Rahman strich vorsichtig über den wohlgenährten Körper, den die Bettdecke nur halb zudeckte. Da klingelte es noch einmal, ungeduldiger diesmal. Rahman schlurfte in den Flur zur Gegensprechanlage.

»Polizei«, erklang es nur knapp und Rahman drückte sofort auf den Türöffner. »Jetzt ganz ruhig«, sagte er zu sich selbst und überlegte, ob es etwas Kompromittierendes in der Wohnung gab. Nein, die Räume waren clean. Randi fragte mit verschlafener Stimme aus dem Schlafzimmer, was denn los sei, worauf er sie rasch instruierte.

Bereits am Abend zuvor war er so dumm gewesen – in einem Moment des Siegesrausches –, ihr zu erzählen, dass Braza verschwunden war. Randi war schlau genug gewesen, nicht nachzufragen. Sie hatte nur ernst genickt, dann gelächelt und ihm zugeprostet. Dabei hatte sie den gierigen Blick von Menschen bekommen, die gerade einen Riesengewinn eingeheimst haben. Jetzt konnte Rahman ihr nur noch sagen, dass sie behaupten solle, sie wären den ganzen gestrigen Abend zusammen gewesen.

»Aber das waren wir doch«, sagte sie zärtlich und hing an seinem Hals. In dem Moment klopfte es an die Wohnungstür. Es war ein bestimmtes, autoritäres Klopfen, wie nur Leute es benutzen, die das Gesetz auf ihrer Seite wissen. Rahman war überzeugt davon, dass sie diese Art Klopfen lernten.

Zuerst stand ihm ein Typ von mindestens 1,90 Meter in Polizeiuniform gegenüber. Dann folgte ein Mann in Zivil, in einem langen Mantel, der für das Septemberwetter eigentlich zu warm war. Ein Wintermantel mit Futter. Außerdem trug er gestrickte Fausthandschuhe. Er war Mitte vierzig, mager, und hatte sich beim Rasieren am Hals geschnitten. Auf der Wunde klebte ein kleines Stückchen Klopapier mit einem braunen Fleck in der Mitte.

Rahman fühlte, wie seine Hand schweißig wurde, als er die beiden mit Handschlag begrüßte. Der Uniformierte ging in der Wohnung umher und sah sich um, während Rahman in die Küche ging, um Kaffee zu kochen. Er und der Zivile, der sich als Webster vorgestellt hatte, erledigten die Formalitäten. Gerade als Rahman auf die Frage nach dem Zivilstand »unverheiratet« antwortete, kam Randi-Monique in einem T-Shirt hereingeschlendert, das ihr knapp bis zu den Oberschenkeln reichte. Beide Polizeibeamten gaben im Chor ein »Ah« von sich. Rahman wartete, dass sie endlich nach Braza fragen würden, während er und die beiden Beamten dem wackelnden Hinterteil von Randi nachblickten, die auf das Bad zusteuerte. Aber Braza war nicht das Thema. Statt dessen begann der Zivile zu fragen, ob Rahman irgend etwas mit dem Etablissement Cassandra zu tun hätte.

»Nur als Türsteher«, sagte Rahman. »Es kommen ab und zu Leute, die erwarten mehr als nur eine Massage. Und einige sind dann so enttäuscht, denen muss man den Ausgang zeigen.« Er war überzeugt davon, dass die Besucher sehen konnten, wie ihm der Schweiß die Stirn herunterrann.

»So, so«, sagte der Zivile. Der Uniformierte lief unruhig umher und betrachtete die Bilder, schaute sich die wenigen Bücher im

Regal an, blätterte durch einen Stapel pakistanischer Zeitungen, die auf dem Wohnzimmertisch lagen, während er die ganze Zeit zum Flur spähte und offensichtlich darauf wartete, dass Randi-Monique wieder auftauchte.

»Es geht um einen Mord.«

Rahman bemühte sich, seine Tasse nicht so fest zu umklammern, dass seine Knöchel weiß hervortraten.

»Bei einer Routinekontrolle auf Ring 3 ist am Samstag abend in einem Auto die Leiche einer Frau gefunden worden. Sie hatte keine Papiere bei sich, ihre Identifikation war zunächst unmöglich. Aber einer unserer Leute hat sie wiedererkannt. Er war sich sicher, dass sie in einem dieser … hm … Massageinstitute arbeitet. Höchstwahrscheinlich in Grünerløkka. Es muss also entweder im Cassandra gewesen sein, im Salon Anemone oder im Soft Spot.«

Webster legte ein Foto auf den Tisch. Hätte Rahman nicht gewusst, dass sie es war, hätte er Merete Vikanes kaum wiedererkannt. Im Stillen verfluchte er diesen Trottel von Monty, dass er mit einer Leiche im Kofferraum herumfuhr. Was für ein Dummkopf! Das einzig Gute daran war nur, dass er offensichtlich nicht gesungen hatte. Aber wie lange würde er dichthalten? Andererseits – Monty war Rahman nicht wie ein Mann erschienen, der quatscht. Rahman nahm das Foto in die Hand, betrachtete es und hielt es ans Licht. In dem Moment, als er spürte, wie seine Hände zu zittern begannen, kam Randi aus dem Bad. Es roch nach frisch geduschter, parfümierter Frau, als sie in die Küche trat, und die Nasen der drei Männchen erschnupperten sie sofort. Sie setzte sich Rahman auf den Schoß.

»Für mich sieht eine weiße Frau oft wie die andere aus. Ja, natürlich mit gewissen Ausnahmen«, erklärte Rahman unschuldig, als Randi ihn anstarrte. »Ich kenne sie nicht. Ich glaube nicht, dass sie je bei uns gearbeitet hat.«

Randi schnappte sich das Foto aus seiner Hand. Er versuchte es wegzuziehen, aber sie war zu schnell. Er bewunderte ihre Kaltblütigkeit. Dann höchstwahrscheinlich erkannte sie Merete und zählte so eins und eins zusammen. Und damit war ihr auch klar, dass Rahman seine Finger mit im Spiel hatte. Womit sie ihn in der Hand hatte. Rahman merkte sich das und schrieb es auf die Liste mit losen Fäden.

Webster erzählte ihr die ganze Geschichte noch einmal und Randi klimperte unschuldig mit ihren Augenwimpern. Sie erklärte, dass sie im Empfang des Cassandra-Schönheitssalons saß, deshalb hätte sie natürlich die Dame wiedererkannt, wenn sie sie schon einmal gesehen hätte. Außerdem fügte sie hinzu, dass im Cassandra ja fast nur asiatische Masseusen arbeiteten. Frauen aus Thailand und Vietnam, die Expertinnen in orientalischer Massage und Körperpflege waren.

»Ja, daran zweifle ich nicht«, meinte Webster trocken.

»Sie sollten es einmal versuchen«, plapperte Randi weiter. »Wir haben mehrere Kunden aus dem Polizeipräsidium und auch aus dem Regierungsviertel. Alle sind äußerst zufrieden.«

»Ich denke, das Gespräch ist beendet«, antwortete Webster und schob den Uniformierten vor sich aus der Tür.

»Ab vier Uhr bis in die Nacht hinein geöffnet«, sagte Randi-Monique und begleitete die errötenden Ordnungshüter hinaus ins Treppenhaus.

»Ja, dann auf Wiedersehen«, sagten die beiden im Chor und eilten die Treppen hinunter.

»Du bist ja eine«, sagte Rahman und zog sie zurück in die Wohnung. Dann packte er sie fest bei den Haaren, dass sie vor Lust und Schmerz aufschrie und zog sie zu sich heran, um sie zu küssen.

Sein Handy klingelte. Rahman fluchte. Aber er brachte es nie übers Herz, das Handy auszuschalten. Dazu war er einfach zu neugierig. Rahman nahm den Anruf entgegen, während Randi sich daran machte, seine Unterhose zu erforschen. Als er hörte, dass am anderen Ende dieser verdammte Paragrafenreiter war, zog er ihre Hand heraus und schickte die Lady mit einem Klaps auf den Po aus dem Schlafzimmer. Sie ließ ihn mit einem beleidigten Zug um den Mund allein, zwinkerte ihm aber zu, bevor sie verschwand.

»Was willst du!«, fauchte Rahman ins Telefon. Er schnipste mit dem Finger gegen seinen Schwanz, um ihn herunterzukriegen. Es war ihm peinlich, voll geflaggt vor dem Spiegel zu stehen und zu telefonieren.

»Braza? Wo ist eigentlich Braza?«, fragte Gjøen atemlos. »Ich habe es jetzt schon eine ganze Weile versucht …«

»Er ist weg. Verschwunden. Ich habe keine Ahnung. Gibt es sonst noch etwas?«, antwortete Rahman und spürte, wie seine Geilheit brennender Wut wich.

»Das gefällt mir alles nicht«, versuchte Gjøen es noch einmal. »Ich denke, ihr solltet mir mehr bezahlen. Das Risiko wird für mich langsam …«

»Du hältst die Schnauze, Gjøen«, schnitt Rahman ihn ab. Er war jetzt eiskalt. »Du arbeitest für mich so, wie ich es dir sage. Und zu dem Preis, den ich bestimme. Denk dran, dass du dabei warst, als Dragoslaw einen Kerl hat umbringen lassen. Du warst im gleichen Zimmer.«

»Das ist nur ein Gerücht. Das steht Wort gegen Wort.« Gjøen war sich seiner Sache sicher. Rahman registrierte die Veränderung in der Tonlage. Wenn jetzt auch noch Braza weg war, war der letzte Zeuge verschwunden.

»Und dann hätten wir noch deinen letzten Besuch bei uns.« Rahman ließ den Satz unheilvoll in der Luft hängen.

»Ja, und was ist damit?« Gjøen wirkte immer noch entspannt.

»Das Mädchen war erst vierzehn«, erwiderte Rahman eisig. »Und wir haben Beweise. Ich habe eine Videoaufnahme. Mit Stereoton. Scharfe Bilder. Ein Leckerbissen für den Amateurvideomarkt. Ich habe gute Kontakte in Belgien …«

»Nun …«, kam die Antwort. Es klang eher wie ein Piepsen. Rahman hörte förmlich, wie sich in Gjøen Angst ausbreitete. Er genoss die Stille am anderen Ende.

»Deshalb habe ich gedacht …« Wieder ließ Rahman den Satz unbeendet.

»Jaha …« Das klang eher wie das lange Ausatmen eines Asthmatikers.

»… dass wir zu einer zufriedenstellenden Regelung kommen, du und ich«, sagte Rahman und wechselte in einen kameradschaftlichen Ton über. »Ich brauche einen guten Anwalt wie dich. Lass uns also nicht übers Geld streiten. Wir sind doch Freunde.«

»Doch …«, keuchte Gjøen.

»Dann wünsche ich dir noch einen schönen Tag«, beendete Rahman das Gespräch und unterbrach die Verbindung, ohne auf eine Antwort zu warten. Er zuckte mit den Schultern. Jetzt wollte er sich endlich Randi-Monique widmen.

Sie hatten sich gerade auf das Seidenlaken gelegt und er spürte, wie heiß sie unter ihm war. Rahman wollte in sie eindringen, als das Handy wieder klingelte.

»Oh Scheiße. Hier ist Rahman!!«, brüllte er in die Muschel. Aber dann kam er schnell wieder auf den Boden der Tatsachen. Es war Naim, der da anrief. Und seine Neuigkeiten eigneten sich nicht für TV2. Rahman brauchte fünf Minuten um sich anzuziehen und aus der Tür zu stürzen.

2

Phung wachte jede Nacht mit einer zum Platzen gefüllten Blase auf. Zur Toilette zu gelangen war ein größeres Unternehmen. Zuerst musste sie sich durch den Schlafsaal schleichen, in dem die anderen Mädchen schliefen, ohne über Taschen, Kleidungsstücke oder Schuhe zu stolpern. Dann musste sie einen langen Flur entlang und hinaus ins Treppenhaus gehen, wo sich der Fahrstuhl und die Toiletten befanden. Vor vier Tagen hatte ihre Blase sie wie üblich hinausgetrieben. Auf nackten Füßen hatte sie sich durch das tote Haus geschlichen. Das Geräusch des Fahrstuhls, der anhielt, hatte sie glücklicherweise gestoppt, so dass sie nur durch den Türspalt spähte, statt sie gleich weit zu öffnen. Sie hatte einen Mann gesehen mit einem Paket in der Größe einer Mumie über der Schulter, eingewickelt in schwarze Müllbeutel. In der anderen Hand hatte er eine Tasche getragen. Sie brauchte einige Sekunden um zu begreifen, was sich in den Plastiksäcken befand. Es war nicht das erste Mal, dass Phung so etwas sah. Sie war es geradezu gewöhnt, dass die Menschen starben, in einen Leinensack gestopft wurden oder im besten Fall in eine Holzkiste, um dann weggeschafft zu werden. Aber das hier war etwas anderes. Ein unbekannter Mann hier drinnen – mitten in der Nacht – mit einer in Plastik verpackten Leiche!

Von dieser Erkenntnis bis zu der Überlegung, dass es sich hier um die weiße Frau handeln musste, die das Geld gestohlen hatte, brauchte Phung nur wenige Sekunden. Die Frau, die Binh gesehen hatte. So sah also die Bestrafung hier aus! Phung hatte nicht geglaubt, dass sie so weit gehen würden. Aber jetzt begriff sie, dass diese Männer gefährlich waren. Sie scheuten vor nichts zurück, um die Mädchen loszuwerden, wenn sie sie nicht mehr brauchten.

Während der vier Tage, die vergangen waren, seit Phung den Mann gesehen hatte, hatte sie gespürt, wie sich in ihr alles immer mehr zusammenzog. Sie machte schlechte Arbeit und die Kunden beschwerten sich.

Als Vadim ihnen an diesem Morgen erklärte, dass von jetzt an Jamil Rahman das Cassandra allein leite, war das für Phung nur ein weiteres Teilchen im Puzzlespiel. Denn es war klar, das Rahman hinter dem Mord an der weißen Frau stand. Und jetzt hatte er bestimmt auch Braza umgebracht. Wer würde die Nächste sein? Phung schaute sich heimlich um und musterte die Gesichter der anderen Mädchen. Aber keine von denen schien den Zusammenhang zu begreifen.

Binh fragte sie, war ihr fehle. Die Freundin bot ihr sogar ein paar ihrer Pillen an und sagte, die würden fast alles wieder zurechtrücken. Aber Phung entgegnete, es sei etwas Persönliches, das nichts weiter bedeute, sie aber von Zeit zu Zeit belaste, etwas mit der Familie. Binh gab sich damit nicht zufrieden. Sie fragte hartnäckig nach und schließlich erzählte Phung ihr von ihrem Verdacht. Sonderbarerweise wurde Binh daraufhin wütend. Sie erklärte, dass sowieso niemand die weiße Schnepfe vermissen würde. Und dass alle wussten, dass man die Chefs nicht bestehlen durfte, denn dann kamen die Dämonen über einen. Außerdem solle Phung sich nicht in etwas einmischen, das sie nichts angehe. Braza oder Rahman – es spiele doch keine Rolle, wer hier das Wort führe. Binh und Phung waren hier um Geld zu verdienen. Punkt!

Von dem Moment an sank die Temperatur zwischen den beiden auf den absoluten Nullpunkt.

Phung fasste einen Entschluss. Jamil Rahman war so gefährlich, dass sie kaum damit rechnen konnte, lebendig hier rauszukommen. Deshalb musste sie fliehen. Das war die einzige Möglichkeit zu überleben. Sie hatte sich wie üblich morgens mit den anderen unterhalten. Sie hatten neue Kleider anprobiert und sich geschminkt, während sie Kassetten von Prince und Michael Jackson auf dem abgenutzten Recorder von Binh hörten. Phung hatte sich das Geld eingesteckt, dass sie in ihrer Schminktasche versteckt hatte und das einzige Paar Schuhe, das sie besaß, angezogen. Es waren rote Sommerschuhe mit Pfennigabsätzen. Leider nicht gerade dafür gedacht, draußen herumzulaufen. Dann ging sie Richtung Toilette. Sie drückte auf den Fahrstuhlknopf und schlüpfte in den kleinen Raum. Sie traute sich nicht, draußen stehen zu bleiben. Als sie drei Minuten in der Toilette gestanden und ihr verweintes Gesicht im Spiegel betrachtet hatte, zog sie die Spülung und schloss wieder auf. Binh wartete vor der Tür, und Phung hielt ihr die Tür auf. Als Binh abgeschlossen hatte, ging Phung zum

Fahrstuhl, der inzwischen angekommen war. Sie fuhr bis zum Keller hinunter. Die Kellertür war abgeschlossen und sie versteckte sich hinter einem Mülleimer. Sie wollte nicht riskieren, durch den Empfang zu gehen und von Monique oder Rahman gefragt zu werden, was sie vorhabe. Sie war sicher, dass ihr Gesicht sie verraten würde.

Die Minuten verstrichen. Sie hatte keine Uhr und wusste nicht, wie lange sie schon wartete. Irgendwann öffnete sich das Metalltor der Garage und ein weißes Auto glitt herein. Es war Naim, der etwas in der Stadt erledigt hatte. Als das Tor sich wieder schloss, sprang Phung auf und konnte sich gerade noch unter dem Tor hindurchrollen, bevor es zuschnappte. Das kostete sie einen zerrissenen Strumpf. Sie hörte, wie Naim etwas hinter ihr herrief. Er musste sie im Rückspiegel entdeckt haben. Deshalb zog sie ihre Schuhe aus und lief so schnell sie konnte zur ersten Querstraße, bog dort nach links ab, lief sie bis ans Ende und bog dann wieder nach rechts. Die nächste Straße führte zu einer Brücke über einen Fluss. Sie schlug einen Fußweg ein, der den Fluss entlang führte. Hier würde man sie nicht so schnell finden können.

Welche Möglichkeiten hatte sie? Phung setzte sich auf eine Bank und musterte ihr Knie. Der Strumpf war gerissen und sie hatte eine Schürfwunde, die wie Feuer brannte. Sie entfernte kleine Steinchen aus der Wunde und spähte den Fußweg in beide Richtungen entlang. Es war naiv von ihr anzunehmen, dass ihre Verfolger noch nichts gemerkt hatten. Jetzt wurde ihr bewusst, dass sie vollkommen auf sich allein gestellt war. Sie konnte kein Wort Norwegisch, und ihr Englisch war nur gebrochen. Sie konnte keines der Schilder lesen. Sie meinte, Polizei heiße auf Norwegisch »Polit«. Aber sie war sich nicht sicher, ob das wirklich stimmte. Sie musste einfach versuchen, weiterzukommen.

Ein Sniffer kam auf weichen Knien herangeschlurft. Er bewegte sich wie ein unscharfes Abbild eines Menschen und steuerte unsicher auf Phungs Bank zu.

»Kleingeld«, sagte der Typ und streckte eine vernarbte Hand aus. Das Wort sagte Phung gar nichts. Sie antwortete, indem sie das Wort »Polit« in einem ebenso fragenden Ton sagte. Der Mann bekam einen sonderbaren Gesichtsausdruck und ging langsam und schwankend fort.

Sie entschied sich weiterzugehen. Unter mehreren Brücken hindurch, bis sie sich einem riesigen Haus näherte, das sicher ein Hotel war. Das Häuserdach endete in einer charakteristischen spitzen Kante. Es sah aus wie ein Stück einer Messerklinge und glänzte wie frisch geputzter Stahl. Sie beschloss, weiter in diese Richtung zu gehen. Irgendwo in dieser Stadt musste es doch einen Menschen geben, der ihr helfen konnte. Sie brauchte bloß diesen Retter zu finden, bevor Rahman sie fand. Bei der letzten Brücke musste sie wieder auf die Straße hinauf. Aber von hier aus war es einfach, in die Hotelrezeption zu kommen. Sie öffnete die Türen aus Glas und Messing, durchquerte den weiten Raum und ging zum Empfangstresen.

Wieder versuchte sie es mit »Polit«. Aber es brauchte mehrere Versuche, bevor der Mann verstand, was sie meinte. Zumindest glaubte sie, dass er sie verstanden hatte. Sie konnte sich dessen nicht sicher sein, weil sie seine Erklärungen nicht verstand. Dazu reichte ihr Englisch nicht aus.

»Polit«, sagte sie wieder und er zeigte in eine unbestimmte Richtung – ungefähr den gleichen Weg zurück, den sie gekommen war. Als sie zum drittenmal »Polit« gesagt hatte, seufzte er schwer und zog Papier und Bleistift hervor. In einer groben Skizze zeichnete er ein, wo sich diese Polizisten befanden. Sie verstand, dass sie nicht wieder am Fluss entlang zurückgehen solle. Stattdessen solle sie dort, wo sie vom Fußweg heraufgekommen war, nach links abbiegen. Und dann der Straße ziemlich weit folgen, die schließlich eine leichte Biegung mache, wo dann die Polizei zu finden sei.

Sie stolperte hinaus und ein Stück zurück, bog in die Brugata ein und balancierte auf ihren Stöckelschuhen dahin. Sie brauchte zehn

Minuten, um ans Ende der Straße zu gelangen. Und genau wie der Mann es eingezeichnet hatte, gab es hier eine Kurve. Sie folgte der Kurve, ging an einigen kleineren Häusern und einer Kirche vorbei. Und dann sah sie das Polizeirevier. Es sah nicht so aus, wie sie sich ein Polizeigebäude vorgestellt hatte, aber entschlossen ging sie den Hügel zu ihm hinauf. Kaum war sie in die Allee eingebogen, da packten sie ein Paar Hände von hinten und hoben sie hoch. Sie erkannte sofort Naims charakteristischen Geruch und schrie auf. Vielleicht hätte sie das Schreien retten können, wenn Jamil Rahmans Hand nicht sofort ihren Mund verschlossen hätte. Sie versuchte zu beißen und sich loszustrampeln. Aber die beiden Männer waren größer, stärker und vierzig Kilo schwerer als sie. Mit festem Griff schob Naim sie ins Auto, wo sie an den Sitz gefesselt wurde. Rahman startete den Wagen und Naim legte sich über sie und verdeckte damit ihr verzerrtes Gesicht, in dem sich der Knebel in die Mundwinkel schnitt.

3

Niemand sah, wie sie mit ihr in die Garage in der Helgesensgate fuhren. Niemand hörte sie im Fahrstuhl nach oben schreien. Die kleine Phung hatte keine Sprache mehr, als sie mit ihr in dem Stockwerk mit den Spezialzimmern ausstiegen. Naim zog sie hinter sich her in das schwarz gestrichene Zimmer, in dem die weiße Domina gearbeitet hatte. Phung versuchte, sich am Türrahmen festzuklammern und Naim schlug ihr auf die Fingerspitzen. Sie winselte wie ein Hundewelpe, als er sie an den wackligen Pranger in einer Ecke band.

»Die Show gehört dir, Naim«, sagte Rahman und setzte sich auf einen Stuhl. Er holte eine Zeitung hervor und blätterte gelangweilt darin. Währenddessen benutzte Naim das Arsenal an Peitschen,

Tischtennisschlägern, Klammern und einen Bambusstab, der beim elften Schlag zerbrach. »Ich sage alles«, sagte Phung immer wieder in ihrem schlechten Englisch, das keiner von den beiden verstand.

»Sie braucht mehr, Naim. Zeige etwas mehr Leidenschaft«, sagte Rahman und mochte kaum die festgebundene vietnamesische Frau ansehen, die mit gespreizten Füßen dastand und deren Körper mit blauen und roten Flecken übersät war.

Innerlich war Rahman aufgewühlt. Er verabscheute derartige Aktionen. Er hasste es, die Rolle des Sadisten zu spielen. Aber hier ging es um Geld und Besitz. Er konnte nicht riskieren, dass Phung irgend etwas vor ihm verbarg, er musste alles wissen.

Naim ließ sich nicht zweimal bitten. Er bekam vom Peitschen Schweißflecken unter den Achseln und mit der Zeit wurden Phungs Schreie so ohrenbetäubend, dass Naim ihren Mund wieder mit einem Knebel verschloss.

Nach einer halben Stunde hing Phung eher am Pranger als dass sie stand und Naim musste ihr Wasser ins Gesicht schütten, um sie wieder zu wecken. Sie starrte die beiden an und schluchzte etwas auf Vietnamesisch.

»Ich kapiere keine Silbe von dem Scheiß, den sie da plappert«, sagte Rahman mürrisch. »Hol Binh her. Gib ihr 'n paar Pillen, dann macht sie mit. Los.«

Als Binh ins Zimmer kam, vermied sie den Blickkontakt mit ihrer früheren Freundin. Rahman fragte und Binh übersetzte ins Vietnamesische. Anschließend übersetzte sie wieder in ein abgehacktes Englisch, das sie für Rahman öfters wiederholen musste.

»Bist du bereit, alles zu sagen, was du weißt?« Rahman starrte auf seine Zeitung, während Binh in ihre Muttersprache übersetzte. Immer noch mit abgewandtem Blick.

»Ich rede. Ich sage alles, was ich weiß«, flüsterte Phung und schloss die Augen, weil die zerlaufene Schminke brannte.

Rahman sah Phung an, während Binh übersetzte. Er war überzeugt, dass sie nicht log. Trotzdem sagte er: »Hör zu, Kleine, ich will dich dran erinnern, dass es zwei Arten von Menschen gibt. Feiglinge und Helden. Und ich bin kein Feigling. Wenn ich dich bei einer einzigen Lüge erwische, kommst du hier nicht lebend raus.« Das war das erste Mal, dass Binh eine Reaktion zeigte. Er musste ihr zweimal befehlen, die Drohung zu übersetzen.

»Ich weiß«, sagte Phung atemlos. »Ihr seid gefährliche Männer. Ich habe alles gesehen.«

»Alles?«, fragte Rahman und merkte, dass seine Stimme unangenehm zitterte. Wenn sie wirklich alles gesehen hatte, was geschehen war, konnte er unmöglich sie oder Binh dieses Zimmer lebendig verlassen lassen. Bei dem Gedanken zog sich sein Magen zusammen.

»Ich habe den Mann mit dem Plastiksack gesehen«, flüsterte Phung, und Rahman zweifelte nicht, dass das, was sie gesehen hatte, sie immer noch zu Tode ängstigte. Ihm selbst wurde übel, wenn er nur an Monty und seine behandschuhten Hände dachte.

»Hm«, sagte Rahman. »Ja ... und weiter?« Er starrte zunächst Binh an und danach Naim. »Geh raus, bis ich dich rufe, Naim.« Das gefiel Naim zwar nicht, aber er tat, was der Chef sagte.

Dann erzählte Phung schluchzend, während Binh laufend übersetzte. Von dem Mann, der eine Leiche über der Schulter trug. In schwarzen Plastik verpackt. Und dass sie, Phung, geschlossen hatte, dass es die weiße Frau sein musste, die die Vietnamesinnen nicht hatte leiden können –, die, die Meete hieß. Sie hatte die Chefs bestohlen.

Rahman nickte ernst und verriet mit keiner Miene, was er dachte. Je mehr er an Monty dachte, um so mehr Sorgen machte er sich. Welche anderen Fehler hatte der Kerl wohl noch gemacht? Warum konnten die Leute ihre Arbeit nicht ordentlich verrichten? Wie viel würde er ausplaudern? Wie viel würde sich die Polizei zusammenreimen können? Hatte Jamil Rahman noch Grund, nachts ruhig zu schlafen? Und vor allem: Was sollte er mit Phung und Binh machen?

Rahman ging auf und ab, während er nachdachte. Phung sagte kein Wort mehr. Schluchzte nur noch. Und Rahman spürte, wie er von Panik ergriffen wurde. Reiß dich zusammen, Jamil, sagte er zu sich selbst.

Phung war intelligent genug, die unangenehmen Tatsachen zusammenzufügen. Und mutig genug abzuhauen. Schlau genug die Polizei zu finden. Wenn er sie aus dem Weg räumte, würde Binh wohl kaum ein Problem für ihn bedeuten. Binh war so abhängig von den Tabletten, mit denen Braza sie gefüttert hatte, dass das ausreichte, um ihr Schweigen auch in Zukunft zu erkaufen. Phung war zu schlau, um von dem Dreck abhängig zu werden. Phung bedeutete ein Risiko. Schlaue Leute waren in dieser Branche nur eine Last. Rahman zählte in Gedanken das Geld, das im Safe lag plus das Geld, das er von Tonni bekommen würde. Sollte diese blöde Hure ihm alles vermasseln? Andererseits: Wer sollte sie umbringen?

Jetzt, da Monty »auf Urlaub« war und Braza nicht mehr da, wer sollte die Drecksarbeit erledigen? Nein, er musste zuerst darüber nachdenken. Konnte sie ihm in der Zwischenzeit Probleme machen? Am besten, er verpasste ihr einen Wächter. Normalerweise verbot er seinen Jungs, vom Kuchenteller zu naschen. Aber jetzt gab es einen guten Grund für eine Ausnahme.

»Naim!«, rief er auf den Flur und sein Türwächter kam heran. Er roch immer noch nach Schweiß.

»Naim«, sagte Rahman. »Du bist ein guter Mann. Ein außerordentlich guter Mann. Ich habe einen Job für dich.« Er winkte den Mann zu sich heran und legte ihm eine Hand auf die Schulter. »Diese kleine Hure hier«, er winkte zu Phung, die am Pranger zitterte, »die gehört dir. Die einzige Bedingung: Sie darf hier nicht raus. Sie gehört dir, du kannst mit ihr machen, was du willst. Aber sie darf nicht aus dem Haus entwischen. Kapiert?«

Naim grinste breit und entblößte dabei alle Zähne. Und dann zwinkerte er, als hätten sie gerade einen Komplott beschlossen.

»Yes, Boss!«, sagte er und ließ seinen Blick eine Weile auf den zitternden Schenkeln und Pobacken der kleinen Phung ruhen. Rahman durchzuckte der Gedanke, wie leicht es doch war, den Leuten eine Freude zu machen. Ein bisschen Geld, ein Gratisfick und sie fraßen einem aus der Hand.

Eine banale Welt, dachte Jamil Rahman und hoffte, alles würde weiterhin so einfach und übersichtlich funktionieren. Das machte es einfacher, Geschäfte zu machen. Er hat niemanden, auf den er sich verlassen kann. Und damit raschelte er mit der Tüte, die er in der Tasche hatte und sah, wie Binh sofort den Kopf in die Richtung drehte, aus der das Geräusch kam.

4

Als Hoel aufwachte, war er allein im Zimmer.

Eine Schrecksekunde lang glaubte er, Irina wäre weggegangen ohne ihm Bescheid zu sagen. Oder hatte er nur geträumt, dass sie gekommen war? Er strich mit der Hand über das Laken, auf dem sie gelegen hatte. Er beugte sich hinüber und roch am Kopfkissen. Es war der Irinageruch. Also war es kein Traum. Die Uhr zeigte erst acht und trotzdem war er schon hellwach.

Hoel streckte sich noch einmal im Bett und zog dann seinen Bademantel über, schlüpfte in seine Sandalen und ging hinunter ins Erdgeschoss.

Irina hatte ein opulentes Frühstück bereitet. Frisches Brot, Aufschnitt, frisch aufgebrühter Kaffee und Tee, Saft und verschiedene Kleinigkeiten in Schälchen und Schüsseln. Hoel schob sich ein knackiges Radieschen in den Mund und umarmte sie von hinten, als sie an der Anrichte das Brot schnitt. Sie schmiegte sich an ihn. Dennoch spürte er, dass sie anders war. Er konnte nicht genau sagen, was es war und wie weit die Veränderung ging. Hoel schob sie an den Tisch und schnitt das restliche Brot auf, nachdem er sich Kaffee und ihr Tee eingegossen hatte.

Sie sah ihn mit diesem schrägen Irinablick an, der so viel bedeuten konnte. Er versteckte sich hinter seiner Tasse und wusste, dass sie wusste. Das hieß, sie wusste, dass er in den letzten Tagen in etwas verwickelt gewesen war. Etwas Unangenehmes, etwas, das mit seinem alten Leben zu tun hatte. Er konnte ehrlich sein und die Karten auf den Tisch legen. Aber damit würde er sie mitschuldig machen. Seine Hand hob sich automatisch, um den Haaransatz zu massieren.

Sie hatte etwas gesagt, was er nicht mitbekommen hatte.

»Ich habe dich gefragt, wie es dir geht, Alex?«

Er erwiderte ihren Blick und lächelte gezwungen. Nein, es reichte, wenn er damit fertig werden musste. Er wollte nicht, dass sie etwas von der Last tragen musste.

Außerdem schämte er sich. Vor nur einem Dreivierteljahr war er felsenfest davon überzeugt gewesen, dass er einen Strich unter dieses Leben gezogen hatte und nun ein neues beginnen würde. Und er hatte diesen Schritt mit großen Worten markiert. Er hatte ihr in die Augen gesehen und gesagt, dass er fertig sei mit dem Job als Geldeintreiber. Er hatte ihr seine Liebe erklärt und gesagt, sie könne sich auf ihn verlassen. Er war ein Mann, der hielt, was er versprach. Und dann zeigte es sich, dass der Strich zwischen dem alten und dem neuen Leben ziemlich verschwommen und schon fast ausradiert war.

»Ich fahre heute«, sagte sie. Bisher hatte sie nur Tee getrunken und noch nichts gegessen.

Hoel hatte das Gefühl, als röche es angebrannt in der Küche. Ein Gestank nach verbranntem Gummi. Er versuchte, sich zu konzentrieren, hob wieder die Hand an die Stirn und drückte die Finger auf die Stelle, an der es schmerzte

»Fahren …«, sagte er und starrte sie verwundert an. Er spürte, wie die Worte wie ein Messer in ihn hineinschnitten. »Hast du gesagt …« Er wiederholte es selbst. Vielleicht nur um zu begreifen, was sie eigentlich gesagt hatte.

»Wir müssen das aufschieben, Alex«, sagte sie. Konnte sie nicht endlich die Tasse vor ihrem Gesicht wegnehmen!

»Ich muss nachdenken, Alex. Verstehst du das?«

Er gab keine Antwort. Stattdessen bestrich er seine Brotscheibe erst auf der einen Seite mit Butter, dann auf der anderen. Legte die Scheibe hin und nahm eine neue, die zwischen seinen tauben Fingern zerbröselte.

»Es gibt so viel, was da um dich herum passiert. Ich weiß nicht, was dabei aus uns wird. Ich weiß nicht, was ich tun soll. Es geht auch um Sönke.« Sie streckte eine Hand aus und suchte seine, die schlaff neben dem Teller lag. Wie betäubt saß er die ganze Mahlzeit über nur da und antwortete nicht mehr auf das, was sie sagte.

Sie hatte bereits gepackt, sich angezogen und trug den Koffer zum Wagen. Die Worte »Ich muss nachdenken« dröhnten in seinem Schädel. Er wusste wie jeder Mann, was es bedeutete, wenn seine Frau sagt, sie müsse nachdenken.

Er fuhr sie zum Flugplatz, trug ihr den Koffer zum Einchecken und anschließend zur Schleuse, wo sie sich trennen mussten.

»Denk du auch ein bisschen nach, Hoel«, flüsterte sie und küsste ihn. Keiner von beiden versprach dem anderen etwas. Sie waren wieder dort, wo sie begonnen hatten. In einer Pendelbewegung zwischen Zweifel, Liebe und Angst, etwas zu riskieren.

»Ich …«, sagte er zu ihrem Rücken, als sie durch die Kontrolle ging. Er strecke eine Hand nach ihr aus. »Ich …«

Er sagte sich selbst, dass sie zurückkommen würde, wenn sie sich jetzt noch einmal umdrehte. Wenn nicht in einer Woche, dann doch bald. Wenn sie sich nicht umdrehte und ihn nicht ansah, würde er überhaupt nicht wissen, was die Zukunft für ihn bringen würde.

»Dreh dich um!«, wollte er ihr am liebsten hinterherschreien. Sie ging geradeaus weiter.

»Dreh dich doch um! Irina!«, schrie es in seinem Inneren, während sie dem Mann in Uniform, der sie anlächelte und weiterwinkte, ihren Pass zeigte.

»Ich liebe dich!«, dachte er so verzweifelt, dass er sicher war, dass alle es hören mussten. Als Letztes sah er ihren Nacken und ihr Haar. Sie hatte sich nicht umgedreht, ihn nicht angesehen.

Er hätte noch auf dem Flugplatz bleiben und ihr Flugzeug starten und am Horizont verschwinden sehen können. An sie denken und sich vorstellen, wie sie genau in diesem Moment in den Sitz gedrückt wurde. Aber er wollte es nicht. Alex Hoel weigerte sich, eine Minute länger dort zu bleiben. Er lief zurück zum Auto. Löste vor lauter Zerstreutheit den Alarm aus und musste herumfummeln, bevor er ihn abschalten konnte. Er fuhr nach Hause, die Auffahrt hinauf, war zu schnell und zerschrammte den Lack der gelben Laverda.

Im Wohnzimmer öffnete eine neue Flasche georgischen Brandy. Eine des Jubiläumsjahrgangs 1961. Er hatte sie für einen besonderen Anlass aufgehoben. Und der war jetzt gekommen. Er konnte ebensogut gleich bis unter die Toppen geflaggt untergehen. Das erste Glas kippte er so hinunter. Das zweite folgte dem ersten sogleich. Er wollte gerade Nummer drei kippen, als das Telefon klingelte. Aber darum kümmerte er sich nicht.

Jon Ewo

Jon Ewo, 1957 in Oslo geboren, war Buchhändler, Bibliothekar, Redakteur und Verleger, bevor er sich 1987 für das freie Autorendasein entschied. Bereits als Neunzehnjähriger hat er zu schreiben begonnen, zunächst Gedichte, dann Kurzgeschichten. 1991 erschien sein erster Roman. Seit 1993 schreibt er vor allem für Kinder und Jugendliche und beschäftigt sich intensiv mit den Neuen Medien. Jon Ewo ist aber auch ein begeisterter Krimileser. In seinen eigenen Krimis wollte er jedoch nicht über einen Privatdetektiv schreiben, sondern möglichst realistisch aus der Sicht der Kriminellen über die Unterwelt von Oslo berichten. Aus diesem Grund nennt er die Krimis in der Torpedo-Trilogie auch »kriminelle Romane«.

Jon Ewo war Sänger der Punkrockband *Genickschuss,* die nie ein Konzert gegeben hat; er mag Arnold Schwarzenegger, Käse mit Kaviar, Räucherlachs, Schlagzeuge, Sonnenbrillen, Designerklamotten, Oslo im Sommer, die Atmosphäre in alten städtischen Gebäuden, Comics, dicke Enzyklopädien, Zigarren, große Städte, Kebab, Oslo am Morgen, Pommes frites mit viel Ketchup, seine verrückten schreibenden Freunde, Oslo nachts, seine Lederjacke, sein Leben und seine heißgeliebte Cathrine.

Bibliografie

Die Torpedo-Trilogie:
Torpedo (1996; dt. *Torpedo,* 2000); *Hevn* (1997; dt. *Rache,* 2002); *Gissel* (1998).

Romane und Kurzgeschichten:
Det sies at oktober er en fin måned (1986); *Ingen snakker om Marcel* (1987); *Langsomt nå, for Matteus' skyld* (1991); *Dit gatene går når det blir natt* (1992).

Kinder- und Jugendbücher:
Vi tar ham! (unter dem Pseudonym »Holger Selmas«, 1993); *I Satans tid* (unter dem Pseudonym »Holger Selmas«, 1994); *Kriss Kross* (1995); *Jeg var 16 da jeg forstod hva en mann må gjøre* (1995; dt. *Sommerschatten,* 1998); *Ingen er redd for Otto Monster* (1996); *Etterpå er du en helt annen mann* (1996); *Du store gauda!* (1997); *Når en mann parkerer hjertet sitt og griner* (1997); *Otto Monster i familietrøbbel* (1998); *Otto Monster hopper i vulkanen* (1998); *Uten filter* (1998); *Mysteriet med osteklokken fra Malta* (1998); *Sola er en feit gut* (1999; dt. *Die Sonne ist eine geniale Göttin,* 2001); *Otto Monster vil også bli syk* (1999); *Otto Monster vil ha søt hevn!* (2000); *Mysteriet med bukken fra Baskervill* (2000); *Månen er en digger pudding* (2000).

Die Übersetzerin

Christel Hildebrandt, geboren 1952, studierte Soziologie, Germanistik und Literaturwissenschaft. Das Norwegische wurde nach dem Studium vom Hobby zum Beruf. Seit mehr als zwölf Jahren übersetzt sie vom Bilderbuch bis hin zum harten Thriller, von Henrik Ibsen bis zum Liebesgedicht. Daneben ist sie Mitherausgeberin mehrerer Anthologien aus dem nordischen Sprachraum, u. a. auch von »Mord am Fjord«.

Friedliche Engel
Der Krieg der skandinavischen Rocker
Von Elke Wittich

Nachdem sich die Rockergangs Bandidos und Hell's Angels in Skandinavien jahrelang blutige Kämpfe mit insgesamt zwölf Todesopfern geliefert hatten war es 1997 endlich soweit: Nach langen Verhandlungen unter Leitung des dänischen Rechtsanwalts Thorkild Høyer, in deren Verlauf skandinavische Anführer beider Gruppen auch in Washington waren, wo die internationalen Chefs in die Gespräche einbezogen worden waren, konnte der Abschluss der Friedensverhandlungen live in der Hauptnachrichtensendung des dänischen Fernsehens verkündet werden.

Eine Frage der Motorradfahrer-Ehre waren diese Auseinandersetzungen nicht. »Motorrad-Klubs sind Gelddruckmaschinen« schrieb das norwegische *Dagbladet* schon 1995, der Krieg der Rocker war in Wirklichkeit ein Verteilungskampf um den skandinavischen Absatzmarkt, auf dem es viel Geld zu verdienen gibt: Alkohol ist sehr teuer und man kann nur in staatlichen Läden kaufen. Vorrangiges Ziel der skandinavischen Alkoholpolitik ist es nämlich nicht, möglichst viel Ware zu verkaufen, sondern die Bürger vom Trinken abzuhalten.

In Interviews bestritten die Bandidos und die Hell's Angels diese Theorie jeweils vehement und stellten sich gerne als Opfer einer skandinavischen Polizeiverschwörung und als freiheitsdurstige Individualisten dar. »Die kollektive Haltung der Angels war immer eine faschistische«, schrieb Hunter S. Thompson dagegen in seinem 1967 erschienenen Buch *Hell's Angels.* Diese Erfahrung hatten 1965 schon die gegen den Vietnam-Krieg Protestierenden machen müssen – Hell's Angels hatten ihre Kundgebung unter Rufen wie »Kommunisten!« und »Verräter!« gesprengt. Die Überfallenen waren erschüttert, immerhin hatte man die Angels als individualistische und revolutionäre Aussteiger gesehen, und dann das – 15 000 Hippies ließen sich von einem Dutzend Rocker einschüchtern. Trotzdem hofften sie weiter auf die Angels als Verbündete – Allen Ginsburg verfasste sogar ein Gedicht *To the Angels,* in dem er sie bat, »Camrado, Freund, Geliebter« zu sein und bei der nächsten Demo mitzumarschieren. Einen Tag vorher verkündeten die Angels allerdings auf einer Pressekonferenz, an diesen »unamerikanischen Umtrieben« nicht teilnehmen zu wollen. Gleichzeitig verlas Angels-Präsident Barger ein Telegramm an Präsident Johnson, in dem er sich und seine Jungs als freiwillige Kämpfer in Vietnam anbot. Die jüngeren Mitglieder der Hell's Angels waren außerdem schon Mitte der Sechziger ins Heroingeschäft eingestiegen.

Dass die skandinavische Polizei bei Hausdurchsuchungen bislang außer Waffen noch nie illegale Ware entdeckte, sieht sie eher als Beweis für ihre Theorie, daß die Klubs eigentlich dem organisierten Verbrechen zuzuordnen sind, dem Drogen- und Alkoholschmuggel, der Schutzgelderpressung und der Prostitution – auf einem zur Zeit heiß umkämpften Markt. Die Angels sahen ihre Monopolstellung deshalb durch die Konkurrenz der Bandidos bedroht.

Eine der Hauptfiguren im jüngsten Verteilungskampf war der Däne Michael Garcia »Lerche« Olson. Aufgewachsen in einem reichen Elternhaus, ging die Sache mit der bürgerlichen Karriere gründlich schief. Als 1979 eine dänische Abteilung der weltweit agierenden Motorradgang Hell's Angel gegründet wurde, gehörte Olson zu den ersten Mitgliedern. Ein knappes Jahr später wurde er wegen Mordes an einem Aussteiger zu dreieinhalb Jahren Gefängnis verurteilt, was sich bei den Angels jedoch nicht karriereknickend auswirken muss: Nach seiner Entlassung stieg er zum Klubpräsidenten auf.

1986 war die Angels-Laufbahn dann allerdings auch schon wieder zu Ende. Eine offizielle Begründung gab es zwar nicht, aber anscheinend hatte Lerche Geld aus illegalen Geschäften unterschlagen und Einkünfte aus mindestens einem von den Rockern betriebenen Kopenhagener Bordell für sich behalten. Das bedeutete die Höchststrafe, unehrenhafte Entlassung, genannt »bad stand«: Alle Gegenstände mit dem Hell's-Angels-Symbol sind sofort abzuliefern (mit dem Verkauf dieser Devotionalien wird der Defense Fund, der Verteidigungsfonds für straffällig gewordene Mitglieder, finanziert), und einschlägige Tätowierungen zu ändern. Ferner ist es untersagt, sich weiter im Biker-Milieu aufzuhalten und eine Harley Davidson zu fahren. Ein Aufenthaltsverbot für Kopenhagen kam in Lerches Fall hinzu.

1993 wurde der kleine Motorradklub, dem sich Olson sofort nach seinem Rauswurf angeschlossen hatte, dann zur dänischen Filiale des US-amerikanischen Mutterklubs MC Bandidos – und zur massiven Konkurrenz für den Marktführer Hell's Angels. Schnell stieg Lerche zum so genannten Kriegsminister auf und wurde überdies Leibwächter des Klubchefs von ganz Skandinavien. Diesen letzten Job erledigte er allerdings bemerkenswert erfolglos: Michael »Joe« Lundgren wurde 1995 auf einer schwedischen Autobahn erschossen, kurz nachdem er seinen Bodyguard weggeschickt hatte.

Dann wurde Lerche zum Hauptangriffsziel der Angels-Attacken. 1996 entging er nur knapp einem Maschinenpistolenangriff auf dem Osloer Flughafen Fornebu. Bis dahin war Norwegen von den Auseinandersetzungen verschont geblieben: Während sich in Dänemark und Schweden schon Anfang der Neunziger Bandidos und Angels mit bei Überfällen auf Militärdepots erbeuteten Panzerabwehrraketen beschossen, kam es in Norwegen lange Zeit nur zu Brandanschlägen auf die mit Stacheldraht, Flutlicht und Videoüberwachung festungsartig ausgebauten Klubheime. Dabei war die Situation dort noch etwas unübersichtlicher, denn es standen sich gleich mehrere Gangs, allesamt assoziierte Mitglieder US-amerikanischer Mutterklubs, gegenüber: Hell's Angels und der MC Norway mit Hauptsitz in Trondheim auf der einen, Bandidos und Outlaws, die Oslo und Umgebung kontrollierten, auf der anderen Seite.

Im Frühjahr 1997 gab es jedoch auch in Norwegen das erste Todesopfer. Bei einem Bombenanschlag auf das Drammener Klubheim, der Lerche galt, wurde eine zufällig vorbeifahrende Autofahrerin getötet.

Das dänische Gesetz, wonach es den Klubs verboten ist, ihre Vereinsheime in bewohnten Gebieten einzurichten, wurde danach auch in Norwegen übernommen. Und Bandidos und Hell's Angels sorgten gemeinsam dafür, dass die Norweger Maßnahmen diskutierten, die sie bislang immer strikt abgelehnt haben, Telefonüberwachung beispielsweise, die bislang nur in schweren Fällen, wenn z. B. die Landessicherheit auf dem Spiel stand, erlaubt war oder Zeugenschutzprogramme, die es bis dahin überhaupt nicht gab. Mit dem nun geschlossenen Frieden sind die Rocker jedoch vor allem dem drohenden Verbot ihrer Klubs zuvorgekommen.

(In: *Jungle*, Berlin, 10.7.1997)

metro – Spannungsliteratur im Unionsverlag

»Die metro-Bände gehören auf jeden Fall zum Besten, was derzeit an so genannter Spannungsliteratur zu haben ist.«
Michaela Grom, Südwestrundfunk

Guillermo Arriaga *Der süße Duft des Todes*
In einem kleinen Dorf in Mexiko entsteht aus Lügen eine Wahrheit, von der niemand verschon bleibt. »Mit seinem Nebeneinander von furioser Leidenschaft und kühl sezierender Analyse sucht dieser Krimi seinesgleichen.« *Abendzeitung*

Mongo Beti *Sonne, Liebe, Tod*
Zam, der Journalist, hat Sorgen: Leiche in der Wohnung, Freundin entführt, Überfälle. »Ein schwelgerisches Buch, bunt mäandernd zieht es uns in seinen Bann.« *Sächsische Zeitung*

Blue Lightning
Ohne Musik wäre das Leben ein Irrtum. »Es kommt nicht oft vor, dass der unterhaltsamste Krimi des Jahres eine Sammlung von Kurzgeschichten ist.« *London Times*

Pierre Bourgeade *Das rosa Telefon*
In den Labyrinthen des Telefonsex: »Eine frivol und mit laszivem Zungenschnalzen servierte Story, die in ein überraschendes Finale mündet.« *Neue Luzerner Zeitung*

R. Bradley, S. Sloan *Temutma*
Ein blutdürstiger Mörder macht Hongkong unsicher. »Mystery mit Biss: eine schnörkellos erzählte X-Akte made in China – gruselig, philosophisch, spannend.« *Brigitte*

Jerome Charyn *Der Tod des Tango-Königs*
»Mehr als nur einen Thriller: das visionäre Porträt einer Stadt, in der sich der gesamte irrationale Wahnsinn des globalen Zeitalters konzentriert.« *Robert Brack, schwarze taz*

Driss Chraïbi *Inspektor Ali im Trinity College*
Ein Fall für Inspektor Ali, den genialen Detektiv aus Casablanca, der kombiniert wie Sherlock Holmes und daherkommt wie ein marokkanischer Bauer.

Pablo De Santis
Die Übersetzung; Die Fakultät
»Der eigentliche Star der Erzählung ist die Sprache. Es ist nicht nur literarisch anspruchsvoll, sondern auch vergnüglich, zu lesen, wie die Sprache zum Stoff und Motor des Geschehens wird.« *Jazz Zeit*

Garry Disher *Drachenmann*
»Ein Krimi-Juwel. Das Buch liest sich packend bis zur letzten Seite.« *Dresdner Neuste Nachrichten*

Jon Ewo *Torpedo; Rache*
»Das organisierte Verbrechens agiert, als habe nicht der Staat, sondern die Mafia das Gewaltmonopol.« *Stuttgarter Zeitung*

Santiago Gamboa
Verlieren ist eine Frage der Methode
In Bogotá gerät der Journalist Silanpa in einen Strudel aus Traum und Albtraum. »Ein raffinierter Großstadt-Krimi – spannend bis zur letzten Seite.« *Der Spiegel*

Alicia Giménez-Bartlett *Hundstage; Boten der Finsternis; Gefährliche Riten*
»Originell, melancholisch und voll Weisheit, was die Unvollkommenheit des Menschen angeht. Inspectora Petra Delicado und Subinspector Fermín Garzón passen zusammen wie Feuer und Wasser.« *Der Standard*

Friedrich Glauser *Schlumpf Erwin Mord; Matto regiert; Die Fieberkurve; Der Chinese; Die Speiche; Der Tee der drei alten Damen*
»Der Glauser mit dem gläsernen Herzen – noch heute sieht man beim Lesen seiner Kriminalgeschichten ungehindert in diesen klaren, wahren Kern hinein.« *Vogue*

Chester Himes *Die Geldmacher von Harlem; Lauf Mann, lauf!; Der Traum vom großen Geld; Fenstersturz in Harlem; Heiße Nacht für kühle Killer; Plan B*
»Wer Chester Himes' Krimis liest, taucht ab ins tiefste Harlem … Hier harrt ein Klassiker seiner Entdeckung.« *Annabelle*

metro – Spannungsliteratur im Unionsverlag

Jean-Claude Izzo
Total Cheops; Chourmo; Solea
»Izzo war für Marseille, was Malet für Paris, Hammett für San Francisco, Jerome Charyn für New York war. Als er starb, das war, als habe die Stadt ihr Gedächtnis verloren.«
Süddeutsche Zeitung

Stan Jones *Weißer Himmel, schwarzes Eis; Gefrorene Sonne*
»Stan Jones lässt uns in die Seele der Ureinwohner Alaskas schauen.« *Johannes Kaiser, Hessischer Rundfunk*

Yasmina Khadra *Morituri; Doppelweiß*
»Kommissar Llob ist praktizierender Muslim trotz des Missbrauchs seiner Religion durch eiskalt kalkulierende Fanatiker. Er weiß, dass ein Menschenleben das höchste Gut ist, auch wenn er auf sein eigenes keinen Pfifferling gibt.« *Robert Brack, die tageszeitung*

Brian Lecomber *Letzter Looping*
»Brian Lecomber macht aus Flugzeugen und Piloten, was Dick Francis aus Pferden und Pferderennen macht.« *New York Times*

William Marshall *Manila Bay*
Battling Mendez, der legendäre Kampfhahn, auf Spurensuche. »Dieses Buch ist Schwindel erregend, verrückt, exzentrisch und exzessiv.« *Los Angeles Times*

Bill Moody
Solo Hand; Moulin Rouge, Las Vegas
Was haben Jazz und das Aufklären von Verbrechen gemeinsam? Die Kunst der Improvisation! »Zwischen jeder Zeile klingt wunderbarer Jazz durch.« *Badische Zeitung*

Christopher G. Moore
Haus der Geister; Nana Plaza
»Konsequente Action, meisterhafte Sprache, authentischer Schweiß aus Bangkok, dazu angelsächsischer Humor at its best.«
DeutschlandRadio

Walter Mosley
Socrates in Watts; Socrates' Welt
Nach siebenundzwanzig Jahren im Knast will Socrates ein ordentlicher Mensch werden.
»Ein Buch mit dem Blick von unten: wahrhaftig, glaubhaft und ehrlich.« *Deutsche Welle*

Katy Munger
Beinarbeit – Ein Fall für Casey Jones
»Katy Munger hat das Kunststück zuwege gebracht, Trash auf höchstem Niveau zu schreiben. Urkomisch und höchst spannend.« *Beate Hinrichs, Deutsche Welle*

Meja Mwangi *Die Wilderer*
Wenn die Ranger auf ihren Fahrten durch die kenianische Savanne die Geier kreisen sehen, wissen sie: Die Wilderer haben wieder zugeschlagen.

Celil Oker
Schnee am Bosporus; Foul am Bosporus
»In Sachen Kriminalroman tut sich was in der Türkei. Istanbul als Hintergrund für Suchaktionen und Verfolgungsjagden ist für den Krimileser spannendes Neuland.« *SWR1*

Jerry Raine *Frankie Bosser kommt heim*
»Ein blendend geschriebener Krimi, der das Gewohnte von seiner hässlichen Seite zeigt. Nichts für schwache Nerven – für robustere ein Vergnügen!« *Zürich Express*

M.K. Wren *Medusa Pool*
Sheriff zu sein ist nicht einfach – schon gar nicht für eine schwarze Frau.
»Ein emotionaler, ein packender Roman.«
Booklist

Helen Zahavi
Donna und der Fettsack; Schmutziges Wochenende
»Zahavi gewinnt dem Machtkampf zwischen Mann und Frau bizarre Seiten ab.« *Stern*
»Wahnsinnig, komisch, mit wunderbaren Dialogen.« *The Sunday Times*